苏童作品系列

苏童

THE RIVER BANK
SU TONG

河岸

上海文艺出版社

儿子

1

一切都与我父亲有关。

别人都生活在土地上，生活在房屋里，我和父亲却生活在船上，这是我父亲十三年前做出的选择，他选择河流，我就只好离开土地，没什么可抱怨的。向阳船队一年四季来往于金雀河上，所以，我和父亲的生活方式更加接近鱼类，时而顺流而下，时而逆流而上，我们的世界是一条奔涌的河流，狭窄而绵长，一滴水机械地孕育另一滴水，一秒钟沉闷地复制另一秒钟。河上十三年，我经常在船队泊岸的时候回到岸上，去做陆地的客人，可是众所周知，我父亲从岸上消失很久了，他以一种草率而固执的姿态，一步一步地逃离岸上的世界。他的逃逸相当成功，河流隐匿了父亲，也改变了父亲，十三年以后，我从父亲未老先衰的身体上发现了鱼类的某些特征。

我最早注意到的是父亲眼睛和口腔的变化，或许与衰老有关，或许无关，他的眼珠子萎缩了，越缩越小，周边蒙上了一层浓重的白翳，看上去酷似鱼的眼睛。无论白天还是黑夜，他都守在船舱里，消沉地观察着岸上的世界，后半夜他偶尔和衣而睡，舱里会弥漫起一股淡淡的鱼腥味，有时候闻起来像鲤鱼的土腥味，有时候那腥味显得异常浓重，几乎浓过垂死的白鲢。他的嘴巴用途广泛，除了悲伤的梦呓，还能一边发出痛苦的叹息，一边快乐地吹出透明的泡泡。我注意过父亲的睡姿，侧着身子，环抱双臂，两只脚互相交缠，这姿势也似乎有意模仿着一条鱼。我还观察过他瘦骨嶙峋的脊背，他脊背处的皮肤粗糙多褶，布满了各种斑痕，少数斑痕是褐色或暗红色的，大多数则是银色的，闪闪发亮。这些亮晶晶的斑痕尤其令我忧虑，我怀疑父亲的身上迟早会长出一片一片的鱼鳞来。

为什么我总是担心父亲会变成一条鱼呢？这不是我的妄想，更不是我的诅咒，我父亲的一生不同寻常，我笨嘴拙舌，一时半会儿也说不清楚他与鱼类之间暧昧的关系，还是追根溯源，从女烈士邓少香说起吧。

凡是居住在金雀河边的人都知道女烈士邓少香的名字，这个家喻户晓的响亮的名字，始终是江南地区红色历史上最壮丽的一个音符，我父亲的命运，恰好与这个女烈士的亡灵有关。库文轩，我父亲，曾经是邓少香的儿子——请注意，我说"曾经"，我必须说"曾经"这个文绉绉的极其虚无的词，恰好是解读我父亲一生的金钥匙。

邓少香的光荣事迹简明扼要地镌刻在一块花岗岩石碑上，石碑竖立在她当年遇难的油坊镇棋亭，供人瞻仰。每逢清明时节，整个金雀河地区的孩子们会到油坊镇来祭扫烈士英魂，近的步行，远的乘船或者搭乘拖拉机。一到码头，就看得见路边临时竖起的指示牌了，所有路标箭头都指向码头西南方向的六角棋亭：扫墓向前三百米。向前一百米。向前三十米。其实不看路标也行，清明时节棋亭的横檐会被一幅醒目的大标语包围：**隆重祭奠邓少香烈士的革命英魂**。纪念碑竖立在棋亭里，高两米，宽一米，正面碑文，与其他烈士陵园的大同小异。孩子们必须把碑文记得滚瓜烂熟，因为回去要引用在作文里。真正令他们印象深刻的是纪念碑后背的一幅浮雕。浮雕洋溢着一股革命时代特有的尖利而浪漫的风情，一个年轻的女人迎风而立，英姿飒爽，她肩背一只箩筐，侧转脸，凛然地怒视着东南方向。那只箩筐，是浮雕的一个焦点，吸引了大多数瞻仰者的目光。如果看得仔细，你会发现那箩筐里探出了一个婴孩的脑袋，圆鼓鼓的一个小脑袋，如果看得再仔细一点，你可以看见婴孩的眼睛，甚至可以看清那小脑袋上的一绺细柔的头发。

每个地方都有自己的传奇，邓少香的传奇扑朔迷离。关于她的身世，一个最流行的说法是其父在凤凰镇开棺材铺，她是家中唯一的女孩子，所以人称棺材小姐。棺材小姐邓少香是如何走上革命道路的？说法版本不一。她娘家凤凰镇的人说她从小嫉恶如仇，追求进步。镇上别的女孩嫌贫爱富，她却是嫌富爱贫，自己相貌出众，家境也殷实，偏偏爱上一个在学堂门口卖杨梅的泥腿子果农。概括起来，这说法与宣传资料基本保持一致，她出走凤凰镇，是为了爱情，为了理想。而在她婆家九龙坡一带曾经流传过某些闲言碎语，内容恰好与娘家的相反，说邓少香与果农私奔到九龙坡很快就后悔了，不甘心天天伺候几棵果树，更不甘心忍受满脑子糨糊的乡下人的奚落和白眼,先是跟男人闹,后来和公婆全家闹,闹得不可收拾,一把火烧了自家的房子,跺跺脚就出去革命了。这说法听上去是家长里短的庸俗,总结起来就有点阴暗了,邓少香是好高骛远才去闹革命的?是放了火才去闹革命的?这别有用心的说法就像一阵阴风刮过,严重玷污了女烈士的光辉形象。有关方面及时在九龙坡乡派了一个工作组,严加追查,将其定性为反革命谣言,开了三次批判会,分别批斗了邓少香当年的小姑子,还有一个地主婆和两个老富农,很快肃清了流毒,后来就连九龙坡的贫农也没人去散布这种谣言了。

无论是娘家凤凰镇,还是婆家九龙坡,邓少香做出那么大的事,是两边的人都不敢想象的,谁想得到呢?战争年代金雀河地区腥风血雨,为金雀河游击队运送枪支弹药的任务,竟然落在这么一个弱不禁风的小媳妇的肩上。游击队在河两岸神出鬼没,邓少香也必须神出鬼没,她恰好有这样的天赋,也有这个资本。凤凰镇上娘家的棺材铺,是一个天造地设的根据地,死人和殡葬的消息总是最先传到棺材铺,每当运送任务繁重的时候,邓少香会设法回到娘家,把枪支弹药藏在死人的棺材板里,自己乔装成披麻戴孝的哭丧妇,一路哭到荒郊野外的坟地,看着棺材入土,她的任务就完成了,其他的事由游击队员来做。所以,有人说邓少香做出那么惊天动地的事,主要是靠了三件宝:棺材、死人,还有坟地。

那次到油坊镇来,邓少香的任务其实很轻,只要把五支驳壳枪交给一个绰号"棋王"的地下党员。所以,邓少香有点轻敌了。她没有事先打听油坊镇一带殡葬的消息，也没打听好油坊镇的坟地在什么地方，就确认了接头人和接头的地点。那是唯一的一次，她运枪没有依赖娘家的棺材，只动用了婴孩和箩筐，也许连她自己也没想到，离开了三件宝——棺材、死者和坟地的保驾护航，她的油坊镇之行会变成一条不归路。

邓少香把五支驳壳枪缝在婴孩的褴褛里，背着箩筐，搭乘一条运煤船来到油坊镇码头。在码头上她向人打听棋亭的方位，别人向西边的六角亭指了指，说，那是男人下棋的地方，你个妇道人家去干什么？难道你也会下棋吗？她拍拍背上的箩筐，说，我哪儿会下棋？是孩子他爹在那儿看"棋王"下棋呢，我要去找他。

邓少香背着箩筐进了棋亭，她不知道在棋亭里下棋的两个穿长袍马褂的男子，一个是换了便衣的宪兵队长，看上去文质彬彬，貌似"棋王"；另一个面孔白皙，东张西望，戴着眼镜，镜片后的眼神非常犀利，也像所说的"棋王"。她一时猜不出谁是"棋王"，就对着棋盘说了接头暗号：天要下雨了，该回家收玉米啦。

下棋的两个人，一个下意识地看看棋亭外面的天空，另一个很冷静地打量着邓少香，拿起一颗棋子放到对方的棋盘上，说，玉米收过了，该将军了！

暗号对上了，邓少香并没有放下背上的箩筐，她注视着石桌上乱七八糟的棋局，突然怀疑他们不会下棋，嘴里敏感地追问了一句，怎么将？

宪兵队长愣了一下，故作镇静地瞥一眼对手，问，你说呢，怎么将？

另一个人斜睨着邓少香，紧张地思考着什么，抽车将、跳马将，炮——炮怎么将？他嘴里念念有词，目光下滑，眼神渐渐猥亵起来，突然他狂笑了一声，棺材小姐你很聪明嘛，你知道炮怎么将？炮往你那里将嘛！

邓少香的脸色变了，背着箩筐就往棋亭外面走，边走边说，好，不管你们了，怪我自己不好，你们男人下棋，我一个妇道人家插什么嘴？

她走晚了。对面的茶馆里突然站起来好多茶客，如临大敌地往棋亭奔来。邓少香走到棋亭的台阶上，看见那么多男人站在棋亭四周，就站住不动了。她说，真没出息，你们这么多男人来对付我一个女人，也不嫌丢人？邓少香的冷静令人惊讶，而她爱美的天性差点让她当场牺牲。宪兵们看她把手往蓝布褂子里伸，都紧张地掏出了枪，不许动，不许动！结果发现邓少香从怀里掏出一个粉色的胭脂盒，她打开盒子，盒子盖上嵌着一面小镜子，她竖起那面小镜子照着四周的人群，一个明亮刺眼的光斑在宪兵们的脸上跳跃。宪兵们纷纷躲避着那个光斑，不许照，不许照，放下镜子！有人慌张地冲上去，用刺刀顶住了她的身体。邓少香这才把镜子对准了自己，手指刮着胭脂，朝脸上扑脂粉。都是胆小鬼，一面小镜子，把你们吓成这样！她一边仔细地扑着粉，一边喷着嘴说，可惜呀可惜，才买了这么好的胭脂盒，都没机会用，也就能用这一次了。

宪兵队长不允许她扑粉，派人上去夺下了她的胭脂盒，邓少香又指着箩筐说筐里有一把木梳,让宪兵递给她,说不让扑粉就不扑了,她还要梳头发。宪兵队长不允许她梳头发,骂骂咧咧地说,你个十三点臭婆娘,死到临头还臭美,打扮得那么好有什么用?你要去阴间相亲吗?

两个宪兵过去拖着那只箩筐跑,箩筐里的婴孩这时候第一次啼哭起来,那婴孩的哭声很奇怪,气息微弱而有节制,听起来像一头小羊的叫声。邓少香如梦初醒,她追着箩筐跑,嘴里说,等等,我的孩子在筐里呢,你们等等呀,别吓着我的孩子。她拼命地撞开宪兵们的腿和胳膊,俯下身去在婴孩的小脸上亲了一口,婴孩的啼哭应声停止,她还要亲第二口,一个宪兵一把揪住她的头发,另一个宪兵反架着她的胳膊,把她推到了棋亭里。

邓少香面无惧色,她知道这一次在劫难逃,对于劫难的细节,她却并不清楚。为什么要到棋亭里来?她问宪兵队长,这是男人下棋的地方嘛,你们要让我在这里示众吗?

示众你还挑地方?轮不到你挑。宪兵队长说,算你聪明,还知道要示众。我们是要拿你示众,拿你的人头示众。

不是先要审问的吗?你们审也不审就枪毙我?吓唬人嘛,我才不信。

审你?那多浪费时间,棺材小姐我告诉你,你还没有那个资格呢。宪兵队长阴险地盯着邓少香的眼睛,说,今天你是送死来了,抓住棺材小姐格杀勿论,这是上面的命令。你念过书喝过墨水,什么叫格杀勿论,你不会不知道吧?

一个宪兵紧紧地揪着邓少香的头发,防止她反抗。她的脸被

儿子 7

迫仰起，脸颊上闪烁出一片奇异的红晕。过了一会儿，她倔强地转过脸来，将目光投向远处箩筐里的婴孩。不行，要吓着孩子的！她突然尖声叫起来，你们要枪毙我，先派人把孩子送走，送到马桥镇的育婴堂去。送走我的孩子，你们再来枪毙我！

嘿，你把我们当你家佣人使唤呢？宪兵队长冷笑起来，送孩子到马桥镇去？你还跟我们谈条件？你想死个清爽？死个痛快？你以为我们要枪毙你？枪毙你这个棺材小姐，太便宜你了！他说着朝棋亭外面使个眼色，拍了拍手，有人拿着个晒衣服的杈杆跑过来，朝棋亭的梁上捅了一下，横梁上灰尘四起，掉下来一截麻绳，绳头上一个绳圈已经提前套好了，不大不小，正好容纳一个女人的头颅。见此景象，宪兵们先是一片惊呼，紧接着都鼓起掌来，对这个独特的仪式表示赞赏。

邓少香惊愕地仰望着棋亭的横梁，秋风吹动垂落的绳套，绳套左右摆动着，就像索命的钟摆。只是一瞬间的恐惧，她很快就平静下来了。不是枪毙，是绞死我呀？她说，绞就绞吧，反正怎样都是死，我就求你们一件事，你们千万别让我的舌头吐出来，丑死了。她的要求让宪兵们很犯难，有个宪兵冷酷地叫起来，绞死鬼都要吐舌头，不吐舌头叫什么绞死鬼？还有个宪兵对着邓少香举起了那根杈杆，说，我答应你，这儿不是有个杈杆么，要是你舌头吐出来了，我负责把你的舌头捅回去！人群里有人发出了哄笑，邓少香看看杈杆，看看那几个哄笑的人，她的嘴边掠过一丝自嘲的微笑，算了，算了，跟你们这些敌人有什么好说的？她仰着脸朝绳套下走，边走边说，死了还计较什么呢，再美再丑，都无所谓了。

邓少香牺牲后，五支驳壳枪自然被取走了，婴孩却还在箩筐里，这是一个谜。不知道是哪个宪兵把婴孩又抱进了箩筐，更不知道是什么人把箩筐从棋亭搬到了河边，一定是听说河上的船民喜欢捡别人遗弃的男婴，那个人把箩筐连同孩子放到了河边码头的台阶上。船没来，拾孩子的船民也没来，是水来了，夜里河上涨起一大片晚潮，冲走了箩筐。

一只漂流的箩筐延续了邓少香的传奇，随波逐流，顺河而下，有人在河边追逐过那只八成新的箩筐，发现一堆茂密的水草像一个勤劳的纤夫，牵引着箩筐，在水上走走停停，停了又走，看上去躲躲闪闪，行踪诡秘，似乎对岸边的打捞者充满了戒心。最后，箩筐漂到河下游马桥镇附近，终于走累了，钻到渔民封老四的渔网里去，打了几个转转就不动了，封老四好奇地打捞起那只神奇的箩筐，发现箩筐里端坐着一个男婴，婴孩面如仙子，赤裸的身体披挂着几丛水草，黄色的皮肤上沾满了晶莹的水珠。封老四把婴孩抱起来，听见婴孩的身下发出泼剌剌的水声，他低头一看，在箩筐的底部，一条大鲤鱼用闪亮的脊背顶开了一堆水葫芦，跳起来，跳到河里不见了。

我父亲就是那个怀抱水草坐在鲤鱼背上的婴孩。从金雀河里打捞起箩筐的渔民封老四，解放后活了很多年，是他在马桥镇的孤儿院指认了我父亲。事隔多年，他无法从面孔上辨认那个神奇的婴孩，辨认的依据是男孩们屁股上的胎记。当时孤儿院有七个年龄相仿的男孩，育婴员把他们带到太阳地里，让他们都扒下裤子，撅着屁股，以便封老四明眼察看。封老四怀着高度的责任感，在男孩们的屁股前走来走去，他先淘汰了四个无关的屁股，留下三个，仔细地鉴别那三个小屁股上的青色胎记，他的手始终卖着关子，高举不落，举得周围的旁观者都紧张起来，育婴员从各自的感情出发，七嘴八舌地叫起来，左边，右边！拍左边的！拍右边的！最后封老四的手终于落下来，啪的一声，不是左边的，也不是右边的，他拍了中间一只小屁股，那是最小最瘦也最黑的屁股。封老四说，是这个，胎记最像一条鱼，就是他，一定是他！

育婴员们发出一片失望的嘘声。封老四拍的是我父亲的屁股。一拍定音。从此人们都知道了，马桥镇孤儿院里最脏最讨人嫌的男孩小轩，其实是烈士邓少香的儿子。

2

我父亲曾经是邓少香烈士的儿子。

一块革命烈属的红牌子在我家门上挂了很多年，证明着我们一家光荣的血缘和显赫的门第。但是天有不测风云，有一年夏天从地区派来了一个神秘的工作组，从夏天工作到秋天，我父亲的命运被他们一天一天地改写。这个工作组来头不小，他们此行的任务秘而不宣，油坊镇的领导班子只能配合，不能参与。四个工作组人员轮流与我父亲促膝谈心，谈的都是邓少香烈士光辉的一生，还有他作为烈士之子的过去和历史，父亲不敢探听虚实，他想入非非地揣测过他们的任务——考察干部，提拔干部，树标兵，立典型，抓特务，揪阶级敌人，他都想到了，独独没有猜到这其实是一个烈士遗孤鉴定小组。

他们驻扎在油坊镇，征用了水上巡逻队的一艘汽艇，来往于金雀河两岸的城镇乡村，其行踪有时公开有时保密。到了八月，工作组开始顶着炎夏酷暑访问河两岸的古稀老人，详细调查封老四尘封的个人履历。对于这个死去多年的人，老人们普遍残存了一个共同的记忆，他们向工作组反映，封老四年轻时做过河匪，后来金盆洗手，在河边搭了个棚屋捕鱼为生，再后来就捕到了那只著名的箩筐，救下了邓少香烈士的骨肉。这些情况工作组都清楚，所以没有什么价值，他们深入到马桥镇最偏僻的河湾村，寻访了封老四老家的族亲，河湾村的老人不知道为什么觉悟都很低，除了炫耀封老四神奇的渔网，谁也不愿意提及这个族人不光彩的往事，只有封老四的一个堂弟，小时候被封老四打瘸了一条腿，还记着仇，不给封老四护短，工作组从他嘴里得到了唯一重要的线索。那个堂弟说封老四风流成性，他的一生都是围着女人转，年轻时做河匪是为了女人，有船有枪，好跟金雀河上一个卖蒜头的风骚船娘厮混，后来他弃船上岸，也是为了女人。他看上了一个在岸边摘蚕豆的农家姑娘，人家姑娘在蚕豆地里把身子给了他，事后埋怨她的蚕豆快被人偷光了，他当场发誓看护她的蚕豆，不让人偷摘。封老四说到做到，他在蚕豆地边搭了个棚子住下来，没有人敢来偷摘姑娘的蚕豆了，可是，那姑娘自己也不来了，等到蚕豆掉了荚，他也没等到那农家姑娘。封老四后来干脆在河岸边住下，改行捕鱼，整天守着三张渔网。堂弟说他一边捕鱼一边捕人，他长相英俊性格剽悍，讨女人欢心，金雀河两岸的风骚女人，像鱼一样往他那里游，他捕到的女人，比渔网里的鱼还多，不知道是哪一个女人，把罕见的花柳病传染给他，彻底摧毁了封老四风流的裤裆，最终也送了他的命。听得出来，那个河湾村堂弟对封老四私生活的描述是添油加醋的，带着明显的主观情绪。工作组里有女同志，听得厌恶，急忙打断他的话，请他揭秘封老四一生最大的疑云，封老四为什么会死在精神病院里？他什么时候得了精神病？堂弟的回答石破天惊，他哪儿有什么精神病？怪他得了那脏病，烂脸烂手烂鸡巴，见不得人了，他是让油坊镇的库书记关进去的！堂弟手指油坊镇的方向说，库书记派了好多民兵来河湾村呀，把他带到拖拉机上，骗他说去医院看病的，谁想得到呢，最后把他送进了精神病院！

　　八月里金雀河两岸悄悄流传着我父亲和一个死人之间阴森恐怖的故事。我和母亲还蒙在鼓里，甚至我父亲也浑然不觉。直到有一天宣传科长赵春堂把一份批判稿直接送到了综合大楼的广播室里，我母亲拿过稿子一看，纸上虽有工作组的大红印章，稿子的内容却让她产生了疑问，批判封老四呀？为什么要批判这个人，一个普通群众，有什么可批的？人家死了好多年啦。赵春堂严肃地告诉我母亲，封老四的问题已经水落石出，他是一个阶级异己分子！我母亲第一次听说这个深奥的名词，她问赵春堂，什么叫阶级异己分子？赵春堂语焉不详，说，工作组以后会解释的，反正阶级异己分子是社会的毒瘤，人死了，阴魂不散，流毒还在，工作组说要批封老四，不仅要在广播里批，以后还要开大会，大张旗鼓地批！我母亲是个组织纪律严明的人，她不再质疑什么，当场打开麦克风，用充满激情的声音朗读了批判稿。也就是这一天，我父亲听到了高音喇叭里蹊跷的大批判文章，母亲的声音并没有让他感到亲切，"封老四"这个久违的名字在油坊镇上空回荡，带着阵阵阴风，**阶级异己分子，阶级异己分子**！父亲在他的办公室里坐立不安，一种模糊而不祥的预感终于变得清晰起来，他一路奔跑着来到广播室，不顾一切地关掉了我母亲的麦克风，别念了，别念了，你知道你在批谁呢？我母亲说，批封老四呀，工作组说他是阶级异己分子，你知道什么叫阶级异己分子吗？父亲脸色煞白，指着母亲说，你糊涂透顶，封老四他算什么阶级异己分子？这是隔山打牛，隔山打牛啊！批封老四，就是批我库文轩，说他是阶级异己分子，就等于说我是阶级异己分子，他们是冲着我来的！

我父亲像一只热锅上的蚂蚁，他企图挽回局面，八月里他频频外出，去县城和地区找关系，他也向工作组发出过邀请，请他们到我们家来做客，可惜遭到了拒绝。一切都无济于事了。父亲的历史像一块布满荆棘和沼泽的土地，悬疑丛生，工作组在这片土地上挖地三尺，快刀斩乱麻，努力发掘所有的矿藏。进入九月，神秘的鉴定工作告一段落了，尽管《鉴定报告》属于机密，不得外传，但油坊镇的人们多多少少听到了一些小道消息。工作组中有一个学历史的大学生小夏，他对历史知识活学活用，敢于发挥，敢于想象，他怀疑封老四用狸猫换太子的手段，蒙骗组织,让自己的私生子冒充了女烈士的后代。小夏的推测不免过于大胆,话一出口,其他小组成员都倒吸一口凉气,谁也不敢轻易反对,也不敢贸贸然地赞同,工作组组长老杨出于慎重的考虑,建议小夏保留个人意见。小夏的意见最后是否留在《鉴定报告》的"备注"栏里,不得而知,但那个惊人的观点还是在油坊镇悄悄地流传开了。

向广大群众普及宣传的是关于胎记的科学知识。鉴定工作小组利用街头的黑板橱窗,做了一次大规模的科普宣传,他们从科学的人种遗传角度,推翻了人们长期以来对鱼形胎记的盲目崇拜,浅显易懂地告知大家:凡是金雀河地区的居民都属于蒙古人种,每个人儿童时期的屁股上都有青色胎记,如果用唯心主义的角度看待胎记,它也许像一条鱼;如果用唯物主义的角度看,那不过是一摊淤血,即使淤血活灵活现酷似一条鱼,还是淤血,纯属巧合,没有任何科学意义。

油坊镇的居民偏偏热衷于没有科学意义的事情。那年秋天油坊镇上忽然流行胎记热,人们狂热地探究着亲朋好友的胎记,同时也从别人的嘴里探听自己胎记的大小形状,开始那股热潮局限在四十岁左右的中年男子圈子里,渐渐地胎记热蔓延开来,从男孩到老汉,凡是男性几乎都卷入了这股热潮。在油坊镇的公共厕所甚至僻静的街角,你可以看到这样的景象:男孩们褪下裤子,撅着屁股,认真地比较各自屁股上的胎记。而热气腾腾的公共浴室是胎记热的天堂,大家一丝不挂,多么方便,人们的目光都肆无忌惮地追逐着别人的屁股,当场做出公正的评价。胎记是良莠不齐的，颜色深的，形状大的，人们不吝赞美之词；而颜色浅的若有若无的胎记，普遍地受到了公众的轻视。我们必须承认胎记热的愚昧和荒唐，但是这次热潮过后人们还是有所收获。人的后脑勺是不长眼睛的，原本看不见自己的屁股，幸亏胎记热，它让你借助别人的眼睛，认清了隐蔽的生命的徽章。好几个人活了大半辈子，第一次知道自己屁股上也有鱼形胎记。鱼形胎记其实品类繁多，有的像娇贵的金鱼，有的像野性的鲤鱼，还有的肥大笨拙，像一条海洋里的鲳鳊鱼。胎记热当然也惹了祸，个别人的屁股一下暴露了问题，或者黧黑或者白净的屁股浑然天成，不知道是胎记褪了色，还是根本就没有什么青色胎记。你可以想象这种异相带来的后果：有的主人很慌乱，立刻把屁股遮蔽起来，谁也不让看；有的主人如同遭受天谴，当场面如土色；也有像五癞子这样的无赖，大家都说他是个没有胎记的人，他偏不承认。有一次我看见他在家门口痛打他弟弟七癞子，别人怎么劝他也不肯罢手，原来七癞子不懂家丑不可外扬的道理，他跑到哪儿都要告诉别人，我家五癞子的屁股，没有胎记的！

对于我们一家，那是山雨欲来风满楼的季节。我在学校里拒绝了很多同学软硬兼施的请求，在街上我也摆脱了很多大人无休止的纠缠，他们都为了同一件事，要看我的屁股。他们说，耳听为虚眼见为实，你爹的屁股我们看不见，我们要验证你的屁股，看看到底有没有一条鱼。我的屁股又不是展览馆，怎么能允许他们参观呢？我记住了父母的警告，束紧皮带，提高警惕，严防偷袭，我成功地保护了我的屁股，但我保得住屁股保不住我家的荣誉，一场酝酿已久的狂风暴雨已经向我们家的门楣袭来了。

很不幸，我母亲恰好是那场暴风雨的预报者。有一天，镇上的高音喇叭里传来我母亲颤抖的故作镇静的声音，她在连续播放一个紧急通知，催促党员团员全体干部去综合大楼的会议室开会。那天放学回家的路上，我看见很多人朝着综合大楼的方向急匆匆地奔跑，有人事先知道了会议的内容，在路上就激动地喊叫起来，宣布了，总算宣布了，库文轩不是邓少香的儿子啊，库文轩这个阶级异己分子，总算被揪出来啦！

有一天，我父亲被揪出来了。我不知道这是怎么回事。直到现在我还清楚地记得那个特殊的日子，是九月二十七日，恰逢邓少香烈士的纪念日，这一天我父亲本应去棋亭主持一年一度的祭奠仪式，这一天我应该代表少年儿童去棋亭献花，这一天我母亲会在广播室朗诵纪念邓少香烈士的诗篇。这一天，是我们一家最荣耀最忙碌的日子。偏偏在这一天，工作组宣布了他们的鉴定结论，我父亲不是邓少香的儿子了，我母亲不是邓少香的儿媳妇了，我也不是邓少香的孙子了。

我母亲失魂落魄。傍晚时分她从综合大楼的广播室出来，似乎是侥幸从地狱逃出，一条白丝巾被她临时改作了口罩，她把自己的脸蒙得严严实实，骑车穿越热闹的人民街，一路摇晃，一路哭泣，街上的人看见她的白丝巾都被眼泪打湿了。她骑着车撞进工农街，弄得左邻右舍鸡飞狗跳。在朱铁匠家门口，她跳下了自行车，问铁匠借了一把锤子，一个凿子。朱铁匠注意到她的两片嘴唇在白丝巾后面不停地嚅动，分不清她是在咒骂什么，还是在祈祷什么,他追问道,乔丽敏你借锤子凿子干什么?这是男人干活的工具嘛,你拿去干什么?我母亲拿了工具就走,边走边说,不干什么,我要回去打扫卫生。

九月二十七日傍晚,我听见有人在用什么利器凿我家的院门,出去一看,是我母亲站在凳子上,挥动锤子,叮叮当当地凿门,她很快就把院门上"光荣烈属"的红牌牌凿下来了。我看见她把红牌牌拿在手上掂了一下,吹掉灰尘,顺手塞到了布袋子里,不容看热闹的邻居发问,她把自行车推进院子,撞上门,门一关她就瘫坐在地上了。

我母亲不停地拍着她的胸口,说她的肺气炸了。这并不夸张,看起来她的模样像一堆爆炸过后的废墟,面色灰白,额头和脸颊上却又脏又黑,是门楣上扬起的灰土落在了她脸上,她的眼角眉梢布满泪痕,新的眼泪正在扑簌簌地往下坠落。母亲对我说,去拿药箱来,我的肺气炸了,我要吃点药。我不知道肺气炸是怎么回事,也不知道该拿什么药,我问她,你为什么把烈属牌牌凿下来?她不回答。我又问,你到底要吃什么药?母亲突然叫起来,毒药,给我去拿毒药!我被她吓了一跳。过了一会儿,母亲站起来了,她拉下脸上的白丝巾,歪着身子在院子里来回踱步。我退到墙角,不知该怎么办,我没惹她,是一张小桌子绊了母亲的腿,惹恼了她,她瞪着那张小桌子,双唇气得不停地哆嗦。小桌上还摊开着象棋棋盘和一堆棋子,那是父亲好几天前和我下过的棋局,一直没有收拾。刹那间母亲的脸上掠过一道愤怒的白光,我看见她疾步上来,端起小桌子,凌空一扬,像是倒垃圾一样,她把桌子上的棋盘和棋子都扬到了院墙外面。还下什么棋?从今天开始,我们家不准下棋!她发出了这道命令后,看见窗台上放着我的口琴和乒乓球拍,乘胜追击地扑过去,把口琴和乒乓球拍也扫到地上去了,不许吹口琴,也不许打乒乓球!从今天开始,你给我夹着尾巴做人,取消一切娱乐活动!

我听得见院子外面杂乱的脚步声,夹杂着鹅群嘎嘎的叫声,翻上墙头,一眼看见好多邻居埋伏在下面,他们下意识地去追逐满地乱滚的象棋,有人弯腰捡起了马,有人捡到了兵和卒。傻子扁金不知怎么也带着他的鹅群来到了工农街,他傻笑着,黑糊糊的手里捏着那只"帅",正炫耀地朝我晃动棋子。仿佛兵临城下,我家的院墙摇摇欲坠,外面的人们不知出于什么目的,聚集在墙下不肯散去,他们向我张望,表情有点诡秘,也有点愉快。金家媳妇与我母亲素来不睦,一直对我痴痴地笑,笑了一会儿,突然沉下脸厉声呵斥我,你这个孬孩子,还神气活现呢,你的好日子到头了,你知道你是谁的孙子?你是河匪封老四的孙子呀!我朝她吐了一口痰,没理睬她。我在墙头上观察着四周的动静,搜寻我父亲的踪影。我看不见父亲,看见的是整个小镇哗变的身影,小镇上空回荡着一股欢乐的气流,从油坊镇的腹部,从更远的地方,隐约听得见男女老少雷鸣般的欢呼,那种胜利的喧嚣声让我感到异样的孤单,从小到大,这是第一次,我被油坊镇的欢乐遗弃了。

我父亲库文轩不是邓少香的儿子了。他不是,谁是?谁是女烈士的儿子?工作组没有透露,据说目前宣布的只是第一阶段的鉴定成果。谁是邓少香的儿子？邓少香的儿子在哪里？党员团员干部们都不知道，群众更不知道，为此，我们家墙外的居民展开了七嘴八舌的争论，那场争论持续了很久，我始终听不清邻居们各自心仪的人选，但是傻子扁金亢奋的叫喊声给我留下了深刻的印象。他一直在向众人嚷嚷，我是，我是，是我！我是邓少香的儿子！我的胎记是一条鲤鱼呀！

墙外的人们起初一片哄笑，后来不知是谁的提议，他们开始扒傻子扁金的裤子，要当场验证他屁股上的胎记，扒，扒，扒他裤子！这叫喊声响成一片。我对傻子扁金的胎记也感到好奇，墙下的人们追着傻子扁金跑，我在墙头上跑，可惜跑了没几步，一根捣衣槌从下面飞到了我的背上。我母亲站在下面，人一跳一跳的，她的愤怒已经完全发泄到我身上了，扔完了捣衣槌她又操起了一把火钳，向着空中不停地挥舞着，你下不下来？你这个没心没肺的孩子，你要把我气死啦！

我不敢再惹母亲，跳下院墙，抱着脑袋逃进了屋里。

所以，那天傍晚很多人参观了傻子扁金的屁股，我却什么也没看见。

3

第二天我就变成了空屁。

这是一种显而易见的连锁反应，我个人的冤屈，开始于我父亲的冤屈。我父亲不是邓少香的儿子，我就不是邓少香的孙子，我父亲不是邓少香的儿子，就什么也不是，我父亲什么也不是，势必连累到我，我库东亮什么都不是了。我不是白痴，但是我万万没想到这个世界变得这么快，仅仅是在第二天，我就成了一个空屁。

第二天早晨我仍然像以往一样去上学。母亲没做早饭，她躺在床上，抱着一个铁皮饼干箱，让我去饼干箱里选东西做早餐。我挑了一个用白纸包着的枕头面包，咬着面包出了家门，听见母亲在屋里对我喊，今天别去招惹别人，记住，以后你要夹着尾巴做人了！

途经朝阳药店的门口，我遇见了五癞子的弟弟七癞子，还有他的姐姐，他们斜倚在铺板上，大概在等待药店开门配药。七癞子的头上缠满了纱布，纱布被不知名的脓疮玷污了，引来了一群苍蝇，围绕着他们姐弟俩飞。我忘了母亲的嘱咐，夹着尾巴做人，这种嘱咐记住也没用，我没有尾巴，怎么夹着尾巴做人呢？所以我停了下来，饶有兴致地看七癞子头上的苍蝇，说，七癞子，你头上开厕所了？为什么苍蝇围着你脑袋飞？他们没理我，我又问，七癞子，你家五癞子真的没有胎记吗？他会不会是杂种呀？这下癞子姐姐不干了，她对我吐了口唾沫，骂道，你爹都被揪出来了，你还神气活现呢，你是河匪的孙子，你才是杂种，你们一家都是杂种！

七癞子对口角不感兴趣，他瞪着我手里的那只奶油面包，咽下一口口水，突然愤怒地对他姐姐嚷嚷道，你看他，天天吃奶油面包！为什么他就天天能吃奶油面包？癞子姐姐撇了一下嘴，挥手赶走弟弟头上的苍蝇,说,什么奶油面包,不好吃的,我们不稀罕。七癞子说,你不稀罕我稀罕,我从来没吃过,没吃过的东西怎么不稀罕?癞子姐姐一时无语,目光在我的手上跳来跳去的,叹了口气说,稀罕是稀罕,六分钱一只呢,我们家买不起的。七癞子还是梗着脖子嚷嚷,他爹都被揪出来了,他凭什么还吃面包?不公平!我要吃,你去跟他要!癞子姐姐被缠得不耐烦了,对她弟弟叫道,我怎么教育你的?人穷志不短你懂不懂,不吃奶油面包你会死吗?七癞子竟然说,会死!你不给我奶油面包,我就去跳金雀河,去死!这下把癞子姐姐逼上了绝境,我看见她跺了跺脚,拍拍藏青色裤子的口袋,掏出了一个镍币。我只有五分钱呀,买不到奶油面包的。她的声音已经带着点哭腔,七癞子你逼死人了,难道要我去抢他的面包吗?

抢。这个字像一团火苗点亮了他们的眼睛。那姐弟俩对视了一眼,炽热的目光很快整齐地射向我手里的面包。我预感到了他们的图谋,抢!我的脑子相信他们会抢,但是我的身体不相信,我僵立在路上,眼睁睁地看着他们冲过来,他们像两头凶猛的豹子,朝我冲过来了。我把手里的面包高举着,抢?你们真的抢?敢抢我的面包,看你们有没有这个种!我的威胁前言不搭后语,姐弟俩一点也不顾忌,他们无所畏惧,在早晨的街道上合力抢我的面包。七癞子跳上跳下,攥住了我的手,癞子姐姐虽然是个大姑娘,但是她的勇气和力道都完全超出了我的想象,她先用牙齿开道,然后用双手一根根地掰开我的手指,从我的掌心里掏出了半只捏烂的面包。

我不相信我被抢了，以为自己在做梦。秋天的阳光明晃晃地照着街道，照着我手上的一块面包屑，照着我脚下的一块肮脏的纱布，那是我唯一的战利品。那是七癞子头上的纱布。我看着几只苍蝇飞过来，在纱布上嗡嗡地盘旋，我有点恶心，干呕了几下，什么也没有吐出来。有一对男女结伴骑车从我身边经过，差点撞到了我，我没怪他们，他们却责怪起我来了，喂，你这孩子干什么呢？怎么站在路中央，天早亮了，你还梦游呢？

有人骂我梦游，我反而清醒过来了。我确实是站在路上，而七癞子和他姐姐转移到了街角的花坛边，一个站，一个坐，显得若无其事，我追过去，看见七癞子狼吞虎咽吃着面包，他姐姐做出了一个母鸡护小鸡的动作，一边警惕地盯着我，一边得意地说，你追来也没用了，已经吃到他肚子里去了。

我不知道怎么对付癞子姐姐，就绕过她去收拾七癞子，七癞子，你敢吃我的面包，马上让你吐出来！我准备用拳头去捅七癞子的肚子，可是我一拳都没捅到，癞子姐姐奋不顾身地挡住了我，嘴里焦急地催促七癞子，快吃光，别管我，我不尝了，你全吃进肚子里，他就没证据了。我不知道怎么搬除癞子姐姐这个障碍，一着急就用脑袋去顶她，恰好顶在她软绵绵的腹部，她尖叫一声，双手捂紧小腹，痛苦地蹲了下来，我以为她被我解决了，正要去抓七癞子，癞子姐姐又发出一声尖叫，她不顾疼痛，一把抓住了我的衣角，人顺势站起来，一挥手给了我一个耳光，你干什么？小小年纪你就耍流氓了？她双目炯炯地怒视着我，你往哪儿撞？你要流氓，小心我把你送到派出所去！

癞子姐姐的这个耳光把我打蒙了,她对我的警告更是致命的一击,我不知所措,我崩溃了,忍了几下没忍住,终于还是哭出来了。

我一哭,七癞子很高兴,咧着嘴傻笑,癞子姐姐有点慌,她朝街道上的行人张望着,嘴里开导着我,你哭什么哭,不就半个面包吗?你也太小气了,再说这面包上也没写你名字,面包是面粉做的,面粉是麦子磨的,麦子是农民种的,我妈妈就是农民,这面包也有我妈妈一份吧,为什么你吃得,我弟弟就吃不得?

我一边哭一边对她喊,是我的面包,你们抢的!

癞子姐姐眨巴着眼睛东张西望,看得出来她在紧张地思索,用什么理由来平息我的愤怒。我注意到她的目光停留在街角的墙面上,那面墙上有一行石灰水刷的大标语:**无产阶级专政万岁!**她的眼睛一下发亮了,这不叫抢,这叫无产阶级专政!她突然叫起来,声音听上去义正词严,我们家是革命群众,你们家是河匪,是反革命,是叛徒走资派,是资产阶级修正主义,我们不是抢,是对你无产阶级专政!

癞子姐姐说完拉着弟弟往药店走,我不甘心,抹抹眼泪跟在后面撵他们。街上行人多起来了,很多人侧目看着我们这支奇怪的队伍,我指着那姐弟俩的背影喊,他们抢我的面包,今天让他们吃我的面包,明天请他们吃我的大便!

怪我不擅表达,也怪我年幼无知口无遮拦,路上的行人都忽略了我前面的话,只听见后面的,他们都厌恶地瞪着我,纷纷批评道,看这孩子给惯成什么样了,怎么说话呢?什么吃大便吃小

儿子 23

便的，这孩子的嘴，比厕所还臭！

　　七癞子的姐姐得到了群众的支持，立刻站住了，她回头凛然地瞪着我，举起一只胳膊指向大街，你看看，你听听，街上这么多群众呢，群众的眼睛是雪亮的，谁站在你一边了？她慷慨激昂地说着说着，渐渐有恃无恐了，脸上浮现出一种轻蔑的表情来，你过来呀，小流氓！谁怕你？你是库文轩的儿子又怎么样？库文轩是阶级敌人了，他现在算个屁，你是屁的儿子，连屁也不如，你就是一个空屁！

　　空屁？

　　空屁！

　　癞子姐姐骂我是一个空屁！至今我还记得药店四周的人们对这个音节的反应，七癞子首先赞赏了他姐姐的机智幽默，他尖声大笑，笑得喘不过气来，空屁，空屁，对呀，他现在就是一个空屁！他们姐弟俩的快乐感染了很多路人，在药店的门口，在早晨人来人往的人民街上，在计划生育的广告宣传栏下，到处都有人以快乐回应快乐，以笑声回应笑声，然后我听见整个油坊镇的空气都被一个响亮清脆的音节征服了：

　　　　　　　空屁

　　　　　空屁　空屁　空屁

　　我是**空屁**。

　　尽管有失体面，但是我必须承认，我就是空屁，这个伴随我一生的绰号，当初是癞子姐姐发明的。远离金雀河的人们不一定懂得"空屁"这个词的意思，那是河两岸流传了几百年的土语，听上去粗俗易懂，其实比较深奥——它有空的意思，也有屁的意思，两个意思叠加起来，其实比空更虚无，比屁更臭。

隔离

父亲在岸上滞留了三个月。

国庆节过后母亲收拾了一包日常用品，骑自行车送到春风旅社去。我父亲就在春风旅社的阁楼上，接受工作组的隔离审查。那阁楼与旅社之间临时隔了一道铁门，铁门上有三道锁，两道锁在外面，一道锁在里面，三把钥匙都掌握在工作组的手里，谁也进不去。工作组的干部三男一女，偶尔会出现在街上的杂货店和饭馆里，但我父亲不得走出那道铁门。我路过春风旅社的时候，多次侦查过旅社四周的地形，阁楼是没有窗子的，外面有一个天台，我在天台上从来没见过父亲的影子，只有一次，我看见父亲的衬衫和短裤在晾衣绳上飘荡——一件灰衬衫，一条蓝色的短裤，像两只惊弓之鸟。

据说我父亲的问题层出不穷。首先是履历，他的很多履历无法得到证明。他提供的学生时代的证明人，一个男同学一个女同学，男的下落不明，女的是个精神病患者，而他工作多年的白狐山林场，曾经起过一场山林大火，证明人蹊跷地死于火灾，他的入党介绍人更令人生疑，虽然名声很大，大得不光彩，是省城最臭名昭著的大右派，送到大西北去劳动改造，改造得不三不四，突然神秘失踪了。

工作组曾经登门家访，他们向我母亲透露，父亲的所有履历都有疑点，这是连我母亲也没有预料到的。他是谁？他到底是谁？当工作组的人这么一遍遍质问她的时候，她崩溃了，对着工作组的人大声叫嚷，我不知道！我也不知道他是谁！过了好久母亲才冷静下来，之后她诚恳地询问工作组，有没有一种脑科疾病，会导致一个人的记忆全部错误？工作组的人拒绝了这次咨询，他们说，你别把问题推到健康方面，库文轩的问题脑科医生治不了，请他们来了也没用，还是要靠他自己好好反省。工作组走后母亲一直坐在黑暗中，痛苦地思考着什么，我听见她在黑暗中拍打自己的膝盖，怪我自己太幼稚，我受骗了，受骗了。母亲自怨自艾的声音加重了室内的黑暗，后来灯打开了，我看见母亲的脸上泪痕已干，她的表情看上去很坚强，决裂！她对我说，决裂，决裂！

　　油坊镇上关于我父亲伪造身世欺骗组织的传言已经沸沸扬扬，我们家院墙上出现了很多愤怒的涂鸦——骗子，内奸，工贼，反革命分子，现行反革命分子，历史反革命分子，最深奥的就是"阶级异己分子"那个标语。我怎么也琢磨不透，到底怎样才是阶级异己分子。母亲眼看着要发疯，她去综合大楼找各级领导谈心，谈心对她似乎很有效，领导都安慰她，夫妻虽然睡一张床，却可以站在不同的阶级立场上，他库文轩有问题，不代表你乔丽敏也有问题。那段时间我母亲喜怒无常，前一秒钟她还在厨房里精心地择菠菜，后一秒钟她就丧失了耐心，一篮子菠菜一古脑儿都倒进了锅里，还择什么菠菜？她在厨房里忿忿地炒菜，铁锅铁铲乒乒乓乓地响，她说，吃到虫子才好，吃坏肚子才好，吃死了人，就省心了！

母亲这样来料理我们的生活，让我很担心，我不知道她心里到底是怎么盘算的，一家人怎么决裂呢？以后她准备怎么对待我，怎么对待我父亲，还有她自己，她准备怎么对待她自己呢？

我瞒着母亲，偷偷去了春风旅社，走到铁门那里就进不去了。我不停地敲门，一个穿深蓝色中山装的年轻人闻讯出来，我猜他就是小夏，仇人相见分外眼红，我对着他发出了连珠炮似的质问。你们算什么工作组？是造谣工作组还是放屁工作组？你们有什么证据证明库文轩不是邓少香的儿子？又有什么证据说他是河匪封老四的儿子？如果你们拿不出证据，那就证明你们三个男人都是河匪封老四的儿子，还有一个女的，她是封老四的女儿！他被我愤怒的抨击弄得一头雾水，谁派你来的？你这个孩子乳臭未干，居然来跟我们要证据，你懂什么叫证据？他冲出铁门，一路撵我走，一直把我撵出了旅馆，我听见他对旅馆的人大发雷霆，谁放他进来的？隔离审查的规矩你们到现在还弄不清楚？闲杂人员，严禁进入！旅馆的服务员委屈地说，我们没放他进去，他是库文轩的儿子，不知从哪儿溜进去的。那小夏追出来研究我的背影，恍然大悟道，是库文轩的儿子？怪不得满嘴胡言乱语呢，跟他父亲一个样，我看这孩子的思想也有问题，问题很严重！

隔离了两个月后，父亲精神方面果然出现了一些紊乱的迹象。有一天工作组的女同志找我母亲谈了话，承认我母亲的推测有点道理，她说父亲近来的举动很反常，他拒绝交待问题，动不动就要褪裤子，让工作组检查他屁股上的鱼形胎记，不分时间，不分场合，令人难以接受。工作组约请了精神病医院的医生对他进行会诊，怀疑他染上了突发性的精神疾病，出于人道主义考虑，他们决定提前结束对他的隔离审查，通知家属去领人回家。

那天我和母亲站在旅馆的三楼走廊上，等着那扇漆成绿色的铁门打开，等了很久，父亲弯着腰出来了。他一只手提着个旅行包，另一只手里拿着象棋盒子。多日不见阳光，使他的脸有点浮肿、有点苍白，乍看白白胖胖的，细看一脸倦色。他看了看我母亲，目光热切，母亲扭过了脸，那目光马上就胆怯地一跳，跳到我身上。刹那间，他看我的眼神让我浑身起了鸡皮疙瘩，那么谦卑，那么无助，我觉得似乎我是他爹，他是我儿子了，他犯下了严重的错误，正在讨好我，乞求我的原谅。

我不知道如何原谅父亲，正像我不知道如何惩罚他一样。我跟着他往楼下走，看见父亲弯着腰下楼梯，步履谨慎，体态笨拙，像一个风烛残年的老人，这与他两个月来的阁楼生活有关，他低头弯腰走路，已经习惯了。我注意到了他身体的这个变化，我提醒他说，爹，你不在阁楼上啦。他狐疑地看我一眼，我知道呀，我出来了。我说，那你为什么还弯着腰走路？父亲说，我弯腰走路了吗？我说，弯了，弯得像一只大虾米。他一惊，紧张地昂起头，挺直腰背，就是这么一个简单的动作，瞬间损伤了父亲的肢体组织。我听见他突然啊呀叫了一声，扔下了旅行包，又扔掉了象棋盒子，父亲的身体似乎在刹那间折断了，他用一只手托住了后腰，一种极端痛苦的表情掠过他的面孔，疼，疼，怎么那么疼？他的目光求援般地望着我母亲，嘴里嘟囔着，我就挺一下腰，背上怎么会那么疼？

我母亲俯身去提地上的旅行包，似乎没有听见父亲诉苦的声音，她说，你往包里收拾什么东西了，咣啷咣啷的都是什么呀，肥皂、茶杯，都该扔的，还带回家干什么？

我上去扶住父亲，他瞥了母亲一眼，大概是等着母亲去扶他，母亲提着旅行包站在走廊里，扭过脸，一动不动，看上去她对父亲的身体有点戒备，有点厌恶。父亲镇定下来，他推开我说，不用你扶我，我就是腰出了点问题，还没残废呢。

我在楼梯上捡拾散落的棋子，看见父亲的脚上还穿着秋天的塑料凉鞋，一只脚上套着尼龙袜子，另一只脚上是白色的纱袜。他缓缓地把腰背弯下来，一点一点地往下弯，一边往楼下走，一边喃喃自语，没关系，就这样弯着走，背上不太疼，就弯着走吧。

外面的天空很黯淡，空中飘起了冷雨，雨中夹着小雪。父亲站在旅店的棚檐下，看着泥泞的街道，看着街道上仓皇奔走的行人，忽然停住了脚步。

他说，你们有没有带口罩来？

没带口罩。我说，为什么戴口罩？你脸上怕冷？

他不是怕冷，是怕见人。母亲冷冷地说，口罩没用，戴不戴口罩，别人都认得你，戴不戴口罩，你都一样没脸见人了。

父亲苦笑着，他的目光畏葸地落在母亲的脸上，丽敏，我对不起你。这个道歉的声音来得很突兀，一口痰塞住了他喉咙，他清了清嗓子，丽敏，我对不起你。这句话他重新说了一遍，说完他松了一口气，我母亲却像一簇压抑的火苗见风燃烧，因为父亲不合时宜的道歉，她愤怒得浑身颤抖起来。

对不起我算什么？你是对不起你自己，更对不起组织对你的培养！

我母亲的眼泪喷涌而出，为了避免在众目睽睽下出丑，她提起旅行包独自冲到了街道上。我没有料到母亲会如此蔑视父亲的道歉，她竟然扔下我和父亲，自己跑了。

油坊镇上雨雪霏霏，我陪着父亲回家去。我们避开大路，专走僻静的小道，即使这样，路上还是遇到了一些别有用心的好事者，好几个居民涎着脸，假装过来问候我父亲，一律被我连推带揉地驱逐了，看热闹的孩子们，小的被我打跑了，大一点的都被我骂走了。我像一个父亲保护儿子一样，尽心尽职地保护着我父亲，一直走到工农街的家里。

父亲被我领回了家。

隔离审查告一段落，审查结果喜忧参半。我父亲不承认他伪造身世，不承认他欺骗组织，他坚持自己就是邓少香烈士的儿子。但是，对父亲生活作风问题的调查，进展异常顺利，远远超出了工作组的预期。也许是出于诚实，也许是一种避重就轻的心理作祟，抵抗和狡辩没有几个回合，父亲便向工作组坦白了，多年来的坊间传说确有其事，他乱搞男女关系，他的生活作风有问题。

听说问题还很严重。

生活作风

所谓生活作风问题，就是男女问题，这谁不知道呢？一个男人生活作风出了问题，一定是搞了女人，问题越严重，搞的女人越多。我那时候十三岁，性腺半生不熟，我知道父亲作为一个大权在握的男人，就要搞女人，但我就是不知道，他到底搞了多少？搞那么多女人有什么用呢？这事不好问别人，张不开口，我自己琢磨，琢磨得下身勃起了，就不敢再琢磨了。我不敢勃起，因为我母亲不准我勃起，勃起是对她最大的冒犯。她不管我是故意还是无意，一律严惩不贷。有一天早晨，我梦见了熟悉的综合大楼的楼梯，很多年轻貌美的女人像孔雀一样开着屏，朝父亲四楼的办公室拾级而上，她们在楼梯上咯噔咯噔地走，走到三楼，每个人都转过身子，对我回眸一笑。我陶醉在一种陌生而美妙的幻觉里，迷迷糊糊的，我被母亲用塑料拖鞋打醒了，她愤怒地瞪着我支起来的短裤，把我打下了床。她一边打一边骂，无耻的孩子，下流的孩子，上梁不正下梁歪啊，你翘得那么高要干什么？我让你学他的坏样，让你无耻，让你下流！

母亲对男性生殖器感到厌恶和愤怒，我的也一样受牵连。她与父亲的决裂从分床开始，他们划清了界限，但没有马上分道扬镳。起初我以为母亲要挽救父亲，后来我才知道，那不是挽救，也不是恩赐，是一种债务清理。父亲在母亲的眼里已经贱若粪土，没必要挽救了。她要留下时间做一件事，什么事？惩罚。她放不下自己的这项特权，她要惩罚父亲。母亲最初的设想是惩罚父亲的精神，可是天有不测风云，父亲的精神，正如他突然弯曲的脊背，已成一堆废墟，没有多少惩罚的余地了。于是，先惩罚父亲的精神还是先惩罚他的身体，便成为母亲两难的选择。

母亲早晨出门的时候，父亲替她搬过自行车，叮嘱道，路上小心，骑慢一点。母亲说，你那脏手别碰我的自行车，我骑慢骑快不关你的事，让拖拉机撞死了才好，干脆一了百了。父亲知趣地离开自行车，说，那你广播念稿子慢一点，千万别出错，现在墙倒众人推，别给人抓住辫子。母亲冷笑一声，说，多谢你，你还在充善人，现在我还有什么资格念稿子？谁敢给我开麦克风？你知道我在广播室干的什么事？我天天给张小红剪报纸呢！母亲说到她给同事剪报纸的时候情绪失控了，屈辱使她歇斯底里，她的手突然朝地上一指，库文轩，都怪你，你死有余辜，给我跪那儿去，给我跪着！

父亲惊愕地看着母亲，他说，这是你不讲理了，我是好心嘱咐你几句，你怎么能让我下跪呢？

母亲的手不依不饶地指着院门口的地面，跪下，你这种人不配站着，只配跪！你到底跪不跪？今天你不跪，我就不去上班了！

父亲犹豫起来，也许他在心里评估自己的罪恶，是否必须要以下跪来洗清。我在房间里窥视着僵持不下的父母亲，他们大概

生活作风　33

对峙了两三分钟,父亲做出了一个令人震惊的决定。他朝我的房间窗户观察了一眼,扯了扯裤腿管,慢慢地跪下了,跪下了。他跪在院门口,对母亲故作轻松地笑着,跪就跪吧,我死有余辜,该跪。

母亲脸上的愤怒不见了,她的表情风云变幻,看不出来是满足还是不满,也许是一种深深的悲伤而已,她的眼睛着了魔似的,死死地盯着父亲的膝盖,过了一会儿,她突然说,你跪在院门口什么意思?让街坊邻居来参观吗?人家一开门就看见你了,你还有脸笑?你不嫌丢脸我嫌丢脸!

父亲站起来,嘀咕道,你还记得注意群众影响,很好,那我跪哪儿合适呢?他朝四周扫视了一圈,物色了大枣树下面的一块石锁,他缓缓地跪在石锁上,抬头看着母亲,表情有点讨好,有点无奈。母亲扭过脸去,推了自行车就走,走到院门口,我看见她去拨门闩,拨了几次都没有拨下来。母亲突然回过头注视着石锁上的父亲,她已经泪流满面,我听见了她凄厉的尖叫声,你气死我了!让你跪你就跪?库文轩我告诉你,男儿膝下有黄金你懂不懂?你这种男人,看以后谁会瞧得起你?

父亲在石锁上欠起身子,仰望着母亲,看上去他有所触动,一个膝盖下意识地抬了起来,另一个膝盖却服从向下的惯性,按兵不动。母亲出门后他慢慢地站起来,我冲出了房间,父亲发现了我,羞惭的表情从脸上一闪而过,他拍着膝盖,用一种轻描淡写的语气说,下不为例,下不为例,就这一次,闹着玩的,东亮,你最近为什么不甩石锁了?

我一时说不出话来，就说出了两个字，没用！

什么有用没用的？锻炼身体嘛。父亲弯着腰站在大枣树下，讪讪地思考着什么，过了一会儿，他苦笑了一声，是没用，东亮你说对了，什么都没用了，我们这个家快要散了，你母亲，迟早要跟我决裂的。

我不说话。我不知道该说什么。父亲回家后，一种幼稚而紊乱的理性让我摇摆不定，有时候我同情母亲，更多的时候我怜悯父亲。我盯着父亲衬裤膝盖处的两块黑印，目光小心地向上攀升，我看见他衬裤的褶皱凸显了一个中年男子阳具的形状，斜向下垂，垂头丧气的，像一个毁坏的农具挂在干瘦的树上。我不知道父亲勃起时是什么样子，我不知道父亲搞了多少女人，时间，地点，细节，她们都是什么样的女人？一些幽深而复杂的联想遏制不住，我的目光鬼鬼祟祟，引起了父亲的警觉，他低头看了看自己的衬裤，厉声问我，东亮你在看什么？你往哪儿看？

我吓了一跳，赶紧转过脸去，说，我看什么了？我什么也没看。

父亲恼怒地扯了一下自己的衬裤，撒谎！你告诉我，刚才脑子里在想什么？

我躲避着父亲的目光，嘴里申辩道，你又看不见我脑子，怎么知道我在想什么？我什么也没想。

父亲说，还嘴犟？你脑子里一定在动什么坏念头，你骗得了别人，骗不了我。

我被他逼急了，横下一条心，对着他嚷嚷起来，妈妈说得

生活作风　　35

对，公狗才乱搞母狗！你到底为什么要乱搞女人？我们家现在这个样子，都要怪你的——我没能说出那两个字来，父亲慌张地瞪着我，两只手掐住了我的喉咙，把那两个字消灭在我喉咙里了。即使在愤怒中，他还是保持了冷静，也许怕我窒息，很快他松开了手，在我脸上补充了一个响亮的耳光，他说，没想到两个月不见，你这孩子就不学好了，整天在琢磨什么？下流透顶！

我不知道父亲为什么也骂我下流，与母亲相比，他是没有资格骂我下流的，如果说我下流，那是因为他先下流了。我有满腹的委屈，可我不愿意对父亲说。我正要往屋子里跑，听见院门被撞开了，铁匠的儿子光明拿了个铁箍站在我家门槛上，一声声地喊着，空屁，空屁，我来营救你，我们去滚铁箍吧！

谁要你营救我？我没好气地骂了光明，滚什么铁箍？滚你妈个头去！

我父亲疑惑地看着光明，光明你过来一下，我问你，你叫我家东亮什么？

空屁。光明爽快地回答，叫他空屁呀，现在大家都叫他空屁了。

讨厌的铁匠儿子被我赶走了，留下了一个小小的祸害，他泄露了我的绰号。我父亲对这个绰号很好奇，你为什么叫空屁？他皱着眉头审视着我，以前你没有绰号的，叫什么绰号不行，为什么要起这么难听的绰号呢？

你去街上问别人，我不知道。空屁就空屁，我不姓你的姓了——我不姓库，姓空；我也不叫东亮了，我的名字是屁，我叫空屁。

你给我住嘴,告诉我,这绰号是谁给你起的?

告诉你有什么用?你没用了。我忽然感到伤心,朝父亲嚷嚷起来,都怨你,你把我也连累了!你以后什么用也没有了,我是空屁,你也是空屁!

父亲沉默了。他走到门边,探头朝门外的街道张望了一眼,马上就把门闩上了。很好,很好,我也是空屁,你别委屈了,是我先做了空屁,你才变成空屁。他嘟囔着,突然苦笑一声,骂了句脏话,妈了个×,回到家,还是隔离审查嘛,我犯了什么滔天大罪?工作组审查我,老婆审查我,儿子也审查我!他嘴里发着牢骚,目光几次与我对接,都闪开了,他不敢看我怨恨的眼睛。

后来父亲蹲在横跨院子的晾衣绳下,打量绳子上的一堆鲜艳的演出服装。那都是我母亲年轻时候穿过的,她悉心保存着那些服装,每年冬天都要拿出来晾晒。绳子上悬挂的是春天,一派莺歌燕舞的景象,有维吾尔族的小花帽、镶嵌金线的黑背心、翠绿色的灯笼裙,有藏族的半截袖、毡靴、彩条围裙,有朝鲜族妇女的白色长裙和红色腰带,还有两双芭蕾舞鞋,像四把美丽而柔软的刀子,耀武扬威地挂在绳子上。

父亲仰着头,不时地眨巴着眼睛,看得出来,他是在借助那些服装回忆母亲风华绝代的舞台生涯。他拨弄了一下芭蕾舞鞋,摘下小花帽,轻柔地掸着帽子上的灰尘,我听见他在一声声地叹气,然后他突然与我谈起了母亲的艺术才华,表情看起来非常沉重。东亮啊,你母亲最可怜,我连累了她,她什么舞都能跳,什

生活作风　　37

么歌都能唱,这下哪个文艺团体也调不进去了,可惜了那么好的艺术才华!我说,她不调走才好,要不然我们家谁洗衣服?谁做饭?我父亲失望地瞪着我,你这孩子没出息,光知道吃。我说,不跳舞不唱歌死不了人,不吃饭要饿死人的!父亲用惊讶的眼神看着我,这都是谁给你灌输的庸俗思想?我们平时是怎么教育你的?大概意识到自己的处境并不适宜谈教育,教育的话题突然中止,他站起身朝我走过来。东亮,我跟你谈一件很重要的事情,你一定要记在心里。他拍打着我的肩膀,说,现在我们家是非常时期呀,我告诉你,以后要想吃你母亲的饭,要想维持我们这个家庭,都靠你了,你一定要好好表现,要让她高兴,千万千万别惹她生气!

  我听懂了父亲的叮嘱,非常时期,我知道母亲对于我们这个家庭的重要性,可惜这个责任落在我肩上,有点张冠李戴,我没有什么信心取悦我母亲。说起来悲哀,我只有惹她发怒的诀窍,至于母亲的快乐,我对此一无所知。我不了解我母亲,不了解她的心,她在文艺舞台上的笑脸是伴随音乐绽放的,家里没有舞台没有音乐,我从来不知道母亲高兴起来会是什么样子。

  还是先说说我母亲乔丽敏的艺术才华吧。

  她年轻时候是油坊镇上出名的美人,是群众文艺活动的明星,人称油坊王丹凤。如果不是腰身略长,腿稍短,她就比那个电影明星更加美丽更加出众了。她凤眼葱鼻、鹅蛋脸,能歌善舞,尤其音色善变,可以甜美,可以高亢,除了文艺舞台之外,最能展示母亲才华的其实是高音喇叭。对于油坊镇居民来说,广播员乔丽敏字正腔圆的声音是一个神奇的风向标，中音区代表着国内国际形势一片大好，次中音区代表工农业战线捷报频传，次高音区代表人民的生活芝麻开花节节高，最令人叫绝的是她的高音区，那音色里隐藏着稀有的金属质感，带有天然的穿透力和震撼力。在一次公审大会上，她呼喊的口号竟然让历史反革命分子郁文荪当场小便失禁；还有一次，她的口号还没喊完，收购站的贪污腐败分子姚会计就昏倒在台上了。你如果在现场听过我母亲呼喊口号，就知道这不是笑话，她是用整个生命在呼喊，因此她呼出的口号总是气贯长虹，响彻云霄，那声音像一串华丽流畅的惊雷在油坊镇上空炸响，惹得街上鸡飞鸭跳，猫狗发傻，台下所有人的耳朵被震得嗡嗡作响，而一些天生有耳疾的人，由于耳膜脆弱，经不起刺激，不得不提前用棉球塞住自己的耳朵。

父亲曾经说，母亲浑身上下透出一种革命浪漫主义的风韵。革命与浪漫，都是她追求来的结果。她的少女时代是在马桥镇度过的，她的美貌和文艺才华早就被人注意，但马桥镇的世界太小，少女乔丽敏在那里英雄无用武之地。也不知道是妒忌还是偏见，马桥镇人对母亲的评价显得不三不四，他们暗地里叫她"肉铺家的王丹凤"，这绰号暴露了我母亲的出身门第，也暴露了我母系的血缘。在马桥镇上我有个外祖父，但是我从来没见过他，为什么呢，他是屠户出身，一辈子在宰牲口卖猪肉，这门第不是资产阶级，不是地主富农，但也绝对不是无产阶级，这不三不四的家庭出身，与母亲是不匹配的。传说外祖父在饥荒年代卖过人肉馒头，来一次运动，这丑闻就被张扬一次，我母亲无法忍受这种屈辱，一个逃离家庭的计划悄悄酝酿了好几年，终于在她十八岁那年付诸实现。有一次回家，她打碎了心爱的储蓄罐，一边清点储蓄罐里的钱，一边向家里人隆重地宣布，她与这个家庭划清界限了。家里人问她，怎么划清？她说，不吃你们的，不穿你们的，我出去独立生活。家里人又问，你一个女孩子家，靠储蓄罐里这点钱怎么独立生活？你到底有没有对象？你的对象到底是谁？母亲对家里人低估她的未来很愠怒，她说，什么对象不对象？我的对象，告诉你们你们也不懂，我的对象就是文艺舞台！你们别怨我狠心，我不跟你们划清界限，你们就会影响我的前途，你们不要前途，我要前途！

我母亲离开马桥镇的肉铺后在很多地方奔波，她报考过北京的歌舞团、装甲兵的文工团、外省的越剧团、地区的京剧团，甚至还考过一个杂技团，不知为什么每次都是虎头蛇尾，最后一关总是过不了，人家不是嫌她腿短，就是嫌她家庭出身不过硬，总之，正规的文艺团体都不收她，她的盘缠用光了，信心也受到了打击，就放低了要求，转而把目标锁定在群众文艺的舞台上。退一步海阔天空，她顺利地进了丰收氮肥厂，那厂里有一支金雀河地区著名的文艺宣传队。在丰收氮肥厂的文艺宣传队里，我母亲得到了应有的重视，她的美丽终于引人注目了。宣传队员白天包装化肥，利用晚间业余时间排练节目，我母亲不是领舞就是领唱，她走出氮肥厂的大门，蓝色工作服上散发着氨水的气味，但敞开的衣领里有一个鲜艳动人的舞台世界。我父亲那时候还在林场锻炼，他去氮肥厂采购化肥的时候遇见了母亲，第一次见到母亲，他吃惊地发现她工作服里的酱红色的丝绸小袄，原来是跳红绸舞的舞台服装，他不知如何评价她的穿着打扮，更不知如何总结这姑娘身上奇特的魅力。我父亲第二次与母亲见面，是熟人撮合的约会，地点在化肥厂外的排污渠边。父亲看见母亲从后门口袅袅婷婷地走出来，身上打扮仍然鲜艳夺目，这次她的内衣是水绿色的，也很眼熟，他想起来那是跳采茶舞的服装，这次他斟酌过了，第一句话就奉承了母亲，也打动了母亲，他说，小乔同志，你的身上，散发着革命浪漫主义的气息呀。

我父母的恋爱，与其说是恋爱，不如说是发现，是一次互相发现，父亲发现了母亲的美貌和才华，母亲发现了父亲的血统和前途。父亲的身高比母亲矮半个头，他们的婚姻，从前看来就不匹配，不匹配，却有结合的理由，直到那年九月父亲的问题东窗事发。母亲不知从哪儿听说我父亲勾引妇女惯用的第一句话，某某某同志，你的身上，散发着革命浪漫主义的气息呀。母亲说她的肺气炸了，也许是她平时过多使用胸腔共鸣，她的肺部似乎特别敏感。我亲耳听她对医院的郝医生描述过肺部古怪的反应，郝医生，我一看见东亮他爸爸就喘不出气来，一看见他的人影，我的肺噼噼啪啪地响呀，我的两片肺叶，至少爆掉一片啦！

愤怒和伤痛使母亲再度发现父亲，牛粪乔装成花园，欺骗了鲜花，她一朵鲜花终究还是插到了牛粪上。那年冬天母亲对这个家的厌恶之情溢于言表。我父亲预感到母亲的心离家越来越遥远，他束手无策，派我去关心母亲。可是每次我去对她表示关心的时候，母亲总是不领情，你总在我面前晃什么晃？你拿杯茶来干什么？谁告诉你我要喝茶？我知道是谁教你的，没用，没用了，我对你们两个人，都死心了。我一气之下就当着她的面，把一杯茶都泼在水池里了，这一下惹恼了母亲，她过来揪住了我耳朵，你要死呀，这么好的茶叶一口没喝就泼掉？你不会挣钱倒会浪费！

说到底我还是擅长惹恼母亲，我就知道会这样。父亲对我的指望落空了，我对自己的表现也很失望，别人都叫我空屁，我就像一个空屁，即使在我母亲身边，我也像一个空屁。我没有办法讨好母亲，我没有办法留住母亲。

母亲开始把洗好的秋装叠得整整齐齐，放进一只樟木箱里，而她以前那些珍贵的舞台服装，都装进了一只皮箱。那皮箱也珍贵，是我母亲辉煌的文艺生涯的凭证，箱盖子上印了一圈红字，丰收氮肥厂，奖给群众文艺演出积极分子。

我们一家三口最后的家庭生活凄凉不堪，甚至吃喝拉撒都充满了冰冷的条文和纪律。母亲把家务分成了三份：一份归她自己，主要负责我和她的午餐晚餐；另一份归我，主要是扫地抹灰倒垃圾；第三份家务繁重得多，早晨为一家人准备早餐，每天两次打扫厕所，包括我父亲自己的所有日常生活料理，他吃什么，穿什么，用什么，都由自己负责。母亲在分配这些工作时明确表示，我这是为你们好，我不会给你们做一辈子老妈子，锻炼锻炼，对你们自己有好处。

也就是那年冬天，我发现了父亲和母亲之间最后的秘密。我母亲仿照了工作组的模式，将他们的卧室临时开辟成一个隔离室，对父亲执行了最后的审查，只不过审查者是我母亲，主题便稍有局限，可以想象，主要内容都集中在父亲的生活作风问题上。母亲的审查通常在夜里七点过后，有线广播里《社员都是向阳花》的音乐响起来，母亲就进了卧室，她打开上锁的梳妆台抽屉，拿出她的圆珠笔和工作手册，对着外面喊，库文轩，你进来！我父亲有一次赖在茅房里不肯进卧室，母亲让我去敲厕所的门，你去，快去把他拉出来！我不肯去，她自己去了，拿了把扫帚，用扫帚柄捅厕所的门，捅了好久，父亲终于被她捅出来了，打开门，弯着腰从扫帚下穿过，他大叫一声我受不了啦，准备朝院门外逃跑，我母亲在后面发出一声尖利的冷笑，看着他跑。父亲跑到门边站住了，回头看着母亲，我什么都说了，没什么可交待的了，我要出去散散心！母亲用扫帚指着他，严厉地说，你开门，你出去散心呀，睁开你的眼睛，好好看一看，看看油坊镇上还有没有你散心的地盘！

母亲击中了要害，父亲果然没有勇气出去了，他在院子里转了一圈，终于驯顺地跟着母亲走进了卧室。卧室门窗紧闭，拉上了红色的窗帘，父母的身影一高一矮，都泛出一种猩红色的光晕，在灯光下晃动。大家心照不宣，这个生活作风问题，应该是关门审理的，他们采取了严密的措施提防我，他们越是提防我，我偷听的热情就越是高涨。事关人的下半身，好多事是难以启齿的，父亲做那些事很大胆，说这些事却很害羞，问深了，问细了，他招架不住，开始躲避，他尝试用闪烁其词、避重就轻的方法回答母亲的问题，这都被母亲看作消极对抗。她控制不住自

生活作风 43

己,就把家里的卧室当成了公审大会的现场,有一次我清楚地听见母亲高亢愤怒的声音传到了窗外,余音袅袅,飘荡在夜空中,**库文轩,坦白从宽,抗拒从严!**

其实他们越是吵闹,我越是不在乎;他们越是安静,我越是害怕。那天夜里房间里突然一片死寂,我什么也听不见了,那片死寂让我恐惧。我爬上了院子里的大枣树,视线轻易地穿过了房间的气窗。我看见灯光下的父亲和母亲,母亲拿着她的工作手册,坐在梳妆台边,满面是泪,而我的父亲,正像一条狗似的跪在母亲的脚下,他在褪他的裤子,他又在褪裤子了。他撅着屁股,向我母亲展示着光荣的鱼形胎记。我看见父亲苍白的干瘪的臀部,在暗红的灯光下闪烁着尖锐的光。母亲扭过脸去,她在哭,她哭得喘不过气来了。父亲很固执,裤子一直褪到膝盖下,他开始在地上爬,母亲的脸转到哪里,他就往哪里爬,突然,他一把抓住了母亲的脚,嘴里吼叫起来,快看我呀,你以前喜欢看的,现在为什么不能再看一眼?看我的胎记,我是邓少香的儿子,是真的!看啊,看清楚,一条鱼呀!我是邓少香的儿子,你别急着跟我决裂,决裂也别离婚,离了婚,你以后会后悔的!

一瞬间我的眼泪夺眶而出,我的眼泪,说不清楚是为父亲而流,还是为母亲而流。我说不清楚,我的眼泪是对他们的怜悯之泪,还是恐惧之泪,是伤心过度,还是惊吓过度。我从大枣树上下来,看了看我的家,看了看头顶上暗蓝色的夜空,不知道为什么,我看见天空就止住了眼泪,我抹干了眼泪,对着天空,恶狠狠地说,离婚就离婚,反正都是空屁!

他们的离婚算是顺利的。有一天早晨我开门出去，看见我家门上贴了一张大红喜报，不知道是什么人张贴的：**热烈欢迎库文轩同志到向阳船队安家落户**。落款是**向阳船队全体船民**。早晨来了喜报，下午我父母亲就离婚了。我是他们唯一的问题。跟父亲就去向阳船队，跟母亲就留在油坊镇上，我又想去船上，又怕离开岸上，我对父亲说，我半年在船上跟着你，半年在岸上跟着她，行吗？我父亲说，我这儿行，去问你妈妈，她那里恐怕不行。我去问我母亲，母亲恼怒地对我喊道，不行，有我没他，有他没我，上梁不正下梁歪，他这种人教育过的孩子，让我怎么教育？

不选不行。两堆不幸的礼物摆在我面前，一堆是父亲和船，一堆是母亲和岸。我只能选一样，我必须选一样。我选择了父亲。如今船民们偶尔还会谈起我当年的选择，他们絮叨地假设东亮如果跟着乔丽敏，他会怎样怎样，库文轩会怎样怎样，乔丽敏又会如何如何，我不听，这假设没有意义，假设都是空屁。就像水跟着水流逝，草连着草生长，其实不是选择，是命运，正如我父亲的命运，与一个女烈士邓少香有关，我的命运，注定与父亲有关。

是腊月里的事，街上天寒地冻，空气里提前飘荡着为春节熬猪油的香气，油坊镇上家家户户忙着准备过年，我们家不过年。我在油坊镇上的家要消失了，怎么过年呢？我们去船上，母亲也要搬家。我不知道母亲搬家为什么那么仓促，就像急于离开坟墓一样，她手忙脚乱，不停地催促她请来的两个码头工人，快点，

生活作风　　45

请你们快点。结果她把一只花布包扔在我的床上了，我随手一翻，从花布包里翻出了那本工作手册。母亲用画报纸为工作手册制作了一个封套，乍一看，工作手册就像一本隆重出版的书籍，封面是《红灯记》里李铁梅的大半个红润的脸，封底可见李铁梅的一只手，举了一盏完整的红灯。母亲搬家的时候父亲躲在茅房里，我只有很短的时间思考，怎么处置这个特殊的本子，结果我做了一个最大胆的决定，不上交父亲，也不归还母亲，我把那本工作手册藏在了我的被褥下面。

直到现在，我都不知道那是由于母亲的疏忽，还是故意的安排，也许离婚终结了一切恩怨，她想把父亲的罪证交给他自己处理吧？我不清楚，也不敢问。我不知道我是为谁隐藏这个本子，是为了父亲，还是为了母亲，也许是为我自己？这个不可声张的秘密，几乎影响了我的一生。我对母亲的记录倒背如流，或者说我对父亲的罪状倒背如流。我记得工作手册上的每一个字，即使是怀着愤恨，母亲的字迹仍然工整、娟秀。平心而论，手册上的主题内容并没有超越我的想象，生活作风就那么回事，母亲记录了我父亲对她的背叛：数量、时间、地点，偶尔地她在空白处留下了一些愤怒的批注：无耻、下流、气死我了，还有一些红墨水画的感叹号，看上去血淋淋的。最让我吃惊的是一些姑娘媳妇的名字，竟然有那么多女人与父亲有染，我同学李胜利的母亲名字也在上面，还有赵春堂的妹妹赵春美，还有废品收购站的孙阿姨，还有综合大楼的小葛阿姨、小傅阿姨，她们平时多么端庄、多么正派啊！我想不明白，为什么她们的名字都在上面？

河流

　　那年冬天我告别岸上的生活，随父亲奔向船与河流，我没有意识到这是一次永远的放逐，上船容易下船难，如今我在船队已经十三年了，再也没有回到岸上。

　　人们都说，我是被父亲困在船上了。有时候我赞同这样的说法，这说法给我乏味苦闷的生活找到了一个借口，但是对于我父亲来说，这借口是一把锋利的匕首，闪着寒光，时刻对准着他的良心。有时候我对父亲的不满无可抑制，会用这把匕首对着他，控诉他，伤害他，甚至羞辱他，更多的时候，我不忍心如此对待父亲。在船队航行的日子里，我低头看见舷下的河水，会觉得自己被千年流水困住了；我看见岸上的河堤、房屋和农田，会觉得自己被河岸困住了；我看见岸上熟人的面孔和陌生人的身影，看见船队的其他船民，我觉得是那些人把我困在船上了。只有在船队夜航的时候，河流暗下来，整个世界暗下来了，我点亮船头的桅灯，看见昏黄的灯光把我的影子投射在船头，那么小那么脆弱的一摊黑影，像一摊水渍，水在宽阔的河床中流淌，而我的生命在一条船上流淌，黑暗中的河流给我启示，我发现了我生命的奥秘，我，是被自己的影子困在船上了。

　　金雀河两岸的城镇乡村曾经遍布邓少香烈士的足迹。刚到船队的那一年,我父亲对他的血统还很乐观,他坚持认为那个烈士遗孤鉴定小组来路不正,对他充满了敌意和偏见,所谓的鉴定结果,不过是借刀杀人,是一次疯狂的迫害。在我父亲的信念里,他随船队沿河漂流,是在烈士母亲邓少香的怀抱里漂流,因此他感受到了一种虚幻而巨大的安宁。船过凤凰镇,父亲指着镇上高低错落的木屋告诉我,你看见了吗?那个祠堂,黑瓦白墙的房子,原来做过你奶奶藏枪的秘密仓库。我在船上眺望凤凰镇,小镇上空烟雾缭绕,我只看见化肥厂的烟囱和水泥厂的窑塔,怎么也看不清那间黑瓦白墙的祠堂。我对祠堂不感兴趣,向父亲打听凤凰镇的棺材铺在什么方位。我父亲怒声道,什么棺材铺?没有什么棺材铺,你别听别人污蔑你奶奶,她不是什么棺材小姐,她用棺材运送枪支弹药,是革命需要!他固执地用手指着一个方向,让我仔细看那祠堂的遗址,就在那排木屋的后面啊,你怎么看不见?我怎么也看不见祠堂,我说,没有棺材铺,也没有祠堂,我没看见祠堂!我父亲火了,他打了我一个巴掌,罚我跪在船头,面向凤凰镇,是你奶奶战斗过的地方呀,你敢看不见?他说,不怪你眼睛不好,是你的心里没有烈士,给我跪着,什么时候看见了,什么时候站起来!

我父亲对邓少香漫长的凭吊转移到了河上,每年的清明和九月二十七日,父亲会在我们的驳船上打出标语——邓少香烈士永远活在我们心中。春天一次,秋天一次,邓少香烈士在金雀河上复活两次。我分别听见两个季节的风吹打红色布幔,给我带来了不同的幻觉,秋风吹打父亲的横幅,船体会变得很沉重,令人觉得女烈士的英魂正在河上哭泣，她伸出长满苔藓的手来，拖曳着我们的船锚，别走，别走，停下来，陪着我。秋风放大了船锚敲打船壁的声音，那是女烈士留给我们父子的密语，她的英魂在秋风中显得脆弱而感伤。我喜欢女烈士在春天复活。春风就是春风，它从河上吹来，松软的，小心翼翼的，带着草木的清香，邓少香的名字在水上苏醒过来，我会感觉到女烈士的幽魂频频造访我们的驳船——她黎明出水，沐浴着春风，美丽而轻盈，从船尾处袅袅地爬上来，坐在船尾，坐在一盏桅灯下面。从后舱的舷窗里，我多次看见过一个淡蓝色的湿润的身影，端坐不动，充满温情，那些四月的早晨，我一醒来就去船尾察看女烈士留下的痕迹，她留下了一摊摊晶莹的碎珠似的水迹，还有一次，桅灯下竟然出现了一朵神奇的湿漉漉的红莲花。

我很迷惘。秋天的时候，我相信别人的说法，我父亲不是邓少香的儿子。可是到了春天，我相信父亲了，在我的眼里，他仍然是邓少香的儿子。

天堂

关于向阳船队的来历,如今已经没有几个人说得清了。

先说那艘乳白色的拖轮,拖轮属于船运公司,是烧柴油的,双舵,马力很大。七八个船员,其实是工人编制,一次运输算一个班次,一个班次结束,他们就下班回家了,他们的家都在岸上,他们其实都是岸上的人。船员们都爱好喝酒,年轻的几个,越喝脾气越暴躁,好好地谈着什么话题,突然就出手打起来了,上船第二天我亲眼看见一个年轻的船员,胸口被人插了一只白酒瓶子,跳到河里,一边骂娘一边向岸边的医院游去。那几个年纪稍长的,平时眉眼温和一些,喝多了耍酒疯也耍得温和一些——有一个络腮胡子喝多了,就把他的宝贝收音机放在肚子上,平躺在甲板上呼呼大睡,另一个猴脸喜欢在后甲板上冲凉水澡,冲澡就冲澡吧,他总是一丝不挂满身皂沫,这里抓抓,那里挠挠,一边向驳船上的姑娘媳妇挤眉弄眼,我对这些船员,没有什么好印象。

我对谁都没有好印象。向阳船队一共十一条驳船,十一条驳船上是十一个家庭,家家来历不明,历史都不清白。金雀河边的人们对这支船队普遍没有好感,他们认为向阳船队的船民低人一等,好好的人家,谁会把家搬到河上去呢?很难说这是不是歧视，由于父亲的出身成了悬案，我们也成了来历不明的人，父亲需要赎罪，他带我到向阳船队，也许不是下放，不是贬逐，是被归类了。

船民们自称祖籍在河上游的梅山，梅山已经从金雀河地区的地图上消失了，在一次水库建设中，梅山的一镇十三村都被沉到了水底，金雀河地区地图的边缘，标示了一块蓝色水域，从前确实是梅山，现在是胜利水库了。我从来不相信他们来自梅山，鬼才相信他们是乡亲，听他们的口音南腔北调，南腔北调中又有自己的方言，很简洁，也很莫名其妙。比如船往马桥镇方向去，应该是往上游去，他们却叫做"下去"，他们一律称吃饭为"点"，称解手为"断"，对于岸上的人们不轻易谈论的性爱之事，他们毫不忌讳，他们把这个事情称为"敲"，男人们在一起，总是满脸诡秘地说敲，敲，敲。为什么要说成敲呢？一件复杂的值得研究的事情，让他们敷衍成了敲敲打打的事。

我对他们的生活习俗也没有好印象。船民们大多衣冠不整，天气冷的时候是穿得太多，红绿黄蓝一起套在身上，脖子下有好几个领子层层叠叠。夏秋之际穿得太少，或者干脆不穿，男人们打赤脚，光着膀子，远看黑得像非洲人，他们穿自制的白粗布短裤，布料大多来自丰收牌面粉袋，裆部宽大，裤腰的尺寸一律放到最大，挽一下，再用裤带系上。女人讲究些，讲究得古怪，已婚女人都梳圆髻，头上插一朵白兰花或者栀子花，上身的衣裳五花八门，有人穿最流行的铜盆领小花衬衫，也有人穿着男人的白汗衫，或者祖母式的对襟短衫，但下身都是保守的、统一的，是宽大的长及膝盖的富春纺裤子，黑色或者藏青色的，更讲究的，会在裤腿上绣一朵牡丹花。由于生育和哺乳过于频繁，又不习惯戴胸罩，船上女人的乳房都很疲惫地垂挂下来，显得大而无当，我看见她们在船上走，只注意到乳房在来回穿梭，似乎抱怨着什么，也似乎是炫耀着什么。我对那些乳房的印象也不好，所以，尽管它们对我完全开放，却从来没让我产生过兴趣。

船民的孩子们通常是光屁股的，光屁股是节约，也是一种标识，上了岸不怕走丢，走丢了岸上的人会把孩子送回到码头上。他们重男轻女，小男孩脑后留一根细细的小辫，手腕上套镯子，脖子上挂长命锁，女孩子反而没有什么修饰，头发是母亲用剪刀随便剪的，长短不均，乱蓬蓬的像一堆草。没有发育的小女孩，用一条手帕缝制的肚兜遮住私处；发育了的女孩子，穿的不是母亲的衣服，就是父亲的衣服，看上去都不合身。女孩们不受宠，不影响她们对家庭的责任感，她们整天在船板上跑前跑后，卖力地做事，替母亲吆喝年幼顽皮的弟弟妹妹。而船队唯一漂亮的女孩子樱桃，她醉心于扮演母亲的角色，整天用红布带把她弟弟捆绑在背上，走到这家，走到那家，她曾经走到六号船船尾，睁大眼睛，像个哨兵一样监视着我。我说，你来干什么？走开！她说，我在六号船上，又没上你家的船，你管得着吗？我说，谁要管你，不准看我！她说，你不看我，怎么知道我看你？我说，好，那我不看你，你不准跟我说话。她又说，谁跟你说话了？是你先跟我说话的。我斗嘴斗不过她，朝她瞪着眼睛，她不怕我瞪眼睛，突然神秘地一笑，说，别那么神气，我知道你们家的事情,我给你看看我弟弟的屁股,我弟弟的胎记,也是鱼形的!她说着解开红布带,把她弟弟的幼小的屁股露给我看,你看,看这个胎记,多像一条鱼!她有点得意地说着,怀里的婴孩咿呀咿呀闹开了,樱桃就叫了一声,别断,别断,等会儿再断。我知道婴孩是要拉屎了,赶紧转过脸去,我没去看樱桃弟弟的屁股,对于樱桃的行为,我很恼火,所以我一边往船后走,一边骂骂咧咧起来。我效仿的是船民的话语,敲,敲你妈的鱼;敲,敲你妈的胎记。

　　我在船队很孤单,这孤单也是我最后的自尊。船队的男孩子很多,不是太大太傻,就是太小太讨厌,我没有朋友,我怎么会跟他们交朋友?他们对我倒是充满了好奇和友善,经常跑到七号船上来看望我,有的还带了一把霉豆子做贡品,带一个玩具火车诱惑我,这些东西怎么能打动我?我把他们都赶走了。

　　初到船队,我的日常生活羞于描述。父亲不愿意我中断学业,让我在船上学习,为了培养我的学习兴趣,他把自己最喜欢的海绵沙发让给我坐了。当时油坊镇上没几个人坐过海绵沙发,那张沙发是父亲从岸上搬到船上的唯一家具,也是父亲地位和权力的见证物,我就天天坐在这么珍贵的沙发上,一心二用,想入非非。我手里拿着书装样子,屁股下坐着我母亲留下来的工作手册,我迷恋上了这个本子,偷偷研究着所有的记录。母亲对父亲私生活越轨之处的文字,其实笔下留情了,最大胆的用词是"搞"。我数了,大概有六十多个"搞"字。"搞"的对象,"搞"的时间、地点、次数,是谁主动?有没有被人撞见?父亲的供词前后并不一致，开头都是女的主动，开头一次都没有被人撞见，后面父亲就如实交待了，几乎都是他主动，被赵春堂撞见过，被打字员小金撞见过。母亲的记录处处可见她的好恶，时而细腻时而粗放，某些细节部分她厌恶，羞于记录，就用一串愤怒的省略号替代，同时加上她悲怆的批注：下流，恶心，公狗，母狗，气死我了，我的肺气炸了！

我没什么可气的。我看着母亲的字迹，努力地捕捉记录传递的真实场景，我沉迷于这样的推理和想象，又害怕推理和想象带来的结果，所有结果都是蹊跷的化学反应，字，词，句子，加上想象力，从上而下，轻易地俘虏了我的身体。在阅读与想象中，我一次又一次地勃起。我的下身在燃烧，一团堕落的肮脏的火焰在船舱里疯狂燃烧，烧得我手足无措。我合上工作手册，文字之火余烬未灭，书套上李铁梅的面孔又来给我添了一把火，不知道怎么回事，尽管李铁梅双目圆睁表现着革命的决心，但她的腮帮子艳若桃花，她的嘴唇那么薄那么红，她的鼻梁那么修长那么挺拔，她的耳朵看上去那么柔软那么肉感，这一切都被我误解成了某种性的挑逗。我也不知道自己是怎么回事，别人都对李铁梅举红灯的姿势肃然起敬，我却总是往歪处想，我觉得自己很堕落，带着一种自救的良知，我用旧报纸把工作手册又包装一遍，李铁梅的面孔被包起来了，我的下身就平静下来了。后舱房里的世界是局促的，我的秘密时刻面临败露的危险，为了安全起见，我把工作手册藏在工具箱里，抱着工具箱悄悄地来到船尾，当我好不容易打开暗舱的门，我听见工具箱在骚动，里面隐隐传来锤子扳手铁钉螺帽的抗议,还有李铁梅焦灼的呼唤亲人的声音,奶奶,您听我说!远处的河岸也在骚动,我依稀感到岸上有个红色的人影,是我母亲沿着河岸奔跑,追着我们的船,一边追一边怒声高喊,快把本子还给我,还给我呀,东亮,你这个无耻的孩子,你这个下流的孩子,气死我了,东亮,你把我的肺气炸了!

初到船队,我被湍急的河水和紊乱的青春所围困,阴郁而消沉,而我父亲心情不错。向阳船队勉强稀留了父亲的最后一批崇拜者,父亲下放后,他们一直不好意思改口,还是喊父亲库书记,船上的女人们都觉得有责任帮衬我们父子,他们说,乔丽敏够狠心呢,一挥手就把父子俩撵到船上来了,船上没女人,这日子怎么过呢?女人们怀揣着妇道和热心肠来到七号船,送两碗面条,送一壶开水,德盛的女人是最热心的,她洗衣服的时候,常常端着大木盆,扭秧歌似的来到六号船船头,对我父亲喊,库书记呀,出来一下,有什么要洗的?尽管往我盆里扔。

我不出去,在舱里悄悄地监视我父亲。他空着手出舱去,连一双袜子也没带,但他讲究礼数,和德盛女人说话去了。从下往上,我能看见德盛的女人光着脚,绣花裤管下露出黢黑的脚背,脚指甲则是鲜红鲜红的,一看就是染过了凤仙花汁,船上的女人都这样,以为别人都要留意她们的脚指甲。我父亲果然注意了她的脚指甲,发出了及时的赞美,他说,德盛媳妇,你身上有一种革命浪漫主义的风情呢。

德盛的女人不解其意,嘻嘻地傻笑,说,我天天在船上,哪儿浪漫得起来呢?我知道这是危险的赞美,我认为父亲对德盛女人有一点意思,我认为他对孙喜明的女人也有意思,以我的揣测,他对很多体态匀称面孔红润的女人都有意思。我的脑袋贴着舷窗,内心充满忧虑,只要他和一个女人靠得很近,只要他和一个女人单独说话,我就替他担心,我就会想到一个字,敲!我甚至以自己的经验,从心里对父亲发出警告,小心,小心,不准勃起,不准勃起!我紧张地盯着父亲的下半身,几乎屏住呼吸,值得庆幸的是,无论和德盛的女人在一起,还是和孙喜明的女人在一起,我父亲的裤裆总是风平浪静,从来没出过洋相。我私下猜测,毕竟他做了那么多年干部,人前一套,背后一套,什么都能装吧。

我装不了,我管不住自己。有一次他和德盛女人说话,站的位置偏离了我的视线,我忍不住把脑袋探到了外面,歪着头观察他们两个人的身体。这诡秘的举动被我父亲发现了,他捞起一根竹竿在我头上敲了一下,怒骂道,我和群众聊天,你鬼鬼祟祟看什么?让你看书你打瞌睡,这会儿你的眼珠子瞪得比牛铃还大!

我缩回了脑袋,一时竟然没找到借口。我没有什么借口。不健康的青春期,由无数不健康的细节缝缀起来,我知道自己有多么令人讨厌。我头脑空洞,却又心事重重,看上去对什么都不在乎,其实鬼鬼祟祟。我确实鬼鬼祟祟的。在船上,父亲的生活作风没出什么问题,我的生活作风却出了大问题。我面色憔悴情绪低落,所有表现都不符合朝气蓬勃的标准,我父亲敏锐地察觉到我染上了手淫的毛病。他是过来人,对付这事很有经验——白天他经常突然袭击检查我的手,吸紧鼻子闻我手掌上的气味,夜里睡觉的时候他规定我的手和下身要严格分离,不准我把手放在被子里面;半夜三更的我多次被父亲惊醒,都是一个原因,他发现我的手在被子里面。怎么又放在里面了,给我拿出来!他粗暴地把我的手拉出被子,掖好被头,威胁我说,我再发现你手在里面,就把你手吊到梁上去,让你吊着手睡!

说起来有点冤枉,我从没追究父亲的生活作风问题,父亲却抓住了我的生活作风问题不放手。失去了油坊镇的领导岗位后,他兴趣转移,如何改造我的思想,如何纠正我的生活作风,成了父亲工作的重点。他干什么都喜欢大张旗鼓,制造声势,为了模仿水上学校的模式,他把我们家的船篷布置成了一间流动教室,小黑板、粉笔擦,还有自制的竹枝教鞭,应有尽有。他还剪了四块红纸,分别写上"团结、紧张、严肃、活泼"八个大字,隆重地贴在板壁上。

四条训诫,其实有两条我是遵守的,第一我很紧张,我天天都在提防父亲的检查,怎么会不紧张?第二我很严肃,我每天碰不上一件高兴事,天天都绷着脸,觉得整个世界都欠了我的债。至于团结和活泼,我对前者没兴趣;对于活泼,我有一点兴趣,可是谁都知道,活泼是要具备条件的,无论是打乒乓球还是滚铁箍,要活泼至少要在岸上,我在船上,让我怎么活泼呢?

我对父亲的水上学校不感兴趣,除了一个隐私带来的短暂而尖锐的快乐,我不知道我的快乐在哪里。

那年我十五岁,像一根青涩的树枝被大水冲到金雀河上,我随波逐流,风管辖我,水管辖我,河岸管辖我,父亲天天在管我，偏偏我自己管不住自己，包括我自己的秘密。有一天早晨我被惊醒，是被父亲打醒的，我迷迷糊糊，下意识地捂紧自己的短裤，怪我做的梦不好，梦见了李铁梅，短裤里突起了一座小小的山峦，但这次受罚，不是勃起之罪，是大祸临头了。父亲不知为什么打开了船尾的暗舱，发现了我的秘密。他挥舞着那本工作手册抽我，抽我的脸，我从来没见过如此暴怒的父亲。他头发凌乱，眼角上还挂着眼屎，面孔看上去很古怪，一半是苍白的，另一半因为愤怒，已经涨成了猪肝色。这东西怎么会在你手上？滚起来，给我滚起来，说呀，你藏着这本子干什么？

我迷迷糊糊地站起来，用双手保护我的脸，嘴里下意识地申辩，不是我的，是妈妈的，都是妈妈写的，不关我的事。

我知道是她写的，是你偷的！我问你，为什么偷？为什么偷了不交给我？为什么藏起来？这是我的黑材料呀，你居心何在？

我居心何在？我说不清楚。说不清楚本可以选择沉默，但是我不懂得沉默，为了逃避责任，我说了一句不三不四的话，我藏着玩，好玩嘛。

好玩？怎么个好玩法？这句话彻底激怒了父亲，他狂叫起来，拎着我耳朵，一迭声地追问，什么好玩？这是你母亲整我的黑材料呀，你怎么玩的？

怎么玩呢？我还是说不出口，让我怎么说得出口呢？我从父亲的眼睛里看见了罕见的怒火，预感到灾祸马上要降临，提着裤子就往舱外逃，父亲追出来踹了我一脚，滚，你这个下流坯，不准你在我的船上了，马上给我滚，滚到岸上去，去找乔丽敏吧。

船队正在清晨的金雀河上航行，我逃到船头，再也无处可逃了。我看着别人的船，别人家的船是安全的避风港，但我不想上去。夜航过后，船队的人都早早起来了，有的船上已经升起了炊烟，有的孩子正在船尾撅着屁股解手，早起的船民们向七号船上张望着，发现我被父亲逼到了船头，紧紧抱着缆桩。八号船的德盛大声说，库书记，你家东亮怎么啦，惹你生那么大的气？别再往前逼他了，再逼就逼到水里去了。

我父亲装作听不见，他用一把煤铲对准我，就像用一杆枪对准敌人，他说，滚，你这个下流坯，你这个小阴谋家，给我滚到岸上去，滚到你母亲那里去！我回头看着船下的水，心里有点胆怯，嘴巴不示弱，滚就滚，你让拖轮停下来，我马上就滚。父亲说，你好大面子，让拖轮为你这混账孩子停下来？做梦去，河水淹不死你，你先滚到水里去，自己游到岸上去！我说，水那么冷，我才不下水，只要有河滩，我马上就滚，我才不稀罕这条破船，我上去了就不下来了，你一个人过去吧。

父亲有点犹豫，一边观察着河岸，手里紧紧地握着煤铲，船过养鸭场，他说，好，养鸭场到了，有河滩了，你可以滚了！父亲突然用力将煤铲铲到我的脚下，这样，我就像一堆煤渣一样被他铲起来了，半堆在船板上挣扎，半堆已经悬在空中。六号船上王六指家的一堆女儿挤在一起看热闹，看见我的狼狈样子，居然都痴痴地笑起来，这让我感到了极度的羞耻，撵就撵，推就推，驱逐就驱逐，我怎么也不能谅解父亲使用的工具，用什么不好，为什么要使用一把煤铲呢？一气之下我就对着父亲骂了一句脏

天堂　59

话，库文轩，我敲你老娘！

　　怪我咎由自取，敲父亲的老娘，就是要敲邓少香烈士，父亲怎么能容忍呢？我看见父亲脸上闪过一道残酷的白光，这下他真的把我当做一堆煤炭看待了，他调整了手里的煤铲，弯腰蹲马步，嘴里怒吼一声，双手用力一掀，成功地把我铲到了养鸭场的河滩上。

字

那是我第一次被父亲赶到岸上去。我是在养鸭场那里上岸的,看不见人,一群鸭子在河滩上摇摇摆摆地站成两排,代表陆地夹道欢迎我,欢迎我回归陆地。我朝油坊镇方向走,觉得脚下的路在波动,乡间公路像河一样奔流,反而金雀河的河水纹丝不动,仿佛一片发亮的土地,河上船樯,乍看都是土地上的房屋。我走到变电房附近,迎面又跑来几只鸭子,傻子扁金扛着一根长长的鸭哨,在路上雄赳赳地走。他看见我就亢奋地喊起来了,你是库文轩的儿子吧?我告诉你,你去告诉你爹,工作组又要来了,他们就要来宣布了,我才是邓少香的儿子,我是她的真儿子!

对付一个傻子,我还是有点办法的,我说,傻子,你癞蛤蟆想吃天鹅肉呢,你也配做烈士的后代?我也告诉你,工作组就要来了,他们就要宣布了,你爹是头猪,你娘是只鸭子,你是猪和鸭"敲"出来的!

傻子扁金拿着鸭哨来追我,他明显知道敲的意思,怒视着我说,你小小年纪就满嘴脏话,敲?你知道怎么敲?看我来敲你,敲死你!

我和他在路上赛跑起来,我当然比他跑得快,很快就把他甩掉了。甩掉了傻子扁金，我还在跑，我好久没这么奔跑了，像风一样奔跑，如果不是去了船队，我绝对不会把奔跑也作为一种享受，我像风一样跑到油坊镇中学的红色校舍外面，风停了，我累了。我站在路上喘气，看着油坊镇中学的房舍和操场，突然之间，我感到很难受，肠胃难受，心里也难受。

我在这所学校的初中部上了三个月的课，就走了。摆脱学校曾经让我狂喜过，现在时过境迁，我发现自己有点不舍得学校了。我从围墙外绕到我的教室，从窗户里看见一丛丛男孩女孩的脑袋，像一片高粱在里面起起伏伏，我的座位上，坐了一个穿花棉袄的女孩子，嘴里念着什么，一只手正在掏鼻孔。他们跟随着一个女教师，七零八落地诵读着外语，其实是在嚷嚷，我听不懂他们在嚷什么，踮起脚看见黑板上的一排字，这才知道他们是在上英语课，千万不要忘记阶级斗争，下面配着一排英文字母，我听了好几遍，大体上记住了英语的念法：内佛佛盖特克拉斯斯却歌，这就是千万不要忘记阶级斗争的意思？我下意识地对照了油坊镇的方言，进行了再翻译，一个惊喜的发现让我差点笑出来，综合油坊镇方言和向阳船队的切口，这句英文应该这么念：那么不碍事这样子敲过去！

敲过去。敲过去！这三个响亮而堕落的音节让我莫名地亢奋起来，我在地上找到一截粉笔头，先在墙上写下了"千万不要忘记阶级斗争"这几个字，然后我准备写下我自己的翻译，写到"碍事"的"碍"字，我卡壳了，我不会写这个字，怎么也回忆不起来，我就先写了"敲过去"。一个字不会写，对整个标语的效果很有影响，再念一遍，突然觉得没意思了，别人看见了不会发笑的。于是我另起炉灶，灵机一动，我把"千万不要"的"不"擦掉了，擦了一念，千万要忘记阶级斗争。我觉得这有点意思，又有点担心，这样算不算反动标语呢？我正犹豫着，从窗户里探出一个男孩的脑袋，我不认识他，他倒认识我，一见我就瞪大眼睛叫起来，库东亮，你在干什么？

让他这么一叫，我扔掉粉笔头，又跑了。

我又跑起来，这次是慌张地逃逸。我突然想起来那句话是毛主席的语录，篡改语录都是反动标语，我知道我惹了祸。我抄近路穿过麻袋厂的厂房，朝工农街上跑，跑到街口，突然意识到工农街上没有我的家了。于是我返身朝综合大楼跑，那幢大楼我是最熟悉的，我父亲的办公室在四楼，我母亲的广播室在二楼，我来到综合大楼的门前，这才想起母亲也不在广播室了，我隐约记得父亲说过，母亲调动了，但我不记得她是调到粮油加工站还是粮油管理所了。我在传达室的窗边转悠，看见一群人在传达室外面等着拿报纸，好多人的脸我认识，好多人以前似乎很喜欢我，现在他们都用惊愕的表情看着我，有个女干部说，你不是库文轩和乔丽敏的儿子吗，还来这里干什么？你妈妈不在广播室了。

有人告诉我母亲在粮油加工站，并且给我指了路。那地方很远，快到枫杨树乡了。我走到加工站天色已经暗了下来，碾米机都停止了工作，空气里还残留着新鲜稻米和菜子油混杂的香味，几个女工结伴出来，对我指指戳戳的。我不认识她们，我问，乔丽敏在不在？她们的脸上都浮现出神秘的笑意，说，在，怎么不

字　63

在，等着你呢。

我走进碾米车间，看见三个人静静地站在碾米机前，像另外三台碾米机一样静静地注视着我，一个是我母亲，一个是油坊镇中学的教导主任，还有一个青年穿着蓝色的制服，是派出所的警察小洪。我知道我惹下了大祸，我不该进来，还应该跑，可是我再也跑不了了。

我母亲第一个扑过来，她像一头愤怒的母狮朝我扑过来，啪，啪，啪，打了我三个耳光。她向旁边的两个人气呼呼地解释了三个巴掌的意义，我记得很清楚，她说，这三巴掌，第一巴掌归孩子自己；第二巴掌归我，我乔丽敏一生要争气，怎么偏偏生了这么个不争气的孩子；第三个巴掌，赏给他父亲，都是他的教育有方，你们看看，孩子跟着他才几个月，都会写"反标"啦！

码头

我在粮油加工站的宿舍里住了几天,就决定离开了。

我不得不离开,不知道是我母亲,还是我自己败坏了我的名声,粮油加工站里的所有女工都讨厌我,提防我。隔壁农具修理厂的男工也受了他们影响,不给我好脸色,只有厂里的一条癞皮狗对我高看一眼,很热情地对待我,甚至向我献媚,它天天围着我嗅来嗅去的,尤其喜欢嗅我的裤裆。我不领狗的情,更讨厌那畜牲对我裤裆的特别关注,我再怎么不受欢迎,也不至于要感激一条癞皮狗的友谊,所以我对它拳打脚踢。癞皮狗竟然也有自尊,顿时与我反目了,如果我不是跑得快,肯定要被它咬一口。

癞皮狗追到我母亲的宿舍门外,在走廊上狂吠,其他的女工吓得魂飞魄散。我母亲知道是我惹了那条狗,她拖着一柄湿漉漉的拖把,勇敢地跑出去轰走了癞皮狗。轰走了狗,她去向受惊的女工们打招呼,一定是听到了什么不中听的话,回到宿舍她的脸是阴沉的,看见我无动于衷地躺在床上抠脚丫,她不由得怒上心头,转而用手里的拖把对我发起了进攻,她忽而用拖把柄捅我的腿,忽而用拖把头扫我的手臂,嘴里痛心地喊叫着,你看你这个十恶不赦的孩子,群众孤立你,畜牲也嫌弃你,连一条癞皮狗都来追你呀，狗是吃屎的，吃屎的狗都不肯原谅你！

　　我很清醒，没有与母亲顶嘴，她发怒的时候我捏紧鼻子屏住气，这个动作提醒她注意我耳朵的功能，你骂什么都没用，你的话从我的左耳里进去，马上从右耳里出来了，骂什么都是空屁。我在母亲的责骂声中默默地吃晚饭，脑子里忽然想起"流亡"这个词，或许我已经开始流亡了，粮油加工站不是我的久留之地，我已经认定母亲那间狭窄的女工宿舍不是我的家，是我的一个驿站而已。什么母亲？什么儿子？空屁而已。我是我母亲的客人，一个不受欢迎的客人，她提供我一日三餐，每一粒米粒上都浸泡了她的悲伤，每一片青菜叶上都夹带了她的绝望。我与母亲在一起，不是她灭亡，就是我疯狂；不是她疯狂，就是我灭亡——这不仅是我母亲的结论，也是我自己的结论。

　　母亲还在岸上，但岸上没有我的家了。我考虑着自己的出路，权衡再三，向母亲低头认罪是没用的，她自认为品德高尚，难以原谅我，还是父亲那边好一些，他自己也有罪，没资格对我吹毛求疵，我决定向我父亲低头，回到船上去。有一天早晨我不辞而别，离开了粮油加工站的女工宿舍。

　　那天是向阳船队返航的日子，一个浓雾弥漫的早晨。我在码头等船，等得心神不宁。我说不清是在等我父亲的船回来，还是在等一个家回来；我也说不清，是在等我父亲的家回来，还是在等我自己的家回来。我拿着一只旅行包站在码头上，脑子里想起农具厂的那条癞皮狗，觉得我还不如那条狗，那狗在岸上还有个窝呢，我却什么也没有。我只能回到河上去，我比狗还低贱一等,只能攀比一条可怜的鱼。

早晨大雾不散,大雾把码头弄得湿漉漉的,像是下过一场雨。太阳犹犹豫豫地冲出雾霭,但有所保留,码头的一部分被阳光照亮了,另一部分躲避着太阳。煤山上货堆上,还有许多起重机上挂着薄薄的雾,有的地方太亮,刺人眼睛,有的地方却还暗着,看不清楚,我站在暗处等待。驳岸上人影子很多,但是分不清谁是谁。有人从船运办公室那边过来,匆匆忙忙地朝驳岸走,脚上拖曳着一条跳跃的白光,我认定那是船运办公室的人,对着那人影子大声地喊,喂,你站住,我问你话呢,向阳船队什么时候到?

一开口我就后悔了。我遇见的是综合大楼的机要员赵春美。赵春美呀,赵春美!是赵春美,她是油坊镇新领导赵春堂的妹妹。这名字在母亲的工作手册上,起码出现了十余次,赵春美和父亲乱搞过。我脑子里立刻浮现出一些零碎的记录文字,都是父亲亲口向母亲坦白的,他们搞,搞,她躺在打字台上,她坐在窗台上,他们搞,搞。有一处细节比较完整,他们躲在综合大楼存放拖把扫帚的储藏室里,搞,搞,清洁工突然来推门,我父亲临危不乱,用扫帚和拖把挡住自己的下身,用肩膀死死地顶住门,命令清洁工离开此地,他说,今天你回家休息,我们干部义务劳动!

我记得以前曾经在综合大楼里见过这个女人,印象最深的是她的时髦和傲慢。她有一双油坊镇上罕见的乳白色的高跟鞋,还有一双更罕见的紫红色高跟皮鞋,她一年四季轮流穿着这两双高跟鞋，在综合大楼的楼梯上咯噔咯噔地走。大楼里的女人都很讨厌她，包括我母亲，她们觉得她是在用高跟鞋向其他女人示威，向男人们调情。我记得她的眼睛里曾经风吹杨柳，风情万种，现在不一样了，她认出了我，那眼神冷峻得出奇，有点像公安人员对待犯罪分子，她盯着我的脸，然后是我手里的旅行包，似乎要从我身上找出什么罪证来。我原先是想转过脸去的，突然想起父亲的义务劳动，忍不住想笑，但她突然浑身一个激灵，这反应让我震惊，我再也笑不出来了，我注意到她古怪的表情，那表情已经超越了仇恨，比仇恨更尖锐，她浮肿的脸上被一圈寒冷的光芒包裹住了。

　　杀人了。她哑着嗓子说，我家小唐死了，库文轩杀死了我家小唐！

　　我这才注意到赵春美的头上别了一朵白花，她的鞋子也是白色的，不是高跟鞋，是一双麻布丧鞋，鞋背和鞋跟上分别缀着一小朵细麻绳绕成的小花。她的腮帮肿得厉害，说话口齿并不很清楚，我知道她说她丈夫死了，但我不知道她为什么要指称我父亲杀人，我父亲在河上来来往往，他怎么能杀死岸上的小唐呢？对于死人的事，我本来是有点兴趣的，我很想问她你家小唐什么时候死的，到底是自杀还是他杀？但她阴沉绝望的表情让我害怕，她盯着我，突然咬牙切齿地说，库文轩，他迟早要偿命的！

　　我被她眼睛里的凶光吓着了。一张女人的脸，无论过去如何漂亮，一旦被复仇的欲望煎熬着，便会显得异常恐怖，赵春美的脸当时就非常恐怖。我下意识地逃离她身边，跑到了装卸作业区。我跑过一台吊机下面,抬头看见装卸队的刘师傅高高地坐在驾驶室里,朝我使着眼色让我上去,似乎有天大的消息要告诉我。我爬上吊机的驾驶室,等着刘师傅告诉我什么,结果他什么消息也没有,只是管闲事而已,刘师傅指了指赵春美,告诫我说,你千万别招惹她,她最近神志不清楚,男人前几天喝农药死了。

我没惹她,是她来惹我。我说,她男人喝农药,是自杀,不关我爹的事!

刘师傅示意我别嚷嚷,他说,怎么不关你爹的事?是你爹的责任,是你爹让人家小唐戴了绿帽子嘛,没有那顶绿帽子压着,小唐不会走那条绝路的。

少来讹人。我本能地替父亲辩解起来,你们没有调查就没有发言权,我了解情况,我爹跟她搞了好多年了,她男人绿帽子也戴了好多年了,怎么现在才想起来喝农药?我爹敲过的女人多了,怎么偏偏她家就闹出了人命?

你个孩子不懂事呢,天下哪儿有男人喜欢戴绿帽子的?都是没办法嘛。刘师傅说,小唐他绿帽子是戴了很多年了,可是以前没多少人知道,别人装傻他才能装傻,现在你爹一垮台,好了,人人都知道这件事,人人都传这件事,多少人戳小唐的脊梁呀,说他为了往上爬,拿自己老婆给领导送了礼!

我回忆起母亲的工作手册上对赵春美夫妻的记录,嘴里忍不住嘟囔起来,也没冤枉他,我了解情况,小唐调到兽医站当站长,就是我爹帮的忙。

码头 69

小唐人都死了，不兴这么说他！刘师傅瞪着我，禁止我说死人的不是，他说，小唐就是让闲话说掉了一条命。也不怪人家心眼儿小，背后说闲话，还能装聋子，他去浴室洗澡，有人过去捏他鸡巴，问他能不能硬呀，可怜这白面书生，他在池子里跟人打了一架，没伤着人，自己鼻子给打出血了，别人给他纱布棉球他不要，自己穿好衣服去药店，说买红药水去，结果他去买的不是红药水，是敌敌畏！我老婆亲眼看见的，他从药店出来，一路走一路就把敌敌畏喝下去啦，好多人看见的，以为他在喝酒呢！

我本来还要和刘师傅争论下去的，不管小唐是怎么死的，捏他鸡巴的人才是杀人犯，这条人命凭什么算在我父亲头上呢？我正要说什么，忽然听见下面响起了一阵嘶哑而愤怒的叫喊声，库文轩家的狗崽子，你给我下来！我朝吊机下面一望，看见赵春美追来了，她仰着脸站在下面，对我虎视眈眈的。我心里一慌，对刘师傅说，她到底要干什么？她男人死了，难道还要我爹偿命？我爹不在，她是不是要我偿命？

刘师傅皱起眉头，将脑袋探出吊机的窗子朝下面张望，他对我说，偿命你们偿不起，人家也没真要你爹偿命，她就是钻了牛角尖，天天到码头来守你爹，要你爹到小唐的坟上披麻戴孝呢。

这是刘师傅透露的唯一有用的消息，这消息让我觉得下面那女人的身影更恐怖了。我想钻进吊机的驾驶室里，可是比较各自的处境，刘师傅也许更同情赵春美，他借口安全重地闲人免入，把我推出来了。我一跳下地，就看见赵春美朝我跑过来，边跑边把手伸到外套口袋里，拉出了一团白色的孝带，她的手里挥着孝带，嘴里叫喊着，库文轩的狗崽子，你别跑，你爹不在，你先替他戴上孝带啊。

我没料到遇上了这么恐怖的事情，赵春美疯了，竟然要让我为小唐戴孝带，我对她说了一句痴心妄想，就撒开腿跑了，一口气跑到了煤山上。赵春美朝煤山这里追了几步，不知是体力不支，还是自知跑步登高的才能无法与我抗衡，她停住了脚，对着我嘟嘟囔囔地说了些什么，最后她把一团孝带和黑纱塞到了怀里，放弃了我，站到驳岸上等船去了。

我知道赵春美在守候父亲。那天早晨的油坊镇码头就是如此蹊跷，我在煤山上守望着向阳船队，赵春美在驳岸上等船队归来，我们各怀心事，都在焦灼地等一个人抵达码头，是我父亲库文轩，我们都在等他。

太阳终于大胆地升起来了，码头晃动了一下，杂乱的轮廓清晰起来，甚至连空气都是热情洋溢的，显示出抓革命促生产的繁荣景象。远远地我听见了拖轮的汽笛声，向阳船队模糊的影子，在河面上渐渐清晰起来，从煤山上远望，船队就像一片流动的岛屿，十一条船就像十一座流动的小岛，在河上有组织有纪律地漂流。我猜测船是从五福镇来。从别的码头运来的货物，都可以裸露，都说得上名字。五福镇的货物不同。装船制度不一样，船从五福来，向阳船队的驳船便要蒙上绿色的篷布，我猜得出那篷布下面的货物，多半都是密封的大木箱，木箱上没有收件地址，只有一些神秘的阿拉伯数字和洋文字母，我知道，这批货物最后将辗转运往更神秘的山南战备基地。

我在高处，一眼就看清了七号船，还有船上的父亲。别人的船上都蒙着绿色的油布，看上去是个隐秘而团结的集体，只有我们家的七号船有点特别，光明正大地裸露着。我看见舱里很多白花花黑乎乎的动物在涌动，起初辨认不出是什么，后来看清楚了，竟然是一船生猪，我家的船舱装了三四十头生猪返航了，父亲正弯腰守在舱边，看管着一船白猪、黑猪和花猪。我还不如一头猪，我被父亲驱逐下船，猪群上了我家的船，现在父亲伺候着一船生猪，披星戴月地回到油坊镇来了。

大约是早晨八点钟，高音喇叭里正好在播放广播体操的音乐，一个男人雄壮的声音在喊，上肢运动，一，二，三，四，二，二，三，四。船队就在广播体操明朗激越的节奏里靠了岸，拖轮上的汽笛尖叫几声，与高音喇叭稍作对峙，便草草收场了，十一条驳船游子归来，疲惫地扑向油坊镇的土地，河上水花四溅，船上的船民一片忙乱，铁锚沉入水底，缆绳抛向驳岸，跳板在舷板上刺耳地滑动，我看见父亲在船头上不知所措的身影，很快德盛过去了，王六指也过去了，他们帮我父亲下了锚。

驳岸上的起重机都呜呜地发动起来了，装卸队的工人已经带着麻绳杠棒聚集在岸边，四周一片嘈杂。赵春美在吊机的机械臂下穿行，风风火火地朝船队走，她像一颗子弹朝我父亲射过去了。我知道她戴着丧孝，一时上不了船。船民们迷信，最忌讳死人的家属登船，果然，我看见一号船的孙喜明夫妇把她撑下了船，王六指全家出来堵着跳板，不让她过去。她上不了船，改变策略，沿着驳岸向七号船奔跑，船民们都发现了她的丧孝，他们同仇敌忾，所有的船民都在喊，走开，走开！德盛和老钱甚至用长杆在空中挥舞着驱赶她。我看见她跑着，躲着，忽然振臂一呼，库文轩，你杀了人，快给我滚下船来！也许用尽了全身力气，她这么喊了一声，人就瘫坐在七号船边了。

我预感到会出什么事，当我从煤山上跑下来时，看见从综合大楼的方向过来一群人，他们也匆匆地向码头奔跑，我赶到驳岸上，那群人也到了，很明显他们是赵春堂派来的，我看见他们架着赵春美走，赵春美在哭泣，不是嚎啕大哭，是带着倾诉的哭泣，我没疯，你们拉我干什么？我不去杀人，不去放火，你们放心，我不会给我哥丢脸的。我注意到她的身体一会儿被别人所包围，一会儿露出一条坚强的腿，一会儿露出一只愤怒的胳膊，在别人的强行拽拉下，她倾斜着身体在驳岸上滑行，头部固执地拧向船队的方向。我与他们逆向而行，经过她身边的时候，她看见了我，身体剧烈地颤动了一下，她用一双红肿的泪眼瞪着我，嘶哑的声音突然高亢起来，听上去凄厉而狂热，去告诉你爹，我不要他偿命，我就要他戴着孝带，去小唐坟上磕一个头！

我拿着旅行包站在驳岸上，看着赵春美被架走，一条白色的孝带从她怀里掉出来，在地上飘飘曳曳的。她人一走，我对她的恐惧也消失了，我觉得她可怜了。搞啊，搞啊，敲啊，敲啊，怎么男的没事，女的没事，偏偏死了那个小唐？我努力地回忆死者小唐的模样，脑子里依稀浮现出一个戴眼镜的男人的模样，长相白净，面容和善，是镇上最讲文明的人之一，他习惯说对不起对不起。他曾经到我家和父亲下过象棋的，吃你的棋，将你的军，他都要说对不起。我想起父亲和他们夫妇之间的关系，忽然觉得这关系充满欺诈和阴谋，父亲大白天和赵春美在综合大楼的储藏间里胡搞，夜里邀请小唐到家里来下象棋。这是安慰人家，还是骑在人家头上拉屎呀？然后我莫名地想起母亲喜欢使用的两个词：主动、被动。谁是主动一方，谁是被动一方？我回忆起母亲的工作手册里充满了此类的记录，我不敢认定赵春美有多么被动，父亲有多么主动，但是我肯定那个小唐，他是完全被动的。如此看来，刘师傅的理论是说得通的，我父亲偷偷地给小唐戴了绿帽子，小唐是被那顶绿帽子压死的。

　　我心如乱麻地看着七号船，盼望着父亲的身影出现，又怕他出来看见我。要卸船了，别的船上都架好了跳板，我们家船上没有跳板。父亲还不出来。我知道他一定躲在舱里，躲着赵春美。他躲起来有什么用？躲得了初一躲不了十五。我听见自己在嘟囔，是不满的声音，有种你出来呀，就知道搞女人，敲，敲，敲吧，看你敲出什么后果来了！

　　船队的人都看见我在驳岸上徘徊，他们暂时停下了对赵春美的议论，热情地朝我打招呼，东亮你回来了？回来就好，父子俩闹别扭，做儿子的低一低头，什么事都过去了。我没心情理睬他们，他们便朝七号船喊起来，库书记，你出来一下，没什么好怕的，那女人给拉走了，是你家东亮回来啦。

　　我父亲不出来。他不出来，我也不上船。我站在驳岸上，看见一大群生猪在我家的前舱里拱啊拱啊，一股臭味直扑鼻孔。我不知道他们为什么要安排七号船运生猪，这个安排，是信任父亲，还是不信任？是照顾我父亲，还是为难我父亲？我捏紧鼻子，打量起别的船上的货物，油布篷揭开了，神秘的货物露出了真面目，有一部分是山南战备基地的机器，都用大木条箱封着，封条上有很严厉的禁止打开的警告。还要一部分是油料，我对那些桶装的油料很感兴趣，那些大铁皮桶上印着一排洋文，似乎不是英文，我不知道是哪国的文字，也不知道这是什么毛病，凡是不认识的外文，我都会下意识地念，内佛佛盖特克拉斯斯却歌，千万不要忘记阶级斗争，连锁反应，我念着念着，思路就歪了，那么不碍事这样子敲过去，我念了一半就捂住了嘴巴，心里谴责着自己，难道苦头没吃够吗，我怎么还能这样念字呢？

七号船要最后卸，这很正常，牲畜最难对付。装卸队在肉联厂派来的一个职工的指挥下，带来了碗口粗的竹杠，还有绳子，他们一上船，猪群就嚎叫起来，等到他们把第一头猪四蹄朝天捆绑到竹杠上，一舱猪都骚动起来，就像遇到大风浪。我家的七号船剧烈地颠簸起来，船颠簸得这么厉害，我父亲还在舱里，我觉得不对劲，顾不上摆什么架子了，我从地上捡了块煤渣，对准紧闭的后舱窗子砸了过去，爹，他们卸船了，你快出来呀。

后舱窗户打开了，父亲的手在舱里闪了一下，闪一下就不见了。我不知道他躲在舱里干什么，又高喊了一声，爹，你在舱里干什么？快出来呀。这次舱里有动静了，是走动的脚步声，但父亲还是不出来。德盛一边忙着洗舱，一边留意着我，他用脚踏了踏八号船的跳板，示意我从他家上船，快上船呀，东亮你傻站在驳岸上干什么？还要你爹请你呢？

我摇头说，上不上船，我无所谓。他让我上我就上；他不让上，我就在岸上。

德盛女人在一边笑起来，捅着德盛，还是要他爹请呢。她拖了根长杆跑到船头，用杆头笃笃地捅我家的后舱，库书记出来一下了，快出来一下。她一边捅一边喊，赵春美不在了，你儿子回来了，他要你出来表个态呢，你到底让不让他上船？

我父亲不出来，但舱里的动静大起来了，不知道是什么东西掉在地板上，之后我清晰地听见父亲拉开舷窗的声音，父亲的脑袋从舷窗里慢慢浮起来了，他面如土色，一只手搭在外面，是鲜红色的，父亲的手指上手背上，都是鲜红的血，他朝我木然地注视着，那只血手动了动，上船，东亮你快上船，来帮我一个忙。

我起初以为他把自己的手指剁了。我跳到德盛的船上时，还富有经验地对他喊，快拿红药水，快拿纱布！等我钻进我家的后舱，一下就傻了，我不敢相信自己的眼睛，我不敢相信父亲做的事情。舱里弥漫着一股血腥味，地板上的血在流淌，一把剪刀掉在那张海绵沙发上。父亲的下身拖曳着一条黑红色的血线，他剪了他的阴茎！剪的是阴茎！他的裤子褪到了膝盖上，整个阴茎被血覆盖着，看上去还是完整的，但是下半部分随时都会落下来，他的身体已经开始摇晃，慢慢地朝我这边倒过来。帮我个忙，拿剪刀来，剪光它。他一边呻吟一边对我说，它把我毁了，我要消灭它。

我被父亲吓傻了，浑身发抖。闻声赶来的德盛的女人一声声尖叫起来，德盛大声喝住了她，你别在这里尖叫，女人家给我出去,快出去。幸亏有德盛在一边,他平时杀猪宰羊有经验,此时毫无惧色,冷静地蹲下来察看我父亲血淋淋的阴茎,没剪干净,没事!很快他狂喜地喊起来,老库算你命大,掉不下来就好,快去医院,去接上它!

我听从德盛夫妇的指挥,用一条毯子裹住了父亲的下身。后来德盛背着我父亲在驳岸上跑,船队的人都从船上向驳岸涌来,装卸队的工人也追着我跑,他们问,这是怎么啦?谁把你爹捅了,这么多血呀!德盛女人在旁边,一边帮衬德盛,一边驱赶那些看热闹的人,她说,血有什么好看的,不是演电影,你们别堵着路给我们添乱了。有人问德盛女人,是东亮捅了他老子吗?德盛女人说,你们是猪脑子吗,儿子怎么忍心捅老子?没看见今天雾这么大?雾大鬼出笼,他今天是鬼上身啦,都怪那个赵春美呀,她就是个活鬼!

德盛背着父亲在驳岸上狂奔,我跟着他跑。码头的水泥路面上白花花的,到处反射着强烈的白光,我有一种奇怪的感觉,我们父子似乎听从了赵春美的召唤,正在赵春美为我们铺设的白色丧带上奔跑。我的手一直扶着父亲痉挛的臀部,除了黏湿的渗血,我感觉不到父亲下半身的重量,他的下半身像一片羽毛一样轻。这一天,确实是一个鬼气森森的日子,所有针对父亲的诅咒应验了,男人的诅咒,女人的诅咒,亲人的诅咒和仇人的诅咒,都应验了。透过沾血的毯子,我似乎看见了父亲横行多年的阴茎,它的气焰过去多么嚣张啊,现在它终于投降了,我父亲快刀斩乱麻,亲手镇压了他最大的敌人。

到达油坊镇医院门口时,父亲陷入了昏迷,我记得他在昏迷之前对德盛说的两句话。他说,德盛,我不是怕赵春美,长痛不如短痛,这下,我可以彻底改正错误了。他还说,这下我可以保证了,以后一辈子都不会辜负我母亲的英名了。

船民

1

遗忘是容易的。

后来我到油坊镇上去，有些孩子已经不知道我的名字了，他们跟着大人喊我的绰号，空屁。如果别的孩子不知道谁是空屁，他们就加一句，向阳船队的空屁。如果还不清楚，他们就再加一个注解，就是半个鸡巴的儿子！这事说不出口也得说，不是秘密了，我父亲已经成为金雀河地区最可笑也最神秘的人物，我的父亲，只有半个鸡巴。

河上第三年，我突然发现我的走路姿态不正常了。我每次上岸都小心地避开驳岸上所有暗红色的痕迹，唯恐那是父亲留下来的羞耻的血痕，我不敢看地上所有白色的垃圾，唯恐那是一条赵春美遗留的丧带。我要么低着头盯着脚走路，要么昂着脑袋看着天走路。有一次上岸去，午后的阳光打到我身上，我留意了自己的身影，看见自己的影子投射在石子路上，有点像鸭子，起初我以为是光线造成的误会，我纠正了步态，侧脸观察自己的影子，我发现那影子痛苦地晃动着，显得更难看了，像一只鹅了。我突然意识到我和德盛春生他们一样，是外八字脚啦。我很诧异，我跟德盛春生他们是不一样的，他们习惯光脚上岸，我穿着皮鞋走路，他们从小在船上长大，脚步时刻受到船舷的限制，在船上走久了，把自己的脚走成了外八字，我在岸上自由行走了十三年，为什么我也变成了外八字呢？我脱下了皮鞋，拿出了鞋垫，抖干净皮鞋里的细沙，鞋底鞋洞细细地搜查，没看见鞋子有什么名堂，我坐在路边研究自己的脚，我的脚虽然有点脏，但双脚没有任何异常，这让我非常迷惑，好好的脚，走了十几年的路，为什么一下就忘了自己走路的方法呢？为什么不是像鸭一样走就是像鹅一样走路呢？

外八字真难看啊，走路外八字的妇女，你凭空多了一条侮辱她的理由，一个妇道人家，把腿脚叉得那么开是什么意思，是欢迎欢迎的意思吗？男人走路外八字，也容易误导别人，显得你的阴茎睾丸很大很沉重，要靠腿脚的力量才能勉强支撑。我坐在路边，利用在医院外科病房学到的医学知识，分析比较自己的外八字和德盛春生他们的异同，认定我是一种急性外八字症状，并非是受其他船民的影响，是父亲影响了我。这是一种神秘的并发综合征，自从父亲的阴茎再接手术勉强成功，我总是觉得那一半接到了我的身上，我所有的内裤都嫌小了，我的下半身一天比一天沉重。我的大脑也受到了一定程度的感染，所谓的外八字脚，一定是由外八字的大脑决定的，我的大脑或许也被父亲偷偷剪了一刀，我得了外八字大脑综合征啦，连傻子都清楚河流与土地的区别，我的外八字大脑却把河流与土地混为一谈，它向我的双脚发出小心谨慎的指令，小心小心，双脚用力，踩稳土地，提防土地摇晃,提防道路波动,提防暗流,提防漩涡。我听从了那道指令,小心地在岸上走,依稀看见我头部的阴影里,有一个神秘的外八字闪闪发亮,从此以后,岸上的每一条道路,不是我的左舷板,就是我的右舷板,我要小心地走,从此以后,油坊镇就是一片伪装过的水面,我要小心,我要格外小心地走。

遗忘是容易的。后来,我成了一个外八字脚。我的健康未受父亲的影响,但我的五官系统被父亲身上神秘的细菌感染了,很奇怪,站在我的角度打量河上的世界,总是打量出一个荒唐的结果,我的世界,只剩下半个了。岸上到处莺歌燕舞,流水潺潺,我发现我身边没有莺歌燕舞,只有流水潺潺,流水烦死我了。我在河上来来往往,拖轮高速行驶,疯狂地牵拉着我的驳船,风、速度和神秘的细菌联合起来,与我的耳朵作对,与我的眼睛作对,岸上高音喇叭里的歌声无论怎样激昂,我听见前半句,后半句就被河风吹掉了。我在船头看河两岸的风景,看了左边的麦田就忘了右边的集镇,分不清船队刚刚经过了什么地方。河两岸的景色日新月异,可我的目光过于仓促,我的思维失之于片面,这注定我对岸上的社会主义建设成就是一知半解的。船过养鸭场,远远可见一群工人在河滩上打桩挖掘,我不知道那是胜利水电站的雏形,以为养鸭场要扩建鸭棚呢,我心里还嘀咕,连我在岸上都没个家,怎么鸭子就那么受重视呢?水里是它们的家,岸上还要给它们起房子。船过凤凰镇,我看见镇东头的河边竖起了一个高高的水泥墩子,我想怎么养鸭场那里刚刚建设了水电站,凤凰镇又要建一个新的呢,两个地方是在斗气吗?我根本就没注意到河那边也竖起了一个水泥墩子，人家凤凰镇不是在建设什么水电站，是在建设一座公路大桥。

岸上的人们都在谈论一件大事，我的故乡油坊镇麻雀变凤凰了，这个小镇即将发生翻天覆地的变化，成为金雀河地区的样板城镇。除了改造码头，拆房开路，据传油坊镇还要修建一个战备设施，涉及国家机密，没人说得清到底是什么设施。从岸上到船上，人们为此争辩不休，有人说是一个巨大的防空洞，有人说是一个导弹基地，也有人说是山南军事基地的配套设施，一个输油管道枢纽罢了。我听了很多遍，才知道别人说的样板城镇是什么意思，种种传闻，我不知道谁的说法可靠，如果父亲还在台上，我就可以掌握第一手资料了，可惜，三十年河东，三十年河西，我和父亲，已经成为金雀河地区消息最闭塞的人。

有一天我走上码头，发现油坊镇的天空果然比往日蓝了一点，空气清爽了几分，装卸码头在整顿生产，煤山瘦了一圈，货物贮备从粗放走向了有序，装卸工人一律穿着蓝色的粗布工装，脖子上系着白毛巾，还有码头上的公共厕所，厕所也干净了，消毒药水的气味浓烈了许多，而远处的综合大楼楼顶上嵌满了五颜六色的彩灯，很多红底黄字的宣传条幅在风中猎猎舞动。我走出厕所，路过一间从前堆放化学品的仓库，发现仓库的墙壁粉刷一新，门窗漆成了红色，门前挂了块木牌子，**油坊镇码头治安小组**。这个突然冒出来的机构让我很好奇，我朝门内张望了一下，看见几张熟悉的脸，五癞子、陈秃子、王小改，他们每人的袖子上都套了一块红袖章，袖章上印着"油治"，这两个字乍看费解，一琢磨就明白了,是油坊镇治安小组的简称,"油治"后面还拖着个括弧,括弧里是个阿拉伯数字,应该是他们各自的代号吧。我的心里生起一股莫名其妙的妒意,故意把脑袋探进去,大声问他们,你们三个人是油脂呀?油脂要下锅熬油的。

他们听出了我的恶意,王小改和五癞子只是倨傲地瞪我一眼,没搭理我,那陈秃子虚荣心作怪,非要对我解释清楚,空屁就是空屁,你狗屁不懂,什么油脂什么熬油的?连治安的"治"字都不认识?我们是治安小组!我说,你们这治安小组是干什么的,谁让你们成立的?陈秃子受辱似的朝我翻了翻眼睛,说,你猪脑子啊,这都要问?治安小组管治安,当然是综合大楼批准成立的!我又问,就你们这三个人,守着一间破仓库,就算治安小组了?陈秃子说,暂时是我们三个人,以后我们的队伍要慢慢壮大的,你别看我们办公室不大,我们的权力很大的!我鄙夷地说,就这么个破码头,货不归你们管,装卸工人不归你们管,你们的权力能有多大?陈秃子还想对我解释什么,被旁边的五癞子推了一把。那个五癞子是七癞子的哥哥,比七癞子更讨厌,他横眉立目地冲出来,对我做了个上手铐的动作,嘴里说,空屁你再在这里胡搅蛮缠,我就把你铐起来,今天我们会让你开开眼的,看看我们的权力有多大!

五癞子一出来我就走了,我倒不是怕他,一看见五癞子我就会想起七癞子,还有癞子姐姐,想起那半只面包,想起我的绰号,看见这一家人我心里就充满仇恨和屈辱,嘴里会冒泡泡似的冒出一串串脏话。我有自知之明,论打架我不是他对手,所以不能当他面骂,我转过身朝镇上走,一边走一边低声骂,可是我走出去没几步远,骂了没几句,突然听见后面响起王小改的声音,怎么让他走了?你们什么记性,他现在不能走的!与此同时,五癞子和陈秃子都对我喊起来,空屁,你站住,你回来,现在你不能到镇上去!

我莫名其妙,站在那里,看着王小改他们朝我围过来。我说,我为什么不能到镇上去?你们治安小组管治安,还管我的腿呀?

你眼珠子瞪那么大干什么?我们就是管你的腿,谁不老实,就管住谁的腿。王小改整理着他袖子上的袖章,提醒我注意他的袖章,我看他的袖章比陈秃子、五癞子的明显要大一号,代号却小一些,是"油治2号"。看我在研究王小改的袖章,陈秃子对我介绍说,王小改是我们治安小组的副组长,他不让你走,你就走不了。

我说,什么副组长?正组长也管不了我的腿,我愿意去哪儿就去哪儿,他凭什么管我?

凭上面的指示!王小改声色俱厉,他推着我走,被我挣脱了,结果五癞子和陈秃子都拥上来一起推我,把我推到了一堆柴油桶边,王小改说,好了,就让他在这里等,等他们船队的人到齐了,让他们一起上岸去。

我终于知道他们葫芦里面卖什么药了,这个治安小组把我气疯了,我一脚踢飞了一只柴油桶,嘴里大叫起来,我们是船队,又不是军队,为什么要集体行动?

你跟我吵什么？跟我吵没用。王小改说，我们是贯彻上级的精神，非常时期采取非常措施，从今天开始，向阳船队靠岸，必须集体登记上岸，任何个人都不得在镇上乱走瞎逛，马上要出公告的！

看上去王小改是在执行什么上级指示，我猜想这个非常时期与建设样板城镇是有关系的，我忿忿地眺望着油坊镇，远处的街路上很多人在自由走动，他们似乎置身于非常时期之外，这个发现让我找到了理由，王小改你把我当傻瓜骗呢？我用手指着那些人影，质问王小改道，为什么船队的人要集体行动，镇上的人可以随便行动呢？

王小改顺着我的视线瞟了一眼远处的行人，忽然阴险地一笑，那你也告诉我，为什么别人都住在岸上，你们要住在船上住在河上呢？

我被王小改戳到了痛处，一气之下对着他破口大骂，王小改我敲你妈个×！

王小改恼了，从腰间拔出一根红白相间的木棍，指着我说，你要敲谁的妈？你爹敲啊敲啊，把鸡巴敲掉了半截，你还不吸取教训？我这治安棍才是敲人的，你嘴巴再逞能，我把你的小鸡巴也敲成两半！

我和治安小组的人正对峙着拉扯着，驳岸上乱了起来，是向阳船队的人成群结队上岸来了。随着陈秃子的一声叫喊，他们来了！三个人迅速地放开了我，他们一边朝驳岸上的船民们张望，一边朝旧仓库那边跑。我看见王小改从口袋里掏出一个哨子，嘿

船民　85

的一声，五癞子和陈秃子听闻哨声越跑越快，王小改还用标准的普通话喊道，各就各位，准备行动！

起初我不知道他们的行动到底是什么。他们从仓库出来时，王小改脖子上多了一架望远镜，五癞子一个人手里拿着两根治安棍，而陈秃子嘴里衔着一支圆珠笔，腋下还夹着一个登记夹。我不知道他们这套古怪的装备有何用途，后来我才惊讶地发现他们有备而来，他们的行动是跟踪船民，望远镜用于瞭望，登记夹用于记录，而治安棍的作用不用我做什么介绍了，它是敲人的。我尾随着向阳船队杂乱的闹哄哄的队伍往镇上去，他们三个人尾随着我，像三条阴森森的猎狗。我回头观察着他们，看见王小改在后面指指戳戳的，很明显他在清点上岸船民的人数，嘴里念念有词；陈秃子一边走一边在登记夹上记录着什么；五癞子眼露凶光，一路走一路对空中挥舞手里的治安棍，我怀疑他是在练习敲人的动作。

2

起初船民们不知道他们被跟踪了。这一队混乱的人马穿过码头，男女老少衣冠不整，迈着大大小小的外八字步，带着各种各样的容器，箩筐、篮子、塑料桶，虽然吵吵嚷嚷，看上去是一支欢天喜地的队伍。我尾随着他们，队伍就多了一条阴郁的尾巴。他们都回头疑惑地看我，咦，今天东亮心情好，跟着我们走呢，你不嫌弃我们了？德盛说，东亮你不是早上岸了吗？怎么还在这儿？我竖起大拇指，朝后面挥了挥，让他们不要注意我，注意我身后的动静，他们就朝我身后看，看了几眼，男女老少终于都发现了那三条更大的尾巴，咦，五癞子！陈秃子！还有王小改！他们跟着我们干什么？船民就是船民，做贼心虚，不做贼也心虚，好像是王六指先惊叫了一声，快跑，要抓人啦！船民的队形立刻散了，女人下意识地拉起孩子往货堆后跑；男人们的慌乱则表现各异——有的人弯腰握拳地站住，有的人拼命冲到墙壁那里贴墙而立，胆小的春生一下子蹲在了地上，用双手抱住了脑袋。

船民一乱，治安小组也有点乱，王小改慌忙中拿起哨子吹了好几下，吹出来的都是放屁一样的哑哨，他用两个手掌做了合拢的手势，对船民们大声喊起来，保持队形，快保持队形，不要听信王六指造谣，我们不抓人，我们是监督你们，不抓你们！

船民们面面相觑之后，试探着回到码头中央，是谁惹的事？他们到底要监督谁？他们低声议论着，人群中响起春生的嘟囔声，肯定是东亮，他在岸上胡涂乱写的，没准儿写了"反标"。船民们闻声都盯着我，那种眼神让我很生气，你们看着我干什么？我上岸就撒了一泡尿，什么都没干！他们不敢看我了，都回头看着王小改他们。王小改还是做两手并拢的手势，说，靠拢，靠拢，保持队形，你们该去哪里去哪里，我们保证不抓人。孙喜明厉声说，你不抓人还要我们感谢你？到底出什么事了，你们搞什么名堂？王小改从怀里掏出一张油印的通知单，说，搞什么名堂？自己过来看，综合大楼发下来的通知！孙喜明过去拿通知单，王小改不让他拿，只允许他看，孙喜明是半文盲，无关紧要的字都认得，偏偏"整顿"和"监督"两个词不认识，对着王小改手里的通知看了一会儿，喊我过去了，东亮你过来，看看这通知单上到底写的什么？

我走过去看那张粉红色的通知，果然看见了王小改所说的新规定：**即日起整顿油坊镇的社会秩序，非本镇居民及外来闲杂人员需自觉接受治安小组的监督。**

我把通知念了一遍，船民们都挤上来听，听着听着吵成一团，德盛先对王小改嚷起来，我们船民不是居民？我们是闲杂人员？没有我们搞运输，你们岸上人吃什么穿什么？没有我们，你们连擦屁股的草纸都没有，凭什么要我们接受你们监督？

李德盛你少来这一套，我们吃饭穿衣用草纸，靠党靠社会主义，不靠你们船上人！王小改反应敏捷，义正词严地驳斥了德盛，他把德盛推到了一边，对孙喜明抖着手里的通知，孙喜明你是队长不是？这会儿你要起带头作用呀，赶紧让他们排好队，排好队才有秩序，你们有秩序，我们保证不会为难你们的。

又是德盛先喊起来，我们不是小学生，不是犯人，排什么狗屁队？

五癞子舞弄着治安棍朝德盛走过去，德盛瞟了眼他手里的治安棍，奚落道，你拿个棍子我不怕，你拿枪来我就怕你了。五癞子冷笑一声，别以为我们拿不出枪，还没到时候，你要是敢破坏治安，看我拿什么对付你！五癞子一句话犯了众怒，船民们都惊叫起来，这到底是怎么了，我们上岸一趟犯了什么罪，五癞子你要拿枪打人呀？没见过你这种狼心狗肺的东西，你五癞子不是爹妈养的？船民们和治安小组在码头上吵成一团，夹杂着妇女们的尖叫，引得四周的装卸工人都朝我们这边奔来，王小改见状掏出哨子，嗵嗵嗵地连吹好几下，大家别吵，目前还是人民内部矛盾，我们不会用枪，请放心，你们排好队，快排好队！

德盛说，你拿枪来，我们就排队！

王小改也不示弱了，指着德盛鼻子说，李德盛我告诉你，你这个态度发展下去，就不是人民内部矛盾了，是敌我矛盾！

陈秃子在人群里穿来穿去，抓住了两个孩子，两个孩子倒是不讨厌排队，一前一后顺从地站在那里，咧着嘴笑，陈秃子有点得意，向德盛翻着白眼，就你李德盛脾气大，啊？看看你，还不如小孩子觉悟高，排个队会怎么样？让你们接受一下监督会怎么样呢？会得痔疮还是会得癌症呀？

德盛没来得及说什么，王六指抢在前面喊，不会得痔疮不会得癌症，会秃头，头上连根草也长不出来！

船民们都看着陈秃子的脑袋，发出一片哄笑。孙喜明笑不出来，他总算出来表态了，沉着脸对王小改说，你也都看见了，船上人就是船上人，他们在河上自由惯的，不服我管也不服你们管，要不这样吧，我们配合你们工作，你也配合一下我们。王小改也许是真心要孙喜明配合，表情马上变得和蔼起来，他掏了一支前门牌香烟给孙喜明，孙队长你什么意思？我怎么配合你们？孙喜明接过香烟，犹豫了一下，说，也不是什么难事，你爹不是管菜场吗，待会儿我们去菜场，你让他们把新鲜猪肉拿给我们，我们船民一年四季吃不上新鲜猪肉呀！还有你姐姐不是杂货店主任吗，我们去买个菜子油红糖什么的，就让她别跟我们要券了。王小改一定没有料到孙喜明提出这样的条件，他眨巴着眼睛斟酌了一会儿，最后竟然说，只要你们配合我们，这些事可以考虑。

这么一来，两边人马对立的情绪缓和了许多，船民们嘴上还吵吵嚷嚷地坚持尊严，脚步却妥协了，默默地配合治安小组排好了队，谁也不敢造次，都怕失去购买新鲜猪肉和免券菜子油的机会。德盛面子上抹不开，不肯排队，被他女人硬是拉到队伍里去了。一场虚惊过后，这支奇怪的人马总算离开了油坊镇的码头，尾巴还是那三条尾巴，船民们原来松散的队伍则排成一条长龙，男女老少现在是以家庭为单位，紧密地走在这条长龙里，大人拘谨，孩子好奇，大人都紧紧地拽住自己家孩子的手。

只有我形单影只，一个人走在德盛夫妇的后面。船民们如此贪图小利，我对他们很反感，可惜我没资格教训他们，我也是船民，只能排在他们的队伍里。王小改引领船民的队伍往镇上去，他选择的路线舍近求远，不走小道专走大路，这样船民的队伍绕过了综合大楼前的花坛，一条长龙在花坛前意外地搁浅了。灰水泥的综合大楼现在五彩缤纷、花团锦簇，船民们被这幢建筑美丽而雄伟的装扮吸引了，嘴里发出此起彼伏的惊叹声。大楼顶上红旗飞舞，彩灯闪烁，无数巨大的横幅像红色瀑布飞流直下三千尺，船民们仰起了脸痴痴地望着红色瀑布，无论是老人愚昧的黝黑的脸，还是孩子天真的求知的脸，都被一片巨大的红光映红了。几个识字的船民开始高声地朗诵横幅上的标语：**全镇人民动员起来，打好关键之战，迎接东风八号工程！苦干加巧干，为把**

油坊镇建设成社会主义样板城镇努力奋斗！加强治安管理，营造文明环境！快马加鞭，大力发展码头建设！严厉打击投机倒把活动，割掉资产阶级尾巴！祝贺本镇党组织获得三优五好称号！向赵小妹同志学习，向赵小妹同志致敬！欢迎上级领导莅临指导工作！

这么多的横幅内容让船民们眼花缭乱，也对每个人的政治水平和文化素质提出了严峻的考验。孙喜明对很多标语一知半解，但他打肿脸充胖子，一定要分清哪一个最重要。孙喜明去探听王小改的意见，王小改你说说看，哪条标语最重要？王小改打官腔说，都是上级精神，哪个都重要。这话等于放屁。孙喜明很固执，又去问五癫子，五癫子没好气地说，治安管理最重要，你们排好队最重要！还是陈秃子稍微厚道一点，他给孙喜明点破了看横幅的窍门，他说，你看哪个横幅挂在中间嘛，领导开会你见过吧，最大的领导坐中间，横幅也一样，哪条在中间，哪条就最重要嘛。

孙喜明恍然大悟，嘴里叫起来，喏，就是这个东风八号工程，东风八号最重要！

船民们不知道东风八号是什么工程。春生他爹没文化，以为那也是一条驳船，他问春生，那东风八号肯定能装三百吨吧？春生红着脸呵斥他，爹呀，你不懂就别说话，没人把你当哑巴卖！春生他爹打了儿子一巴掌，你懂你告诉我呀，到底多少吨？陈秃子过去拉开了斗气的父子俩，他满脸神秘，嘴巴凑到春生他爹耳边说，东风八号不是船，是军事机密，到底是什么模样，你们下

船民 91

次返航就看见啦。

王小改不允许船民们在综合大楼前久留,吹起哨子催促队伍前进。于是长龙般的船民队伍朝着油坊镇腹地挺进,一步三回头。这样走到人民街的公共厕所那里,王六指提出来要进去解手,春生也捂着小腹附和,王小改批准了他们两个人进厕所,要求其他船民原地不动。我们就原地站着,等王六指和春生。也就是几秒钟的工夫,厕所里突然传来了王六指惊喜的叫喊声,有水龙头了,四个水龙头,都拧得出水啊!然后春生也提着裤子从厕所里跑出来了,他报告给大家另一个喜讯,快来看,厕所现代化了,里面挂了个抽水机,拉一拉绳子,大便全冲走啦!

一石激起千层浪,王小改条件反射似的扑向厕所门口,五癞子和陈秃子抬起手去抓腰里的治安棍,可惜来不及了,一眨眼,船民们争先恐后地涌进了公共厕所,王小改一个人也没挡住,自己反而被撞得东倒西歪。五癞子挥着治安棍,瞄准了几个人的脑袋,一个也不敢敲,结果破口大骂起来,你们这帮臭船佬,活该在水上,厕所装个自来水也大惊小怪,你们参观什么不好,挤破脑袋去参观厕所呀?王小改坚强地守在厕所门口,一把揪住了孙喜明,老孙啊,你还算领导呢,你怎么也来凑这个热闹?孙喜明情急之下推开了王小改,他说,领导也要拉屎撒尿,他们能上厕所,我怎么不能上厕所?

船民们在厕所里围着四个水龙头和一个自动冲洗机欢呼,治安小组在门口商量对策,王小改这时候显示了他随机应变的能力,禁止如厕是不可行的,也缺乏政策依据,他提出要对船民们因势利导，干脆坏事变好事，利用这个机会，对愚昧落后的船民进行一次树文明立新风的现场教育。五癞子和陈秃子虽然认为船民的思想教育不归他们管，但还是勉强同意了，王小改当场做出分工，让五癞子去监督四个水龙头，陈秃子分管自动冲洗机，他自己监督小便池和大便池，至于女厕所那边，人手所限，只好放任自流了。

　　后来我们的耳朵边就响起了王小改悠扬的普通话腔调的声音，节约用水，水是珍贵的资源，注意节约用水！小便向前一步走，小便请入池，入池你们懂不懂？不要滴滴答答尿在外面，要尿在池子里。我告诉你们，这个厕所是样板厕所，上面经常派人来检查的，你们大小便一定要注意文明卫生！那个小孩是谁家的？白瓷砖好好贴在墙上，碍你什么事？为什么要去敲？你知道一块白瓷砖多少钱，八分钱，敲坏了按价赔偿！王六指你吐痰也要注意了，吐痰也要入池，不要乱吐，你别跟我翻眼珠子啊，我告诉你，这个厕所已经拿过两面流动红旗了，要是下次拿不到流动红旗，你们向阳船队要负政治责任的，我不是吓唬你们！

　　王小改其实很狡诈，他软中带硬的方法对船民们是适用的，尤其最后的警告是杀手锏，船民们尽管没文化，政治责任是什么责任，心里都是清楚的。他们在人民街公共厕所的狂欢戛然而止，一条长龙由孙喜明带头，依依不舍地盘出了厕所。男人们在厕所门口与妇女汇合，很快恢复了队形，男女老少都带着一种欣慰之情，朝着菜市场走去。

　　走过人民街的三岔路口，我一眼看见油坊镇邮局的绿色门窗，那个高脚邮筒立在大门边，器宇轩昂，张大了嘴巴，似乎在等待我的到来。我与邮筒是有约会的，每次上岸我的塑料旅行包里都藏着父亲的信，每次上岸，我都要去邮局为父亲寄信，这次不一样，我被困在船民的队伍里了，船民们从不写信，他们不进邮局，我就无法往邮局跑。父亲关照过我，他的信，连信封也别让人看见。我很为难，不知道寻找什么借口摆脱这支队伍。我拉开了旅行包，手伸进去摸到父亲的三封信，那三封信的收信人，地位一个比一个高，地址一个比一个威严，分别是县委的张书记、地委的刘主任、省委的江部长，我像爱护自己的眼珠子一样爱护父亲的信，不爱护不行，我知道父亲的希望都在他的信里。三个信封是温热的，似乎是被父亲火一样的文字烤热的，那个邮筒张大了嘴巴，等着吞下我父亲的冤屈，可是我不敢轻举妄动，我的脑子里响起了父亲的叮咛，油坊镇是赵春堂的天下，你要提高警惕。我摸着父亲的信左顾右盼，猛然发现五癞子盯着我的手，盯着我的旅行包，他的眼睛闪闪发亮，空屁，你包里藏了什么鬼东西？我要检查一下。我慌忙放下三封信，从包里拿出一只酱油瓶子，举起来对五癞子晃荡着，你来检查呀，看看我的酱油瓶子里有没有雷管炸药？五癞子说，谁问你雷管炸药了，你不是写过"反标"吗，我问你，那包里有没有藏"反标"？我举着酱油瓶子，一时不知怎么办，幸亏德盛女人打抱不平，她高声骂起了五癞子，什么"反标正标"的，五癞子你狗仗人势呢，东亮他还是个孩子，犯过错误不能改正了？你那么大个人为难一个孩子，算什么本事？

五癞子没再纠缠我,我紧紧跟住德盛夫妇,排队去了菜场。

王小改先前的许诺决定了船民们的队伍必定解散,一进菜场,队伍轰地一下散了,大家都先跑到猪肉柜台边,在猪肉柜边挤着闹着。新鲜猪肉最重要,船上的很多孩子生下来就没吃过新鲜猪肉,吃的都是咸猪头和猪油,这也不是孙喜明的谎言。王小改匆匆往办公室去协调,卖猪肉的营业员嘴里惊叫着,你们造反了?柜台挤散架啦,谁告诉你们有新鲜猪肉?连冷冻肉也卖光了,没有猪肉卖给你们呀!陈秃子接过他的哨子拼命吹,向阳船队注意了,队形不要乱,走路排了队,买猪肉更要排队,菜场也有检查团来检查,千万注意秩序,不要哄抢。船民不听他的,兀自挤成一团,妇女都在给男人和孩子分配任务,德盛女人瞅着菜场办公室,对德盛说,王小改怎么还不出来,不会是骗我们的吧?不能一棵树上吊死啊,德盛你去排队打菜油,他们要是跟你要菜油券,千万别给,让他们跟王小改要。

正吵着王小改领着他爹老王头出来了,那老王头白白胖胖,肥头大耳的,嘴上叼着一根香烟,手里拖着半头肥猪,那半头猪看上去是新宰杀的,新鲜光洁,似乎还冒着热气。人和猪肉一出来,船民们骚动起来,木质的柜台被挤得吱吱嘎嘎地尖叫起来,营业员也在柜台里尖叫,别挤别挤,要挤死人了!船民们也在互相指责,别挤我,我排在你前面呀!别挤了,都是一个船队的,别见了猪肉就忘了人情了!孙喜明不好意思挤进去,在队伍外面一次次地跳起来,跳起来对王小改喊,我们船队这么多人,半头猪怎么够割?再去拉一头出来嘛。王小改对孙喜明的贪婪很生

船民 95

气,他翻着白眼,指指猪指指他爹,孙喜明你气死我了,我帮你们这么大的忙,你还不知足?就这半头猪,我跟我爹磨破了嘴皮子!

柜台终于被挤散架了,不知道是卖猪肉的营业员发脾气,还是船民们乱抢乱夺的缘故,一把锃亮的割肉刀竟然从船民们头上飞过去了,像一道流星。船民们对此浑然不觉,菜场里的其他人吓得惊叫起来,快把猪肉拖回去,不能卖,不能卖给他们,再卖要出人命啦。船民们已经不听指挥,王小改一声怒吼,把猪肉拖回去,他们敬酒不吃吃罚酒,镇压!治安小组的三个人开始挥舞着治安棍敲人,人群中响起一片骂声和呼救声,然后就打起来了。德盛和五癞子先抱到了一起,王六指和王小改扭打在一起,胆小的春生也在用脑袋撞陈秃子,妇女也加入了,孙喜明的女人和一个女营业员互相撕扯着头发,而德盛女人在帮衬德盛,挥着塑料桶,一下一下地打五癞子的屁股。

我趁乱过去踹了五癞子一脚,然后就跑走了。不怪我不仗义,这是一个机会,必须跑了,我还有更要紧的事情去做。

我跑到菜场外面,大街上仍然阳光灿烂人来人往,很多路人听见了从菜场里传来的骚乱声,有人拉着我问,菜场里怎么啦,怎么那么吵啊,是打架吗?我甩掉那些讨厌的手,说菜场里卖新鲜猪肉呢,你们赶紧都去排队吧。我在街上拼命地奔跑,像一只自由的鸟。我一口气跑到邮局,把父亲的三封信塞进邮筒的嘴巴里,很奇怪,少了三封信,我的旅行包一下变轻了。我定下神来,打量着四周,没有人留意我,阳光照着油坊镇的街道,还是那几条街，那么几排房子，还是那些镇上人，穿着蓝色灰色或者黑色服装在街上来来往往，可是我的脚有异样的感觉，三岔路口的街道居然在微微颠簸，路上的石子和水泥都在粗野地冲撞我的脚，石子和水泥似乎在窃窃私语，让他走，让他走开。我不相信我的耳朵，我的脚却告诉我，石子和水泥是在密谈，油坊镇的土地在驱逐我，我不知道这是怎么回事，是不是我的脚成了外八字，油坊镇的土地认不出我的脚了呢？我在这块土地上跑跑跳跳了十三年呀，土地竟然遗忘了我的脚，它把我的脚视若仇敌，不停地发出一种不耐烦的充满敌意的声音，走开，快走开，回到你的船上去。

我还不想回去，我系紧了解放鞋的鞋带。寄掉父亲的信之后该做什么呢，其实我很犹豫，有很多地方可去，有很多重要的事可做，只是我不知道先做哪一件事。我边跑边想，我一直在街道的催促声中奔跑，快点，快点跑。我朝粮油加工站的方向跑，根据我的脚步判断，我要去找我母亲，我是想念我母亲了。乔丽敏那么讨厌，我为什么要去想念她，为什么？我不知道，这是我的脚告诉我的，要去问我的脚。

我把旅行包背在身上，跑了很久，才跑到了粮油加工站。碾米车间里机器轰鸣，空气里悬浮着各种粮食的粉末，粮食的清香混杂着柴油的气味。我在白色的粉尘里穿来穿去，看见几个浑身发白的穿工装的女人在里面忙碌，她们的身材不是太高就是太矮，不是太胖就是太瘦，她们不是我母亲。有个女工发现了我，问我，你找谁？这里太吵，找谁就大声喊。我就是不肯喊，喊不出口，我找乔丽敏，但我没有勇气大声喊出母亲的名字。

我退出碾米车间，来到女工宿舍的窗外。扒开一团枯萎的爬山虎藤蔓，我看见属于母亲的床和桌子，床已经空了，床板裸露着，上面扔了几张报纸，我的心一下沉了下去，她走了？果然走了！这印证了我父亲的猜测。他说她有追求，她一定会离开这个是非之地，她去追求什么呢？我这样想着，嘴里蹦出一句话，空屁。我愤怒地观察着我母亲的桌子，桌子上有一只半旧的搪瓷茶缸，里面的茶水长了白色的霉毛，茶缸上照例印上了我母亲的光荣，奖给业余调演女声小组唱优秀奖。我在窗外说，都长霉毛了，还优秀个屁。我的脸贴着窗户，发现桌子的抽屉半开着，里面什么东西在幽幽地闪着光亮，我用力晃那窗户，窗户被我晃开了，我的身体探进去，打开母亲的抽屉，里面跳出来一只蟑螂，吓了我一跳，我拿出了那个镜框，是一张全家福照片，父亲、母亲、还有我，每个人的面孔都经过人工描色，描得健康红润，看上去像是化了浓妆。我不记得那是什么时候照的，反正照片上的父母还年轻，我很天真，在相框里，我们一家三口紧紧地依偎在一起。

母亲把全家福留在抽屉里了，这是什么意思？我的手犹豫起来，我想把镜框拿走，可是我记得我的右手想拿，想带走它；左手反对，左手想砸，想破坏它。结果我用左手拿出镜框，换到右手，我怒吼了一声，把全家福照片狠狠地砸在了宿舍的地上，玻璃粉碎，溅到了我身上，我对着那些玻璃碎片说，空屁，空屁。

我做的事情，其实不止这么多，当我跑出粮油加工站的大门时,突然听见高音喇叭里响起一段《社员都是向阳花》的旋律,社员——都是——向阳花。我记得母亲曾经在家里排练这个节目,她扮成农民大嫂,头戴花巾,腰束围裙,手拿一朵向日葵,在院子里扭着腰肢,脸躲进向日葵里,社员——都是——脸突然露出来,对我莞尔一笑,都是——向阳花。那是我记忆中母亲不多的笑脸。我想起这张笑脸,眼睛突然一酸,泪水不听话地流了出来,这滴泪水提醒我,我不能饶了我母亲。我要骂她,她听不见,我不知道怎样发泄心里对母亲的怨恨。对面农具厂的那条癞皮狗又跑来看望我,见我对它不热情,它在加工站门口的电线杆下撒了一泡尿,撒完就走了,后来我也朝那根电线杆走过去,拿起半块红砖在电线杆上写了一个标语:

打 倒 乔 丽 敏!

东风八号

我至今记得东风八号开工的盛大场面，成千上万的劳动大军汇集到油坊镇来，他们把整个油坊镇的土地都剖开了，打开一个巨大的沉睡的腹腔，清理出污秽杂物，人们在临时指挥部的领导下，给这个小镇重新铺设沥青食道、水泥肠子、金属胃，还有自动化的心脏。我后来弄清楚了，流传在综合大楼周边的预测是最准确的，东风八号不是什么防空洞，是金雀河地区有史以来最大的输油管道枢纽工程，是保密的战备工程。

那年秋天正逢百年不遇的洪水，看起来河上的天空被谁捅了一个大窟窿，贮存了几个世纪的雨水都泄下来了，水位不断升高，土地急剧下沉，金雀河上游山洪暴发，波及中下游，沿岸的乡镇几乎都被淹了，陆路交通完全中断，几乎所有的运输都走水路，沧海横流，方显英雄本色，金雀河泛滥，我们的驳船也显示了英雄本色。我从来没有在金雀河上见过那么多船队，所有的驳船都去油坊镇，那么多船把宽阔的河面堵住了，帆樯林立，远远地一看，河面上凭空多了一个浮动的集镇。

向阳船队滞留在河面上，一共两天两夜，第一天我对这种特殊的水上集镇很有兴趣。我在船头东张西望，注意到别的船队大多插有"光荣运输船队"的红旗，我们向阳船队没有；别的驳船运货，也运解放军战士、运民兵，我们向阳船队只负责运送来自农村的民工。我把这个区别告诉我父亲，我父亲说，你懂什么，我们船队，政治成分是很复杂的，让我们运民工，就算是组织的信任了。

第二天我意外地发现河上来了一支流动宣传队，他们把一艘驳船的舱顶改造成临时舞台，一群业余女演员穿红戴绿，分别代表工农兵学商，在雨中表演女声朗诵《战斗之歌》，我惊讶地发现了临时舞台上母亲的身影，她是其中最老的女演员，扮演年轻的女工，一身蓝色劳动服，脖子上系了一条白毛巾，雨水洗掉了她脸上的脂粉和眉线，暴露出一张憔悴的皱纹密布的脸，她浑然不觉，神情很投入，演得很卖力，别人大声一呼，与天斗啊——她举起手臂，挥动拳头，以更高亢的声音呼应，我们其乐无穷！

在岸上我看不见母亲，倒是在河上看见她了。她说老就老了，说难看就难看了，没有自知之明，非要扎在一群年轻姑娘堆里，我怀疑别人都在笑话她，她还臭美呢。这种相遇让我闷闷不乐，我回到船上，看见父亲俯在舷窗上，正朝远处的流动舞台张望。

父亲说，是你母亲的声音，她的声音隔多远我都听得出来。你母亲，她怎么样了？

我反问父亲，什么怎么样？

父亲迟疑了一下，说，各方面，不，她精神面貌怎么样？

我差点想说，她很恶心，但是说不出口。没怎么样，我说，精神面貌还那样。

我好久没看见她了。父亲说,船挡着船,听得见她的声音,就是看不见她的人。

你看了她干什么?有什么用?你要看她,她不要看你。

我父亲低下头,不满地说,你就会说"有什么用,有什么用",这是虚无主义,要批判的。他从墙上摘下一顶草帽,突然问我,我要是戴个草帽出去,别人能认出我来吗?

我知道他的意思,我说,认出来又怎么样?你整天躲在舱里也不是件事,要出去就出去,要看她就看她去,谁能把你吃了?

父亲把草帽放下了,他把手搭在前额上,望着金雀河上百舸待发的风景,突然亢奋起来,激动人心,激动人心呀,我不出去了,我来做一首诗吧,题目已经有了,就叫"激动人心的秋天"!

这当然是一个激动人心的秋天,几百条驳船竟然把金雀河阻塞了两天两夜。向阳船队从来没与别的船队如此紧密地比邻而居。原先我一直以为世界上所有的驳船上都是一个家,但那次我发现一支奇怪的船队被挤在河中央,六条驳船上竟然是清一色的年轻姑娘,拖轮上的船员也是女的,船头飘扬着一面醒目的红旗,上书"铁姑娘船队"五个大字,船尾则垂挂着姑娘们五彩缤纷的衬衫和内衣,像一排排万国旗。这支稀奇的船队不知从哪儿来,我父亲非常紧张,时刻监视着我的一举一动,白天他不准我到右舷板去,夜里把一块小黑板挂在舱房的右窗上,他不让我看船上的铁姑娘。德盛女人也禁止德盛朝船上的铁姑娘张望,看一眼,德盛的背上就会挨女人一竹竿。德盛被打急眼了,强迫女人用竹竿去捅开人家的船,他说,你有本事去弄走她们的船,你戳呀，你捅呀，你没本事弄走她们的船，就别管我眼睛往哪儿看！为了旁边的铁姑娘船队，我和父亲怄气怄了两天两夜，德盛夫妇也差点反目。幸好第三天，船开始动了，堵塞的航道一点点地打通，一群武装民兵跳上船来，左肩背枪，右肩背喇叭，他们临时制定了特殊的航运秩序，所有船只都不准靠岸，只能东行，光荣运输船排在前面，其他船队在后面。这规定果然奏效了，河道强行疏通，所有船队都起航了，大约三百条驳船像一股洪流，穿雨过雾，顺流而下，终于在一场滂沱大雨中抵达油坊镇码头。

我不认识油坊镇了，一别多日，这个地方终于迎来了传说中的辉煌。我擅长糊涂乱抹，不善于抒情，我不知道怎么形容那年秋天激动人心的油坊镇。请允许我借用父亲精心创作的诗句，来吧，来吧，洪水算什么，洪水为我们铺开前进的道路。在这激动人心的秋天，红旗飘扬，凯歌高奏。我们前进，前进，奔赴劳动的天堂，就是奔赴革命的前哨！

好不容易，我们奔赴到了前哨，但向阳船队被安排在最后登岸。码头上锣鼓喧天，远远地可以看见少先队员冒雨等候，男孩子们夹道站立，高举着手臂行少先队队礼；女孩子们燕子般冲向船板，给光荣船上下来的人戴上一朵朵大红花。欢迎仪式在码头进行，而会战早已经在油坊镇各个角落打响，油坊镇上到处都是扛锹荷镐的劳动大军，雨声激溅，淹没了来自工地的劳动号子。船民们在等待靠岸的时间里，倾听着码头上的高音喇叭，那喇叭里传来一个男人焦虑的声音，红旗船队，开始登岸；东方红船队，抓紧时间，开始登岸了。船民们都准备好了，但那喇叭突然

东风八号　103

歌唱起来，放了一段高亢嘹亮的音乐，等到音乐停顿，喇叭里沙沙地发出一点噪音，突然，又响起那个男人焦虑的声音，某某某同志，请火速赶到工地指挥部去，有重要事情商量！

向阳船队的船民都站在了船头上，等候高音喇叭的召唤。但看起来我们的运输是最不重要的，负责运送猪肉蔬菜大米的长城船队都被叫到了，我们还在等。孙喜明跑到岸上去了，对着岸上一个穿雨衣的负责人抱怨，我们是运人的，怎么排在猪肉船后面呢？那负责人大声嚷嚷起来，现在是什么时候，你们还争什么名次？现在人货上岸都要登记，这还不明白，物品登记快，人员登记慢，我们就这几个人，当然先登记猪肉！这下大家都恍然大悟了，我听见德盛的女人在问德盛，我们也一样辛苦，给不给我们戴大红花呢？德盛说，革命不是请客吃饭，你要戴花，自己去水里捞一朵水葫芦花戴。

雨小了一些，舱里有人在叫，闷死了，快让我们透透气。我把前舱的篷布揭开了，一股汗酸味混杂了烟臭尿臊和呕吐物的臭味冒出来，很多民工的脑袋也从舱里升了起来，男多女少，大多数是青壮年，每个人的背上都绑着一个包裹卷，迫不及待地推搡别人，要抢先看见传说中的劳动者天堂。他们张大了嘴巴，一边呼吸，一边看着码头上劳动的风景，有个女人叫了一声，哎呀，这不是把地兜底翻一遍吗，要累死人啰。她叫得不合时宜，被人呵斥住了，你以为让你来偷懒磨洋工？吃不了苦的，就不该来油坊镇！很快舱里嘈杂的吵闹声停住了，随船的一个复员军人模样的人，拿着一个花名册，开始清点人数。清点了几个人，岸上的高音喇叭突然喊到了向阳船队，复员军人就一下跳到船板上来了，挥舞着花名册开始发布命令，三号突击队，站到这里来；四号突击队，在那里；高庄突击队、李家渡突击队，都站到后面去！

原来都是突击队员。那么一船乱哄哄的突击队员，说走就走了，偌大的前舱一下空了，只有七八个粪桶分成两排，仍然驻守船舱，每个桶里都满盈盈的，向我散发着热情的臭气。粪桶一定打翻过，泛黄的污水在舱底板上流，看上去很恶心，闻起来令人反胃。我去换了长筒胶鞋，拿了竹条扫帚下去扫舱，突然发现突击队员们留下了一堆奇怪的东西，用军用雨衣包裹着，扔在角落里。我过去用扫帚扫了一下，包裹居然动了起来，一只孩子的小脚飞出来，踢了我一脚，吓了我一跳，雨衣里随即钻出一个小女孩乱蓬蓬的脑袋，我听见了一声脆生生的抗议，你这人，怎么扫我的脚呢？

是两个人藏在那件军用雨衣里。一个三十多岁的女人搂着一个小女孩，看上去是一对母女，她们的身体蜷缩着，两双相似的大眼睛，一双木然，一双明亮，都半梦半醒地瞪着我。

我用扫帚敲舱板，起来，起来，我要扫舱了。

她们站起来了，我注意到女人的样子很疲惫，白皙的面孔似有病容。那件军用雨衣里藏了很多东西，女人匆忙地把军用雨衣摊开了，她很聪明，因陋就简地把雨衣当了包裹布，一只鼓鼓囊囊的挎包和一条捆扎过的毯子，还有一只装着脸盆饭盒的网兜，一古脑都被她包到了雨衣里，然后她把雨衣的帽子和两个袖管收

东风八号　105

拢到一起，打了个结，一只硕大的包裹就这样被她提在手上了。那小女孩做事也不含糊，怀里抱着一个布娃娃，脖子上挂了个绿色的军用水壶，手上还提着一块小黑板。我看见黑板上有几个笔迹稚嫩的粉笔字：东风八号、慧仙、妈妈。

你们怎么回事？我恶声恶气地数落那个女人，别人都上岸了，你们还在船上睡大觉，你们是什么人？

我们是什么人，偏不告诉你。小女孩示威似的瞪着我，她抢在母亲之前说话，不允许她回答我的疑问，妈妈，这个人很凶，我们偏不理他。

这是突击队的船，你们怎么混上来的？我说。

我们没有混上来。小女孩挑衅地对我嚷，我们是飞上来的，就是不让你看见！

女人用手指梳理着蓬乱的头发，她的目光已经急切地投到了岸上，嘴里训斥孩子道，慧仙，不准这样，没有礼貌！她自己是讲礼貌的，很快把目光从岸上收回来，对我笑了一下，似乎是表示歉意。那个女人带着孩子上岸的情景，我记得很清楚——她提着那件雨衣特制的包裹，领着孩子往舱外爬，看上去有点迟疑，有点疲倦，一边爬一边对我解释，我也是突击队员，怪我睡得太死了，夜里我不敢合眼，白天才睡，我太困了。

母女俩出了舱，很久没有动静，我以为她们上岸了，一抬头，看见那女人正搂着小女孩站在舱板上，打量着岸上史无前例的建设画卷。我清晰地听见了女人的喃喃自语，这就是油坊镇啊？太乱了。

寻人

不知为什么，从第一眼看见慧仙和她母亲，我就怀疑她们来历不明。

我对来历不明的人，有着天生的敏感。慧仙的母亲如果是突击队员，大家尽管把我库东亮的名字倒着写。我不知道她们从哪儿上的船，也不清楚她们母女俩是靠什么手段通过了检查。事前各条驳船都接到过严厉的通知，规定严禁身份不明者和老弱病残者登船到油坊镇去，突击队员在马桥镇码头登船的时候，我没见过任何孩子上船，或许是在河上堵船的那两天两夜，那母女俩趁乱上了我的七号船？如果是这样，那复员军人为什么睁一眼闭一眼？那一舱突击队员又是怎么被那女人说服的？他们竟然让慧仙和她母亲成功地藏在军用雨衣里，一藏就是两天两夜。

母女俩肯定不是来劳动的，她们应该是来油坊镇寻人的。《寻人启事》每天都会播放几则，确有其人的，播放一次就结束，重复播放的，都是没找到人的。母女俩要找的人，一定重复播过好几次，什么名字，什么人，我却对不上号。茫茫人海，寻人不遇，这不算什么不幸。我一直认为，比起我们家的遭遇，别人的不幸都只是几滴眼泪罢了。

我密切注意慧仙和她母亲，对她们的来历展开了无穷的想象。细细观察,那女人的眉眼和我母亲非常相像,这是我想象中的一条线索。莫名其妙地,我怀疑她们是从马桥镇来,我对母女俩的身份暗中做出了安排,一个是我从未谋面的马桥镇的姨妈,一个是我唯一的小表妹。一连三天,向阳船队都在靠岸待命,别人都很忙,我却清闲,我要做的所有事,都要上岸做,上不了岸,就什么也做不了,所以我叉个腰站在船头,像一个大干部,在船上冷静地视察着码头上的工程建设。很多时候我竖起耳朵听着高音喇叭里的《寻人启事》,那母女俩会不会寻找我母亲乔丽敏呢,找不到乔丽敏,她们会不会找乔丽敏的儿子?喇叭里会不会响起我库东亮的名字呢?高音喇叭不听我的指挥,我从来没有在高音喇叭里听见我的名字,从来没有人寻找我,没有姨妈寻找我,没有表妹寻找我,我的想象最终也成了空屁一场。

天破了,雨声不断。码头上竖起了无数的简易帐篷,帐篷里住满来自周边地区的男女民工,经常有民工跑到我家船边,借几根柴火,或者借一只水桶,借一只碗,我说没有,我父亲说有,我只好拿给他们,借呀借呀,有借无还,最后,我们自己只剩一只碗了,害得我们父子俩要合用一只碗吃饭。我向父亲抱怨,反而遭到了父亲的批评,几只碗算什么?合用一个碗,就算我们为东风八号做点贡献了。你年纪轻轻的,还可以多做点贡献呀,为什么天天叉着腰站在船上看?事不关己,高高挂起?你这种思想,要批判的!

我习惯把父亲的批判当耳旁风了,父亲以为我喜欢看热闹,殊不知我关注的恰好是岸上最孤单的人。我的目光搜寻着那对母女。慧仙的母亲穿着那件肥大的绿色军用雨衣,远看不知是男是女,离得近了,你才知道,是个一脸病容的女人。她不是在赶路,是在码头上徘徊。那满脸倦色,掩不住红颜清秀,她眼睛里有一半的妩媚,很温暖,又藏着一半的怨恨,索债似的,让人有点心惊,她比我母亲多情,又比我母亲深沉。每次她靠近驳岸,我很想问她,是不是从马桥镇来,家里是不是开肉铺的,是不是姓乔?但她的目光投射过来,是一缕怨恨的冰冷的光,让人下意识地躲避她,不敢搭讪了。我注意到她的雨衣不仅是防雨的,还有多重功能,那雨衣几乎是一个屋顶,庇护着一个流动的家,雨衣下藏着所有的行李,还有她的孩子——慧仙,那个瘦精精的小女孩,抱着一个被泥水弄脏的洋娃娃,突然从雨衣里钻出来,一眨眼,又躲进雨衣里去了。

看起来油坊镇上没有她们的容身之地。以我之见,她们其实可以混进帐篷去,妇女们的帐篷都搭在学校的操场上,清清楚楚写着一个"女"字,凡是妇女都可以进去住,进去住了就能吃免费的大锅饭。也许因为带着个小女孩,也许是胆小的缘故,那女人带着孩子往学校走,从东门进去,又从西门出来了。我隔水观望着母女俩在码头上踟蹰的身影,几乎肯定她们是在找人。她们是在找一个人,可是油坊镇上千军万马,究竟谁是她们要找的人呢?

最后一天雨势大得吓人,我看见女人用雨衣兜着孩子,在码头上徘徊了很久,一直沿着水边走,像是散步,也像是察看地形。我不知道她们要干什么。天黑以后雨势缓和了,码头上的人们开始挑灯夜战,那母女俩就被灯影人海淹没了。我在船头做好饭,端到后舱给父亲,我问他,马桥镇的那个姨妈,你有没有见过?父亲纳闷地看着我,你这个孩子好奇怪,从没见你念叨过妈妈,怎么反倒念叨起姨妈来了?我说我没念叨姨妈,只是随便问问,她叫什么名字?父亲皱着眉头想了半天,是乔丽华还是乔丽萍?记不清了,还是和你母亲结婚时见过一面,后来想见也见不到了,她们姐妹之间,也决裂啦。我有点遗憾,母亲跟什么人都决裂了,如此看来,她们不会是来投奔我母亲的,她们不是我的姨妈和表妹。我带着一种说不出的怅惘,结束了一次芜杂而古怪的想象。

事情发生在第二天早晨。码头上雨过天晴。向阳船队的十一条驳船装满了残砖废瓦,正要起锚往下游去,一个女孩子尖利的哭叫声在驳岸上炸响了,那声音清脆稚嫩,却是歇斯底里的,盖过了高音喇叭里雄壮的歌声。船民们看见那个小女孩一手抱着个洋娃娃,一手拖着军用雨衣,在驳岸上跑来跑去,她没有方向,只是发狂似的奔跑,一边跑一边哭,那哭声引起了周围所有人的注意。

码头上几个女民工追着小女孩跑,嘴里喊,别跑,别跑,你妈妈会回来的。旁边有人认得慧仙,介绍说这小女孩昨天夜里就大哭大闹的,学校里的每一个帐篷她都闯过,要找她妈妈。小女孩的母亲不见了。起初大家不以为意,猜想做母亲的是临时有事,等到早晨,小女孩还是一个人,他们就认真起来,那穿军用雨衣的城里女人,确实是失踪了。几个女民工手里分别拿着玩具、馒头,还有一朵塑料花,踊跃地去向慧仙表达她们的母爱。可是慧仙反抗着所有人的怜悯和同情,拼命地往船上跑,她在一个女民工的手上咬了一口,又朝另一个脸上啐了一口,像一个灵巧的小动物穿过大人的腿缝。她跑到了一号船的跳板上,一上跳板就晃了一下,她站定了,对着跳板嚷,你别晃我呀,我找妈妈!她展开双臂,像走平衡木似的继续往船上跑,女民工们跟在她身后喊,你上船干什么?你妈妈不在船上。这船不运人走,只运人来的,千万别到船上去!

孙喜明一家看见那小女孩在船舷上跌跌撞撞地走,瞪着惊恐的眼睛朝前舱里张望,嘴里尖声叫喊着妈妈。孙喜明见状连忙跑到舱顶,对着拖轮摇动一面白旗,拖轮的轮机刚刚隆隆地发动起来,又熄火了。孙喜明女人扔下手里的活,冲过去抱着慧仙,你是谁家的女孩?怎么在船上乱跑?尽管小女孩换了一件新衣服,红格子娃娃衫,头上的辫子也是新梳的,扎了蝴蝶结,孙喜明的儿子二福还是一眼认出了慧仙,他比他母亲了解慧仙,奔过来介绍道,是她妈妈不见了。她把什么都弄丢了——她脖子上原来有个军用水壶,丢了;她手上原来还有一块小黑板,也给她弄丢了!

我闻声赶往一号船时,好多船民都已经走在我前面。有人一边走,一边隔岸与码头上的民工讨论那城里女人的去向。船上岸上,形成两种不同的观点。岸上的民工大多从农村来,从育女无用的逻辑出发,猜测小女孩是被母亲故意抛弃了,有个民工还特意指出码头来往人多,好心人也多,他们家乡的人丢女儿,最喜欢丢在码头上。船上的人也重男轻女，但他们普遍不赞成这猜测，也许是长年在水上，见多了溺死者，见多了投河轻生的人，所有船民对失踪者的第一反应都不吉祥，任何东西消失不见了，他们都习惯从河面开始寻找，人也一样。我看见春生和他父亲，一个在船东，一个在船西，都蹲着朝船底下的水缝里看，看什么，大家心知肚明。整个向阳船队都被惊动了，拖轮上的船员也爬到了机房顶上，手搭前额，开始搜寻周围的河面。我匆匆走过五条驳船，五条驳船上都有人自觉自愿瞭望着河面上的漂浮物，船民在这件事情上意见一致，小女孩看来找不到妈妈了，那做母亲的，一定是投了金雀河，寻了短见。

　　死人之事，永远都是船家的忌讳，但是向阳船队的船民们从来没遇到过这么特殊的事件，对于一个六七岁的小女孩，忌讳是无用的，也没有办法与她说理。小女孩有她的逻辑，她认定母亲带她坐船来到油坊镇，离开一定也是坐船的。船民们告诉她，孩子，我们的船，只能运人来，不能运人走的，你妈妈不在我们船上。慧仙不听，小小年纪就懂得去抓大人的破绽，她哭着叫道，你们骗人，船能运人来，也能运人走。

　　我看见慧仙在孙喜明家的内舱盖上跺脚，她认为母亲躲在那舱下，要把她跺出来。二福过来阻止她，你别跺脚呀，看你把我们家的舱盖都跺坏了，要你赔的。孙喜明女人把儿子搡开了，干脆把前后两个内舱盖都打开，光明正大地让慧仙自己看，孩子，你自己看，舱里哪儿有人，都是砖头呀。

　　慧仙跪在船板上，脑袋沉下去，朝黑漆漆的底舱里张望，妈妈你在不在下面？妈妈你出来，快点出来！

小女孩呼唤母亲的声音声声凄怆，船民们听不下去了，他们面面相觑，这可怎么办好？这么小的孩子，什么话都听不进去，什么话都说不得呀！德盛的女人抹开了眼泪，侧脸去看德盛。德盛说，你看我有什么用？我又不是水龙王，变不出落水鬼来。德盛女人吓得去捂德盛的嘴，不让他说话，她自己低头看着金雀河奔涌的河水，看得很感慨，忽然说，都怪今年的雨，都怪今年的水，水怎么就这么大？这大水害人呢，你们都试试，往这儿一站，离水近了，看看水这么大，人这么小，是容易想不开呢，也就是跳一下呀，什么都不烦心了。

拖轮的汽笛发出几声短促的鸣叫，他们在催促船民们赶紧解决小女孩的问题。可是谁也解决不了这个问题。几乎所有人都聚拢到了孙喜明的船上。王六指打量着河面上飞奔而下的枯枝败叶，马上对河水的流速进行了判断，他突然说，人已经过五福镇了，一定过五福镇了。众人起初不解其意，很快明白过来，王六指是说如果那女人投了水，尸首一定被冲到河下游五福以外了，他们都不点破，只是扭头，痛心地看着五福的方向。孙喜明女人一只手紧紧地拽着女孩，嘴里愤愤地喊起来，天下哪里有这么狠心的母亲，这么小的孩子，扔下她就走了？地上有干部，水里有龙王，该来管管这样的人，不管她往哪里跑了，都要把她绑回来。她没想到自己的谴责惹怒了女孩，女孩挣脱她的手，小手啪啪地打着孙喜明女人的胳膊，怒声叫道，绑你，绑你！

慧仙起初没有注意到我。船上的女人都在争相讨好她，她谁也不要，那么多女人凑上去，热情地张开双臂，慧仙一个都不要，她似乎看出了孙喜明的地位，怯怯地站到了孙喜明的身边。孙喜明有点受宠若惊，示意众人说话小心说漏嘴，让女人去拿糖果来给慧仙。孙喜明女人平时吝啬惯的，对慧仙倒大方，塞了一颗糖果到慧仙的嘴里。慧仙顺从地张大嘴，吮了几下，眼睛突然发亮了，她认出了我，指着我大声喊叫起来，就是他，就是他啊，我妈妈在他的船上！

我来不及申辩，仓皇地逃跑了。慧仙追了上来，我知道她为什么追我，却不知道自己为什么要逃跑。我的过度反应导致了一个荒唐的场面，整个船队像一个摇晃的跑道，大家都在舷道上互相追逐，大家都在喊，别跑别跑，但大家都在跑。我一边跑一边回头，怕那小女孩会掉到水里，但是她的平衡能力让我吃惊，她像一个复仇的精灵追逐我，在陌生的船舷上步履如飞。

人群一下就转移到我家的船头上了。我家船头站不了那么多人，有人就站在樱桃家的船尾上。船民们看着我跳到舱里，把乱砖一块块地往甲板上扔，我一边扔一边对慧仙说，你自己看，都是瓦片砖头，看哪一片瓦片是你妈妈，哪一块砖头是你妈妈。女孩在上面躲闪着乱砖，一边跺着脚说，我妈妈不是瓦片不是砖头，你妈妈才是瓦片才是砖头！孙喜明对我喊，东亮，你就别跟她斗嘴了，你们到底是怎么回事？她好像认得你呀。我正要对船民们解释，一回头发现我父亲从舱房里探出头来，用愤怒而绝望的眼神盯着我，东亮你干什么了？让这么多群众围着你？这下我就算长三张嘴也说不清我的委屈了。我迁怒于船民，对着他们吼起来，你们这么多人跑到我家船上干什么，都给我滚开！

我没了耐心，前面的拖轮也没了耐心，汽笛突然狂鸣一声，拖轮上的船员擅自起航了。船队的十一条驳船像一条冬眠的大蟒蛇忽闻春风，向着河面蹿了出去，所有人都猝不及防，蹲下了马步。德盛女人上来抱住慧仙，侧卧在船头，孙喜明朝拖轮那边叫了起来，别开，别开船，小姑娘还在船上呢！船员们似乎都进了驾驶舱，从电喇叭里传来了他们七嘴八舌商量的声音，不知是谁拿起了电喇叭，吹了口气，朝着我们喊起来，吵什么？后面别吵了，为一个小女孩，你们吵了半个小时了，都是白痴呀？你们不知道谁耽误运输就是破坏生产，破坏生产就是反革命，要抓起来枪毙的！

沙发

1

慧仙坐在我家的舱里,坐在我父亲的海绵沙发上。这个小女孩烦躁,任性,贪嘴,吃掉了我家所有能吃的零食还不罢休,赖在海绵沙发上,谁来拉她也不肯起来。这是我对慧仙最初的印象,不言而喻,这个印象是比较恶劣的。

说说那只海绵沙发吧。那沙发面料是灯芯绒的,蓝色的底,撒着黄色的向日葵花瓣,如果细细地察看,留有明显的公物痕迹,沙发的木质扶手明显被很多人的烟头烫过,背面材料用的是细帆布,帆布上"革命委员会好"的字样还清晰可见。向阳船队的船民,通常连一把椅子都没有,我家的沙发很久以来一直是船队最奢侈的物品,它像磁铁吸铁一样吸引着孩子们的屁股。因此,我维护这张沙发的主权,维护得非常辛苦。船队的孩子为了沙发闯到七号船上来,他们或者婉转或者直接地向我提出要求,让我坐一次沙发,就坐一次,行不行?我一律坚决地摇头,不行,你要坐,交两毛钱来。

慧仙一上七号船,我对沙发的严格管理乱了套,我怎么能向这个可怜的小女孩开口要两毛钱呢?所有的规矩都被她打破了。

我记得那天她的小脸和鼻子紧贴着后舱的窗玻璃,在七号船上固执地搜寻着她母亲的踪影。我们家的后舱,是所有驳船上最零乱也最神秘的后舱,舱壁上有一幅女烈士邓少香的遗像,是从报纸上剪下来的,邓少香的面容模糊,因为模糊,她的形象显得神秘而古老。慧仙隔窗研究着女烈士的遗像,突然说,那是死人!她信口开河,别的孩子吓了一跳,观察我的反应,我说,你们看着我干什么?她说的也没错,烈士都是死人,不死怎么叫烈士呢。然后慧仙发现了我家的沙发,她说,那是沙发,海绵沙发!我父亲正坐在沙发上,膝盖上放着一本书,他抬头朝小女孩笑了一下,表示礼貌。外面好多孩子替慧仙表达她的要求,她要坐沙发,她要坐你家的沙发!我父亲站起来,慷慨地指了指沙发,你喜欢坐沙发?来呀,来坐。这邀请来得及时,慧仙抹抹眼泪,就朝后舱里冲下去了,大家都听见她的嚷嚷声,沙发,沙发,我爸爸的沙发!

我不知道慧仙是怎么回事,我们船上的沙发,为什么是她爸爸的沙发呢?那么小的小女孩,说话可以不负责任,我不跟她计较,心里暗自思忖,那女孩的爸爸,大概也是坐沙发的,不是干部,就是大城市的居民。我看见女孩像一只小鸟扑向鸟巢,轻盈地一跃,人就占领了沙发。外面的船民们不知为何鼓起掌来,他们窃窃私语,观察着我们父子的表现。父亲的表现早在他们的预料之中,他垂手站在一边,似乎一个年迈昏庸的国王,把宝座向一个小女孩拱手相让。船民们关注的是我的态度,慧仙堪比一块试金石,孩子们要考验我的公正,大人们则是要借此测试我的仁慈和善良。

起初我很公正，恶狠狠地去拉扯慧仙，手在空中抓了一下，差点抓到她的小辫子，不知怎么手一软，我头一次被仁慈和善良所俘虏，放弃了我的职责。我眼睁睁看着她跳到沙发上，一只脚跷在扶手上，身体非常熟练地沉下去，她的小脸上掠过满足和欣慰之色，这一瞬间，她一定忘记了母亲，我听见她用一种老妇女的口气说，累死我啦。过了一会儿，她瞄着柜子上的饼干盒说，饿死我了。我父亲赶紧把饼干盒递给她，她风卷残云般消灭了盒子里的所有零食，吃光了把盒子还给我父亲，饼干怎么是软的？不好吃。她朝我看看，闭上眼睛，又看看我，再闭上眼睛，几秒钟的工夫，一阵浓重的睡意就把她的眼睛粘住了。

我站在一边说，你把脚放下来，要坐就好好坐，别把沙发弄脏了，快把脚放下来呀。

她已经睁不开眼了，毫不理会我的要求，脚在扶手上踢了一下。我注意到她穿着一双红色的布鞋，布鞋上沾满了泥浆，我还注意到她穿了袜子，一只袜子在脚踝上，另一只滑到鞋里了。我看了看旁边的父亲，父亲说，这小孩累坏了，就让她在沙发上睡吧。

我没有反对，回头看看舷窗外面，二福和大勇他们的脸正挤在玻璃上，一个在扮鬼脸，另一个还在咽口水，表情看上去愤愤不平。

小女孩慧仙像一个神秘的礼物从天而降，落在河上，落在向阳船队，落在我家的七号船上。这礼物来得突然，不知是好是坏,它是赠予向阳船队全体船民的,船民们对这件礼物充满了兴趣,只是一时不知如何分享。船队的很多女人和孩子想起有个礼物在船上,都莫名地兴奋,鱼一样在七号船上来回穿梭,很多脑袋聚集在我家的舱窗口,争先恐后的,就像参观一个稀奇的小动物。慧仙四仰八叉躺在我父亲的沙发上,看上去睡得很香。我要去给她脱鞋,父亲示意我别去惊动她,他从柜子上拿了一件毛线衫,轻手轻脚地给她盖上了,男人的毛线衫盖在她的身上,正好像一条被子,遮住了小女孩的身体。我走到舱门口,听见外面的女人交头接耳,正在表扬我父亲,看不出来,库书记还很会照顾人呢。见我钻出了舱房,她们又表扬我,说东亮表现也不错,这孩子外表凶巴巴的,心肠其实很软的。只有孩子们不懂事,都来与我较劲,男孩子鄙夷地看着我,想说什么难听的话,笨嘴拙舌的不会说;只有六号船上的樱桃,那会儿人还没有一条扁担高,嫉妒心已经很强,她把脑袋伸进舱里,用谴责的目光盯着我,劈头盖脸批评我,库东亮你搞不正之风,我们要坐你家的沙发,坐一下都不行,她就能在沙发上睡,你怎么不让她交两毛钱呢?

我守在舱门口,顾不上和樱桃斗嘴,我注意到父亲在沙发边转悠着,像热锅上的蚂蚁,离开了沙发,他看上去无处可去。他注视着沙发上的小女孩,目光有点焦灼、有点窘迫,还有点莫名的腼腆。我看见他在我的行军床上坐了一会儿,在地上站了一会儿,局促不安,突然,他对我挥挥手,东亮,我们都出去,干脆把舱房让给她吧。

2

父亲终于走出了船舱,他从舱里出来的时候,手里还拿着一本《反杜林论》。

船民们很久没见我父亲出来了,终日不见阳光的舱内生活,使他的脸色日益苍白,与船上男人黝黑的面孔形成天壤之别。他一出来,船民们条件反射,一大堆人群退潮般地往后退。我父亲知道他们为什么往后退,他嘴里向船民们打着招呼,表情窘迫,眼睛里充满了歉意。父亲对王六指说,老王,今天天气不错啊。王六指斜着眼睛看看河上灰暗的天空,还不错呢,没看见河上游都黑下来了,马上要下雨的。父亲看了看河上游的天空,眼睛里的歉意更深了,是呀,我眼神不好了,那边的天已经黑下来了,恐怕是要下雨的。他对大人表示了热情和礼貌,怕冷落了孩子们,又去拍二福的脑袋,二福呀,好久没见,你又长高了嘛。二福缩起脖子从我父亲的手掌下躲开,忿忿地说,我根本没长高,吃不上肉,怎么长得高?父亲满脸尴尬,站在舱篷里,等着船民们开口向他问好。孙喜明总算对我父亲说了句关心的话语,库书记出来了?你是该出来透透气的,天天闷在舱下面,对身体不好。德盛女人的话听起来也受用,她说,库书记呀,都快不认识你了,外面放鞭炮也没法把你引出来,还是舱里的小可怜把你撵出来啦。

我在旁边明察秋毫。船民毕竟是船民,他们不会掩饰自己的眼神，眼神泄漏了天机。无论男女老少，目光都像一枚尖利的指南针，直指我父亲的裤裆部位，无论是好奇还是猥亵，所有人的目光都无情地探究着我父亲的裤裆。我觉得父亲像一个裸身的小丑，站在舞台的灯光里。父亲穿着一条灰色维尼纶的长裤，裤洞的纽扣扣得一丝不苟，周围褶皱自然熨帖，看上去一切正常。船民们什么也看不见，看不见不甘心，很多人的眼珠子瞪得比铜铃还大，目光似乎要穿越维尼纶布料，亲眼见证我父亲半个阴茎的秘密。他们还是看不见，看不见刺激了他们的想象，想象撕掉了一层遮羞布，我注意到王六指和春生互相对视一眼，两个人忽然挤眉弄眼起来。几个女人的目光含蓄一些，是跳跃式的，那些目光从父亲的下身一掠而过，跳到别处，跳到岸上，很快又热切地返回原处。我看见樱桃的母亲搂着樱桃做掩护，一只手捂着嘴笑，樱桃不解，扯她母亲的衣袖，你笑什么？樱桃的母亲就虎起脸打了女儿一下，你胡说什么，谁在笑？我哪儿笑了？

　　父亲脸色灰白，迎着众人乱箭般的目光，我看见他弓了弓腰，弓腰是没用的，他的羞耻无处可藏。我看见他的手慌乱地垂下，用《反杜林论》遮挡着裤裆，《反杜林论》也是没用的，一本书遮不住父亲的耻辱。我愤怒了。我的愤怒不仅针对船民的粗野，也针对我父亲的怯懦。我过去拼命把父亲往后舱门口推，你下去，快下去！我像父亲命令儿子一样对他喊，下去，看你的书去。父亲一定知道我的用意，他退到舱门口，尴尬地站到船篷的阴影里，我又去撵其他人，先推大勇，滚，滚开，别在我家船上，你们为什么非要赖在我家船上？推了大勇我又推他妹妹，滚，滚回你们五号船去。我这么大发雷霆，孙喜明他们知趣了，纷纷离开我家舷板，我们是该走，都走吧，舱里还有个小可怜呢，让她好好睡一会儿。樱桃的母亲也带着儿女走了，但是她对我的态度有意见，嘴上一定要报仇，临走丢下一句阴阳怪气的话，这父子俩，把人家小女孩子藏在舱里，还要撵人走，准备干什么啊？樱桃母亲说出这么恶毒的话，我都不知道如何还击了，德盛女人在一边听不下去，高声道，樱桃她妈，你说这种话要小心中风啊，明天落个歪嘴病可怎么办？

一场风波连着一场风波，七号船总算静下来了。一个神秘的礼物在寂静中向我打开，我家船舱里的沙发像船中之船，载着一个陌生的小女孩往下游去。船队已过养鸭场，河面变宽了，来往的船只少了，船尾的浪声反衬着船上死一般的寂静，后舱里的小女孩在睡梦中忽然惊叫了一声，妈妈，妈妈在哪里？那响亮的梦呓把我和父亲都吓了一跳，幸好她是在梦里，她在沙发上焦躁地翻了个身，又睡着了。我注意到她的一只袜子脱落了，小脚丫子正对着我，微微晃动着，闪着一圈模糊的白光。

我和父亲守在舱门口，像两个警卫员守护着一个沉睡的小女孩。父亲沉默着，看上去满腹心事，我不知道他是沉浸在自己的羞耻中，还是在为沙发上的小女孩犯愁。每逢这样的场合，我先说话是不利的，说什么都错，我等着父亲先说。果然，父亲自己打破了沉默，他问我，这孩子的妈妈死了吗？我说，多半是死了，投河自杀了吧。父亲沉吟了一会儿，说，自杀就是逃避呀，她自己倒是解脱了，这小女孩以后要受苦了。

船过鹿桥村，德盛夫妇来了，来打探孩子的动静。不知为什么，那夫妇俩看上去一个喜不自禁，另一个鬼鬼祟祟。德盛女人问我，那孩子乖不乖？我说，还没醒呢，睡得那么死，我怎么知道她乖不乖？德盛看看我，又看看我父亲，脸上突然露出一种诡谲的神情，他推了推女人，你不是有话要跟库书记说吗？趁着现在没闲人，快说呀！德盛女人瞪了男人一眼，说，我开玩笑的话，你倒当真了，我说了库书记肯定要见笑的。我父亲不解其意，看着德盛夫妇，你们有什么话尽管说，我们船挨船的，是邻居，千万别见外。德盛女人扭捏起来，指着舱里掩嘴一笑，也没什么，我看着这小女孩，不知怎么就想起我自己来了，我小时候也是让爹妈扔在码头上，我婆婆把我捡到船上养起来的，养大了就让我嫁了德盛，谁不说我婆婆精明？积了德行了善，还顺便攒下个儿媳妇。德盛在一边催促女人，有话快说有屁快放，你绕什么圈子？德盛女人打了德盛一下，不绕圈子，道理说不清！她对我父亲说，库书记你别嫌我多嘴，我看这孩子跟你们七号船是有缘分的，看看你们老少三个，其实都是一个命——库书记，你的革命妈妈不是牺牲的吗；东亮虽然有妈妈，可惜跑啦；这小可怜的妈妈呢，干脆投水自尽啦——都是可怜人，你们三个有缘分呀！德盛听得不耐烦，瞪着他女人说，天都黑了，你还绕圈子？有缘分怎么的，你倒是快说呀。德盛女人被催得乱了方寸，终于说了，库书记你别嫌我多嘴，你们船上没女人呀，没女人不行，要是把这小女孩留在船上，以后长大了就攒下——德盛女人没说下去，因为我父亲慌张地打断了她的话，不行不行，我们不养

沙发　123

童养媳。父亲不停地朝德盛夫妇摆手,苦笑着说,我知道你们是好意,可是你们不懂规章制度啊,捡一个孩子不是捡一只小猫一只小狗,很麻烦的,要登记要调查,谁家也不能随便留的,别说这孩子这么小,就是个现成的小媳妇大姑娘,也不能留!

我被德盛女人弄了个大红脸,不知她怎么想出来这个锦囊妙计。德盛女人对德盛翻着白眼,你看你看,我跟你说过库书记不会同意的,你非要自讨没趣!说着她瞥了我一眼,表示遗憾,你们男人不会看女孩子呀,这孩子长大了一定会出落成个大美人的。她叹了口气,又朝后舱探出脑袋,集中精力去听女孩甜蜜的呼声,听了一会儿她大发感慨,说,这孩子命很旺的,没有爹妈照样活,你们听,她打呼打得多响,跟一头小猪似的。

德盛夫妇给小女孩留下几个玉米,怏怏地走了。河上的天空突然一暗,夜色慢慢垂下来,覆盖了漫天的雨云,岸变黑了,我家的后舱也黑了。小女孩还在睡。我和父亲之间,突然被一种很古怪的气氛包围了,我父亲想解释什么,不知从何说起,而我想表白什么,却羞于做任何表白。父亲把油灯挂在舱房的梁上,拧了一小簇火苗,舱房里亮了一圈,我看见了父亲脸上焦灼不安的神情,他弯腰俯视着后舱里的小女孩,突然说,不行,这样下去不行,要防微杜渐!

我疑惑地看着父亲,你说什么,什么防微杜渐?

父亲说,天黑了,要过夜了,这小女孩,不能在我们船上。

我猜到了父亲的心思,一下打了个寒战。父亲的脸在油灯的光线里显得深谋远虑,你瞪着我干什么?他注意到我不满的表情了,挥挥手说,有些事情你不懂的,这么小的女孩,也是女的!是女的就不能在我们船上过夜,我们得把她送走!

把她送哪儿去?我问父亲。

送给组织。父亲脱口而出,话一出口他醒悟到向阳船队是没有什么组织的,便说,送到孙喜明船上去,他是队长嘛。

我知道凡事牵扯到男女关系,都是大问题,必须听父亲的安排。我下到舱里,替慧仙把袜子穿好,拍着她的脚说,醒醒,我们走。小女孩醒了,踢了我一脚,咕哝道,别烦我,我要睡。她的脑袋侧过去,还要睡。我说,不能睡了,天黑了,我们家有老虎,夜里出来咬你。她一骨碌坐起来,瞪着我,骗人?老虎在哪里?你骗人的。她还要往沙发上躺,我像是扛箱子似的,反扣住她柔软的小小的身体,一下把她扛到后背上去了。我感觉到她在我背上挣扎了几下,平静下来了,一觉醒来她又想起妈妈,对我命令道,那你快点,你背我去找妈妈。我说,你不懂事,你妈妈躲着你呢,我不知道你妈妈躲哪儿去了,领导知道,我把你交给领导,让组织上替你找妈妈去。

夜色中我背着慧仙往孙喜明家的船上去。驳船上的桅灯都亮了,我背着慧仙走过了六条船,六条船上的人都拦住我,问我要把小女孩背到哪里去。我说,天黑了,我把她交给孙喜明去。王六指的几个女儿试图拦截慧仙,几个女孩子叽叽喳喳地说她可爱,央求我把慧仙留在她们船上,她们要陪慧仙过夜。我说,不行,你们船比鸟窝还吵,你们这些黄毛丫头也不算个组织,我要把她交给孙喜明去。

一号船上的孙家人刚刚吃了晚饭,孙喜明女人在暗淡的桅灯下刷刷地洗着碗筷,看见我背着女孩上了她家的船,惊叫起来,你怎么把她背来了?黑咕隆咚地走这么多船,多危险!她喜欢睡你家的沙发,就让她睡嘛。你别小气,那么好的沙发,睡不坏的。

不是我不让她睡沙发,是我爹不让。我一时不知怎么解释,就把父亲的话抬出来了,我爹说了,她是女的,不能在我们船上过夜!

孙喜明女人笑起来,笑得弯下腰,这库书记也是的,什么女的女的,这孩子多大一点呀?樱桃她妈乱嚼舌头的话,他也往心里去了?我看你爹是一朝被蛇咬,十年怕井绳,再小心,再提防,也不至于这个孬样呀。

我笑不出来,气呼呼地把慧仙往她怀里塞。孙喜明一家人都围过来了,看起来他们是乐意接收慧仙的,孩子们七嘴八舌地说话,研究着慧仙的辫子和衣服,孙喜明撵走了儿女,对我说,送过来也好,你们船上没个婆娘,也伺候不了这孩子。

慧仙从我的背上下来时,含糊地哭了几声,她仍然睡眼蒙眬。孙喜明女人用力把她抱了起来,慧仙蹿着,小脸上有明显的嫌弃之色,是女人耳朵上的一对金耳环吸引了她,她瞪着女人的耳朵,先抓了左耳,又去抓右耳。孙喜明女人欢喜地握住了她的小手,对她说,喜欢我的金耳环呀?长大给我做儿媳妇,两个金耳环,都归你!

是我把慧仙背到一号船上去了。我记得我从孙喜明家往回走,光脚走过六条船冰凉的舷板,越走脚下越凉,一条船凉过一条船。乌云被夜色覆盖了,雨没有落下来,金雀河的尽头早早地升起半个月亮。河上夜色初降,两岸蛙鸣喧天。夜航的船队在河上突突地前进,河水在我脚下汹涌奔流。我的脖子那儿有异样的感觉,一摸,是小女孩辫子上的牛皮筋粘在我脖子上了。我记得很清楚,走过王六指家的舷板时,我还把牛皮筋搭成一把弓箭,朝王六指的小女儿射了过去。我不高兴,也没有什么不高兴。我很正常。反常的是我的后背,一去一回,我的背上已经空空荡荡,一个小女孩带给我的温暖的体温荡然无存,我的后背竟然还保持着惯性,微微弓起来,承接一个不存在的小小的柔软的身体。我的后背有点卑贱,卑贱得很反常,分别不到两分钟,我的后背就开始思念起一个小女孩了。

　　我弓着背走到我家的船上,看见一盏孤灯在舱篷里摇晃,父亲已经在舱里整理床铺。船上一片凄清,似乎没有人烟,那是第一次,我打量着舷板上一条薄薄的哀伤的影子,发现了自己内心的孤独,还有爱意,它比夜色中的河水更加深不可测。

慧仙

1

　　船民们当年是准备把慧仙送到岸上去的，捡到一分钱，也应该缴公，何况是个孩子。船到五福，船队的一群女人簇拥着孙喜明，牵着慧仙去找五福镇的政府。五福镇上那时也很乱，街上到处都是受灾的灾民，随地搭了窝棚吃喝拉撒，星罗棋布的窝棚把政府的办公用房淹没了。他们好不容易在一个旧土地庙里找到了民政科，人家一句话就打了回票，说，孩子哪儿捡的，送到哪儿去处理，我们这儿也很忙，管不了油坊镇的事。他们只好抱着慧仙离开旧土地庙，边走边嘀咕，要是交个皮夹子给他们，他们就不计较是哪儿捡的了，哪儿捡的他们都收，一条人命不如一个皮夹子嘛。

　　几天后向阳船队返航，船队还没有靠上油坊镇码头，孙喜明女人就跑到船尾，用衣襟蒙着脸呜呜地哭起来。春生的母亲问她为什么哭，她指了指岸上，指了指慧仙的身影，说，舍不得，舍不得呀，孩子跟我睡了这么多天，夜里天天搂着我叫妈妈呀，我不哭一下，胸口堵得慌！这次与小女孩的告别要隆重许多，船民们纷纷往她的口袋里塞东西，塞一只鸡蛋，塞一块手绢，或者塞一把瓜子，这是表示他们的一点心意。孙喜明的女人给慧仙头上戴了朵红花，胸口也别了一朵，德盛女人给慧仙面颊上涂了红红的胭脂，嘴唇上抹了口红，看上去她们不是送她去岸上，像是送她去参加一场盛大的演出。

第一次送孩子没送成功，这次孙喜明谨慎了，他来到七号船上，隔着舷窗说服我父亲一起去送孩子。库书记你做过那么多年的干部，懂政策，说话有水平，你一定要上去一趟。孙喜明说，不是我麻烦你，怪这孩子来得不明不白，怎么说也说不清，我怕说错话遭冤枉，岸上的人嫌我们船上孩子多，污蔑我们拐孩子呢。

那是谣言。我父亲说，凡是有人的地方，都有谣言的。

这次让他们抓了把柄，就不是谣言了。孙喜明说，库书记你一定要出面，帮我们把事情说清楚。孩子我们抱着，我们出力你出嘴，你只管反映情况，行不行？

不行，我早已不是书记了，说什么也没人听。我父亲坚定地摇头，他说，不是我不帮你忙，孙队长你知道我的苦衷的，我发过誓的，这辈子再也不上岸啦。

我就是不明白，你发这个誓干什么？孙喜明嘟囔着，眼睛下意识朝我父亲的裤裆部位瞄了一眼，隔着舷窗，两个人的目光撞在一起，孙喜明知道自己犯忌了，目光慌忙跳起来，热切地看着我父亲的脸，老库你这是赌的什么气？跟谁赌的气？我看你是跟自己赌气！他说，赌那么大一口气，自己吃苦头嘛——你就算是一条鱼，涨水还要跳到岸上去呢；你就算是船上的一根缆绳，靠岸还要拴在岸上呢。库书记你是一个大活人呀，当真一辈子不上岸了？

父亲说，老孙呀，我不是鱼，也不是缆绳，我也不是赌气。老孙你不理解我的，我现在习惯了船上，一上岸头就晕，我不能上岸啦。

那是晕岸！孙喜明立刻叫起来，库书记，那是你自找的麻烦呀，谁让你一年四季不肯下船呢？人在岸上住惯了，上船要晕，人要是老窝在船上不上岸，一样要晕岸的。

父亲说，是啊，老孙，我晕岸晕得厉害，上不了岸啦。

晕岸要治的，多上岸几次就不晕了。孙喜明眨巴着眼睛与我父亲周旋，软磨不行，他心生一计，语气强硬起来，库书记你也是船队的人嘛，这小女孩的事是集体的事，你是我们船队的秀才，集体的事情你不能不管，一点小毛病不能克服一下？你要是晕岸了，我来背你行不行？

父亲突然板起了面孔，毕竟当过多年的领导，面对一个原则问题，他一下摘掉了谦虚谨慎的面具，啪的一声，他怒冲冲地拉上了舷窗，对着窗外喊道，孙喜明你算老几？指挥起我来了？你当我死了，我一辈子不上岸！

我对父亲的态度很意外。孙喜明也愣怔在舷板上了，过了一会儿，他讪讪地对我说，怪我言语怠慢了他，你爹丢了乌纱帽，官架子还在呢，上船这么多年，我第一次看他发脾气，有意思。我哪里敢指挥他呢？看来让他上一次岸，非要毛主席他老人家下最高指示呢。孙喜明是聪明人，没有再纠缠我父亲，他的思路很固执，退而求其次，瞄上了我，要不东亮你跟着去吧，虽说你说话不中听，文化水平倒还不错的，找政府少不了要填写材料，兴许你能派上什么用场呢。

我消极地瞥了他一眼，说，我能派什么用场？你没听见岸上的人都叫我空屁？你们信任我，岸上的人不信任我。

孙喜明说，什么信任不信任的？我们又不是让你去说话，是让你去写字的。

我有点犹豫，指着舷窗对孙喜明使了个眼色，你问他，让不让我去？

孙喜明敲了敲窗子，库书记你不去我也不强求了，让东亮陪着去一趟，行不行？

舱里静了一会儿，传来我父亲的声音，他那文化水平，你们相信他？又静了一下，父亲说，他去不去，随便他。

孙喜明疑惑地追问道，随便是让你去，还是不让你去？

我说，随便的意思你不懂？随便就是让我去了。

那天我在衬衣的口袋上插了一支钢笔，怕钢笔漏水，耽误大事，我还额外准备了一支圆珠笔。船民们在驳岸上集合以后，一支浩浩荡荡的队伍又回流到油坊镇码头。我看见慧仙骑坐在德盛的肩膀上，小脸被妇女们画得浓妆艳抹，她兴高采烈，嘴里吸溜着一根棒棒糖。我知道她为什么这样高兴，都怪王六指的女人非要跟着我们的队伍，跟就跟了，她还非要拍着慧仙的脚，嘴里好大喜功地欢呼，我们上岸去啰，找妈妈去啰。

大水退去过后，油坊镇的每一寸土地原形毕露，到处是废墟和土堆，到处是红旗和人群，在一种忙乱的热火朝天的气氛里，东风八号显示了一项大工程特有的宏伟气魄，你怎么也看不清楚，这工程到底是干什么的。我们一上岸就迷路了。驳岸上看不见路，整个码头都被挖开了，远看很像一块块水田，近看像电影里的一条条战壕，有人在地下战斗，有人在地上战斗。各支突击队的旗帜插在四面八方，船民的队伍却在漫天红旗下寸步难行。孙喜明让我去问路，我拉着一个推烂泥车的小伙子问哪里有路，他反问我是哪一个突击队的，我说我们不是突击队，我们要到镇上去送一个孩子。他打量了一下船民的队伍，脸上露出不加掩饰的轻蔑表情，马上要大会战了，你们还送什么孩子？他说，没有路到镇上去了，你们要去镇上，愿意怎么走就怎么走，走不了就飞过去吧。地上地下都是人，我就是问不到路。我的身边有一面旗帜迎风飘扬，旗帜上"向阳花突击队"几个大字让我思想开了一会儿小差，向阳花总是让我想起母亲，她会不会参加了这个突击队？我爬到高处向地沟里瞭望，没看见母亲的身影，她不在沟里。高音喇叭里有个女声在读一封表扬信，表扬一个昏倒在工地上的民工，说他昏倒了爬起来，挖，又昏倒，又爬起来，挖。我站在驳岸上听，不是听内容，是听那女声，是不是母亲的声音呢？不是的，那声音比我母亲年轻脆亮，却不及我母亲饱含深情。我母亲不在喇叭里，三十年河东，三十年河西，她权威性的革命的声音，已经被一个陌生的年轻姑娘替代了。

治安小组的人从一堆废墟后面冒出来了，他们熟练地爬过废墟，朝我们风风火火地跑来，每个人嘴里都紧张地喊叫着，站住，站住，不准上岸，不准上岸！

王小改的人马一来，船民的队伍更加慌乱，大家聚拢在一堆水泥管道前，茫然地看着治安小组。那支威武的人马中出现了一个绰号"腊梅花"的女人，大概是治安小组补充来的新鲜血液，她也英姿飒爽地拿着一根治安棍，跟着男同事嚷嚷，你们船民来凑什么热闹？也不看看是什么时候，现在不准上岸的！

船民们不知所以然，一个个都看着孙喜明，跟他要主意。孙喜明拍着大腿说，大白天活见鬼啦，上次让我们排队上岸，今天可好，连岸也不许上了，这次又是什么通知？我才不信，你们干你们的工程，我们赶我们的路，井水不犯河水，怎么不准我们上岸呢？

谁说井水不犯河水的？井水都归河水管！腊梅花说，你自己长着眼睛，看看四周围有没有路给你走？码头是工程重地，马上大会战了，你们不是突击队员，不得随便出入。

好，我们是井水你们是河水，我们归你管，你个腊梅花算老几？孙喜明不愿意跟腊梅花说话，忿忿地瞪她一眼，转向王小改，你是领导，我也算个领导吧，你说我会不会故意带人来破坏大会战？不会。今天我们有急事啊，我们要去镇上找领导，不走码头怎么去，你让我们飞过去呀？

王小改冷言道，你们船上能有什么急事？再急的事，急得过大会战？

孙喜明被他一句话噎住了，看看德盛女人怀里的慧仙，正要说什么，德盛对他使了个眼色，抢在他前面说，我们有阶级斗争

慧仙　133

新动向，要向领导汇报，王小改我告诉你，你不让我们上岸可以，到时候要你负责你别赖账。

王小改不理睬德盛，转过头去观察着孙喜明的表情，孙喜明顺水推舟，脸上挤出一丝高深莫测的微笑，看起来德盛的威胁是有效的，小改对德盛的话半信半疑，你们船队有什么阶级斗争新动向？在河里捞到台湾特务的降落伞了？他嘀咕着，语气从强硬变得谨慎，特殊情况特殊处理，你们非要上岸也可以，一定要登记，你们的人数姓名，上岸时间离岸时间，都要登记。

陈秃子从腋下抽出一个《货物登记簿》，封面上"货物"两个字被贴掉了，改成了"人口"，陈秃子打开他的《人口登记簿》说，好，一个一个来，来呀，你们买猪肉抢得头破血流的，人口登记怎么都缩在后面？来呀，孙喜明，你先来带个头。

临时性的人口登记从孙喜明开始，到我结束，独独遗漏了慧仙。慧仙靠在德盛女人的怀里，眼睛盯着陈秃子手里的登记簿，她炫耀似的念了两个字出来，人，口，其他字念不出来，就困倦地打了个呵欠。没有人注意到那个打呵欠的陌生小女孩，偏偏腊梅花注意到了，女治安就是不一样，眼睛尖一些，比起男人细心很多。腊梅花凑近了慧仙打量着，还吸紧鼻子闻了闻她的脖子，突然惊叫起来，等一等，这不是德盛家的孩子！看这孩子呀，她不是船上的，我一看就不是船上的孩子，皮肤那么白，身上也不臭，洗过澡的！要问清楚这小女孩的来历，她来历不明！

王小改和五癞子他们一下都扑过去了，他们凑近了研究慧仙，研究了一番，得出了统一的结论，腊梅花说得对，这小女孩,肯定不是船上的孩子。他们的眼睛炯炯发亮起来,盯着孙喜明,一迭声地追问,哪儿来的小女孩?怪不得有阶级斗争新动向呢,拐孩子了?是谁家拐的孩子?

孙喜明说,你们真会冤枉人呢,我们拐孩子干什么,自己的孩子都吃不饱,拐个别人的孩子上船,让她天天喝河水呀?

不准借题发挥,我们不管肚子的问题!王小改打断孙喜明的辩解,尖锐地说,我们负责登记人口,你向我们说清楚,这是谁家的孩子?

要知道是谁家的孩子就好办了。孙喜明挠着脑袋说,是她自己跑到船上去的,她妈妈——那个什么,一时找不见了,我们要把她送给政府。

王小改不耐烦地瞪着孙喜明,你还是船队队长呢,话也说不清,她妈妈到底怎么啦,说清楚呀。

小女孩这时候插嘴道,我妈妈不见了。她失松(踪)了。

什么叫失松?王小改没听懂,转过头对孙喜明说,说呀,她妈妈到底去哪儿了?

孙喜明瞅瞅小女孩,咽了口唾沫,还是不肯说清楚。王小改正要发作,孙喜明对他做了个少安毋躁的手势,把王小改拉到一边,凑到他耳朵边说了几句话。

治安小组终于明白小女孩的来历了,看起来他们没有处理这种事情的经验,三男一女面露难色,围在一起商量着。腊梅花抢在同事的前面,先下了结论,说,不管可怜不可怜,反正这孩子身份不明。陈秃子摊开那个《上岸人口登记簿》,犯难地问小改,

慧仙　　135

身份不明的小孩子，要不要登记呢？小改也拿不定主意，拿过《登记簿》，翻看着封底的《登记条例》，没有发现适用的条例，他思考了一会儿，最后说，小孩子也是人口，怎么不登？要登！

我记得是在驳岸上，治安小组的人和一群船民围着慧仙，他们各尽所能，齐心协力，启发，联想，加上创造，艰难地登记了慧仙的第一份档案。我带着一支钢笔，一支圆珠笔，但是哪一支笔都没有派上用场。我没有机会参与任何登记工作。

小孩子，你叫什么名字？

QIANG慧仙。

一个含糊的声音，带着小孩子常见的口齿不清，听起来难以分辨，陈秃子没有听清，你姓张，弓长张？还是姓立早章？要不然你姓枪？你姓一把枪的枪？

你才姓一把枪的枪，我会写，我写给你们看。慧仙蹲在地上，抓起一块煤渣写了个字，原来是个"江"。旁边的治安队员都异口同声地念出来，江，原来她姓江青的江呀。

小孩子，你记不记得你的出生年月呢？

什么年月？

出生年月听不懂？好，你告诉我们你几岁，我们就知道你是哪一年生的了。

我七岁。去年六岁，明年就八岁了。

我知道你是个聪明孩子，不用说那么多，说今年几岁就行了。爸爸妈妈的名字知道吧？他们都是干什么的？

我爸爸叫江永生，我妈妈叫崔霞，他们都失松（踪）了。

怎么都失踪了呢？你爸爸是怎么失踪的？

我不知道呀，我妈妈说带我来找爸爸，结果她自己也失松（踪）了。

都失踪了？爸爸妈妈都失踪，这孩子的家庭出身肯定有问题。治安小组的人互相交换了一下眼色，王小改指着《登记簿》对陈秃子说，记下来，爸爸失踪，妈妈失踪，都记下来，这孩子的话，一字一句，统统要记下来。

孩子对记录不知深浅，船民们有点恼了，孙喜明对王小改嚷，你们治安小组拿了鸡毛当令箭呢，一个小女孩，你们查她祖宗八代干什么？德盛女人上去拉过慧仙，不登了不登了，这些人人心不是肉长的，我们走，到镇上找领导去。

船民们七嘴八舌的抗议没用了，王小改和五癞子都把治安棍横在手上，冷冷地盯着船民。王小改问孙喜明，你还算个领导？什么叫登记你都不懂！光有个名字就行了？没有家庭成分，没有家庭住址，没有政治面貌，叫个什么登记？腊梅花在一边帮腔，你们这帮船上人，觉悟就是低，还不如人家一个小女孩，人家还知道配合我们工作，你们就会在一边瞎吵吵！

慧仙很为难，她是要站到船民那边去的，几次要往德盛女人怀里钻，都被腊梅花亲热地搂住了，腊梅花指着自己的红袖章说，孩子，看看这是什么？你听我们的话，不会犯错误的。慧仙没有办法挣脱，就催促陈秃子说，你快点呀，快点问，我要去镇上找妈妈呢。

陈秃子清清嗓子，尽量地做出循循善诱的样子，孩子，你回答问题口齿要清楚。你的口齿清楚了，我们登记不就快了吗？他说，下一个问题是家庭住址，你的家庭住址呢？又不懂了？我是问你家住哪儿？

我家在铁路旁边，两层楼。我家住楼上。楼下有一棵桃树，结很多桃子的。

这不叫住址，住址就是城镇区县，什么区，什么街道，什么公社，什么大队。

都不是。我家门前有一条石子路，路口有个电线杆。我妈妈天天去电线杆那里的。

你妈妈天天去电线杆那里？陈秃子眼睛亮了，嘴里发出啧的一声，告诉叔叔，电线杆上有什么？你妈妈去那儿干什么，是去等人？她去等谁呀？

德盛这时候忍不住了，冲过去一巴掌打掉了陈秃子的《登记簿》，等谁？等美国特务，等台湾间谍，等你妈了个×！你们算是个什么鸟治安？吃饱了没事做，这么小的孩子还提防她是阶级敌人？你们让她上岸能变天呀？她才七岁呀！

德盛带了头，船民们的愤怒风起云涌，大家的嘴里纷纷骂起了脏话。德盛女人过去把慧仙拉到自己怀里，大叫一声，欺人太甚，不给他们登了，他们问什么，只当他们拉肚子放屁！孙喜明没有骂人，他指挥王六指和德盛，三个男人组成一堵人墙，护住了德盛女人和慧仙。治安小组的人过来抢人，推不动三个船民的人墙，五癞子就挥起治安棍对着王六指的脸打了一下，嘴里大叫起来，你们这帮烂船佬，今天吃了豹子胆，要造反呀？

我本来是站在远处的，船民们跟别人吵嘴，我从来只看不插嘴，可是这一次我也成了当事人，不知道为什么，德盛女人把慧仙朝我这边推过来了。慧仙被吓得不轻，无所适从，嘴里一声声惊叫着，我看见慧仙的手向我探过来，那只求援的小手使我热血沸腾，我顺势拉住慧仙的手，把她从人堆里拽出来，说，跑，跑，我们跑！

　　跑，这是我最擅长的。码头上虽然找不到路了，但是我急中生智，几乎在一瞬间发现了一条逃跑之路。一条路从驳岸的垃圾堆上蜿蜒过去，越过一堆水泥预制板，通往远处的煤山。我对码头四周的地形再熟悉不过，所以我的逃跑路线设计得天衣无缝。我决定带着慧仙从西边的煤山上翻过去，翻过煤山就是棉花仓库，到了棉花仓库就有路了。

　　我拉拽着慧仙跑了几步，发现码头工地上所有突击队员都停止了突击，支起身子往驳岸上张望。我回头一看，驳岸上已经乱成一团，女人们也加入了孙喜明他们的人墙，场面变热闹了，也变得惨烈了。五癞子率先舞起了治安棍，陈秃子也学五癞子，拿着治安棍对船民们胡乱挥舞着，这么一来，两队人马短兵相接，厮打起来了，连德盛女人和孙喜明女人都勇敢地投入了战斗。不知道是谁去抓了陈秃子的要害，我看见陈秃子捂着裤裆，在那里一跳一跳的，嘴里发出了凄厉的惨叫。我还听见王小改惊惶的哨子声，暴乱，暴乱！他一边吹哨子，嘴里不停地惊呼着，这是反革命暴乱，快去报告赵书记！

　　我已经带着慧仙跑到了煤山下，小女孩被身后的场景吓着了，她问我，他们为什么打起来了？我说，你是傻子呀，还不是为你？她还是不明白，我没让他们打架呀，打架不好，破坏纪律的。我顾不上跟她解释什么，拉着她往煤山上爬，她犟头犟脑的，怎么也不肯上煤山，嘴里还不停地抗议，为什么要爬煤山？都是黑煤，看把我的新衣服都弄脏了。关键时刻她不知好歹，我又气又急，强行把她驮到了背上，朝着煤山顶上攀登。她伏在我的背上，起初又打又踢的，很快，她大概感受到了一种新颖的刺激，尖叫几声，又嘎嘎地笑起来，把我当一匹马了，我感觉到她的小手努力地拍着我的屁股，嘴里叫道，驾，驾，驾！

我背着慧仙走到棉花仓库那里，听见后面的煤山响起一片碎煤块哗哗的泻落声，船队的人马欢呼着，就像一支翻身闹革命的队伍，扬眉吐气地冲下了煤山。煤山的那一侧，隐隐可以听见腊梅花尖利的女声，让你们跑，我们秋后算账，你们跑得了和尚跑不了庙！

2

综合大楼就在码头的最北端，看着近在咫尺，偏偏到处都是禁区，到处都挂着"此路不通，请绕行"的牌子。我们离开棉花仓库，在码头工地旁边绕来绕去，好不容易走到那幢灰白色的四层楼楼房下，船民们面面相觑，互相取笑起来，每个人的脸上都沾了黑煤灰，裤管凝结了一层黄泥浆，看上去像一群逃难而来的难民。

阳光照耀着大楼前的花坛，花坛里伟大领袖的汉白玉塑像沐浴着一层灿烂的金光，伟大领袖戴一顶军帽穿一件大衣，微笑着朝向阳船队的船民挥手。突然之间，吵吵嚷嚷的送孩子的队伍安静下来了，一股神秘而严峻的力量震慑了船民们躁动的心，迈向大楼的台阶就在脚下，但船民们看上去有所畏惧，脚步迟疑起来，大家都不愿意走在前面，德盛兀自冲上台阶，被德盛女人拽下来了，她说，你急什么？这大楼不是菜市场，是你随便进的？我们怎么进去，进去说什么做什么，要先商量一下嘛。王六指踮足朝楼上的窗子仰望，嘴里说，王小改他们恐怕在楼里了，他们肯定抢先一步，恶人先告状了。大家都看着孙喜明。孙喜明沉默着，点了颗香烟凶猛地抽了几口，说，我们也有人受伤的，告就告嘛，为了个孩子，有什么大不了的事情？他看看慧仙，又看看我，用香烟指着大楼说，东亮，你是这楼里长大的，熟悉情况，你先进楼里打探一下行不行？送孩子也不能乱送的，进去找到干部，千万说清楚了，我们是捡到了一个孩子，千万打听清楚了，我们到底该往哪儿送孩子？

我毫不迟疑地接受了这个任务。为了避免和传达室的顾瘸子纠缠，我让孙喜明他们带着慧仙在大门口等候，自己从一楼厕所的窗子里跳进去了。这楼里的每间办公室，我都熟门熟路，我从一楼跑到四楼，很快发现我们来得不巧，偏偏遇上了干部义务劳动日，综合大楼几乎是一座空楼，妇联、计划生育办公室、民政科，所有办公室都是铁将军把门。我知道应该马上去通知楼下的人，但一到四楼我鬼使神差，忘了肩上的重任，犹如梦游童年仙境，我在走廊里奔跑起来。我跑到赵春堂的办公室门前，抓住门上的圆形把手，向左转动一圈，还是那个把手，还是向左转动，但那扇门打不开了。这里曾经是我父亲的办公室，那扇镶着毛玻璃的门，我再熟悉不过了，过去那门上贴了一张"闲人免进"的纸条，是父亲的笔迹，现在是一块有机玻璃的牌子钉在门梁上，还是"闲人免进"，是四个规整的印刷字体了。我不知道我为什么要去推门，推了好几下，门推不开，门锁发出一种金属尖利的震颤声，那讨厌的声音使我有点慌乱。我走到四楼的楼梯口，听见楼下隐隐传来了船民们的吵嚷声，应该往下走了，可是我鬼使神差地站在楼梯口，舍不得这样离开四楼，我不知道自己要干什么。起初我脑子里有个简单的想法，要不要在走廊上撒一泡尿，给那些耀武扬威的干部做个纪念？转念一想，我又不是小孩子，不该干这种幼稚的事情了。一抬头，我看见了楼梯口的大黑板，黑板上写着干部下工地劳动的紧急通知，那些粉笔字给了我灵感，还是写好，写比较有意义。我从板沿上拿了一截粉笔头，写什么比较有意义呢？越是焦急我的脑子越是一片空白，我急出了一身汗，突然想起当年有人批判我父亲的标语：库文轩是阶级异己分子——那是什么意思？我始终不清楚"阶级异己"是什么罪名，但我断定那批判是尖锐的、深刻的、富有意义的，于是我匆匆地在四楼的走廊上写了那行字：赵春堂是阶级异己分子！

　　写标语是一件令人紧张的事，我扔掉粉笔跑到二楼楼梯上，站在那里平缓自己的情绪。我有点后怕，楼下门厅早就乱哄哄的了，一男一女两个民兵，正端着步枪守在传达室的窗子里，密切监视着船民的动向,传达室的顾瘸子反而在外面,他挥舞着双手,一瘸一拐地推搡船民,嘴里不停地数落他们,你们船上人觉悟就是低,也不看看现在是什么时候,弄个孩子来添乱,东风八号要大会战了,谁还守在办公室里看报纸?谁顾得上接收一个孩子?你们再在这里闹,我不管了,让他们民兵来处理你们。

我一下去孙喜明就朝我冲过来了,他说,你这孩子,楼里没干部呀,你在楼上这么长时间,干什么呢?我没法跟孙喜明解释什么,朝着船民们挥了挥手,干部都在工地上,我们赶紧走,把孩子送到工地上去。

捡孩子容易送孩子难,没想到这么难。孙喜明女人抱着慧仙,船民们簇拥着他们走下综合大楼的台阶,看起来每个人的表情都很委屈。队伍又走过了花坛,走过了伟大领袖的塑像,慧仙大声叫起来,那是毛主席,毛主席挥手我前进!孙喜明摸了摸她的脑袋,叹口气说,你这孩子倒是觉悟高,我们都要前进,就是你麻烦呀!你往哪儿前进呢?德盛女人要替换孙喜明女人,准备把小女孩接过来,孙喜明女人不肯,说,我不累,我要抱她,抱一会儿是一会儿了。她这一句话让船民们都感伤起来,大家一边走,一边扭头看着慧仙,女人都去摸慧仙的辫子,摸她的小脚,王六指女人的嘴里又唱起了不负责任的高调,我们去工地,去找干部,去找妈妈啰。

码头工地上人山人海,我有经验,寻人先要寻红旗,我寻到了一面"人民公仆突击队"的旗帜,领着孙喜明他们拥到坑边,往下一看,果然发现了赵春堂高大魁梧的身影。赵春堂戴着安全帽,穿了长筒胶鞋,正领着一群干部挖土。

孙喜明和几个女人互相交换了眼色,德盛女人立刻弯下腰,朝着坑里先发制人地喊起来,赵书记,总算把你找到了,我们船队捡了个孩子,给你送孩子来了!

土坑里的干部们有的抬眼朝上面看了一眼,有的只顾挖土,没人理睬我们。

孙喜明怪德盛女人嗓门小,示意女人们放开嗓门,这次德盛女人拉上孙喜明女人,还有王六指女人,三个女人此起彼伏地喊起来,赵书记,我们给你送孩子来了。

办公室干部张四旺首先回应了船民,吵什么吵什么?知道你们船队捡了个孩子,怎么闹得跟天塌似的?治安小组已经向赵书记汇报过了。另一个干部在坑里忿忿地说,我们国家这么多人口,丢个把孩子有什么了不起的?这个节骨眼儿上,他们捡一个孩子来给赵书记添乱,他们向阳船队的人无法无天,为了那孩子,把陈秃子的下身都捏坏了。

船民们七嘴八舌地反驳那个干部,一致否认袭击过陈秃子的下身。王六指站到坑边,指着自己的脸说,请各位干部别听治安小组一面之词,你们看看我的脸,我的脸不也肿成馒头了?是谁打的?五癞子打的!我们送孩子有什么错,他们治安小组凭什么打人?

赵春堂没有说话,甚至没抬起过眼皮。但我注意到赵春堂在下面的两个动作:第一次是甩手,那意思是让干部们把船民撵走。干部们都过来撵人,船民们怎么肯走呢?德盛站在坑边说,撑我们没用，你们干部先上来，接下这孩子，我们马上就走。赵春堂的第二个动作有点恼怒，啪地把铁铲插在土里，这下张四旺忙不迭地跑到他身边去了。两个人耳语了一番，张四旺频频点头，突然喊起来，孙喜明，你下来，下来谈。

孙喜明带着孩子要下去，旁边的女人们抢下孩子，你下去就行了，孩子不下去。

你们妇女安静一点，不要乱插嘴。张四旺在坑里仰着头喊，让孩子一起下来，赵书记要看看孩子是怎么回事。

孙喜明又去牵慧仙的手，这次是慧仙不肯下去了。我妈妈又不在下面，她撅着小嘴说，让我下去干什么呀？孙喜明说，你下去见一下干部，干部能耐大，他们才能帮你找到妈妈。她探出脑袋朝坑里望了一眼，大惊小怪地说，坑里都是黄泥巴，我的衣服弄脏了怎么办？王六指这时凑上去了，悄声哄骗她说，坑里的人都是干部，他们又有权又有钱，弄脏了衣服不怕，让他们替你买新的。

慧仙被孙喜明驮在肩上，晃晃悠悠地下到了坑里。她端坐在孙喜明的肩膀上打量着坑里的人，颇有大将风度。忽然，她的眼睛被妇联干部冷秋云的花褂子吸引住了，阿姨，你穿的是我妈妈的褂子吗？你看见我妈妈了？

大家都去看冷秋云的花褂子，是蓝底撒着金色葵花的布料，圆领子，琵琶式纽扣，很明显，小女孩的母亲也有这样一件褂子。干部们都拖着铁铲朝孙喜明拥过去了，好奇地注视着他肩膀上的小女孩，孙喜明你把孩子放下来嘛，让我们好好看看这小机灵。孙喜明放下了慧仙,几个女干部把慧仙围在中间,研究着她的容貌,她们一致认为这个小女孩很漂亮,尤其是女干部冷秋云,她不计前嫌,拽着慧仙不松手,嘴里啧啧地赞叹着,好俊俏的小姑娘,好机灵的小姑娘,我要是有这个女儿,梦里都笑醒了。

我看见赵春堂的铁铲还插在泥里,他的一只脚踏在铲子上,抖着,抖着。他也在端详慧仙,就像一个富有经验的邮政人员打量来历不明的包裹,微微皱紧了眉头,表情却是镇定自若的,问问这小孩,会不会背诵毛主席语录?大家看赵春堂的样子半真半假,猜不出他说这话的意图,冷秋云抓住慧仙的辫子,轻轻地揪了一下,我们书记问你呢,会不会背诵毛主席语录?慧仙眨巴着眼睛思考了一下,我会!千万不要忘记斗争斗争!众人先都笑,笑过了纷纷去纠正她,不是斗争斗争,是阶级斗争,你知道什么叫阶级斗争吗?慧仙没心思应付干部们的纠缠,她忽然撒腿朝赵春堂跑去,踮起足尖,要抓赵春堂上衣口袋里的钢笔,我爸爸的口袋里也有三支钢笔!她这么喊着,一只手开始拔赵春堂的钢笔了。孙喜明连忙跑过去拽走她,不能拿书记的笔,快叫人,快叫赵书记。

赵春堂拔了一支钢笔下来,放到慧仙的手上,说,这钢笔送给你,拿回去好好学习。孙喜明说,你看看,赵书记送你一支钢笔呀,赵书记也喜欢你的。上面的船民先是替慧仙高兴,他们等着赵春堂做出进一步的表态,赵春堂却又抓起了铁铲。船民交头接耳一番,看看孙喜明像个没头苍蝇在坑里转悠,德盛就在上面喊了，赵书记，给她钢笔她没用，你要给她一只饭盒一张小床才有用嘛。

这话是在催促赵春堂了。土坑上下的人都静下来，等着赵春堂表态。赵春堂没事人似的，只顾干起活来。他的脚在铁铲上用力一蹬，铲起一大堆泥，轻松地撂到了德盛的脚下。德盛闪了一下，嘴里大叫起来，赵书记你怎么故意把泥往我身上铲呢？赵书记你葫芦里到底卖的什么药？快给个说法嘛，这孩子，我们到底该送到哪里去？赵春堂根本不搭理德盛，对孙喜明招招手，孙喜明一过去，他劈头盖脸地训起孙喜明来，你们向阳船队还有没有一点革命人道主义精神？这么可爱的小孩子，你们非要急吼吼地往政府送？也不看看现在什么形势，这边东风八号大会战，你们抱着个小孩子到处送，搞的什么名堂？这孩子，哪儿都不准送了，就"挂"在你们向阳船队。

船民们普遍不知道"挂"的意思，这个表态太含糊了。孙喜明求援似的望着上面，船民们都看着我，东亮，你知道"挂"是怎么回事？我琢磨了一下，说，"挂"就是等着吧，今天他们不收孩子，要以后再说了。德盛脑子聪明，很快反应过来，说，什么"挂"呀"放"呀，不就是踢皮球么，他把孩子踢还给我们啦。德盛女人附和道，这皮球踢不得呀，东亮他爹说的，捡个孩子养，不比养猫养狗，很不容易的，要口粮，要户口，还要一大堆手续！

孙喜明综合了船民的意见，走到赵春堂面前说，赵书记呀，我知道东风八号比孩子重要，我们船队可以替你们领导分忧，孩

慧仙　147

子留船上可以，但不是这个留法，这么把她带回船上，孩子算"黑"人，对不起她，别人冤枉我们拐孩子，我们对不起自己，你赵书记要给我们个说法，要立个字据什么的吧？

赵春堂的脸已经是铁青色的了，他朝张四旺使了个眼色。张四旺扔掉了手里的铁铲，上去一把揪住了孙喜明衣领，孙喜明你知道你为什么一辈子入不了党吗？你就是个猪脑子嘛，你领导的什么船队，一帮落后群众，没觉悟，没修养，还没规矩！来了这么多人，都是猪脑子？赵书记的说法那么明确了，"挂"起来！"挂"起来都听不懂，你们还要什么说法？没看见赵书记忙得焦头烂额，你们跟他要孩子的说法，上面跟他要东风八号的说法，哪个说法重要？你自己说呀！

孙喜明张口结舌，慧仙瞪大眼睛观察着坑里大人们的表情，拽着孙喜明的袖子问，你们到底在吵什么？我又不是一件衣服，怎么挂起来呢？干部和船民都难以回答小女孩的问题，德盛的女人在上面怯怯地说，挂起来不是长久之计吧，以后会有麻烦的，现在你们那么多干部在下面，就不能上来一个把孩子安顿了？难道一个孩子还不如一铲土重要？张四旺朝德盛女人瞪了一眼，德盛家的别以为你伶牙俐齿，我告诉你，非常时期，一切都要给东风八号让路，一铲革命的土方，就是比一个孩子重要！

船民们不知如何反驳张四旺，一时间大家都没了主张，眼睁睁地看着孙喜明把慧仙带到了上面。孙喜明女人把慧仙接到怀里，船民们不甘心就此罢休，在坑上面站成一个圈，向坑里的干部们施加压力。干部们也在交头接耳，张四旺一边在赵春堂耳边嘀咕什么，一边向船民们挥手示意，赶紧离开，赶紧滚开！船民们都不肯走，偷听着坑下面干部们各抒己见的声音，他们都用眼睛盯着赵春堂。赵春堂掏出钢笔在一张信笺上写着什么，他们不知道他在写什么。终于，张四旺拿着赵春堂的便条跑到了坑边，挥着便条对孙喜明喊，拿着这条子，去找粮站姚站长领五斤大米！现在粮食紧张，这五斤大米是给孩子的口粮，吃完了再来批条子。我提醒你们，千万别贪了孩子的口粮！

孙喜明接过条子愣了半天，面孔涨得通红。五斤大米？赵书记你把我们当叫花子呢？孙喜明一跺脚，拿了坨泥块啪地压着那便条，我们要贪这五斤大米？你们真把船上人看扁啦！孙喜明脸红脖子粗，对着坑里的干部大声宣告，气死人了，我要再为这孩子的事找你们，我就不姓孙，我就不是人×的，这孩子你们干部不管我们管！拿那五斤大米喂鸡去、喂鸭去，我们不稀罕，我们向阳船队十一条船，还养得起一个孩子！

抓阄

如果说向阳船队养育了慧仙，必须承认，十几年充满恩情的养育始于一场赌气。向阳船队派了那么多人上岸，走了那么多冤枉路，费了那么大的周折，磨嘴皮子没用，骂娘动拳头没用，我的笔杆子也派不上用场，大家齐心协力，还是送不走一个小女孩。最后是德盛把慧仙驮回了肩上，送孩子的队伍铩羽而归，我观察着船民们的表情，大多是沮丧中夹杂着欣喜，欣喜中带着点惘然。孙喜明女人嘴里一边骂着干部，一边抓住慧仙的小手啪啪地亲，他们不收才好，我还不舍得送你去呢，乖乖呀，他们把你"挂"起来咯，这一"挂"，不知"挂"到哪个猴年马月了，你要跟着我们做船上人了。

我记得王六指的两个女儿在船头洗毛线，她们第一个发现了德盛肩头的小女孩，丢下毛线盆就在各条船上东奔西窜的，嘴里喊着，没送走，没送走，慧仙回来了！整个船队的人都跑到了外面，七嘴八舌地打听详情，上岸的船民们都学会了使用一个新鲜的词汇，挂。他们说，这小女孩，"挂"到我们船上啦！

这次回来不同以往，船民们对慧仙的态度也有了微妙的变化。她被"挂"在向阳船队，船队便承担了养育和监管的义务，这义务到底由谁承担，多少人承担，都还没商量，只是大家围观小女孩的时候，不再像围着一个可怜的小动物，善良和热情都有了节制，各自的心里都揣着一把小算盘。

被改变的也包括慧仙，两次送上岸去，两次返回船队，她大概知道是岸在拒绝她，岸上的人们不欢迎她，她只能投靠驳船了。小女孩天性中的聪慧迸发出来，指引她顺从船队，顺从船民，几乎是一夜之间，她对船民粗暴任性的态度得到了充分的改善。从镇上回来的那天下午，我看见她手指上缠着一手彩色的丝线，在一号船的船尾东张西望，她在物色绷线线的搭档。后来她物色了樱桃，袅袅地走到樱桃家的船上去，主动邀请樱桃，姐姐，来，我来教你绷线线吧。

樱桃受宠若惊，扭捏了几下就把手举起来了。两个小女孩在船上绷线线，樱桃的哥哥大勇钻过来，傻乎乎地看她们手上翻转的丝线，一只手伺机侵入丝线，樱桃叫起来，快走开，这是女孩子玩的东西，你瞎掺和什么？大勇死皮赖脸地不肯走，樱桃向她母亲告状，樱桃母亲走过来撵走了大勇，自己留了下来。她一边研究着慧仙的脸，心有旁骛，开始不三不四地给儿子"说亲"了，我家大勇喜欢你呢，干脆留在我们家，给我家做小媳妇吧。

慧仙看看樱桃的母亲，看看大勇，摇头说，喜欢我的人多着呢，要是谁喜欢我我就做谁的媳妇，我要做多少人家的媳妇呀？不行的。

没让你做大家的媳妇嘛，一女嫁一夫，谁最喜欢你，你就做谁家媳妇。樱桃母亲痴痴地笑着说，大勇最喜欢你，你就跟他配个娃娃亲吧，做我家媳妇好，我们家船好，生活条件也好，以后船是你的，船上的家当也是你的。

她打量了一下樱桃家的舱篷，说，你们家沙发也没有，怎么好呢？我才不做你家媳妇，谁的媳妇都不做，我是岸上的人，等我妈妈找到我，我要跟她回家的。

大勇不知什么时候又凑过来，在旁边插嘴道，你还回什么家？你妈妈的家就在金雀河里呀，你妈妈是落水鬼，落水鬼要找到你，你就倒霉啦。大勇嘴里威胁着慧仙，眼睛瞟着她的腿，你要小心你的腿，落水鬼拉人下水先拉腿，要是让你妈妈抱住你的腿，你就完了，你也成了落水鬼，身上会长青苔的。

樱桃的母亲来不及制止自己的儿子。慧仙在丝线中翻腾的十指停住了，目光惊恐地瞪着大勇，很明显，她知道落水鬼的意思。樱桃的母亲知道儿子惹祸了，孩子你别听我家大勇胡说，他属狗的，狗嘴吐不出象牙。她把大勇往船那边推，已经来不及了。慧仙挥舞着一团丝线，愤怒地追赶大勇，谁是落水鬼？你才是落水鬼！你身上才长青苔！她嘴里叫喊着，用一团丝线抽打着大勇，她的尖叫声听上去不像一个孩子的声音，一声比一声尖利，一声比一声狂暴，有点歇斯底里，更让人意外的是她学会了船民的脏话，一骂就是一大家，我敲，我敲你，她说，我敲你妈，敲你们一家！

船队的人都被樱桃家船上的动静惊动了，孙喜明女人闻讯跑过来，一来就护住慧仙，也不问青红皂白，指着樱桃的母亲就数落，我说你这人不厚道，你就是不厚道。孩子不懂事，你大人也不懂？欺负这个孩子，老天要报应的。

樱桃的母亲说，你没有调查就没有发言权，谁敢欺负她呀？是她追着大勇打，我家大勇没还一次手呀，这孩子也不是省油的灯呀，你没听她咒我们全家都是落水鬼？你没听她骂脏话，她个小丫头片子，要敲我们全家呢！

　　孙喜明女人朝樱桃全家人翻着白眼，选择着措辞，一时选不出来，就愤然地摆摆手，不说了不说了，跟你们五号船，说什么也白搭。她用这么一种特殊的口气表示最大的鄙视，拉着慧仙往一号船那边走，一路走一路叮咛，我关照你别乱跑，你偏乱跑。你怎么就记不住我的话呢，人分好人坏人，驳船也分好船坏船，你别看有的船外表漂亮，其实是坏船，坏船上不得的。

　　樱桃的母亲受不了了，气得在后面追她们，你给我把话说清楚，什么叫好船什么叫坏船？这么小一点孩子，你跟她说什么狗屁闲话呢？她在你家住了几夜，你就是她妈妈了？你不看看你那模样，狐臭熏死人，大字不识三个，你配做人家小孩的妈妈吗？

　　孙喜明的女人回头说，我狐臭专熏你不熏别人，熏死你我偿命；我大字不识三个，你认识几个？我不配做她妈妈，你连做她老妈子也不配。别以为我不知道你们夫妻的底细，你们家怎么发配到船队来的？偷宰公社的耕牛腌牛肉吃啊！要不是政府宽大处理，你们就——孙喜明女人没有把话说完，一把凌空飞来的扫帚打在她小腿肚子上，她夸张地叫了一声，回头一看，扔扫帚的居然是樱桃，樱桃叉着腰替她母亲出气，顺便也把气撒到慧仙头上了，你们两个都是狐狸精，一个老狐狸精，一个小狐狸精，你们两个人要好去吧。

抓阄　153

樱桃的母亲追到王六指家船上，一口气接不上来，脸色煞白，用两只手捂住了胸口，嘴里嘶嘶地响着，好不容易朝着前方啐了一口唾沫，二福他妈你站住，把话说清楚再走，我们俩比胳肢窝臭，我比不过你，要是比舌头毒，你比不过我！你有什么脸说我们家那点事？你们家的污点才叫大呢，孙喜明睡过你亲妹妹，睡大肚子去打胎，这丑事谁不知道？你爹是恶霸地主，被政府枪毙的！你以为自己是谁？你男人混上个队长，你就是指导员了？我告诉你，这船队十一条船，哪条船都不干净，再怎么瞧不起人，也轮不到我们家垫底，以后你嘴里再敢嚼蛆，看我不撕烂你的嘴！

　　我不知道这是怎么回事。照理说妇女们吵嘴是平常事，吵得火药味这么浓，就有点不平常了。以前这是船民们心照不宣的禁区，向阳船队家家有污点，家家的历史都不清白。大家无论怎么吵，都不去戳人伤疤，这是平等，也算规矩，为什么慧仙一来，这规矩就守不住了呢？我不知道那些妇女是怎么回事，更说不清慧仙身上有什么神奇的魔力，她似乎用小手揭开了船队最神秘的一口黑锅，船民的慈爱与怜悯从锅里飞出来，各自的心计从锅里飞出来，互相的怨恨也从锅里飞出来了。

　　两个妇女的骂仗甚至惊动了我父亲，他在舱里问我，是谁在吵架？他们为什么骂得这么难听？我说，樱桃她妈，还有二福他妈，她们都想做慧仙的妈妈。父亲在舱里说，那很好啊，慧仙很可怜，妈妈越多越好么。我说，妈妈多了才吵架的，其实她们两个人，谁都不配做慧仙的妈妈。父亲在舱里沉默了一会儿，突然问，东亮，你觉得谁有资格做她妈妈呢？我思考了半天说，德盛女人嘛，她做妈妈好。我父亲问我为什么选德盛女人，我说她聪明，讲卫生，船队的妇女中间，只有她坚持天天刷牙。我不知道父亲为什么那么敏感，他听了我的理由竟然怪笑起来，什么聪明，什么讲卫生？我知道你为什么选她家，是她家跟我们船靠船吧，你不是给德盛家要女儿，是给你自己要个小妹妹！

我被父亲猜到了一件隐秘的心事，感到莫名的紧张，一声没吭走到船尾去煮饭了。

德盛夫妇也都在船头听吵架，女的偏袒孙喜明女人，男的采取各打五十大板的态度，吵翻天也是瞎吵，都是泼妇，该说的话不会说，不该说的乱说，他们都没资格做孩子的母亲，小孩子跟着她们，长大了也是泼妇。我对德盛说，你们为什么不去领她？你们家条件最好。那夫妇俩对视了一眼，德盛女人说，条件好有什么用？我们要领她好几次了，孙喜明不让呀。德盛打断女人的话，也不是不让你领，孩子现在是正式"挂"到船队了，怎么个养法，要大家商量拿主意呢。这叫民主集中制，先民主后集中，依我看，这孩子到底上哪条船，最后恐怕要抓阄的。

大约是傍晚时分，二福一条船一条船地跑，扯着嗓子喊，每条船派个代表去一号船抓阄，大家都得去抓阄，去抓孩子啰！

果然要抓阄了。我父亲听见了二福的声音，他问我二福到底在喊什么，我告诉他，是去抓阄，决定那个小女孩的事情。父亲说，这不是乱弹琴吗？那小女孩也是个人，又不是一个奖品，怎么能抓阄呢？我试探他的态度，我们家去不去抓？父亲犹豫了一

抓阄　155

会儿,说,去还是要去,这是集体的事情,不能逃避。不过,他们知道我们的情况,抓到我们七号船,抓了也白抓,你去走个过场吧。

一眨眼工夫,大家都聚集到孙喜明船上来了。很多船民都显得紧张,坐立不安,紧张的原因各不一样——孙喜明家和德盛家是怕自己手气不好,抓不到人。王六指则相反。他是怕自己手气太好,事先向众人打了预防针,我们家孩子多,没口粮,要是我们抓到了,这孩子可是要吃百家饭的。他自私的言论马上遭到了孙喜明女人的抢白,她说王六指你放心,吃不穷你们家的,不管谁抓到,养这孩子都是集体的事。

孙喜明准备了一只硬纸板的鞋盒,盒盖上掏了个洞,周围还隆重地蒙了块红布,做票箱用。鞋盒放在船头,孙喜明第一个示范,伸手进去认真掏着,掏出来了,是一张白纸。二福惊叫起来,爹,你真没用!孙喜明失望地看着儿子和女人,说,让你们抓你们不敢抓,女人手气好,孩子手气也好,应该你们来抓的。

从一号船到六号船,他们都抓了张白纸出来。轮到我了,众人看着我,都去提醒孙喜明,七号船也抓吗?万一让东亮抓到了怎么办?他们父子俩,养不了这孩子的。我对他们的这种态度很厌恶,我说,你们是我肚子里的蛔虫吗,你们怎么知道七号船养不了她?不让我抓我偏抓。孙喜明出来打圆场道,东亮,你这是狗咬吕洞宾不识好人心呢,大家这是为你们父子考虑呢。我问他要是我抓到了算不算数,孙喜明很为难,眼睛盯着那鞋盒说,反正也不会那么巧,你爹不是让你来走过场吗,你就走个过场吧。

我撩起袖子把手伸进鞋盒，结果你们是知道的，一张纸条温情地贴住了我的手心，我抓了一张彩色的纸条出来，舱里顿时响起一片惊呼。我打开纸条，看见一个稚拙的小女孩的画像，乌溜溜的大眼睛，扎了两根羊角辫，辫梢上画了两个硕大的蝴蝶结，纸上有一个歪歪扭扭的落款，慧仙。

我抓到阄了。

这个结果让我莫名地兴奋，我举着那纸条，示威似的瞪着孙喜明，算不算？到底算不算？众人陷入了尴尬之中，一阵沉默过后，德盛先嚷了一声，不算，东亮你赶紧把那纸条放回去，让我们剩下的人再抓。我怎么也不肯把纸条放回去。船民们都狐疑地瞪着我，说，东亮，你不会是认真的吧？抓了阄要领人回去，你真的要领她回去？我一时不知说什么好，脸上不知为什么烫得厉害。我举着那纸条，不甘心退让，也没有勇气前进，听见男人们发出了各种怪笑的声音，女人们七嘴八舌地开始表态，东亮是走过场的，不算数，谁抓去都好商量；七号船不能算数；东亮敢领这孩子，我们还不敢放呢。

船民们在一号船上吵成一团。孙喜明捂着耳朵说，不要吵了，你们吵得我脑子炸了。他有点心虚地看着我，动手来抢我手里的纸条，我一下把他的手撂了回去。孙喜明一个趔趄，脸上有点挂不住，嘴里骂起来了，东亮，你他妈的以为这是十块人民币呢，抓着死不松手？这事责任重大，没看见群众都反对你抓这个阄？再说了，你家船上连个女人也没有，人家小孩子愿意上你家的船吗？

这绣球抛到小女孩那里去了。我记得非常清楚，慧仙当时在跟王六指的小女儿绷线线，看见众人一起瞪着她，她没有停下手，两只小手灵巧地一翻，手上的丝线展示出一个美丽而复杂的图形。孙喜明女人上去亲了她一口，孩子，你亲口告诉东亮，他抓的阄不算数，你不愿意去七号船。

我随便。她突然表态了，那语气显出的老练和心智与她的年龄极不相称。她的目光仍然投射在丝线上，嘴里丢出的三个字却像晴天霹雳在船民头上炸响。所有人都愣住了，包括我，其实我也没有思想准备。

孙喜明女人先清醒过来，她跳起来去抱着慧仙，我的小祖宗，不能随便，这事，随便不得呀！德盛女人也焦急地凑到慧仙身边，她在自己鼻子前竖起食指，转动眼珠子，给小女孩表演了一个对眼儿，别急着表态呀，小祖宗，我会扮小孩的，德盛也会，我们会跟你玩的。樱桃的母亲在一边发出了幸灾乐祸的笑声，这是报复的好机会，她挑衅地逼视着孙喜明女人，说，哪条船是好船，谁家的船是坏船，现在明白了？啊，还以为人家小孩子喜欢你？以为自己是好船？人家瞧不上你家的船，你家也是坏船！

一号船上吵得人声鼎沸，我举着纸条与所有人僵持着，听见了我心里的呐喊，求求你们别吵了，我要带她走，我要一个妹妹！这句话说出来并不难，偏偏我怎么也说不出口。船民们看出了我的犹豫，孙喜明女人第一个采取激将法，东亮你不肯放下阄儿，那你带着她走，走呀，人家小女孩长身体，要吃要喝要穿，还要洗澡,看你们父子怎么伺候她?孙喜明对我好言好语劝告着,那劝告类似揭短,东亮我知道你是想要个妹妹呢,可是养孩子要女人嘛,要妹妹先要有妈妈,你们船上哪来的妈妈?连个姐姐都没有呀,你自己替我想想,我怎么能把孩子给你们七号船?春生说,东亮你要冷静呀,你不是会下象棋的吗,落子无悔,输了怨不得别人。王六指表情诡秘,故作亲热地过来拍我的肩膀,东亮你现在带她上船,不嫌太早了?她才七岁嘛,再过十年你带她上船,我们肯定支持你。

有人应声而笑。我恼了,一下就把王六指的手摔开了,挥着纸条说,你们自己定的规矩,谁抓到了阄,谁就可以带她走,我现在就带她上船。

慧仙站在我的对面,迅速把手藏到了身后,她这么做的时候,小脸上掠过了一丝骄矜的笑意。我察觉到小女孩的目光里充满了对我的鼓励。那种鼓励的目光,小心翼翼的,带着一点试探的意味,然后我发现她挪动了一下脚,是朝我这里挪动。她的脚暴露了她的内心,她要我带她走,她要上七号船去做我的妹妹。

我勇气陡生,命令慧仙道,走,上七号船,坐沙发去!她点点头,迅速和我做出一次默契的配合,一猫腰冲到了舷板上。她冲在前面,我在后面掩护,这样,女人们就没法拉扯她了。慧仙熟练地穿越一号船的舷板,像一只从笼子里脱逃的小鸟。船民们大多愕然,孙喜明女人呼天抢地追上来,嘴里喊着,乖孩子别去,千万别去七号船。我在前面堵着她,她拉我拉不走,推我推不动,就朝孙喜明大吼起来,孙喜明你是死人呀,还不快来帮帮

抓阄　159

我？孙喜明很冷静，反而在后面奚落他女人，你有劲儿跟孩子去比赛跑船，就去跑呀，我才不管。你也不动脑子想想，这两个孩子能做什么主？我告诉你，七号船是库书记做主，这孩子归谁都归不了七号船，就随他们去瞎跑吧。

事情的结果，被德盛不幸言中了。慧仙跑到六号船的船尾，就不敢再往七号船跑了。我父亲闻声出了后舱，他一反常态站在船头上，弯着腰，努力对小女孩挤出一张慈祥的笑脸，但是他笑得比哭还难看，慧仙被他的笑脸吓得不知所措。

小同志，千万要听大人的话。千万别上我们家的船，我们家的船上有老虎。

你骗人，船上哪里来的老虎？

别的船上没有老虎，我们家船上有老虎的，老虎夜里才出来，专门吃小孩的。

我父亲并不擅长和孩子开玩笑。为了渲染谎话的效果，他居然模仿起老虎扑人的动作，双目圆睁，鼻孔里噗噗地发出几声虎啸，两只手交缠着在小女孩头顶上挠了一下，又挠了一下。父亲的动作丑陋而可笑，慧仙哇地惊叫起来，我看见她慌慌张张往回退，退到六号船船尾的桅杆边，她抱住桅杆，勇敢地站定了，你这糟老头，这把年纪还扮老虎呢，讨厌死了。她厌恶地端详着我父亲的面孔，什么老虎狮子大象的？我知道你骗人，你是不欢迎我，不欢迎拉倒，反正别人都喜欢我的，我还不稀罕你们家呢。说着她一扭身，满脸自尊地往回跑，跑到我面前，她把气撒到我身上了，跺脚道，你也讨厌，谁让你把我抓出来了？你们家是坏船，我才不稀罕去你家呢。

我堵住了舷板，她推我推不动，一猫腰，竟然从我双腿之间穿过去，一下扑到孙喜明女人的怀抱里了。后面赶来的船民发出了欣慰的欢呼。我看了看父亲，父亲对我怒目而视，他眼睛里的怒火让我不知所措。我回头，看见慧仙已经从孙喜明女人的怀抱转移到德盛女人的怀里，他们众星捧月般地护着慧仙往一号船上走，我听不见慧仙的哭闹声，隐隐听见船民们哄骗她的七嘴八舌的声音，七号船上是有老虎呀，七号船上有老虎，孩子你去不得。

我与父亲隔船对视，我与父亲的愤怒也在对视，老虎，老虎，我们船上有老虎。我依稀看见父亲的身后蹲伏着一只老虎庞大而斑驳的身影，这个翩然而至的幻象让我感到一阵羞愧，深深的羞愧压着我的心，我快要窒息了。我低头走上船，心里充满了仇恨，偏偏父亲对我兴师问罪的口气，居然与王六指如出一辙，东亮你搞的什么鬼名堂？你心里有鬼呢！你多大，她多大？现在把她带上船，你不嫌早了一点？

我从来没有如此厌恶过父亲，过度的厌恶使我口不择言，你心里才有鬼！半根鸡巴，为什么不躲在后舱里了？你出来干什么？一出来就丢人现眼！

说完我径直朝船篷逃去，我双手抱头提防身后竹竿或其他东西的袭击，但是逃到船篷里，身后还是没有动静，我小心地回过头，看见父亲正瘫坐在船头的缆桩上，浑身颤抖着。喧闹的人群都已经散去，金雀河上残阳如血，父亲沐浴着血光般的夕照，独

抓阄　161

自坐在缆桩上,他浑身颤抖,像是被闪雷击中了。

　　我用最恶毒的言辞羞辱了自己的父亲,这使我很内疚,也让我有点担忧,等到父亲缓过神来,不知会用什么方法惩罚我呢。我知道我错了,我心里有鬼,但是我父亲难道就没有错吗,我父亲心里就没有鬼吗?我认为他心里的鬼更加狰狞。我来到船尾,朝河里撒了一泡尿,然后我把抓阄的纸条摊开了,打量着纸上慧仙稚拙的自画像。我不停地折叠那张纸,直到把它折成一个纸箭,最后我朝纸箭哈了口气,用力掷出去,纸箭在河面上勉强飞了一会儿,无声地浮在水上,一眨眼就被一排浪头淹没了。金雀河上夕阳如血,我无法抒发心中的悲愤,忍不住朝着暗红色的河水怒吼了一声:

　　　　　　　空　屁!

母亲

初到向阳船队，慧仙就认了孙喜明夫妇做干爹干妈。她丰衣足食，穿得比大福二福好，吃得比大福二福精细，十一条船的船民都盯着一号船，孙家人哪里敢怠慢？一家人都把慧仙当金枝玉叶供着，是负担，同时也是光荣。这小女孩受着万千宠爱，水汪汪的一对大眼睛，一半明亮灿烂，另一半却是乌云密布的，三寸幸福不能顶替百丈忧愁，谁都能看懂女孩子守望码头的眼神，她一直在等自己的母亲呢。

无论是在金雀河上航行，还是在油坊镇或者五福、凤凰、马桥三镇，岸上人海茫茫，独独遗失了慧仙母亲的身影。船队靠岸，偶尔会有陌生的女人上船来，兜售旧衣物、旧炊具和南瓜、蒜头，甚至有过一个年轻的乡下妇女，背着一个装满玉米的箩筐上了德盛家的船。也许是受到了邓少香烈士运枪传说的启发，她也在箩筐里做文章，玉米下面藏了个女婴，卖了玉米，她把箩筐抖了抖，抖出一个女婴的脑袋，对德盛夫妇说，听说你们家要一个女孩子没要到？我这儿有，我不稀罕女孩儿，三十块钱你拿去。德盛夫妇吓坏了，立刻把她赶下了船，德盛的女人蒙着脸不敢看那女婴，嘴里骂着那女人，天底下哪有你这种狠心的女人，你不配做母亲呀！卖个玉米你跟我们讨价还价，卖自己的骨肉，你倒是那么痛快!

很明显,天底下什么样的母亲都有,什么样的母亲都不属于慧仙了,慧仙永远等不到她的母亲。船队的男女老少都知道这件事,偏偏不能说。孩子们因为嘴快,每天都被警告,不准谈论母亲,不准泄露机密,尤其是孙喜明一家,他们小心翼翼地伺候着慧仙,连吃饭都是喂的。孙喜明夫妇对慧仙宠爱得过分了,不免伤了自己孩子的心。二福有一天抹着泪跑到我家船上,向我大声地宣布了一个没头没脑的消息,告诉你,我不是我妈生的,我哥也不是我妈生的,慧仙才是我妈生的,是从她胳肢窝里掉出来的!

要让慧仙忘记母亲,就要消灭那母亲留给女儿的所有痕迹。孙喜明女人没有什么心计,她负责慧仙的日常起居,前怕狼后怕虎,如何藏匿那件军用雨衣成为她一块心病。慧仙算得上乖巧,就是有个不良习惯,睡觉必须要盖军用雨衣,凡事皆有缘由,大家都猜测小女孩是离不开雨衣上母亲留下的气味。孙喜明女人为这件事伤透脑筋。每次她把那件绿色的军用雨衣收起来,给她换上棉被,慧仙都要闹。孙喜明女人特意去买了一条漂亮的牡丹花图案的毛毯,给她铺床,慧仙又不舍得放弃毛毯,要求雨衣和毛毯一起盖。孙喜明女人叫起苦来,小祖宗呀,就是女皇帝也没你难伺候,你非要盖雨衣,让别人说我闲话呀,人家说就是旧社会的小孩也有破棉被,你祖国的花朵怎么盖雨衣?你非要雨衣毛毯一起盖,把这新毯子熏臭了我不在乎,人家会说干妈存心要焐死你呢。

另一方面，慧仙的骄横和世故让孙喜明一家有点担惊受怕。也怪向阳船队定下了不成文的规矩，无论大人还是孩子，和慧仙在一起，必须保证打不还手，骂不还口，大人孩子都争相对慧仙说假话，假装她母亲还活着，假装她母亲有一天会上船来把慧仙带走。慧仙认为她有退路，稍不如意就会使出杀手锏，对着孙喜明夫妇嚷嚷，你们不喜欢我就算了，我不要在船上了，带我上岸去找妈妈！

他们发过誓，再也不带慧仙去找赵春堂了。他们也发过誓，要带慧仙上岸找妈妈，这是个无法完成的任务，偏偏推托不得。每次上岸之前，孙喜明都带一堆旧报纸来七号船，央求我父亲写《寻母启事》。他们一家人带着慧仙去沿街张贴《寻母启事》，孙喜明夫妇轮流抱孩子，大福提糨糊桶，二福抱着一堆旧报纸。贴完启事，他们还要到各个相关部门走走，不去不行，慧仙会提醒他们，政府还没去，你们怎么回去了？说不定我妈妈在办公室等我呢。

假戏不好演，演起来累死人，中断又不行，怕孩子跑上岸自己去找妈妈，闹出什么事来。孙喜明不知怎么算计到我头上，把慧仙领到七号船上，说，让东亮哥哥陪你去找妈妈吧，他有文化，识文断字，什么办公室负责什么事，他最清楚，我们找不到你妈妈，兴许他能找到呢。孙喜明说这话自己脸红了，还向我使眼色，让我对这套说辞不要当真。

船民们私下里都骂我是白眼狼，不讲情面，不好对付，其实他们哪里懂得我的心？我愿意为慧仙做贡献，只是不愿意当傻瓜做蠢事，孙喜明派我去岸上把一个鬼魂找出来，这不仅荒诞，也伤我自尊了，我正要张嘴骂人，看见慧仙已经主动把她的小手伸了过来，搭在我的胳膊上。是一只肉乎乎的粉红的小手，指甲被女人们染了凤仙花汁，看上去就像一朵花搭在我的胳膊上。她乌黑的眼睛注视着我，并非是求助，那眼神看上去带着一点恩赐，一点傲慢，走吧，你就别客气了。她学了大人的腔调，知书达理地说，慢慢找，一时找不到，我也不会怪你的。

我拒绝不了那只花一般的小手，带着小女孩上了油坊镇。这种无可奈何的旅程对我是一次锻炼，我必须在脑海里不停地温习一个善意的谎言，我必须学习照顾一个小女孩，她比我小，比我刁蛮，比我任性，也比我可怜，这是我照顾她的所有理由。从船上到岸上，路上充满各种小小的烦恼，首先我要设法躲避小女孩的手，她习惯被别人牵着手了，非要拉住我的手，你们替我想想，我怎么能够让一个小女孩牵着手在岸上走呢？开始时我走在前面，让她跟在我身后，后来考虑到父亲对我的再三叮嘱，助人为乐，安全第一。码头上货多人杂，怕她腿快走丢了，我就走到小女孩后面去了。向左转，直走，稍息，我用军训的口号指挥着女孩的行走路线，她一开始搞不懂什么是左什么是右，但毕竟是聪明孩子，说几遍就明白了，一明白就喜欢上了，一到路口她就稍息，回头问我，向左转还是向右转？

油坊镇的天是晴朗的天了，我们的头顶上飘扬着醒目的红色横幅：**庆祝东风八号工程胜利竣工**。码头西侧的宣传橱窗里张贴了很多五颜六色的海报，其中有一张海报与向阳船队密切相关：

喜 讯

为了庆祝东风八号工程胜利竣工,今决定向向阳船队船民开放码头,即日起从上午七点半至下午七点半,船民可在油坊镇各地自由进出。

我的心情不错,油坊镇看起来也是欢天喜地的。东风八号神秘的面纱揭去后,开膛破肚的地面全部合拢了,曾经堆积如山的各种管道深深地掩埋在地下,各种秘密埋下去了,种种传说也埋下去了。油坊镇码头旧貌换新颜,这个熟悉的小镇沉浸在一片繁荣的景象里,隐隐地彰显出一股威武之气。我看见码头的中心竖起了一座圆形的金属铁塔,仿佛青灰色的钢铁巨人,守护着天空。高塔四周围着绿色的铁栅栏,刚刚刷过漆,空气里散发着沥青和油漆苦涩的气味。我不知道那座高塔的用途是用于储油还是用于战备,反正它一定是东风八号的核心。高塔的重要性首先体现在安全戒备的级别上,民兵不再在学校的操场练习拼刺刀,治安小组也疏于管理船民的行踪,他们都来保卫这铁塔了。我看见王小改和五癞子面色凝重,一左一右镇守着铁塔的一扇侧门,像两头忠诚的石狮。他们的身后,一左一右竖着两块醒目的标语牌:**提高警惕,保卫祖国。**

我领着慧仙往镇上走。镇上好多热闹的地点还留着那则《寻母启事》,看上去与周围的环境不太合拍。**江慧仙小朋友寻找母亲,知情者请在此留下联络方式,或速与向阳船队联系。**那是我父亲的笔迹，有的写在宣传纸上，有的写在报纸上。那些启事张贴的具体地点，慧仙比我清楚，后来她就指挥起我来了，快来，这边有一张的！那边也有一张，你快去看看！她一会儿往这儿蹿，一会儿往那儿奔，我只好紧紧撑着她，像一只愚蠢的陀螺。在综合大楼门口的宣传橱窗边，她突然大叫起来，咦，这张怎么不见了，一定让我妈妈揭走了！我发现玻璃上确实留下一圈糨糊的痕迹，正要告诉她上次的《寻母启事》贴错了地方，传达室的顾瘸子跑出来了，他对慧仙说，小孩子到别处玩去，这里是办公楼，干部办公要安静，不能闹的。慧仙说，我的报纸让妈妈揭走了，你天天坐在这里的，你看见我妈妈了吗？顾瘸子说，你的报纸不是你妈妈揭走的，是我揭走了，玻璃上不能乱贴东西，你在玻璃上乱贴，里面什么也看不见，再好的宣传也白宣传了。慧仙抓着橱窗上的小锁说，你没见这窗子有锁，打不开呀，你有钥匙开锁吗？顾瘸子说，小姑娘，我有钥匙也不能给你开锁，这是宣传橱窗，宣传社会主义建设的，不是宣传你妈妈失踪的。慧仙对顾瘸子说，那我妈妈不见了怎么办？顾瘸子沉吟了一下，脸上是感慨万千的表情，小姑娘你听爷爷一句话呀，以后再别找什么妈妈了。他说，我五岁就没了妈妈，不是一样活下来了？我都活到五十岁了，没有妈妈怕什么，有党就行啦！

　　我站在一边注视着顾瘸子苍老干瘦的脸，我的表情惹恼了他，他突然对我喊起来，我说得不对？你在那里对我翻什么白眼？别以为我不知道你干的好事，上次你在四楼上写的什么玩意儿？你恶毒攻击赵书记，攻击赵书记就是攻击党的领导，你懂不懂？要不是看在你妈妈的面子上，我早把你移交司法机关啦。

综合大楼不可久留，《寻母启事》也确实贴错了地方，我不便和顾瘸子理论，就对慧仙下命令说，转移，起步走！她不懂转移的意思，勉强起步走了，一步三回头。我说，加速前进啊，你在看什么？还有那么多《寻母启事》呢，你走那么慢，怎么来得及检查？慧仙撅着嘴加快脚步，说，我气死了，气死我了，这老头子为什么这么凶嘛！我正要向她介绍顾瘸子的生平，她的思绪又跳开了，突然抛过来一个棘手的问题，老头说你也有妈妈？他们说你有妈妈，我还不相信呢，东亮哥哥你到底有没有妈妈？我很生气，质问小女孩，我为什么没有妈妈，难道我是石头缝里蹦出来的？她竟然嘻嘻地笑，孙悟空才是从石头缝里蹦出来的，你是孙悟空啊？我忍不住骂了她一句，放屁，你才是石头缝里蹦出来的！看我勃然大怒，慧仙知道自己说错话了，她委屈地瞟我一眼，我没说你是石头缝里蹦出来的，是你自己不好，妈妈不见了，为什么你不去找呢？

看得出来，慧仙人虽小，却是记仇的。我对她的态度一粗暴，她执行我的口令马上就打折扣，我让她前进她偏要稍息，我让她加速她故意减速，这样，我们别别扭扭地走到了人民街街口，查看杂货店门口的那张《寻母启事》。这个地方算是油坊镇的中心了，来往人多，《寻母启事》的浏览量也大，不知道谁手贱，一张报纸被撕掉了半页，剩下的半页上涂满了路人留下的信息，都与寻人无关，是他们自己的心声。有人写了革命委员会好，有人写了李彩霞是大破鞋，有人写了打倒刘少奇，又有人在刘少奇后面加上了五癞子的名字，所有这些涂鸦不足为怪，蹊跷的是有人在报纸下方用红笔画了一条鱼，画得活灵活现的。慧仙惶惑地瞪着那条鱼，东亮哥哥这是什么意思？为什么要画一条鱼？我轻描淡写地说，是哪个孩子画着玩的，没什么意思。她说，骗人，一定有意思的，这是说我妈妈变成一条鱼啦！

慧仙的聪慧超出了我的预料，让她这么一分析，我真的怀疑画鱼的人别有用心，那至少是个暗示，暗示了她妈妈与河水的关系。纸包不住火。我隐隐感到一种危险在逼近，船民们集体掩藏的真相，也许会提前败露了。我注视着旧报纸上那条红色的鱼，灵机一动，决定动用我修改文字和图形的特长化险为夷。我从我的旅行包里拿出一支圆珠笔，伏在墙上修改那条鱼的图形，也就三下两下，我很顺利地把一条鱼改成了一朵向日葵。

向日葵？慧仙在我身后叫，你画一朵向日葵是什么意思？

我随口说了一句，向日葵，代表幸福嘛。

没想到慧仙会追问我幸福是什么意思，这问题一时把我难住了。什么是幸福？幸福是什么？我不是小学老师，也不是一本《新华字典》，我不知道怎么描述"幸福"这个词，就胡乱搪塞道，幸福就是等待嘛，你等啊等啊，等你找到妈妈，你就幸福了。我说完这句话，发现女孩子的眼睛先是一亮，马上就暗淡下去了。我躲开了女孩子茫然的目光，暗自后悔给她编织了一个如此残酷的知识，什么等待，什么妈妈，什么幸福，我这不是在说谎吗？关于母亲和幸福的知识，不属于我，更不适宜她。我知道我犯忌了，我破坏了向阳船队不成文的规矩。

杂货店周围突然嘈杂起来，有人骑车从我们身后经过，哧溜一声把自行车停下来了，还有人站在街对面，朝我和慧仙指指点点的，我本能地去拉慧仙的手，一回头，发现我母亲乔丽敏正站在杂货店的台阶上呢。那天的事情就是这么奇怪，我带着慧仙寻找她母亲，我们正谈论着母亲谈论着幸福，结果我和我母亲在街头相遇了。

很久不见，母亲的面容日益憔悴，穿着打扮却越来越像个姑娘。她戴一顶军帽，梳齐肩的辫子，围一条红色的拉毛围巾，穿一件黑呢子大衣，远看她的身影，散发着父亲所说的革命浪漫主义的气息。等她走近了，你会发现那风姿已经空洞，已经虚弱，她就是乔丽敏而已，一个被事业和容貌一并冷落的业余演员，身上带着一股雪花膏浓重的香气。

我对慧仙说，快跑，快跑！

她的腿向前跨一步，站住了，瞪大眼睛问，为什么要跑？

我一时编造不出什么理由，随口说，老虎来了。

她茫然四顾，跺着脚说，气死我了，你又骗人！这里只有人，没有老虎。

慧仙不听我命令，怪不得我，我四下看了看地形，丢下她就往人民街的公共厕所跑。其实不怪我没出息，我是慌张，是不知所措——当母亲不知去向的时候我慌张，一慌张我就四处去找她，现在她来了，离我那么近，用她焦灼的恨铁不成钢的眼睛注视着我，我还是慌张，所以我还是跑，我一看见她就想逃，我要逃到一个她无法进入的地方去。男厕所，那是我想象的最恰当的藏身之地。

看起来母亲一直在暗中跟踪我们。她手里拿着一份报纸,胳膊上挎着一个尼龙袋子,那模样很像一个职业女间谍。我不知道她跟踪我们多久了,我一跑,她也行动起来,把报纸放进尼龙袋子,双膝一蹲,从杂货店的台阶上跳下来了。她缺乏跑步锻炼,一跑起来就错把街道当舞台,习惯性地扭动腰肢,摇摆双臂,手上的尼龙袋子就像一团红色的火焰。我边跑边回头观察,觉得母亲是在后面跳着红绸舞追赶我,有点滑稽,有点凄楚。她从慧仙面前经过的时候,红绸停止舞动,人站住了。我看见她俯下身,用一根手指托起慧仙的小脸,仔细地审查了一下,她说了句什么,也许是夸她漂亮,也许是在盘问她,我听不见,这会儿我顾不上慧仙了,我追着风声一路狂奔,跑进了人民街的公共厕所。

起先我是在小便池那里站着,厕所也作怪,小便池边的白色瓷砖墙原来很高,现在突然变矮了,挡不住我的脑袋了。我正琢磨这堵墙怎么回事呢,听见洗手池边的水龙头哗哗地溅起水来,探头一看,是七癞子站在那儿洗手。七癞子一手提着裤子,一手泼弄着自来水,嘴里快乐地嘟囔着,节约用水,水是生命之源!几年不见,七癞子的个子蹿得好快,裤子接了三层裤管,看侧影像个大人了,我这才意识到面前的瓷砖墙没有问题,是我长高了,我自己的个子也长高了。七癞子发现了我,一副冤家路窄的样子,空屁,你慌慌张张的干什么?是不是到厕所里来写"反标"的?我不理他,也跑到洗手池边去洗手,七癞子跟过来,跷起食指在我的裤兜处戳了一下,带粉笔了吧?你不是来洗手的,也不是来拉屎的，我看你是来画黄色东西的。我说，我专门画你爹的鸡巴，还画你妈的×，马上画给你看？七癞子指着我说，你嘴凶好了，这墙上乱七八糟的东西，一定是你画的，你在这里等着，我让治安小组来收拾你。他往外走了一步，不甘心，又回来挑衅，嬉笑着说，你拉屎不解裤子的，解下来让我参观一下，你爹只有半截鸡巴，你的鸡巴全不全？我啪地扇了七癞子一个响亮的巴掌，然后一把抓住了七癞子的胳膊，他也不肯示弱，脑袋顶着我的肚子，我们像两个摔跤运动员在厕所里东突西撞，结果我略胜一筹，我把他推到厕所的台阶上去了，我说，七癞子，今天我没心思收拾你，你快滚开，下次再惹我，看我不把你塞到粪坑里去。

我在厕所里全力对付七癞子，外面响起了我母亲的声音，不准打架，东亮，你在跟谁打架？谁呀，谁在跟东亮打架？你们再打，我去叫派出所啦。

母亲已经追过来了，隔墙传来她的一声声警告，一声比一声严厉。七癞子跑出去对她说，我没打架，是空屁在里面打架。我母亲反应很敏捷，说，你这小孩子，说话不实事求是嘛，没有你，东亮一个人怎么打架呢？七癞子愣了一下，忽然咯咯笑起来，你儿子是空屁嘛，空屁打空屁，一个人也能打架的。

我听见母亲在喊我出去，她说，东亮你看你有没有出息？连小孩子也瞧不起你。你最近一定又犯错误了，否则那么怕我干什么？犯了错误躲到厕所里去，这都是受了库文轩的坏影响呀，你跟你爹一个样，逃避，逃避，就会逃避。

我要小便，你别说话。我对着外面喊，你一说话我就小不出来!

母亲偏偏不肯放弃她说话的机会,我说话影响你小便?什么鬼话!这一套也是跟你爹学的,凡事不找主观原因,净找客观原因!她说,我嘱咐过你的,跟你爹在一起,你要有原则,他的优点你要学,他还是有点刻苦钻研精神的,文采不错,毛笔字也可以;他的思想品德千万不要学,他是个骗子,欺骗组织,也欺骗了我,他的生活作风更要引以为鉴,千万千万学不得。我的话你怎么一句也没听进去呢?

我说,你的话我一句也不想听,我听你的话,不如自己去看报纸,听广播。

母亲说,我不怕你讽刺挖苦,我经历了这么大的风浪,很坚强的。不管你什么态度,你是我十月怀胎生下来的,我不关心你关心谁?我不教育你教育谁?本来以为来日方长的,没想到我调动工作那么顺利,今天多说几句,以后要说你,还不知道是哪一天呢!

很突然地,母亲喉咙里发出了一声哽咽,她来访的主题暴露了。我安静下来,外面也安静了。厕所外的苦楝树上掉下一粒苦楝果,正好落在我的脚下,我用脚碾着那颗果子,内心的烦躁变成了一种恐惧,你要去哪里?去哪里?好几次我快问出口,又忍住了。我屏息倾听着外面的动静,母亲不说话了,是慧仙在喊,东亮哥哥你快出来,快点出来吧。

我拉肚子,不能出去!我随口喊了一声,等待着母亲把她的去处说出来,母亲却在外面保持着沉默。有个中年男人进了厕所，风风火火地撒了泡尿，撒完问我，外面是你妈妈和妹妹吧？你们家怎么回事，你在厕所里玩，你妈妈在厕所外面哭呢。

其实我隐隐地听见了母亲的饮泣，只是我不习惯她的哭泣——她鄙视眼泪，从小就教育我眼泪是软弱的标志，我不敢相信，我的母亲乔丽敏竟然在男厕所外面哭泣。她越哭越响，越哭越畅快，似乎顾不上体面了。让她这么一哭，我的方寸乱了，躲在厕所里不知所措，我踮起脚从厕所的窗子里朝外看，看见母亲和慧仙在一起——母亲蹲在地上，慧仙一边吃着一块饼干，一边乖巧地抬起手，替我母亲擦脸上的泪。

那个中年男人好管闲事，系好裤子还不走，眼睛瞟瞟外面说，你妈妈好面熟，你妹妹也招人喜欢，你们到底怎么啦？一家人有什么矛盾不能回家解决，非要隔着个厕所闹？你要算个男子汉，赶紧出去，跟她们回家去吧。

回什么家？哪来的家？我对那男人冷笑了一声，谁告诉你我们是一家人？我们三个桥归桥，路归路，谁也不关谁的事！

那男人以为我说的是气话，怏怏地出去了。一出去他就在外面大声教唆我母亲，这种犟头犟脑的孩子，你女人家对付不了，要让当爹的来收拾他，别忘了无产阶级专政呀！

我母亲没接他的话茬儿。过了一会儿，我听不见她的哭泣了，她终于战胜了悲伤情绪，清了清嗓子，又开始对着厕所说话。东亮，我知道你记恨我，你不出来就算了，记住我新单位就行，我要去西山煤矿工作，还是做文艺宣传工作，负责宣传队排练。说到"西山煤矿"，她的嗓音突然变得喑哑不堪，听起来是一个老妇人的声音了,西山煤矿很远的,交通也不方便,这一去,我真的管不到你了,以后你只能自己管自己了。

我的心往下一沉,嘴里却喊,走吧,走得越远越好,谁要你管?

好,我不管你了,真的不管了。我母亲说,你就在厕所里蹲着吧,蹲出痔疮来,害的是你自己。

我是在人民街的公共厕所里得知了母亲去西山煤矿的消息,这已经很奇怪了,告诉大家一件更奇怪的事情,我一听到母亲的脚步渐渐离去,马上感到小腹一阵胀痛,然后我真的腹泻了,突然就腹泻了,我蹲了下来,闻见一股臭气包围着我,一种难听的声音从我屁股下面噼噼啪啪地炸响,就像不合时宜的鞭炮,我很难受,说不出口的难受,我一边呻吟一边说,去吧,去吧,反正是空屁,都是空屁!

然后我听见了慧仙在外面嚎啕大哭的声音,她的尖叫声听上去很愤怒,东亮哥哥你快出来,你不出来我就走了,我要是走丢了,我干爹干妈饶不了你!

我走出厕所的时候,母亲已经不见了踪影。慧仙拿着母亲的红色尼龙袋,站在街对面等我,看见我出来,她还想责怪我,一时没有理想的词汇,就拎起红色尼龙袋对我晃着,你不知好歹,你妈妈给你礼物了,你还躲着她,你还跟她吵嘴!她从袋子里拿出一双布鞋,说,给你的。又掏出一盒动物饼干摇了摇,这是动物饼干呀,老虎和狮子归你,兔子和长颈鹿归我,是你妈妈说的。

河水之声

河水是会说话的。我告诉别人这个秘密,别人都认为我说梦话。我刚上船的时候还保留着一个少年探索世界的热情,河上所有的漂浮物中,我对白铁皮罐头特别感兴趣,看见河面上漂浮的白铁皮罐头,我都要设法捞上来。我不仅收集罐头,还利用它捕捞别的东西。我在白铁皮罐头上戳了两个眼,系上一根铁丝,把铁丝拴在船舷上,罐头沉入水中,像一张暗网随船而行,等到一个航程结束,等到船泊码头,我像渔民收网一样去收铁皮罐头,结果令人沮丧,我从来没有捕捞到任何惊喜。

有一次我捕到了一只田螺,有一次我收获了半根胡萝卜,还有一次最倒霉,我在罐头里发现了一只别人用过的避孕套。我一无所获,但是当我偶尔晃动罐头里的河水,我听见罐头贮存了河水的声音,那声音酷似我的口头禅,只是听上去比我的口头禅更加平淡更加绝望:空屁。空屁。空屁。

我捧着那罐冰凉的河水,怀疑河水是在随口附和我,那么宽阔深邃的河流,怎么能用一句"空屁"来敷衍我呢。我不相信那是河水的声音。我想听到别的声音,于是我对十几个铁皮罐头做出了调整和重组,三个一组,五个一捆,分置于船舷两侧,结果那些罐头在航行途中就贮满河水的声音,那声音满了,满了就溢出来了,我听见它们在水里一路嘟囔,跑到左舷去听,罐头里的河水说,进来,进来,进来。这是河水新的声音,但是"进来"是什么意思呢?让谁进来?让我钻进白铁皮罐头里吗?我不相信那是河水的声音,转到右侧船舷,结果我听见五个白铁皮罐头在水里抱成一团,发出一种低沉而威严的河水之声,下来,下来,下来!

下来——也许这个声音足够威严足够冷峻,我信任了这个声音。下来,下来,此后很长一段时间,我认定那是河水深处发出的最真实的声音。

我父亲认为我已经长大成人,他见不得我做这些孩子气的事情。我把白铁皮罐头藏起来,他一只只地找到,愤慨地扔进河里,东亮你多大了?我十六岁都参加革命工作了,你倒好,还玩罐头!他说,船上是寂寞,寂寞你就学习,你要是实在不爱学习,就多劳动,没事做,就洗船板去。

我在船头洗船板,看见慧仙和樱桃在王六指家的船上跳绳,王六指的女儿起劲地为她们数数,做裁判,突然樱桃就叫起来,不公平,你们为什么要偏袒她,明明我跳了一百,你非说九十五,明明她是九十五,你偏要说一百。王六指女儿去哄骗樱桃,哄不动,反而遭到一顿抢白,你们都是白痴呀?你们这么宠她,不是为她好,是害她!樱桃搬出她母亲的话,气鼓鼓地走了。樱桃一撂挑子,慧仙就用眼睛瞄我家的七号船,这几乎是规律,她和樱桃闹了又好,好了又闹,她们一闹,她就退而求其次,跑到我家的七号船来玩了。

她上了我家的船，并不一定搭理我，把绳子搭在肩上，像一个主人一样，沿着船舷走到后舱那里，朝后舱里张望。她是看那张沙发，她喜欢坐沙发，可是我父亲正坐在沙发上，她就吐吐舌头，失望地绕一圈，从船舷另一侧走过来了。

也许听多了大人们对我们船的议论，她开始管我们家的闲事，一张嘴就是一个沉重的问题，你们家，到底是不是烈士？

谁跟你说的这事？你懂什么叫烈士？我说，我们家的人都活着，怎么是烈士？

谁也没跟我说，我有耳朵，不会偷听呀？她得意地说着，指着我们家后舱，邓——邓香香，是说那照片上的人呢，她是不是烈士？

不叫邓香香，是邓少香。我说，她是烈士，我不是。

她说，你傻呀，她不是你奶奶吗，她是烈士你就是烈士，烈士很光荣的。

我是烈属，不是烈士。我说，我奶奶光荣，我不光荣。

她眨巴着眼睛，还是不懂得烈士和烈属之间有什么区别，不懂她就不装懂了，朝我抖抖绳子，说，洗船没意思，我们来比赛跳绳吧。

我说我不是小女孩，我从来不跳绳。

她小心地观察着我的脸色，放弃了邀请我跳绳的念头，眼神闪闪烁烁的，突然问，你妈妈最近给你寄礼物了吗？

没有，我不稀罕她的礼物。

她失望地看着我，撇着嘴说，她是你妈妈，关心你才给你寄

河水之声　179

礼物呢，动物饼干很好吃的，长颈鹿的好吃，大象的也好吃。

我知道她是馋嘴了，我说，要是她寄吃的来了，都归你。

她被我一下说破了心思，脸顿时红了，绞着手里的绳子说，我可没有这么说，她是你妈妈，又不是我妈妈，你要是想跟我搞好团结，给我一半就行了。

说到妈妈就说到禁忌了，我不愿谈论我母亲，更不能提及她的母亲。我尝试着与她谈论河水的奥秘，我问她，你在船上这么多日子了，有没有听过河水说话？

她说，你又来骗人，河水又没有嘴巴，怎么说话呢？

我说，河水不说话，是你不给它嘴巴，你给它一个嘴巴，它就说话了。

她愕然地瞪着我，你是白痴呀？河水是水呀，不是人，你怎么给河水安上嘴巴呢？

我开始在河面上寻觅河水的嘴巴，我看见一个来自棉纺厂的木质纱锭正顺流而下，朝我们船队慢慢漂来，纱锭两头是空的，肚子浑圆，是我想象中比较理想的嘴巴。看见没有？这东西，就可以做河水的嘴巴。我用网杆把纱锭打捞了上来，郑重其事地告诉慧仙，你看着，我要让河水说话了。

我把纱锭擦干净了，拿着纱锭走到船的右侧，匍匐在舷板上。慧仙跟过来，问我，你到底搞什么鬼？为什么要到这边来听呢？那边的河水不说话吗？我告诉她河水说什么话与阳光有关，这边的河水背阴，阳光照不到，河水敢开口说话，那边太亮太吵，河水不肯说话，即使说了，也是假话。慧仙半信半疑地瞪着我，她模仿我把纱锭扣在耳朵上，伏在舷板上倾听河水的声音，听了一会儿她说，你骗人，河水就是在流，根本没说话。她要爬起来，被我按下去了，我说，你听河水说话，不能三心二意的，你要屏住气，耐心地听，慢慢地听，就听得见了。她安静地听了一会儿，突然说，听见了，我听见了。我说，好，你听见了什么？她抬起头，神情有点犹豫，还有点害羞，她说，说的话不一样嘛，一会儿说吃吧，吃吧，一会儿又说不吃，不吃。

她还是惦记着吃。神圣的河水之声被她亵渎了。我对这个馋嘴女孩失望透顶。你就知道吃，吃！我抢下了慧仙手里的纱锭，把她的绳子还给她，别听了别听了，你还是去跳绳吧，我看你除了跳绳，就知道个吃！

她撅着嘴，怨恨地看着我，那你听见了什么？你为什么不告诉我？

我说，不告诉你，你是聋子，你是白痴，告诉你你也不懂。

她发怒了，用绳子朝我身上胡乱抽了几下，抽完了就跑，边跑边嚷，我是聋子？我是白痴？库东亮你才是骗子，你们七号船是骗子船，我干妈让我别上你家船，以后我再也不上你家这破船了。

河祭

这一年秋天金雀河风平浪静,河床收缩了,两岸凭空漫起来一些沼泽,长满了芦苇和野草,偶尔会有白鹭飞临,或是野狗在沼泽地里徘徊,对着河上来往的船只热情地吠叫。岸上风景,繁荣中透出一点凄凉。金雀河边人烟稠密,大大小小的村镇星罗棋布,我曾经熟记沿岸所有村镇的名字,但是一场洪水过后,上游的花各庄消失了,八座染坊搬迁了,你在船上再也看不见花各庄蓝白色的印花土布迎风飘荡,河下游的仙女桥沉在水里,像一个垂暮的老人被岁月淹没,再也抬不起头来,而在李村附近,我追寻铁塔和高压线的轨迹极目远眺,发现一个新兴的集镇正在河边疯狂地铺展,大片大片简易房屋以惊人的速度建成,红色砖墙,白色石棉瓦,远看就像一丛丛蘑菇蓬勃生长。他们告诉我,那个地方叫东风八号新村,安顿了所有不愿回乡的东风八号的建设者。

这是一个多事之秋。进入秋天,我的腹股沟长满了讨厌的癣癣,奇痒难忍,整天挠啊挠啊,这不雅的动作引起了我父亲的注意,他找出了一瓶紫药水,强迫我脱下裤子,这样我的癣癣暴露了,我的生殖器也被迫暴露在父亲的视线里。那个瞬间,我怎么也忘不了父亲震惊的眼神——不是针对我的癣癣,他说我不爱洗澡不肯洗脚不讲卫生，长癣癣是自作自受，他的震惊缘于我发育蜕变的生殖器官，那顶该死的"钢盔"啊，它新鲜红润，却充满了不祥的邪恶之光，听着我父亲的一声惊叫，我羞愧得无地自容。父亲手拿一瓶紫药水，因为手在颤抖，药水也在瓶子里波动，他的眼神像波动的紫药水一样暴躁而阴郁。僵持了一会儿，他开始厉声质问我，你这个地方是怎么回事？东亮，你夜里究竟在干什么勾当？我慌忙护住了下身，我说我什么也没干，是它自己变成这样的。父亲说，撒谎！栽什么树苗结什么果，这都是你干下流事造成的恶果！我无法证明自己的清白，又羞又恼，无奈之下采取转守为攻的战术，爹，你嚷嚷什么？你天天窝在舱里，什么都不懂！自己去澡堂看看就知道了，大家都这样，六癞子也这样，春生也这样，德盛也这样，这有什么大惊小怪的？我父亲怒吼起来，你还在强词夺理？我不懂你懂？你还要跟别人比？六癞子是个小流氓，人家春生年龄比你大，人家德盛娶了亲结了婚，你才多大？人家可以，你不可以！我警告你，你再这样堕落下去，迟早要走上犯罪道路！

  我父亲一气之下，把紫药水瓶子丢进了河里。我带着极度的羞耻感把自己关在前舱里，内心默默地忏悔着，有的事情我不能向父亲坦白，一坦白他就有理了，他对我的管束会变本加厉。那天夜里，我又一次梦见父亲来到我的床边，他手持一把尖利的剪刀，剪刀上带着血迹，双翼凌厉地张开，在月光下闪着凛冽的寒光。我在梦中和父亲争夺那把剪刀，夺下剪刀梦也醒了。我有点后怕，不知为什么我喜欢吸取梦的教训，我半夜起来翻箱倒柜，

河祭　183

把三条内裤都套到了身上。

好在是一个多事之秋,烦恼接踵而至,大烦恼来了,小烦恼就隐蔽起来了。临近九月二十七日,临近邓少香烈士的忌日,父亲忙碌起来,我也跟着忙起来。父亲要在船上挂纪念横幅,还要准备河祭的蜡烛和纸花。采购是我的事情,我要到镇上买彩色的绢纸,还要买一坛黄酒。绢纸是用来做纸花的,一坛黄酒则有两个用途,父亲让我洒一半到棋亭的烈士碑下,另一半带到船上给他饮用。我父亲平时滴酒不沾,但九月二十七日是一个例外,他要陪邓少香烈士的幽魂饮酒,而我也破例可以喝上几口。

我先去油坊镇的文具店买绢纸。女店员从货架上抱下一堆绢纸,突然多了心眼儿,你不是学校的吧?你也不是综合大楼的?为什么买绢纸呢?我说,绢纸敞开供应的,你管我是哪儿的,我要买,你就得卖。她狐疑地盯着我说,要是你买去写"反标"呢?也要卖给你?你别跟我翻眼睛,我认识你的,你不是那库文轩的儿子吗?我说,是库文轩的儿子怎么啦,不让买绢纸?女店员斜着眼睛看我,鼻孔里突然哼了一声,你爹还欠着我们店里的钱呢,他做领导那会儿拿了多少纸去呀,白纸、信笺、绢纸,他还净拿上好的宣纸练毛笔字,光拿不付钱!我说,那是你们自己的责任,为什么不跟他要钱?女店员说,你说得轻巧,他那会儿是土皇帝,说记在综合大楼的账上,谁敢不记?还有你妈妈呢,乔丽敏买东西也不爱掏钱,书包、钢笔、铅笔盒、工作手册,都说是公用,都记账!记呀记呀,这倒好,现在库文轩垮台了,赵春堂不认他的账目,害了我们文具店,我们每年盘点都轧不了账!

那女店员翻出父母亲贪图小利的老账,让我斯文扫地,我敲着柜台说,不关我的事,你别跟我说他们的事,我只管买绢纸,你不卖我就自己来拿了。女店员说,你敢!父债子还,你们家欠了我们钱,你还这么凶?现在谁还怕你?凭什么怕你?我偏不卖你!她注意到我在向柜台逼近,啪地一下关上了小门,嘴里尖声警告我,我谅你也不敢动手抢,派出所就在不远的地方,我一喊他们就听到了!

恰好此时外面传来一阵杂音,一辆三轮车装满了大大小小的纸箱,停在门口。进来一个人,抱着一个大纸箱,纸箱后面露出一个肥头大耳的男人的脑袋,是文具店的主任老尹来了,救星来了。老尹以前经常到我家和父亲下棋,每次来都给我带一样小礼物,好在老尹没有翻脸不认人,他跟我打了个招呼,东亮你来买什么?怎么虎着个脸呢,是要买刀杀人吗?

女店员抢在我前面说,他是要杀人呢,我让他回去提醒他爹一下,欠钱还钱,他就摆出这杀人脸来了。你看他脸挂得多长,别人不知道,以为是我欠他家一百块钱呢。

老尹说,你别净说人家孩子的不是,你肯定也有不周到的地方,孩子也是顾客,对待顾客要像春风,你这样子哪儿像什么春风呢?像霜降嘛。老尹打了圆场,女店员不便对我要态度了,换了一种猜疑的语气说,这孩子买这么多绢纸到船上去,你说他是要派什么用场?老尹看看墙上的日历,朝她摆摆手,你就别瞎猜疑了,是给他爹买的,明天是邓少香烈士的祭日,库文轩要做绢

河祭　185

花啦。

总算油坊镇上还有人尊重我父亲，为此我很感激老尹。老尹把绢纸按颜色一沓沓地分开了，让我挑选。我说，我不会配颜色，你替我配。老尹就低头开始配绢纸了，一边配纸一边嘀咕，你爹这个人，我一辈子也琢磨不透呀。自己落到这个地步，还年年惦着九月二十七日呢，他一年四季赖在船上，两只脚都踩不上一块土坷垃，怎么祭奠邓少香烈士呢？我说，他没有地，还有水呢，他就在船上祭奠，说是水祭。老尹饶有兴趣地问我，水祭？水祭是怎么个祭法？我说，也没什么特别的，我爹面朝凤凰镇三鞠躬，纸花最后都扔在凤凰镇的码头下。老尹这时抬起头，暧昧地注视着我，你爹还朝凤凰镇三鞠躬？你们在船上真的什么都不知道了？我茫然摸不着头脑，瞪着他说，他不朝凤凰镇三鞠躬，朝哪儿三鞠躬呢？老尹瞥了我一眼，他的样子看上去变得冷酷了，冷酷中带着一点卖弄，你爹这个人是怎么回事，我一辈子都琢磨不透呀，他天天在学习，别人越学越进步，他越学越退步！回去告诉你爹，别守着他那本老皇历了，我亲眼看到的内部资料，邓少香烈士生平有新发现，她不是凤凰镇人，不是我们这地方的人，她是逃难到凤凰镇的孤儿，三岁才让棺材店领养的。领养的，东亮你懂我的意思吗？

我愣在柜台边看着老尹，过了好半天才缓过神来，我懂了。我说，她是孤儿，是领养的，那她究竟是哪儿人呢？

籍贯待考，内部资料上说的！老尹大声地回答道，不管邓少香是哪儿的人，反正凤凰镇不是她故乡，回去告诉你爹，今年不用向凤凰镇三鞠躬了，别让人笑话。

我点了点头，对老尹说，我懂了，她也是来历不明，那我爹该朝哪个方向鞠躬呢？

你这孩子不会说话，邓少香是烈士，怎么能说来历不明？老尹说，回去告诉你爹，以后不用祭奠邓少香烈士了，不用他三鞠躬，哪个方向都不用他鞠躬了。历史是个谜你懂不懂？邓少香烈士是个谜，你爹他自己也是个谜嘛。你听不懂我的话就算了，你爹有文化，他会知道我老尹的意思！

走出文具店时我多了一桩沉重的心事。我腋下夹着一卷绢纸，在油坊镇上失魂落魄地走，老尹透露的消息令我陷入了深深的迷惘之中。邓少香烈士的生平履历为什么像季节一样变幻无常呢？邓少香，我光荣的祖母，我神圣的奶奶，你到底是怎么回事，你像一朵祥云在我头上飘来飘去，到底是什么风把你越吹越远了呢？我想象着孤女邓少香的儿童时代，依稀看见一个满面尘埃的小女孩，衣衫褴褛，头发像一堆乱草，她光着脚在年代久远的油坊镇码头上奔跑，嘴里叫喊着妈妈。我看不清小女孩尘土遮盖的面孔，是美丽俊俏的还是愚笨丑陋的。一个孤女可以做另一个孤女的样板，我脑子里渐渐浮现出慧仙的小脸，那个旧时代孤女的形象便清晰了——我看见她躺在凤凰镇棺材铺的一口棺材里，泪痕未干，目光已然流转，她好奇地打量棺材外面的世界，一边向我招手，进来，进来，你快进来呀！我不知道那棺材里的小女孩究竟是谁，是我们船队的孤女慧仙，还是那个传奇的孤女邓少香。

我仰脸朝天，看着远处棋亭方向的天空，街上的路人看我仰脸朝天走路，都好奇地瞪着我，不知谁推了我一下，空屁你怎么走路的？你得精神病了？你到底在看什么？我说我在看历史。棋亭上方的天空灰蒙蒙的，什么也看不清，我看不见什么历史。我仰着脸走到杂货店附近时，身体被一堵人墙挡住了，又有人粗暴地推我，空屁你在梦游呢，怎么走路都忘了？走路还要撞人！天上没有历史，是地上热闹的人声使我冷静下来，我低头一看，杂货店的台阶上站满了妇女和孩子，手里拿着篮子，他们在排队买白糖，杂货店门上贴着一张喜洋洋的通知，国庆节特供的白糖到货，每张糖票供应三两白糖。

我记起来还要买一坛黄酒，挤到杂货店的台阶上，马上被人挤出来了。我声明不买白糖买黄酒，没有用，他们说不管买什么都要排队。有个妇女用胳膊顶着我，提防我插队，嘴里鄙夷地说，你们船上人呀，就是不讲文明，让你们排队就像要你们的命，好好排个队会怎样，会掉两斤肉还是会掉一块钱？她说着还去征求别人的意见，啊？我没冤枉他们船上人吧，我说得对不对？众人都点头称是，一片厌恶的目光整齐地投在我脸上。我有理说不出，都是老人、女人和孩子，他们买白糖我买黄酒，互不影响的事情，偏偏搅和在一起了，我不愿意和他们一起排队，又没人允许我插队，只好从台阶上忿忿地退出来了。

我站在一边看着杂货店门口的队伍，心里焦躁不安，突然记起对面街角应该贴着慧仙的《寻母启事》，过去一看，那半张报纸不知是被风雨侵蚀了，还是被清洁工人撕的，只剩下一片残骸，墙上新刷了层白浆，那一片纸骸被白浆覆盖着，顽强地翘起了一个角，接受我的哀悼。国庆节临近，大街小巷都在搞卫生刷白墙，干干净净迎接节日，那张《寻母启事》寿终正寝了。我看不见我父亲的笔迹，找不到慧仙的名字，不甘心，用指甲耐心地刮除墙粉，刮着刮着，一个小小的奇迹出现了，我清晰地看见我去年重笔描绘的向日葵死而复生，在我的手指下一点点地开放出来。

是那朵向日葵赋予了我莫名的喜悦，我守在街角，耐心等着杂货店门口的队伍渐渐地散去。当我抱着一坛黄酒从杂货店出来时，听见杂货店的会计马四眼在后面对我喊，这黄酒劲道很大，回去让你爹少喝点，就说是马会计说的，借酒浇愁愁更愁啊！

不管他有没有弦外之音，还是酸文假醋，我装作没听见。马四眼以前也常常和我父亲下棋，善于让父亲险胜，他们算是有交情的，交情再深最后也是空屁，我不相信马四眼的劝告出于善意，也许他是用这文绉绉的话来博得柜台里女同事对他的崇敬呢。我不相信别人对父亲的问候，除了我，除了他儿子，油坊镇上还有谁会把库文轩放在眼里呢？

按照父亲的要求，我抱着那坛黄酒去棋亭。棋亭那里很嘈杂，几只鹅嘎嘎尖叫着跑来跑去，好多人影子聚在那里晃悠，把烈士碑都挡住了。走近了我才知道人们在看傻子扁金的热闹，鹅在保卫主人，傻子扁金喝醉了酒，正在烈士碑前耍酒疯。他朝着烈士碑上邓少香的浮雕画像喊妈妈，喊了很久了，他说妈妈妈妈你去跟赵春堂说，让他给我的大白鹅盖个房子。他说妈妈妈妈你

河祭　189

去跟杂货店的小王说,让她嫁给我做老婆。他说妈妈妈妈你给我五块钱,我要去买一瓶好酒,他们狗眼看人低,差五分钱都不卖给我。

旁人去拦他,拦不住,有人上去对傻子扁金拳打脚踢,你个傻子也知道浑水摸鱼,认邓少香做妈妈吃香的喝辣的?我们也想认呢,凭什么让你个傻子认她做妈妈?傻子扁金说,凭什么?我屁股上有一条鱼!有人警告他,傻子你小心点,冒充邓少香的儿子该当何罪,你再耍酒疯,派出所就来抓你了。傻子扁金说,我是邓少香的儿子,怕什么派出所?我是烈属,派出所怕我!又有人在一边起哄,空口无凭啊,傻子你干脆把你的屁股亮出来,给大家看一眼你的胎记,到底是不是一条鱼?

我挤进人群的时候,正好看见傻子扁金褪下裤子,把他的屁股大方地展示给众人。轰的一声,棋亭边响起一片喝彩声,男女老少都瞪大眼睛盯着傻子的屁股。一条鱼,是一条鱼,活灵活现的一条鱼!有人惊叫起来,说不定傻子真是邓少香的儿子呀!那惊叫声刺激了傻子,他更加主动地配合着众人的要求,撅着屁股绕烈士碑转了一圈,然后人们爆发出一阵更快乐的笑声。有人上去踢了那屁股一脚,傻子,快把裤子穿起来,邓少香要真是你妈妈,她就不是被敌人绞死的,一定是被你羞死的。

棋亭离码头近,派出所没有来人,是治安小组的五癞子和陈秃子来了。他们一来,傻子扁金的酒醒了一半,仓皇地系好裤子,拔腿从人群中逃出来,他带领着几只鹅朝河边逃去,边跑边向路人喊叫,工作组马上就要下来宣布真相了,谁是邓少香的儿子，你们等着瞧吧，欺负过我的人，都给我当心点！

　　一场闹剧结束之后，终于有人注意到了我，我觉得自己就像一只野兔扑到猎人的枪口上，人们盯着我怀里的黄酒坛子，互相挤眉弄眼，耳语不休，尽管压低了声音，我还是听到陈四眼在人群中对事态刺耳而经典的评价，他说，傻子走了，骗子又来了，邓少香烈士今天不得安生啊！

　　照理说我不该饶了那个恶毒的陈四眼，蹊跷的是"骗子"这个称号让我感到莫名的心虚，我很想从棋亭逃走，但傻子扁金能逃，我却不能逃，该轮到我表演了。我知道我带着父亲的重托，借这半坛酒告诉大家，库文轩是邓少香的儿子，库东亮是邓少香的孙子，我们库家仍然是光荣的烈属。我抱着黄酒坛走到烈士碑前，正要打开坛子，五癞子饿虎扑食般地冲过来了，一脚踩住了酒坛盖子，空屁，你要干什么？

　　我说，我给烈士洒酒，纪念烈士，不行吗？

　　不行。五癞子蛮横地说，赶紧抱着酒坛子，滚出去。

　　我不理睬五癞子，兀自用手掌劈打着酒坛盖上的封泥，可是我的胳膊又被陈秃子拽住了，陈秃子指着棋亭廊柱上的告示牌说，空屁同志请你往那边看，你不长眼睛的？没看见那儿挂着告示牌？有新规定了，不准借纪念烈士的名义在此地大搞封建迷信活动，所有封建迷信活动，统统禁止！

　　我凑到那块告示牌下，果然看见了《关于纪念邓少香烈士的几点新规定》，新规定移风易俗，明确禁止油坊镇百姓对棋亭的顶礼膜拜，不准烧纸，不准焚香，丢小孩的人家不准到棋亭来为孩子叫魂，办丧事的人家不准到棋亭来摔碗，办喜事的居民不准到棋亭来放鞭炮，被婆家欺凌的妇女也不准来棋亭向烈士的英魂哭诉。依我所见新规定没什么不好，但无论我怎么逐字逐句，都没有发现不许洒酒祭扫的规定，我说，这规定是禁止封建迷信，哪儿写着禁止洒酒祭扫？

陈秃子说，空屁你的书念哪儿去了，文化水平这么低，洒酒属于封建迷信你不知道？

五癞子嫌陈秃子说话没分量，把他往旁边一推，自己凑过来盯着我的脸，突然，他发出一声轻蔑的冷笑，库文轩的狗崽子，你有什么狗屁资格到这儿来祭扫烈士碑？你要喜欢洒酒，抱着这坛子过河去，到枫杨树乡去，洒到河匪封老四的坟上去！

五癞子这一句话气得我七窍生烟，我扑上去和他厮打在一起了。我们从棋亭里扭打到棋亭外，可惜无论年龄经验还是体力，双方实力相差悬殊，我打架不是五癞子的对手，明明是他羞辱了我，我却像一个可耻的罪犯被他当场抓获了。五癞子把我死死地按在地上，他带着蒜头味道的鼻息喷到了我的脖子上，你鸡巴毛还没长齐呢，想跟我较量？五癞子狡诈地让我保持一种嘴啃泥的姿势，我一时找不到反抗的方法，只能蹬腿，不停地蹬腿，砰的一声闷响，我蹬到了酒坛子。黄泥封的酒坛盖子碎了，酒香溢了出来。我趴伏在地上，闻见一股陈年黄酒特有的醇香弥漫四周，倾泻的黄酒流到了我的脸上。起初我不记得是否哭了，只记得我的嘴角边有点咸，有点辣，有点甜，还有点酸涩。五癞子意识到我放弃了抵抗，松开了手。他松开我，我还是趴在地上。我趴在地上转圈,这是一个非常古怪的姿势,比嘴啃泥还要古怪,我那么转圈的时候泪水终于奔涌而出。我的脸离破碎的酒坛子越来越近,半坛黄酒在我眼前咕咚咕咚地晃荡开了,我的面孔也在酒中晃动,越晃越模糊,最奇怪的是我的脸,就像一个垂死的游子投向故乡的怀抱,我的脸,最后投向了那只破碎的酒坛子。

后来我就做了那件不可饶恕的事情,众目睽睽之下,我先是趴在地上,一边流泪一边舔着那半坛黄酒,后来我不流泪了,抱着那半坛酒站了起来,我走到棋亭外面去喝了。在邓少香烈士祭日的前夕,我用一堆绢纸垫在屁股下,坐在棋亭外面喝酒,我一个人,竟然喝光了半坛子黄酒。

孙喜明和德盛他们闻讯来到棋亭的时候,我脑子还是清醒的,他们拉拽着我往河边码头走,我还吩咐德盛带上那个破碎的酒坛子,交给我父亲。我不记得自己是怎么回到船上的,只记得父亲用拖鞋打我的脸,还舀起一勺勺河水泼我的脑袋,他对我一声声地吼叫着,我听不清他在叫什么,也不记得我是怎么为自己辩解的,我清醒的时候也不善于辩解,何况喝得烂醉呢?我只会说空屁空屁空屁,除了空屁,我不知道还能用什么字眼儿来为自己辩解。

别人醉酒睡得像一头死猪,我却乱梦颠倒。半夜里,一个绵延不绝的噩梦惊醒了我,突然之间,我发现河水快速凝固,然后疯狂地隆起,一眨眼河面上出现了高山峻岭,层层叠叠地封堵着我的去路,拖轮轰隆隆在水上开路,别的驳船绕过了水上的山峰,我们的船却被船队抛出了队列,在金雀河的河心打转转。我听见船尾那里发出了奇怪的水声，是船尾的铁锚被一只手死死地拉住了，那手来自水中，不大，也不小，五指关节错落有致，手背的一半是美丽而苍白的，另一半看上去可怕极了，长满了古老的墨绿色的青苔。刹那间，黑暗的河流翻了个身，船下幽暗的水面变得亮闪闪的，绚烂的水花开放之处，一个女人的美丽的面孔升起来了，圆脸，大眼睛，鼻梁略有塌陷，我看见她留着旧时代知识妇女的齐耳短发，那乌黑的头发交织着几丛腐烂的水草，闪着晶莹的水光，然后她的肩膀升起来，肩膀升起来后她背上的箩筐也升起来了，我清晰地看见箩筐里的水，那部分水是银色的，里面漂浮着一丛水草，水草晃动，下面露出了一个婴孩模糊的湿漉漉的脑袋。

我有幸看见了邓少香烈士的英魂，看见了她的婴孩。女烈士从水底升起来，用洞察一切的目光凝视着我。那目光告诉我，我所做的一切事情，她都看见了；我所说的每一句话，她都听见了。她就是历史。我在梦里瑟瑟发抖，等待着审判，等待历史透露所有的秘密。女烈士却保持沉默，她不谈自己，不谈自己的子孙。我等待她教育我，可是她不宽恕我，也不批评我，只是威严地举起一只长满青苔的手，拍着她的箩筐，说，下来，下来，给我下来！

我不敢下去，我怎么敢跳进她的箩筐呢？所以，我被吓醒了。我醒来的时候看见舱里的油灯还亮着，父亲在沙发上睡着了。已是半夜时分，他苍老浮肿的半边脸上还残留着愤怒的烙印，另半边脸被灯光所映照，看上去肃穆而庄严，那半边脸上的每一条皱纹都在等待明天，每一块老人斑都在等待明天。明天是邓少香烈士的祭日，也是父亲在河上唯一的节日。父亲挑灯做了好多纸花，他做的纸花很大，很鲜艳，一朵朵地散落在他的膝盖上，地板上。

我不敢惊动父亲，捡起几朵纸花出了船舱。借着月光走到船尾，我看见铁锚依然垂挂在船壁上，闪着微冷的金属之光，铁锚与船壁轻轻地碰撞着，发出了安宁祥和的声音。我醒了，河流却睡着了，金雀河上夜色正酣。月光下的水面波纹乍起，我能看见风过河面的痕迹，是一条银色的鳞片缀成的小径，在水上时隐时现。我能看见岸边垂柳的倒影，偶尔有夜鸟发现自己栖错了枝头，噗噜噜地惊飞起来，消失在远处的田野上。我注意到一堆水葫芦从岔河口开始随船漂浮，像一小片水上的草原追逐夜航的船队，它们应该来自乡间的池塘，我听得见水葫芦在船缝间冲撞的声音，满怀乡愁。我看见了河流的睡姿，听见了河流的鼾声，唯独女烈士邓少香的魂灵，她来过就消失了，除了船尾几滴神秘的水迹，她什么也没有给我留下。

我做了一个噩梦，也是一个好梦。

梦醒之后，我真正长大了。

少女

我盼望慧仙快点长大,这是我心里的第一个秘密。

另一方面,我又害怕慧仙成长发育得太快,这是我心里的第二个秘密。

我青春期的孤僻易怒都与这两个秘密的冲突有关。很多人有日记本,别人的日记主要记录自己的生活。我不一样。大家都叫我是空屁,空屁的生活不值得记录,浪费纸、浪费墨水、浪费时间而已,我有自知之明,所以我的日记只记录慧仙的生活。我用的本子,与我父亲的一样,也与我母亲的一样,是那种牛皮纸封面的工作手册,杂货店有售,文具店有售,四分钱一本,坚固耐用,字写小一点,遣词造句精炼一点,可以用很久。

起初我的记录小心翼翼,按照档案登记的风格,实事求是的原则,主要记录慧仙的身高体重,认识了多少字,学会了什么歌曲。渐渐地我放开手脚,加入了一些生活上的内容,她和谁吵架了,只要我听见,就记下了。她吃了谁家的鸡汤面,好吃不好吃,鸡汤浓不浓,只要她做过评价,我都记录。谁家给她做了新棉袄纳了新鞋子,好看不好看,合脚不合脚,我也都记录。再后来,别人夸奖慧仙或者说慧仙的闲话,只要让我听到,我一律都记录下来。最后我自己也用笔发言了,我发表了很多紊乱的词不达意的感想，还营造了一些暗号式的句子和词汇，别人不懂，只有我懂，比如我称慧仙为向阳花，称自己为水葫芦，称我父亲为木板，岸上的人基本上以匪兵甲匪兵乙之类称呼，而其他的船民多以鸡鸭牛羊替代。这是预防我父亲偷窥的措施。我在工作手册上写写画画的时候，总能感觉到父亲关注而多疑的目光。他问我，你到底在写什么？为什么不肯给我看一眼？写日记本来是个好习惯，要是你胡写乱写就是个祸害了，你记得油坊镇小学的朱老师吗？他就是对党不满，对社会不满，在日记本上发泄，结果被抓起来了。我说，爹你放心，我对党很满意，对社会也很满意，我就是对自己不满意，你没听见人人喊我空屁，你就把我的日记当空屁好了。

那其实是谎话。我可以是空屁，我的工作手册不是空屁，那是我最大的秘密，也是我排遣孤独最好的工具。我翻开工作手册，文字帮助我亲近了一个骄矜的少女，我用文字呼唤慧仙，她会冲破黑暗钻进我家的船舱，她会坐在我的身边，我能闻见她头发上阳光的气味以及一个少女身体特有的淡淡的清香。我有一个甜蜜而苦恼的矛盾，始终解决不了，我的头脑仍然把慧仙当做一个楚楚可怜的小女孩，我的身体却背叛了我的头脑——从上至下，对一个少女充满了难言的爱意，麻烦事主要来自下身，从下往上，我的体内贮存了一种无法克制的情欲，是这情欲让我苦恼不堪。我翻看工作手册时充满了忧虑，很多时候我抗拒慧仙的成长——她成长，一对浑圆的白馒头般的膝盖就成长；她成长，红衬衫下喷薄欲出的乳峰就成长；她成长，那一双黄玉石般的胳膊下就会长出黑色的腋毛；她成长，一颦一笑对我都是不经意的诱惑；她成长，目光里风情万种，即使她看一块石头我也容易产生嫉妒。我难免夜梦频繁，梦是安全的，勃起却是危险的，我的勃起比梦还频繁，不分时机场合，这是一个最棘手的麻烦事。我解决不了这个麻烦事，我用头脑与自己的下身进行了残酷的斗争，有时候我战胜了勃起，但是很遗憾，大多数时候我无能为力，是任性的生殖器战胜了理智的头脑。

在我的印象里，夏天是最危险的季节。自从慧仙进入青春期，金雀河地区的气候也迎合了少女的心思，为她穿裙子提供方便，气温一年高过一年，夏天一年长过一年，危险的夏天更危险了。船队停靠码头，也就是停靠在毒辣的阳光里，铁壳驳船常常烫如火炉。船上的男人和男孩都脱光了跳到河里，只有我和父亲不下水，不是我们耐热，是我们对裸体有共同的忌讳。我在船头看，不是看水里光屁股的船民，是看那一群去岸上的女孩子。女孩们排着队走过一号船的跳板，每个人都挽着篮子和脸盆，她们要去驳岸的台阶上洗衣裳。船家女孩都是绿叶，只有慧仙是一朵醒目的向阳花。我看见慧仙腰上架着个木盆，一个人走到了台阶的角落上。我不知道她为什么要跑到角落里去。她把一桶水倒进木盆里，一件小褂子欲盖弥彰地沉在盆底，那条碎花布短裤还是浮起来了，盆里的水是鲜红的。我突然就明白了。为什么水是红的？别以为我不懂。我少年时期已经偷偷通读过《赤脚医生手册》，懂得女孩子的生理特征，她月经初潮了。这是一件大事，我自然要记录下来，可是当我钻到舱里去拿工作手册时，差点撞到了我父亲的身上,父亲正在舱门口监视我。

我监视慧仙,父亲监视我,这就是我夏日生活的基本写照。从早晨到黄昏,父亲幽灵一般的目光追逐着我,从后舱追到前舱,从船篷追到船头,他像一条老练的猎犬,善于精确无误地闻到我情欲的气味。我的生理反应越是强烈,表情就越是僵硬;我的手越是遮遮掩掩,我父亲的目光越是尖锐越是无情,他说,东亮,你鬼头鬼脑在看什么?我说,没看什么,春生他们光着屁股在水里呢。父亲冷笑一声,春生他们光屁股?我看是你光着屁股!他毫不掩饰地逼视着我的下身,突然用一种暴躁的声音对我喊,我知道你在看什么,东亮,你给我小心一点!

我被父亲的目光逼得无处可藏。驳船上的世界如此逼仄,我本能地求助奔腾的河水,父亲不允许我看慧仙,我就跑到船尾去看河水。我看见船下的河水半明半暗,一丛水草神秘地打了个圈圈,河面上冒出一串浑浊的水泡,我听见了河水之声。河水之声在夏季显得热情奔放,充满了善意,下来,下来,快下来。我顺从了河水的指令,果断地扒下身上的白色背心,纵身一跳,跳到河里去了。

我选择了一个最隐蔽的位置,游到了七号船和八号船的船缝之间。为了便于长时间的停留,我抓住了船尾的铁锚,那支铁锚冰冷冰冷的,浸泡在水中的部分结满了青苔,我想女烈士的幽魂在我家的铁锚上来来往往,这铁锚容易长青苔也是正常的。我躲在水中朝四周张望,这个安全之地使我万分欣喜——我看得见河岸,河岸看不见我;我看得见岸上的人,岸上的人看不见我。我听见了父亲在船上焦灼的脚步声,东亮,东亮,你躲到哪儿去了?快出来,给我出来。我保持沉默,内心充满了报复的快感。在两条船的船体交织的阴影下,借助了河水的掩护,我放任自己勃起,然后顺利地平息了来自下身的骚乱。我的身体沉在水里,沉在一片幽暗里,也许水里的鱼看见了我的丑行,可是鱼不说话,我对鱼很放心。春生他们在水里也许会注意到我,他们能看见我的脑袋和肩膀藏在船缝里,我不怕他们看见我的脑袋和肩膀,他们脑子很笨,打死他们也猜不到我在水下干了什么事情。

驳岸那边很喧闹,女孩子们在台阶上蹲成一排,一板一眼地洗着衣裳,她们是一排绿叶,衬托着一朵金黄色的向日葵。我不看绿叶只看向日葵。我看着慧仙,看她挥着棒槌敲打一堆衣服,我嘴里会模拟那堆衣服的声音,噗,噗,噗。看慧仙偏过脑袋躲闪四处飞溅的水珠,我嘴里会替她抗议,讨厌,讨厌,该死,该死!

这么无所顾忌地观察慧仙,对我还是第一次,我心里的快乐可想而知。这女孩子已经到了最爱美的年龄,她胸前佩戴了一朵白兰花,穿着一条绿色的裙子,怕裙角沾到水,把裙子撩到膝盖,两个膝盖便裸露在外面,是乳白色的,像两只新鲜可爱的馒头——不,不是馒头,我不能用馒头这样寻常的食物来形容慧仙,那么,像两只香甜诱人的水果?什么水果像膝盖呢?我正在苦思冥想,突然发现头顶上的一束光线闪了一下,在两只船的缝隙里,在一片狭窄的天空里,出现了我父亲的半张脸和一双眼睛。我吓了一跳,心往下一沉,猛然听见父亲在上面发出一声怒吼，原来你躲在水里！你躲在水里干什么？上来，快给我上来！

我慌忙扎了个猛子，钻到水中，河水嗡嗡地冲击着我的耳朵，河水之声变得空洞而模糊，带着一种爱莫能助的歉意。我试图从河水深处分辨出什么新的密令，但是什么也听不清。我努力地憋气，想象自己是一条鱼，轻盈地游到别处去，可惜我不是鱼类，水性也不好，很快我感到呼吸困难，憋不住气了。我无奈地钻出水面，心里暗暗抱怨水的构造不公平，连珠穆朗玛峰顶上都有空气，为什么水里就没有空气呢？好不容易发现了一个完美的天堂，偏偏那里只收留鱼类，不收留我。

天这么热，我下水凉快一下都不行？我对头顶上的父亲大声抗议，别人都在水里，我为什么不能在水里？

别人在水里消暑，你在水里干什么？别以为我不知道，你一撅屁股，我就知道你是要放屁还是要拉屎。

我什么也没干！爹，你为什么天天盯着我，我又不是罪犯，难道我没有自由吗？

你这样发展下去，离罪犯也不远了。父亲冷冷地说，你还好意思跟我谈自由？我知道你拿自由做什么事，你这孩子，不配有自由！

我仍然是父亲的俘虏。我从水里爬到舷板上，突然感到自己是那么疲倦，那么肮脏。我坐在船舷上一动不动，感到自己像一个上岸的水鬼，带着一股湿润而阴森的气息。我身上五彩斑斓，手掌和胳膊遍布暗红的锈斑，大腿上留有一片墨绿的青苔，我的头发上黏住一根腐烂的菜叶，还有半截金色的稻秆，我的白色田径短裤最蹊跷,它不仅借着水痕无情地勾勒出我的羞处,裤腰上还莫名其妙吸附了一只田螺。我摘下田螺往水里扔,回头看见我父亲正站在舷板上,皱紧眉头厌恶地瞪着我,他拿过一只小吊桶扔给我,还粗暴地推了我一把,站船头上去好好洗,洗三遍,洗不干净不准进舱!

其实我对自己也很厌恶。我带着一种负罪感认真冲洗我的身体,目光偷偷地投向驳岸的方向。女孩子已经把洗好的衣物晾在栏杆上了,五颜六色的棉布涤纶和人造丝在阳光下放射出鲜艳的光芒。她们一边看护自家的衣物,一边在驳岸上跳房子,岸上传来了女孩子们鸟鸣般的吵嚷声。我父亲拿着一块肥皂在船头监视我,嘴里哀叹道,可惜啊可惜,洗三遍又有什么用?你的身体能洗干净,脑子没法洗干净呀。

父亲的监视永远那么严密,我不敢看慧仙,就偏过脑袋去看驳岸上的栏杆。我一眼看见了慧仙最爱穿的那件碎花衬衫,一小片金色的向日葵花开在桃红柳绿中,分外妖娆。

红灯

1

除了我，没有人研究慧仙与向日葵的关系，油坊镇的人们都喊她小铁梅。

先从跳房子说起吧。向阳船队的女孩子热衷于跳房子游戏，航行的时候她们在驳船上跳，船靠了岸就到码头上跳。有一次好像是樱桃发起的比赛，很多船家女孩都去了油坊镇码头，有的做裁判，有的做选手。她们围着地上石灰画的方格子，叽叽喳喳地跳着竞争着，跳到的都是五分钱一角钱，哪怕跳到了一百块，都是骗人的游戏而已，只有慧仙一跳定终身，一下跳到了一间命运的好房子里。中午慧仙上岸时还是寄人篱下的孤女，等到下午她从码头归来，孙家的一号船已经留不住她了，岸上的世界为慧仙铺好了锦绣前程。

女孩子们遇见了地区文艺宣传队的宋老师。那宋老师为了国庆花车游行，一直在各个乡镇寻找《红灯记》里李铁梅的扮演者。领导的要求很难办，扮演李铁梅，首先人要淳朴健康，她的年龄不可太大，也不能太小，不仅要形似还要神似，不仅思想要进步，而且身体素质要好。扮演李铁梅要站在花车上手举红灯，一举好几个小时，地区县城里那些美丽而娇气的少女是无法胜任的。宋老师便下了基层物色人选，他沿金雀河的河岸一路寻觅过来，原本是准备渡河去枫杨树乡的，也是天赐机缘，一上油坊镇的码头，他看见了那群跳房子的船家女孩，就不舍得走了。

在码头上宋老师发现了他想象中最淳朴最健康的少女。船家少女皮肤都黑里透红，腿部粗壮，略显八字形，但八字脚在舞台或者花车上反而是优势，站得稳当，尤其是船家女孩普遍有一双无知无畏的亮眼睛，嗓门大，身体素质好，适合大规模群众文艺活动。当然，宋老师对面孔格外挑剔，像春生的妹妹春花那样长得尖嘴猴腮的，他看都没看一眼。最初宋老师对慧仙和樱桃都一样感兴趣，目光在两个女孩子身上跳来跳去，举棋不定，可两个船家女孩对一个陌生男人的态度截然不同。宋老师从旅行包里拿了一盏红纸糊的灯出来，先让樱桃举——樱桃长得俊俏，就是小家子气，遇到这个陌生的城里男人，她下意识地提高警惕保卫自己，扭扭捏捏地怎么也不肯举。不举就不举了，嘴里还审问人家，你究竟是什么人？凭什么让我举这玩意儿？神经病嘛，大白天的举什么灯？慧仙的态度不一样。她对宋老师身上洋溢的文艺气息有好感，落落大方地观察着他的衣着打扮，她还悄悄地拉了一下宋老师米色风衣的腰带，对春花耳语道，这是风衣，穿风衣的不是演员，就是领导！也许是天生的聪慧帮她判断了宋老师的身份，预先掌握了机会，她整了整衣服，还用口水抿好了蓬乱的头发，一板一眼地举起红灯，对着宋老师笑，同志，是摆一个李铁梅的姿势吧？那宋老师的眼睛顿时亮了，他说，聪明，还是你聪明！你姿势也摆得很好，活脱脱一个小铁梅呀。

后来樱桃后悔也来不及了，一台崭新的海鸥牌相机泄露了宋老师不一般的身份，他用那台相机对着慧仙咔咔地拍照，拍了好多照。慧仙举红灯换了很多姿势，宋老师都说好，他说好啊好啊，眼神也像，身段也很像，气质最像，你就是领导要的小铁梅呀。

慧仙十四岁那年风风光光地上了岸。我详细记录了她临行前一天的食谱，早饭是在王六指家，三个水氽鸡蛋，一碗面条。午饭被德盛家揽下，德盛女人给她炖了鸡汤，还炒了她最爱吃的肉丝雪里蕻。晚饭最关键，一号船当仁不让，孙喜明女人蒸了半只咸猪头，大福二福嫌她小气，偷偷摘了另一半往锅里放，孙喜明女人及时发现，硬是把另半只咸猪头从锅里捞出来了，她对儿子们发怒，本来也让你们夹几筷子的，你们破坏我的计划，现在一筷子也不准夹！这半只送慧仙走，她一个人吃，那半只留给她回来吃，也是她一个人吃，你们谁也别动那半只的念头！

我记得那年花车游行万人空巷的盛况。八部样板戏浓缩在八台花车上，八个袖珍舞台在涌动的人潮中流动巡回，所到之处欢声雷动。样板戏里的英雄们都摆出最具代表性的造型，浓妆艳抹地站在花车上，慧仙所在的《红灯记》排在首位。首演就在油坊镇，游行路线是从综合大楼开始，绕油坊镇一周，最后回到综合大楼。慧仙出场的时候船民们的鼓掌声比爆竹还要响亮。我记得慧仙上身穿一件红底白花棉袄，下身是一条蓝色打过补丁的棉裤，扎一条长辫子，画了眉毛涂了胭脂。初上花车，她的表情看上去有点紧张，身体姿势不很协调，宋老师在下面扯着嗓子喊，小铁梅注意眼神，注意眼神！要瞪大眼睛，表示李铁梅继承革命的决心！慧仙眨巴了几下眼睛，眼睛立刻瞪得像个铜铃那么圆那么大了，她注意了眼神就忽略了手，她的手一松劲儿，红灯就架到了肩上，宋老师便又焦急地喊起来，注意红灯，注意红灯，你不要扛着灯呀，举起来，要举起来！

我在人群里替她示范了几次正确的姿势，也不知她看见了没有。慧仙在花车上顽强地举着红灯，花车在油坊镇的街路上滚了大半天，她举红灯也举了大半天，一动都不能动。我担心她的胳膊第二天再也抬不起来。第二天我赶到化肥厂去看花车游行，还是慧仙举红灯，扮演李玉和的男人手里只提着盏小马灯，扮演李奶奶的妇女腰间围了块粗布围裙，干脆空着手，轻轻松松地站在花车上。我觉得这不公平。不公平也没办法，谁让样板戏是这样安排的呢。我注意到群众都盯着《红灯记》里的小铁梅指手画脚，所幸慧仙聪明，第二天眼神和手势都突飞猛进，造型看上去和宣传画上的李铁梅差不多了。别人都为慧仙喝彩，我也为她拍红了巴掌，但我注意到她的嘴角上起了个很大的火泡，油彩也遮不住。我想这可能是急出来的，也可能是累出来的。我有点担心领导容不得李铁梅嘴上长火泡，会不会把她换了？我在混乱的人群中高声叫喊慧仙的名字，指着嘴角提醒她要解决这个火泡问题，她哪里听得见我的声音？也许她不需要我的提醒，一夜过后，看上去她已经适应了这种热闹的大场面，人在高处，目光偶尔悄悄瞥向群众，一丝熟悉的微笑从她嘴角一掠而过，越发骄矜自做了。第三天花车游行移师马桥镇，走的是水路，三艘崭新的小火轮专程从县城驶来迎接花车和演员。那天早晨，向阳船队近水楼台先得月，船民们都爬到了舱房顶上，看着花车演员穿过码头，千姿百态地向小火轮上走，男男女女都化了浓妆，穿着英雄人物的戏装，令人顿生敬意。船民们一眼认出那个最瘦小的身影是小铁梅，大家都激动地叫喊慧仙的名字，慧仙！慧仙！她不答应，边走边专心地拴着长辫子上的红头绳。拖轮上的船员也凑热闹，他们动用了电喇叭，慧仙——小铁梅——小铁梅——慧仙——电喇叭里的欢呼惊着了那群演员，也把慧仙吓得跳了起来，她朝船队瞥一眼，跺跺脚，很快一猫腰钻到李玉和和李奶奶的身后去了。

这是属于慧仙的季节。金雀河两岸成千上万的群众都是见证人，见证了一个少女突然绽放的荣耀之花。慧仙成了名人。沿河的人们都在谈论花车上的小铁梅，说鸡窝里飞出了金凤凰，谁能相信呢，那个人见人爱的小铁梅，竟然是靠向阳船队的百家饭喂大的。人们向向阳船队的船民们求证这个消息，绝大多数船民都自豪不已，露出了功臣一般的笑脸，樱桃一家则忌讳这件事情，樱桃母亲告诉岸上的人，你们只知其一，不知其二呀，本来是我家樱桃演小铁梅的，怪她太老实，没心眼儿，这么好的机会，眼睁睁让别人抢去啰！

属于慧仙的季节，也是我忙乱而焦虑的季节。我忙着奔赴花车游行的路线地点，忙于记录这段特殊的日子，腿脚很忙，笔头很忙，只有嘴巴保持沉默。尽管没有和任何人讨论过慧仙的未

红灯　207

来，但我似乎预见了慧仙将一去不返，心里有一种说不出来的焦虑。

国庆节之后运输任务繁重，船队在沿河的码头上靠岸装卸，常常与盛大的花车游行擦肩而过。我跑到岸上，看见的是花车游行留下的欢乐的残骸。临时悬挂的横幅标语已经从半空降落，街上满地垃圾，鞭炮纸屑玉米棒子中混杂着观众被踩掉的鞋子，路人的脸上还遗留着狂欢的痕迹。我追踪着慧仙的足迹，一次次地错过，我只感受到了她的浮华和荣耀。大风乍起，我站在陌生的小镇街头思念慧仙，思念得心痛，一种幻灭感从天而降，我觉得我的向日葵被风吹走了。

我的日记记得很辛苦，向日葵被风吹走了，我看不见她，看不见她，所谓的记录不得不依靠大量的想象。偏偏我的想象力并不丰富，我只好借鉴露天电影的新闻简报格式，努力地想象慧仙的风采。有一天我灵感飞扬，大胆写下了一个最光荣最壮观的场面：**今天，天空晴朗，红日高照，油坊镇码头人山人海，群情振奋，毛主席他老人家来到了油坊镇的群众中间，亲切地接见了向日葵，慈祥地问她**——问她什么，我想象不出来了，也不敢随便往下写，涉及伟大领袖，怕写不好写成一个反动标语，所以我翻过一页另起一行，写下了我最关心的一个问题：**向日葵啊向日葵，你什么时候回到船队呢？**

我记住了慧仙离开船队的日子，但我没办法估算她的归期。

2

大约到了腊月,花车游行总算偃旗息鼓了。扮演李玉和和李奶奶的人都回到了原来的工作岗位,一个回农具厂去修拖拉机,一个回杂货店去卖酱油,慧仙没有回来。关于慧仙的消息从综合大楼传到了码头,又从码头传到了向阳船队,概括起来说,她像一块璞玉被发现了,很多领导干部欣赏这个来自船队的小铁梅,表示要把这璞玉打磨成珠宝。宋老师接受了这项任务,他做了慧仙的老师,一心要把她培养成一个全能的文艺标兵。

慧仙先是在地区的金雀戏剧团培训,跟着大名鼎鼎的郝丽萍学戏。郝丽萍是剧团的当家演员,什么都会唱,什么都能跳,样板戏里的女英雄,她个个会演,有人说她粘上一把假胡子,竟然还能演《白毛女》里的杨白劳。偏偏这个郝丽萍对慧仙有偏见,她对慧仙的评价与宋老师截然相反,说她刁钻虚荣爱耍小聪明,不肯好好练功,就想着一步登天。勉强培训了一段时间,郝丽萍把慧仙领到宋老师那里,退给他了,说这女孩子站花车是不错,上舞台不行,宋老师你挑错人啦,我看这女孩没有一点艺术细胞,倒是有胆量、有野心,她要是派到前线去,说不定是个女英雄!宋老师怀疑郝丽萍的结论有欠公正,慎重地召集一些地区文艺界的权威人士,对慧仙的艺术才能做了一次综合测试,测试结果也不理想,只有造型一项,慧仙似有天赋,通俗地说她就是擅长站立,擅长做出各种姿势,唱起来,动起来就不行了。宋老师不甘心，很快又把慧仙调到文化馆下属的流动宣传队，那是他直接分管的。他以为这是自己的地盘，慧仙在宣传队会一帆风顺，结果却更糟糕。宣传队的那些女孩子是从小在一起练艺的，团队意识很强——她们在一起跳舞，若是扮一排白杨树，一个眼色大家就站成一排挺拔的白杨了；演一个百花园，梅花一开，杏花桃花月季玫瑰，其他花朵渐次开放，绝不争抢。慧仙不行。她一上台，别人是白杨，她是一棵软绵绵的垂柳，她演一朵荷花，却要抢在梅花前开放。还是在船队宠出来的老毛病，她不管干什么都很有主见，习惯别人对她众星捧月。导演知道她基本功不行，跳群舞故意把她安排在不显眼的位置，慧仙偏偏不满这个安排，一赌气就冲到前面去了，向台下观众显示她的角色也很重要。宣传队的其他演员对慧仙忍无可忍，说她什么也不会，影响了集体的荣誉，她一上台，别人怎么演都是白费工夫，什么评比都拿不到奖项，她不就会举个红灯吗？你们领导都喜欢培养她，就等到花车游行的时候，再让她举红灯去出风头吧。

慧仙去向宋老师告状，宋老师很为难，偏袒了她一个，得罪的是一个集体。他权衡再三，决定把矛盾上交，亲自用自行车把慧仙驮到了地委大院门口。慧仙去向德高望重的柳部长哭诉，哭诉她在宣传队受到的排挤。柳部长听了好半天才明白她的委屈，他没法干预宣传队女孩子的矛盾，就引用了一段毛主席语录关照慧仙：坚持就是胜利。慧仙似有所悟，回到宣传队坚持了一段时间，可是，毕竟一花难敌群芳妒，她虽然坚持了，最终没有等到胜利。有一次彩排《百花舞》的时候，梅花桃花和玫瑰花共同向导演发难，我们不要荷花，有荷花没百花，有百花没荷花！梅花一脚把慧仙的荷花道具踢飞了，更加可气的是桃花和玫瑰花，她们竟然冲过来要把慧仙推下舞台。慧仙临危不惧，她说怕你们是小狗，我就站在这儿，让你们推，看你们两个娇小姐能不能把我推下去。桃花和玫瑰花一起用力，果然推不动慧仙。慧仙朝后面怒喝一声，用力推呀，你们现在推不倒我，待会儿我就来推你们，谁跑谁是小狗！慧仙的嚣张激起了公愤，梅花上来了，杏花月季花也上来了，五个女孩齐心协力，慧仙支持不住，终于被推下了舞台。她跌坐在乐池里，随手把乐谱架子和鼓槌铜锣都扔到了舞台上，最后没东西扔了，就跪在乐池里嚎啕大哭起来。

　　第三年的春节下了雪，节后雪还不化，河上的浅湾结了层薄薄的冰，驳船上很冷，岸上到处是雪堆，岸上也冷。恰好赶上这么个大冷天，慧仙回来了。赵春堂动用了镇上新购置的一辆吉普车，驱车八十里，亲自把她接回了油坊镇。慧仙回乡的风光掩盖了传说中的失意，她是从那辆崭新的吉普车上下来的，带着两只皮箱，还有一盏红灯。女大十八变，镇上的人们都认不出小铁梅了。她的头发像城里的舞蹈演员一样，挽成一个圆髻，用黑色缎带缠着，一件海军蓝军大衣罩着她丰满匀称的身体，因为宽松而别具一格，里面的红毛衣和白色围巾则是这套服饰要强调的主题。有人盯着慧仙的穿着打扮啧啧称奇，也有人盯着那堆行李为她犯愁，说，向阳船队正在河上跑运输呢，她今天回来，回不了家呀。这种不必要的担忧马上遭到了知情者的讥笑，鸡窝里飞出的金凤凰会回到鸡窝里去？告诉你，她上面有靠山了，领导打招呼要培养她的，向阳船队不是她家了，她的宿舍在综合大楼里，早就安排好啦！

正月十五挂红灯，向阳船队挂着红灯回到油坊镇，岸上果然有喜事，船民们都听说慧仙回来了。孙喜明女人和德盛女人欢天喜地结伴上岸去，去了半个时辰回来了。两个女人都沉着个脸，船民问她们话，谁也没精神搭茬儿。孙喜明女人一回船就径直下了船舱，孙喜明跟下舱去，看女人已经在乒乒乓乓地拆慧仙的床，孙喜明急忙扯住她胳膊说，你急着拆她床干什么？万一她还要回来住呢？孙喜明女人说，拆，拆，她不会回来了。孙喜明说，谁说要拆她床的？是慧仙自己说的？孙喜明女人扔下锤子，哭起来了，还用她自己说？我就求她回来住一夜，说破了嘴皮子也不肯呀，推三推四的，我又不是傻子看不透她心思，她是翅膀硬了，嫌弃我们了。孙喜明劝不住她，让德盛女人下去劝。德盛女人走到舱门口，看孙喜明女人坐在半个床架上落泪，自己眼圈也红了，对孙喜明说，我怎么劝她？我自己也灰心灰意的，请她回来吃顿饭也不肯呀，毕竟不是自己的骨肉，养不乖的，养来养去也是一场空！

我去综合大楼守过慧仙。守了一上午，壮了几次胆，还是不敢进去问。正逢春节假期，综合大楼有点冷清，顾瘸子回乡探亲了，传达室里坐着一个男青年，始终拿着一份报纸，看完一份又看一份。他不认识我，这让我感到安全。我注意到那辆吉普车停在花坛边，吉普车在楼前，说明慧仙在楼里，我决心等。中午的时候我听见食堂的小包间里传来热闹的声音，悄悄走到窗前，隔着窗子我一眼看见了慧仙。她坐在一群干部模样的人中间,像一只孔雀开屏,不是开给我看,是开给干部们看。她穿着李铁梅的红底碎花对襟棉袄,头上的髻子放下来,一条乌黑的大辫子垂搭在肩上。也许座位不舒服,她的身体斜着,一会儿偏东一会儿偏西,姿势有点散漫,她的脸上却笑得很开心,是那种受了宠爱的笑容。很久不见,她看上去是个大姑娘了,是大姑娘了,我就觉得她有点陌生。他们在喝酒,我在外面看他们喝。慧仙的前后左右,我观察得很仔细,突然发现了一个令人震惊的现象:赵春堂坐在慧仙的旁边,她那条大辫子的辫梢被他抓在手里,赵春堂突然拉一下辫梢,慧仙就站起来了,站起来,举着一只装了橘子水的杯子,与这个碰杯与那个碰杯,碰了这个碰那个,一桌人都碰过杯,赵春堂又拉一拉慧仙的辫梢,慧仙就坐下了。我惊愕地发现,回乡数日,慧仙已经成了赵春堂的木偶,而她那条令人骄傲的大辫子,竟然成了赵春堂手里的木偶牵线!

几乎是在一瞬间,我胸中的怒火燃烧起来了。我从地上找到了一块碎红砖,在窗外瞄了半天,我先瞄准了赵春堂,转念一想,虽然是他拽了慧仙的辫梢,可辫子是长在慧仙头上的,她为什么不甩掉他的手呢?她甘心做他的木偶,我就应该瞄着她。我举起碎砖瞄准了慧仙,我看见我的向日葵在小餐厅里热情地绽放,她把餐厅里的所有干部都当做太阳了,一会儿向这个太阳微笑,一会儿向那个太阳鞠躬,她的脸上起了红晕,眼波流转,我瞄准了她的脸,却怎么也下不了手,那是我秘密的向日葵啊,纵有千错万错,我不忍心砸她。我不知道自己该怎么办,最终我瞄准了餐厅气窗上那块明亮的玻璃，砰的一声脆响，一餐厅的人都回头看着气窗，趁着他们没醒过神来，我撒腿跑了。

我已经很久没这样跑了，砸了玻璃就逃跑，这是孩子干的事。事先我自己也预料不到，我在综合大楼守了半天，竟然干了这么一件没出息的事情。我一边跑一边痛骂自己，没出息，没出息，怪不得叫你空屁，你就是空屁，没出息！我一口气跑到了码头上，看看后面无人追逐，便停下了脚步。春节期间的码头空空荡荡的，起重机和煤山都在阳光下打盹，没有人看见我的丑行，我还是感到深深的羞愧。我为什么这么没出息呢？是被赵春堂气出来的？是被慧仙气出来的？我闷闷不乐地走到驳岸上，无意间朝船队打量一眼，又发现了另一个怪现象：我看见向阳船队十一条船家家晾出了衣服，别人家的衣服都安静地享受着冬日的阳光，只有我和父亲的两件棉毛衫，像两只惊弓之鸟在船篷里东奔西窜。那两件棉毛衫令我睹物伤情，我突然就想明白了，我干的事情和谁都没关系，怪我自己，我是胆小鬼，世界上所有的胆小鬼都一样——只敢发泄自己的恨，不敢公开自己的爱，他们敢于发泄自己的恨，只因为要掩藏自己的爱。我就是这样一个胆小鬼，我对慧仙的爱是水葫芦对向日葵的爱，这样的爱，比恨更深奥，比恨更离奇，这样的爱，我已经无法公开了。

名人

1

少女慧仙带着一盏铁皮红灯在油坊镇落了户。

刚回来那两年,慧仙还精心保留着李铁梅式的长辫子,随时准备登上花车。那条又粗又黑的长辫子是她的资产,她平时把辫子盘成髻,一举两得,为了美观,也为了保护这份资产。综合大楼里几个与慧仙接近的女干部说,慧仙夜里经常做噩梦,梦见有人拿着剪刀追她,要剪她的辫子,问她梦见了谁,她也不懂得掩饰,坦然相告,不是一个人,好多人呀!金雀剧团的、宣传队的,还有船队的女孩子,我怎么这么招人恨呢?他们一人一把剪刀,都来追我,都要来剪我辫子,吓死我了!

后来金雀河地区又举行过花车游行,由于国际国内形势都在变化,花车主题推陈出新,游行规模缩小了,造型也精简了。是工农兵学商的大团结主题,一共五辆花车,十来个演员,分别拿锤子、抱麦穗、扛步枪、捧书本、打算盘。宋老师带着文化馆的几个年轻导演,又到油坊镇来,他们选角要求男的浓眉大眼,女的英姿飒爽,无论是代表哪个阶层,形象都要清新健康,慧仙自然是天生的人选。宋老师原本安排慧仙在第五辆花车,代表风华正茂的青年女学生,还专门给她配了一副平光眼镜,但排练了几次,她身在曹营心在汉,嫌弃学生花车做的是配角,一心要上第一辆花车。宋老师说,第一辆是工人阶级呀,那青年女工要拿锤子的,你拿锤子不像那么回事,不是那个气质。慧仙说,我什么气质都行!我力气那么大,你还怕我拿不好一把锤子?要么让我上第一辆花车,要么哪辆都不上。宋老师了解她是虚荣心作怪,他坚持原则,还严厉地批评了她几句。没想到慧仙受不了批评,她把宋老师的知遇之恩都抛到了脑后,一味地耍脾气,最后竟然真的撂挑子不干了。

照理说,她应该去油坊镇中学上学,她也去过一阵,人坐在课堂上,心思不在那儿。学校里的老师和同学,最初是对她宠爱有加的,几天下来新鲜劲儿过了,大家发现她对学习一点兴趣也没有,而且不懂装懂。她不适应学生的生活,还是沉浸在舞台的气氛里,觉得别人都是她小铁梅的观众,一旦感受不到别人的热情,就不肯去学校了。她不去,要找理由,理由与那条辫子有关,说她每天要花很长时间梳那条辫子,来不及上学,又说学校一些女孩也在嫉妒她,书包里藏了剪刀,自己不敢下手,怂恿男孩子来剪她的辫子。这种猜忌没有证据,但大家觉得她爱护辫子是应该的,李铁梅不能没有那条宝贵的辫子。干部们对她特殊的身份达成了某种默契,不去上学也好,否则上面来人,要小铁梅陪同参观陪同吃饭,总去学校叫人,也不合适。

她是油坊镇的名人,也是个招牌。一旦上面来了人,她便很忙碌,穿上李铁梅的舞台服装,抓着那条大辫子,跟在一大群干部身后，在吉普车里出出进进的，吃饭的时候她站在小餐厅里，高歌一曲《都有一颗红亮的心》，那是她的例行节目，千锤百炼之后几可乱真了。更多的时候慧仙无事可做，一是她不主动，二是别人不放心她做事情。她的身影出现在各个办公室里，哪里热闹去哪里。热闹的时候，她眨巴着眼睛听别人说话，说到某个领导的名字，她会神秘地一笑，在一边插嘴道，是李爷爷吧，是黄叔叔吧，我认识的，他们的家，我都去过的。

毕竟是吃百家饭长大的，她跟谁都不见外，也没规矩。她的手很好动，综合大楼里所有推不开的门，她都要去推一下，别人的柜子抽屉无论是否上了锁，她一个都不放过，要去拉一下。尤其是几个女干部的抽屉，都让慧仙翻了个底朝天。她拿别人的零食吃，拿别人的小镜子照，还搽别人的雪花膏。女干部们心眼儿毕竟小，纷纷把抽屉上了锁，慧仙打不开抽屉，就忿忿地摇晃人家的桌子，小气，小气鬼，谁稀罕偷你们的东西？

赵春堂肩负重任，对慧仙的衣食住行有严格要求。一日三餐吃食堂，她爱吃的可以多吃一点；不爱吃的，却不能不吃。食堂有个胖师傅专管她的饭盒，最反感她往泔水桶里倾倒吃剩的食物，慧仙每次往泔水桶边跑，胖师傅就用勺子敲饭盆，浪费啊浪费，小铁梅你别忘了，你是从船上来的，不能忘本啊。饮食受管制，是为她好，衣着打扮受管制，更是为她好。除了夏天，慧仙穿的都是李铁梅的衣服，红底白花的灯芯绒对襟夹袄，深蓝色的新裤子上打了一块灰色补丁，赵春堂要求她这么穿。起初她也愿意这么穿，渐渐地她意识到光荣的花车生活结束了，望穿秋水，

名人　217

宋老师不来，通知不来，喜讯不来，她失去了等待的耐心，有点闹情绪，又不知道该跟谁闹，就拿裤子上那块补丁撒气，拿服装撒气。她向女干部们抱怨，真正的李铁梅也该有一两件漂亮衣服换的，为什么天天这么寒酸？好好的裤子，非要打两块补丁，不是像个傻子嘛。女干部们不宜表态支持她，都暧昧地审视她戏装里的身体。这个少女的身体像一朵硕大的花朵含苞待放，那几件舞台专用的对襟夹袄，有的地方绽了线，掉了纽扣，穿在她身上，确实也显得紧了，女干部们建议她去宣传科问问，有没有大号的李铁梅戏装。她说，什么大号小号的，反正不搞花车游行了，我大号小号都不穿。

有一天她抱着那堆服装往宣传科的桌上一扔，扔了就要走，宣传科的干部慌忙拦住她，小铁梅你怎么啦，你是小铁梅呀，不穿这个穿什么？她带着一腔怨气叫起来，谁喜欢这衣服谁穿去！《红灯记》早不吃香了，我还做什么小铁梅？我又不是没衣服穿，非要穿这身累赘，我衣服多呢。她一边说一边翻弄着身上粉红色衬衫的领子，向干部们炫耀，这件看见没有？领子上绣的是梅花，的确良的料子，上海货，是地区刘奶奶送给我的。她展览了她的新衬衫后，又把脚踩到椅子上，让大家注意她的皮鞋，这叫什么知道吗？丁字形皮鞋，油坊镇还没有卖的呢。你们猜猜是谁给我的？柳爷爷呀，是柳爷爷的礼物！

她得罪过向阳船队的船民，但她不是那种无情无义的女孩子，得罪以后知道修复关系，只是修复的方式很独特，让人接受不了。她对孙喜明女人和德盛女人最有感情，偶尔出现在码头上，必然要给她们两个人带礼物来——有时候是两块零头布，花色老气一点的给孙喜明女人，鲜艳一点的给德盛女人；有时候她拎两包点心来码头，甜的给孙喜明女人，咸的给德盛女人——不管是零头布还是点心，她都放在两条船的跳板上。别的船她偶有顾及，主要是朝每一条船上扔水果糖，手里的糖扔完了，扭身就跑，也不搭理大人们对她的嘘寒问暖，更不理睬昔日的伙伴。她回去报恩，就像是去施舍，大人感情上难以接受，只有孩子们高兴。好多嘴馋的孩子盼望慧仙回来，但也有人坚决不接受她的糖衣炮弹，比如樱桃，每次她弟弟去捡慧仙的糖，她都一把抢过来，恶狠狠地扔到河里去，说，有什么了不起的？她忘恩负义，我们不吃她的臭糖。

大家知道樱桃嫉妒慧仙，樱桃的母亲也跟着嫉妒，她常常当众唠叨她家樱桃也是有机会上岸的，只不过樱桃不会和宋老师打交道，白白断送了自己的前程。她一唠叨话就没轻没重，说慧仙这孩子也是奇怪，小小年纪怎么就知道和男人打交道了呢，会不会是小狐狸精转世呢？德盛女人听不得她说慧仙坏话，用怪话回敬她的闲话，樱桃她妈你就别提什么狐狸精了，做狐狸精也要条件的，一个闺女一个命，只怪你家樱桃没有做狐狸精的条件。孙喜明女人一针见血，用血统论维护慧仙，顺带着攻击了樱桃母亲，龙生龙凤生凤，谁让樱桃是你肚子里生出来的呢？船上生的闺女留在船上，岸上生的闺女回到岸上，这有什么不对？人家在船上吃这么多年百家饭，是没有办法，那叫落难，落难你懂吗？你再骂人狐狸精，晚上走船小心点，小心落水鬼，小心慧仙她妈来拽你的腿啊。

2

慧仙住进了综合大楼。

她和妇联主任冷秋云共住一间宿舍，是组织安排的，她认冷秋云做干妈，则是双方自愿的选择。有领导关照冷秋云，照顾好小铁梅，也要培养好小铁梅。冷秋云是军属，自己没有孩子，对慧仙这个孤女，起初是热心的，也是尽力的。她给慧仙制订了学习计划，每天要读报纸给慧仙听，但是慧仙根本听不进去，冷秋云读报，她嗑瓜子。冷秋云就很生气，说她最起码的道理都不懂，不尊重人。慧仙说，我听着呢，听是用耳朵，又不用嘴，我嗑点瓜子又不影响你读报，怎么就不尊重你了？冷秋云发现这个女孩子很难管——以她的身世，她不该任性，偏偏她很任性；她不该骄横，偏偏她很骄横。比起同龄的女孩子，有时候她老练得出奇，有时候又幼稚得荒唐。她看不惯慧仙，敌意就慢慢地战胜了理性，打量起慧仙来，目光都是斜着的。后来她干脆去找赵春堂汇报，汇报了慧仙平时的表现，也汇报了自己对她的看法，她原本还要卸掉身上的职责，不想管慧仙了，但赵春堂不同意。赵春堂说，你不管她不行啊，这是上面安排下来的任务，你看不出来？她就是个贵重行李，现在寄存在油坊镇，以后要交还给上面的！别人越是渲染慧仙的未来不可估量，冷秋云越是抵触，她对赵春堂发牢骚说，你们男同志呀，就重视个女孩子的外貌，这种女孩子，好吃懒做，政治觉悟也低，怎么培养？为什么要培养她？你们信我的嘴吧，她没有前途的！

大家都知道赵春堂是慧仙的保护伞，这把保护伞，小心翼翼地撑在慧仙头上，随时在等待着什么信号，但是一年过去了，信号闪闪烁烁的，并不确定，又是一年过去了，那信号依然模糊。然后是地县两级干部人事大调动，一条人脉的链条断了，一张棋盘不见了，慧仙这枚棋子不知该往哪儿放，赵春堂陷入了僵局。上面曾经下过一个通知，点名送慧仙去省城的青年妇女干部学习班培训，没几天又来个通知，说学习班的人选有变化，原通知作废了。慧仙收拾过几次行李，最后哪儿都没去成。她成了个闲人，天天守在综合大楼的门廊前，一边眺望着码头方向，一边嗑瓜子。也许是闲出来的毛病，她不知道跟谁学来了嗑瓜子的技巧，小嘴一抿，啪的一声，瓜子壳分成两瓣吐出来，整整齐齐的，她停留过的地方，地上会微微隆起一堆瓜子壳的小山。

柳部长的孙子小柳来过，名义上是出差，实际上是来看慧仙。小柳瘦瘦高高的，白脸，长头发，花衬衫，三十多岁的人，身上还是散发着大地方青年的时尚气息。那气息对慧仙是有吸引力的。慧仙去四楼的小会议室送茶，事先做了准备，她对着小圆镜子整理了头发和衣领，还往脸上扑了一点点粉霜。她进去送两杯茶，一杯给赵春堂，另一杯给小柳。那小柳不接茶杯，盯着慧仙看。先看她的脸，慧仙端着杯子让他看，小柳平时一定是放肆惯了的，目光往下坠，落到一半处又不动了。慧仙坚持不住了，一下捂住自己的胸部，说，你眼睛往哪儿看？她举了一下茶杯，

名人　221

似乎要砸，最终没有勇气，涨红了脸把茶杯塞到了赵春堂手里，自己一阵风似的跑出了会议室。

这样，所有的准备都白费工夫了。慧仙跑到走廊上，看见几个女干部从办公室里探出半个头朝她看，她不甘心这样离去，整了整衣服，装作若无其事地回去，隔着玻璃门正好听见小柳那一句脏话，慧仙简直不相信自己的耳朵，小柳对赵春堂说，这小骚×，果然是船上百家饭喂大的，狗肉上不了桌啊！赵春堂无言以对，婉转地请小柳具体评价慧仙的外貌和气质。小柳也不客气，说，脸盘倒是不错，八十五分；身材也算匀称，给七十分；屁股马马虎虎，算她六十五分；我最重视胸部，她没有胸嘛，这个胸，最多评个三十分！

慧仙气晕了，对着玻璃门骂了句流氓，掉头就跑。她没有想到柳部长的孙子是这么个人，他是来看她，还是来看一头牲口的？慧仙气晕了，她能够应付各个级别的干部，也能应付各个地方的群众，独独是小柳这样的纨绔子弟，她应付不了——小柳那么无耻，无耻得光明磊落，小柳那么下流，下流的方式却是居高临下。慧仙气晕了，她在走廊上失魂落魄地踱步，一个女干部从办公室里出来，好奇地观察她的表情，小铁梅你怎么不去招待小柳，在外面走来走去干什么？没事进去给他倒点水呀。慧仙把一肚子气撒到了那女干部头上，你爱招待他你进去，我才不给他倒什么水，要倒就倒一杯大粪！

小柳来去匆匆，赵春堂用吉普车送走他，回来推开慧仙的宿舍门，看见慧仙坐在床上，还在生气。赵春堂把一个塑料皮的笔记本扔到她床上,你还在生人家的气?人家也在生你的气,赶了一天的路来看你,结果你这个态度,狗肉上不了席!慧仙嚷嚷起来,什么叫狗肉上不了席?我是狗肉他是流氓,你没见他眼珠子往哪儿瞄,他是个小流氓呀!赵春堂站在门边用谴责的目光瞪着她,你别流氓流氓的叫人家小柳,给我注意影响,他是小流氓柳部长是什么?柳部长是老流氓?赵春堂这么一发火,慧仙瘪瘪嘴,不敢吭声了。她的火气下去了,赵春堂的火气上来了,他说,你好歹也吃过几口文艺饭的,怎么就那么金贵,看一眼都不行?以为自己是什么金枝玉叶大小姐呢,这下好了,以后再也别提你那个柳爷爷了——你得罪了小柳,也没有那个柳爷爷了,没了柳爷爷罩着你,看你还有什么狗屁前途!

慧仙让赵春堂训得呆坐在床上,拿起那个塑料皮笔记本盖住了自己的脸。笔记本是柳部长送给慧仙的礼物,赵春堂声称小柳自己准备的一大包礼物,都原封不动带回去了。她嘴上说不稀罕他的礼物,心里却在猜想自己错过的会是什么礼物,长筒丝袜?雪花膏?连衣裙?会不会是一块上海牌手表呢?赵春堂离开宿舍后,她打开柳部长送的笔记本,一眼看见扉页上写着几个苍凉的毛笔字:慧仙同志,祝你学习进步,工作进步。进步,她知道这是没用的,只是一个问候。她知道小柳的来访很重要,她的表现更重要,但她怎么也不明白自己错在哪里,为什么他骂她是狗肉上不了桌?还有她的胸部,为什么只有三十分?他凭什么打三十分?难道她平时含着胸含错了?难道一个女孩子家应该挺着乳房走路吗?

小柳走就走了，她对他没有留下一点好印象，只是他这一走，她的模糊的未来变得更模糊了。她坐在宿舍里，看着窗外暮色初降，很想哭一场，却怕冷秋云回来让她笑话，为这个小柳哭，不值得。为她的前途哭，还没到时候。她注视着柳部长的礼物，忽然想起要报复这个微不足道的礼物，就拿起一支铅笔，在"进步"后面加了一个字，屁。报复过后她心情好了一些，想起了胸部的事情，她走到镜子前观察自己，挺起胸试了试，嘴里说，多少分？五十分还是六十分？又含起胸检测一下，说，三十分，这样只有三十分？突然之间，她放不下这个问题了，决定要彻底探究自己的胸部，她插上门，对着镜子撩开自己的衣服，仔细地打量起自己的身体来。

为什么挺着胸的姑娘才是美丽动人的？之前她一无所知。现在她第一次对着镜子观察自己的身体，发现自己的乳房不大也不小，挺起来娇艳动人，一点也不可耻。挺起来比隐藏它好看多了。她站在镜子前面，站立，走动，从侧面正面分析自己身体曲线的变化，她无法确定怎样的曲线是最完美的。都怪她没有母亲没有姐妹，没有要好的朋友，得不到任何评判和建议，她不知道什么样的胸部可以得八十分，甚至九十分一百分。她竭力回忆在城里的女浴室里见过的那些时髦女人，她们乳房的大小形状如何，她从来没有留意过，但是她突然想起来，那些女人都是戴乳罩的！疑云散开，她恍然大悟了。为什么她的乳房只有三十分？她没有乳罩嘛。为什么她没有乳罩？她是在向阳船队长大的，船上的姑娘媳妇都不戴乳罩嘛。她在宿舍里焦灼地思考着，灵机一动，打开了冷秋云的抽屉。她拿出冷秋云的三个乳罩，依次戴上试了一遍。她发现了新大陆，三个白色的乳罩大同小异，每一个都轻松地装扮了她的胸部，镜子里的那个身体有了乳罩，便有了夸张的曲线，也有了一丝令人不安的气息，那气息是骚动的、娇媚的，带着一种幽香。尤其是那个海绵衬垫的乳罩，她戴着很满意，给自己打了一个很高的分数，八十五分。

慧仙决定戴乳罩。买乳罩是少女们掩人耳目的秘密，是母亲们的事，慧仙没有母亲，她有好几个干妈，都闹僵了，她们不会管这件事，所以她决定自己去买。她去人民街的百货店买乳罩，脸上带着一种激烈的殉难似的表情。乳罩在油坊镇上不是什么畅销品，营业员把它们堆在货架的角落里，她看不清楚，伏在柜台上一遍遍地使唤人家，拿这个看看，那个也拿来看看！乳罩的品种颜色本来就不多，她一口气选了五六个，女营业员感到很震惊，脱口而出，你买这么多乳罩回去干什么？派什么用场？慧仙坦然地瞪着她反问，你说干什么？当袜子穿脚上，当袖套戴手臂上嘛！

她染上了一个奇怪的毛病，喜欢打量别的姑娘媳妇的胸部，打量过后还悄悄评分，六十分，七十分。幸好别人不知道她嘴里在嘀咕什么。冷秋云和她一间宿舍，首当其害，尽管慧仙的眼神是好奇的，没有恶意，但正统保守的冷秋云还是感到了一种挑衅和侵犯。冷秋云换衣服总是换得慌慌张张，被慧仙盯得发毛了，就捂住自己的胸部大声呵斥她，往哪里看？你是女流氓啊！慧仙捂着嘴哧哧地笑，我又不是男的，女的看女的，怎么是流氓？看一眼怎么的？冷秋云羞恼地说，不是男的，也不准往这地方看，我看你思想不健康，你脑子里到底在想什么鬼名堂？慧仙就拿赵春堂的话回敬过去，什么健康不健康的，你怎么就那么金贵，看一眼都不行？

冷秋云肩上承担了教育慧仙的责任，她有权检查慧仙的私人物品，趁慧仙不在宿舍，背地里打开她的箱子，看见一堆乳罩隐藏在里面，颜色款式都嚣张，散发着令人担忧的性的气息。冷秋云认为那是一个堕落的证据，却又不好意思拿这东西去赵春堂那里告状，就把这事告诉了其他部门的女干部，有女干部为慧仙辩护，这有什么大不了的？她买再多的乳罩，都是穿在衣服里面，别人又看不见。冷秋云鼻孔里哼了一声，说，防微杜渐！你们忘了防微杜渐了！现在别人是看不见，迟早要看见的。你们看吧，她再这么发展下去，不定什么时候就要穿女流氓的超短裙了，不定什么时候，她要出事的！

慧仙借助一堆乳罩告别了懵懂的少女时代，她自己也不知道，为什么一条康庄大道，被她走成了歪歪扭扭的歧路。她还那么年轻，回想起花车游行的日子却已经恍若隔世。废弃的节日花车堆在农具厂的仓库里，五颜六色的装饰物都发黑了，履带失踪，轮子散落一地，宋老师当年亲手摄影的《红灯记》花车组的宣传照还挂在墙上，照片里的革命家庭隐居墙壁，祖孙三代目睹满地旧物，在一片虚无中缅怀着昔日的风光。照片深锁冷宫，招不来观众了，招来的是霉菌灰尘和蜘蛛网，李玉和和李奶奶的面孔早就被尘埃所遮蔽，只剩下李铁梅双腮绯红，瞪着一双亮晶晶的大眼睛，顽强地高举红灯，与蜘蛛周旋，与灰尘抗争。慧仙路过农具厂的仓库，总是要爬到高高的窗台上，透过窗玻璃朝那宣传照张望一眼，她关注着墙上的李铁梅的命运，就像在对比自己的前途一样。有一次她蹲在窗台上哭了，因为她看见宣传画上的自己变成了阴阳脸，半个面孔蒙了一层黑灰，而她手里的那盏红灯的光芒，最终不敌一只小小的蜘蛛，那蜘蛛正在红灯四周放肆地织网。她蹲在窗台上，越哭越伤心，引起了农具厂工人的注意，他们惊讶地问她，你不是那个小铁梅吗，你爬在窗台上面干什么？她没法解释，擦干眼泪，慌慌张张地跳下窗台逃走了。农具厂的仓库让她心酸，其实，那堆东西不看也罢，她心里是清楚的，都结束了，李铁梅永远卸下了妆，她的荣耀来得突然，去得也匆忙，一切都结束了。

她不是李铁梅了，她仅仅是江慧仙了。

3

解决了胸部的问题后，如何拾掇那根垂腰长辫，成了慧仙的心病。慧仙先是把又粗又长的独辫子打散，梳成两根辫子，过了一阵，她嫌拖着两根长辫子土气，又把辫子盘回去，不甘心盘以前老套的圆髻，这次盘成一个高髻，顶在头上，看上去人高了一块，很时髦，也很突兀。她的新发型在综合大楼引起了争议，尽管干部们一致认为那髻子状如马粪，但谁都不能否认，慧仙在摆脱了李铁梅的造型之后，仍然引人注目，她突然焕发的光彩，有点艳俗，有点轻佻，但是属于她自己的光彩了。头顶高髻的慧仙出没在综合大楼里，她的青春鲜嫩欲滴，像一只孔雀，旁若无人地开屏，引起的是一些人的赞叹，一些人的非议，而赵春堂则被那个马粪般的大髻子惹怒了。

赵春堂极其讨厌慧仙的新发型，有一次他在综合大楼的楼梯上发现那堆"马粪"在前面漂浮，一下怒不可遏，操起墙角的一把长杆竹帚，用扫帚杆子去捅慧仙头顶的"马粪"，放下来，把你头上那堆马粪放下来，你在这大楼里臭美什么？慧仙惊叫着躲开了扫帚杆子，站在楼梯上拍心口，给自己压惊。赵春堂顺势把扫帚扔到了慧仙的脚下，他说你不肯穿铁梅的衣服，我没跟你计较，别以为我对你放任自流了，你是李铁梅，不是少奶奶，好好的一条辫子，不准堆得那么高！慧仙对赵春堂惧怕三分，踢走了扫帚，撅着嘴拿下七八个发卡，一点一点地把辫子放下来，放得不甘心，嘴里忍不住埋怨起来，你一个男人家，美不美的你懂什么？我的辫子又不是公共财产，你天天管着我的辫子干什么呀？赵春堂先是一愣，继而冷笑一声，你还讨厌我管你？哪天我不管你了，你不要哭鼻子！

谁都看得出来，赵春堂对慧仙的宠爱已经大打折扣。这也不奇怪，国际国内风云变幻，培养慧仙的计划渐渐地成了一个无头案，赵春堂为她打保护伞的手酸了，要放下了。综合大楼里有慧仙的一张课桌，最初是给她学习用的，桌上曾经堆满了书和作业本，后来作业本先消失了，再后来连一本书也没有了。慧仙在桌子上摆了她的一张照片，抽屉里放了些乱七八糟的东西，镜子、搽脸油、头箍、袜子和草纸，还有好多糖纸。那课桌曾经在四层楼上摆了很长时间，面对赵春堂的办公室，与机要室、档案室、小会议室为邻，可见当时培养她的决心有多大。马粪髻事件后，有一天赵春堂在办公室抽烟，发现烟灰缸没有了，他向女打字员打听烟灰缸的下落，女打字员说，是让慧仙拿去的，她拿烟灰缸装瓜子壳呢。赵春堂看慧仙的桌子上没有烟灰缸，打开课桌抽屉，一抽屉的瓜子壳泻落在他的鞋子上，烟灰缸从瓜子壳里俯冲出来，掉到了地上。赵春堂气得七窍生烟，拿起桌子上慧仙的照片，重重地砸在地上，嘴里大喊起来，后勤科，后勤科快来人，把这桌子搬走，马上给我搬走！

那课桌当场就被人搬到了三层，原来要放到妇联去，但冷秋云说现在不准搬进来，不是要培养她嘛，等她什么时候做了妇联主任，我就让她的桌子进来。结果后勤科的人抬着桌子站在走廊里，不知道怎么办好。恰好这时候慧仙上楼来了，站在楼梯上木然地看着自己的桌子。过了一会儿，她在楼梯上闪开了一条路，对后勤科的人说，你们愣在那里干什么？搬呀，往下搬，我又不怪你们。她没有跟搬桌子的人纠缠，也没有上楼跟赵春堂闹，但是冷秋云从妇联办公室探出头来时，她找到了发泄的目标，冷秋云你探头探脑干什么？毛主席说的，要光明正大，不要搞阴谋诡计！冷秋云也许考虑到和一个女孩子斗嘴影响不好，装作没听见，砰的一声撞上了办公室的门。慧仙做了个轻蔑的鬼脸，对后勤科的人说，以为她那妇联是什么好单位呢，整天管的都是什么闲事，恶心死了！跟她一个宿舍我是没办法，谁要跟她一个办公室？她求我我也不去，你们搬呀，给我往下搬，哪儿热闹搬哪儿，你们后勤科热闹，干脆搬你们那儿去！

慧仙的桌子最后搬到后勤科去了。那是综合大楼最忙乱最不体面的办公室，人来人往，堆满了杂物，所谓的干部专管跑腿打杂的事情，没有什么前途，没前途工作作风就很随便，平时主要是下棋打牌大侃山海经。桌子搬到这么个地方，慧仙倒是有兴趣坐下来了。似乎是她知趣，也似乎是不知趣，她认定后勤科是自己的地盘，很快摆出一副主人的姿态。她很喜欢打扑克，无奈牌艺粗陋，打不好，大家都不带她，让她在旁边观摩，她不肯，占了位置抓了牌就不肯下去，别人只好在她后面垂帘听政，一招一式地教她。偏偏她是自我中心的，对别人的好意指点，一不领情二不虚心，有个什么差错，都埋怨别人。开始大家抹不开面子，都让着她，时间一长就想开了，她不再是小铁梅了，她都从四楼搬到二楼了，宠她爱护她凭的什么呢？于是就都撵她，她一到牌桌边他们就挥手说，走，走，你哪里会打扑克？谁跟你搭伙谁倒霉，给我们做后勤，倒点茶来！

慧仙毕竟是聪明的，她察觉到后勤科那些人不买她的账了，撒娇没用，耍泼没用，为他们倒茶是不可能的，她选择走开，自己一个人去玩扑克。她知趣了，轮到别人不领情，有人把一箱灯泡有意无意地放到慧仙的课桌上，一放放了好几天。慧仙要人把那箱灯泡搬走，没人过来搬，她千仇百恨涌上心头，自己搬起纸箱来重重地砸到地上，一声很脆很尖利的巨响，就像一枚炸弹爆炸。这一响把周围的人都引过来了，七嘴八舌地批评她，说你这个丫头无法无天了，敢故意打碎一箱灯泡，要赔的，很多钱！你这丫头，怎么培养你也没用，天生是船上的野孩子，野惯了，没有规矩的！还有人干脆指着慧仙的鼻子说，你还以为你是小铁梅呢？现在你算老几？这综合大楼里，没你耍泼的地方了。

慧仙受到了群情激愤的围攻，一下傻眼了，她一张嘴吵不过十几张嘴，跑到赵春堂办公室去搬救星，已经迟了。有人先拿着碎灯泡在那里告状，赵春堂虎着脸把她关在门外，说，不准进来，你还有脸跑我这儿来？回去写检讨，写一份深刻的检讨，马上给我交来！

她坐在四楼的楼梯上哭，哭也没用，那份检讨磨磨蹭蹭写了三天，最后还是交出去了，贴在综合大楼门厅的墙上。她每天去食堂吃饭要从门厅那里经过，像罪犯低着个头。对于综合大楼这个忽热忽冷的家，她开始有了一点畏惧，除了一日三餐，终日躲在宿舍里，哪儿也不去了。那几天她尝试过学习，各种书籍都找出来隆重地放在枕边，从《实践论》到《绒线编织法》，可惜一本也看不下去，她就俯在窗台上看外面的风景，看着风景，忍不住地要嗑瓜子，越苦闷越想嗑，她的苦痛，最后依旧化作了窗台上的一大堆瓜子壳。

她开始反思自己的人际关系，与冷秋云为敌，对她很不利，慧仙心里是清楚的。她一厢情愿地要和冷秋云改善关系，在冷秋云的桌上放了南瓜子，床上放了盒饼干，枕头下面塞了一双卡普龙丝袜，可惜这种努力来得太迟了，冷秋云对着那礼物冷笑，拿这东西来收买我？收买我干什么？我不是你的柳爷爷，也不是你的赵叔叔！她拿起瓜子和饼干从窗口扔下来，正好顾癞子在楼下走过，结果南瓜子和饼干全都落在顾癞子身上，顾癞子把瓜子扫到垃圾箱里，把饼干拿走了。

油坊镇是慧仙的天堂，也是她的地狱。好多地方她不屑于去，好多地方她不敢去——好多地方她一去，就被人指指点点的，一去就后悔了。有一天她嗑着瓜子往码头上走，走到驳岸上，看见向阳船队的十一条船正好停泊在岸边卸油料，这一瞬间时光倒流，她鬼使神差地往一号船的跳板上跨。刚跨上去，人还没站稳，孙喜明女人看见了她，啊呀慧仙，慧仙你总算知道回来了！这惊喜的喊声粗声大嗓，反而把慧仙吓了一跳，她一慌把手里的一纸包瓜子扔进河里去了，船民们闻声出来，看见她正歪着身子站在一号船跳板上，扭头看河里漂浮的一堆瓜子。几条船上的呼唤声此起彼伏响起来，慧仙，到我家来！慧仙，上我家的船，来吃饭！孙家的小儿子小福怕慧仙被别人抢去，冲到跳板上来拉慧仙，姐姐快过来，快走过来啊，上我家吃饭！跳板一晃，慧仙惊叫起来，她平衡着身子抬起脸，脸色竟然是煞白煞白的，晕，怎么这么晕呢？她指指自己的额头，朝小福勉强地笑了笑，姐姐头晕呢，我不会走跳板啦，下次再过来看你们。说完她朝孙家人挥挥手，一扭身跑了。

慧仙的回家之旅走了一半就取消了，是她自己取消的，这让向阳船队的船民们感到有点伤心。她不惦记船队，船队的人惦记她；她不关心向阳船队，船民们却四处打听她的前途和未来。她的事情反正也不算什么机密，很快大家就打听清楚了，慧仙在综合大楼失了宠,前途很渺茫,未来很模糊。这结局是谁也没料到的,船民们都想知道她以后会怎样,去问孙喜明。孙喜明果然知道一点内情,他唉声叹气地说,你们有谁听说过人有"挂"命的?慧仙这孩子,就是个"挂"命——小时候"挂"了那么多年,才出息没几天,听说最近又被赵春堂"挂"起来啦。

人民理发店

那一阵子，慧仙天天到人民理发店去。

人民理发店是油坊镇的时尚中心，俊男靓女都去那里，自以为是俊男靓女的，也要去那里。这一批人以理发师老崔为中心形成一个小圈子，理发店的店堂便成了一个公共小沙龙，每天都有人来，不一定来理发，主要来交流服饰发型方面的最新情报，偶尔也要讨论一下文学、电影和戏曲。这个地方的人见多识广，不以成败论英雄，反而有点以貌取人。他们是接受慧仙的，也是欢迎慧仙的。慧仙喜欢理发店的热闹，理发师老崔他们欣赏她的名气和美貌，他们在一起志趣相投——她坐到人民理发店去，像一条鱼回到了水里；理发店接纳她，也像一条河收留一条孤单的鱼，正好是两全其美。

她总算获得了安宁。理发店里镜子多，四处反射出她的倩影，她百无聊赖，一边在镜子里打量自己，一边看理发师给时髦女人们做头发。也许是从别人的发型里发现了自由之光，突然有一天，她决定让自己的头发投奔自由。她坐在椅子上把头上的发卡一个一个地摘掉，拆掉了高髻，对镜端详了半天，最后抓着自己的长辫子走到理发师老崔面前，老崔，把我的辫子剪了，我烦了，再也不想要这根辫子了。

老崔哪里敢剪这条辫子？他不肯剪，慧仙自己去抓剪子，对着镜子要动手，老崔大叫道，别动，李铁梅的辫子呀，那么好的辫子怎么舍得剪？剪子下去，你就不是李铁梅啦。慧仙尖利地嚷嚷着，我烦死了这根辫子，我烦死李铁梅了！她怒目圆睁跟老崔抢一把剪子，那眼神和动作都是破坏性的，老崔有点害怕，他说小铁梅你的辫子是公共财产呢，要剪，一定要请示赵春堂。慧仙跺脚道，不准再叫我小铁梅，我不是小铁梅，是江慧仙！我的辫子归我管，爱剪就剪，你去请示赵春堂，我就自己剪！

最终还是老崔屈服了。辫子要剪，剪什么也是个大问题。他和慧仙探讨了一番大地方流行的几种发型，决定开风气之先，为慧仙做一个《杜鹃山》里女英雄柯湘的发型，也就是时尚圈子里谈论的"柯湘头"。也许是出于压力，剪辫子的时候老崔的剪刀抖得厉害，自己不敢下手，让小陈过来干这粗活。小陈年轻，有点没心没肺的，嘴里一声咔嚓，抓过辫子就是一剪刀，那条粗黑的长辫子坠落在地上，竟然发出了闷闷的回响，慧仙尖叫了一声。老崔以为小陈剪到了她耳朵，问她怎么回事，慧仙白着脸摇头，没怎么，就是头上突然轻了，空空的不习惯。老崔看她用眼睛瞟着地上那条辫子，提醒她说，现在后悔也来不及了，你自己不听劝，辫子剪了接不回去的。慧仙说，谁后悔？老崔你门缝里看人呢，我做事从来不后悔。她侧脸盯着地上的那条长辫子，看上去嘴角是笑着的，眼睛里却闪出了一丝泪光，她说，你们看，这辫子还会爬呢，像不像一条蛇？理发店里鸦雀无声，大家瞪着地上的辫子，没有人发现那辫子有爬行的功能，也没有人认为那辫子像一条蛇，只有一个女顾客想到了辫子与钱的关系，慧仙，你快把辫子收起来，可以卖给收购站的，这么好一条辫子，起码七八两重，值很多钱呀。

谁稀罕，卖给收购站的东西，能值钱吗？她冷笑一声转过头去，义无反顾地看着镜子，对老崔说，还磨蹭什么，来，来做"柯湘头"呀！

李铁梅变柯湘，变的是发型，这事在油坊镇上并没有引起轰动。慧仙长大了，失去轰动效应了。她留着"柯湘头"在理发店一坐坐了大半年。早晨离开综合大楼，晚上回到大楼里的宿舍。就像上下班一样，赵春堂不管她，她也主动割断了与综合大楼纠缠不清的关系。理发店里的人都说她把综合大楼当了旅馆。但是那旅馆终究也出了问题，有一天冷秋云私自换了宿舍的门锁，她回去开不了门，就把门砸开，跟冷秋云大吵了一场。第二天再回宿舍，门锁又换了，纠纷也升级了，慧仙看见她的箱子铺盖被扔到走廊上，那盏铁皮做的红灯放在箱子盖上。她在走廊上大叫大嚷起来，冷秋云不知躲到哪里去了，高挂免战牌，旁边宿舍的人出来劝她不要冲动，说冷秋云也有难处，她丈夫要来探亲了，你住里面，他们夫妻不方便的。慧仙说，她不方便，我还不方便呢，这是我们两个人的宿舍，一人一半，我不同意，她丈夫就不能住进来！人家说你不同意有什么用，这是集体宿舍，书记同意了，你就得让宿舍，冷秋云问过赵春堂了，让你住到三楼小会议室去呢。慧仙惊叫起来，把我当什么了？桌子椅子才住会议室，我不是桌子，也不是椅子，我不住会议室！

慧仙气白了脸，一件件查看走廊上的东西，越看越气，一跺脚嘴里便骂起了脏话，冷秋云，你这个茄子货，敲，敲死你，看我敲不死你个茄子货！旁边的干部知道"茄子货"的意思，更知道"敲"的意思，那都是向阳船队骂人的脏话。他们先是目瞪口呆，很快反应过来，群情激愤地对她进行了围剿，小铁梅你该死呀，组织上白教育你了，白培养你了？怎么一下子就堕落成这个样子？同志之间有矛盾，再怎么也不能像船上的泼妇那样满嘴脏话呀！慧仙意识到自己犯了众怒，你们为什么都帮她说话？她活该挨骂，人不犯我我不犯人，人若犯我我必犯人，毛主席说的！她竟然引用毛主席语录为自己辩解，旁边的干部们都又好气又好笑，有个女干部尖刻地说，你们听听，谁说她不爱学习？她也学的，都学到歪门邪道上去了。

她提着那盏红灯去四楼找赵春堂。赵春堂一向知道她和冷秋云的纠纷——以前有纠纷，大多是慧仙的错，他袒护慧仙，站在慧仙一边，这次明明是冷秋云扔她的东西，赵春堂却怪罪了慧仙。她人还没进赵春堂的办公室，就听见赵春堂先发制人的声音，你是什么资产阶级的娇小姐？啊？你还有脸来告状？人家夫妻团聚，你怎么就不能在会议室将就几天？

慧仙提着红灯站在门口，不识时务地嚷嚷，你偏心，我好欺负呀？凭什么我要住会议室，为什么他们不去住会议室？

他们一个是军人，一个是军属，组织规定要优先照顾，你是什么？我照顾你照顾得还不够？赵春堂斜睨着慧仙手里的红灯，掩饰不住鄙夷的口气，你还提着那盏红灯干什么？看看你现在的

人民理发店　237

样子，还有资格举红灯吗？自己去拿个镜子照一照，你身上现在还有没有一点李铁梅的影子！

慧仙提起手里的红灯看了看，放下来，拿红灯轻轻撞着自己的腿，我为什么非要像李铁梅？我不是李铁梅，难道就不能住宿舍了吗？

赵春堂说，你不是李铁梅，就什么都不是。什么都不是，就给我靠边站一下，请你照顾一下军属，住会议室去。

靠边站就靠边站，靠边站也不照顾她！她今天扔我的箱子，我明天去扔她的被子！

你敢去扔她的被子，我就把你人扔了，扔回向阳船队去，你信不信？赵春堂拍拍桌子，嫌厌地逼视着慧仙，向阳船队去不去？啊？不愿意回船上去了？不愿意，就听我的安排，住到会议室去。

为什么非要让我住会议室？还有三间女宿舍呢，我都愿意住的。

你愿意，人家不愿意！赵春堂说，你以为自己群众关系很好吗？你早不是当年的小铁梅了，现在谁还喜欢你？一共四间女宿舍，我都问过了，没一间欢迎你！

她们不欢迎我，我还不待见她们呢。慧仙悻悻地说，反正我不住会议室，我一个女孩子家，住那儿不安全，也不方便。

什么叫不安全？什么叫不方便？你是娇气，任性，麻烦多！赵春堂不耐烦了，他转头朝窗外的街道扫了一眼，眼睛里突然闪过一道决绝的寒光，别跟我闹了，你干脆从综合大楼搬出去，住人民理发店去，你不是天天泡在理发店吗？你不是最喜欢研究资产阶级生活方式吗？干脆住那儿，那儿对你最安全，也最方便！

慧仙愣住了，她没有料到赵春堂会这么逼她。这种逼迫先是让她震惊，很快震惊转变成了愤怒，她的嘴唇颤抖起来，把红灯往地上一扔，去就去，我要写信告诉地区的领导，你是怎样培养我的！等什么时候柳部长问起我来，你别后悔！

赵春堂这时候冷笑起来，小姑娘也学会耍政治手段了，拿柳部长压我呢？过来，给你看一样东西。他从桌上拿起一份报纸，打开了对准慧仙，来，来看看，你不看报不学习，什么都不知道，你的柳爷爷前几天心肌梗塞，去马克思那儿报到啦。

慧仙走过去便看见了报纸下端的讣告，一个熟悉的银发老人，以前在餐桌上慈祥地注视她，在舞台的后台慈祥地注视她，现在他变成一小块黑白照片，躲在报纸上看着她，目光里仍然充满了慈爱和温情。

柳爷爷你别死，别死！她大叫一声，人一下蹲在地上，捂着脸哭起来了。

那天傍晚她提着箱子和一盏红灯走进人民理发店，还是泪痕满面的，一进去，自作主张地把"停止营业"的牌子挂到了玻璃门上。幸亏临近打烊时间，理发店的顾客都已散去，没人看见慧仙狼狈的模样。老崔看看她的泪脸，看看她的行李，吓了一跳，摆手说搬不得搬不得，你跟干部怎么闹都行，我们不敢掺和，千万别往我们理发店搬家，你好好的一个小铁梅住在理发店，算怎么回事呢？

慧仙打了老崔一下，嘴里叫起来，不准你叫我小铁梅，你偏叫！现在我是江慧仙，是野狗，是野猫，就配住理发店了。

老崔说，慧仙你千万不能使性子，你把行李往哪儿搬都行，就是不能搬出综合大楼，你跟冷秋云处不来，就换一间宿舍好了，那么大一幢综合大楼，还怕腾不出一间宿舍？

谁稀罕住那综合大楼？我跟谁都处不来，那楼里一窝豺狼，没一个好人！慧仙看老崔和小陈态度消极，突然意识到什么，嘴里便嚷嚷起来，老崔，小陈，连你们也不欢迎我吗？我把你们当朋友，我在岸上就你们两个好朋友，难道我又瞎了眼睛？

不是我们不欢迎你，是不敢欢迎！老崔急了，一急说话就不顾情面了，江慧仙，你使性子也要看个天时地利，做人谁不受点气？你这么任性，这样破罐子破摔，自作孽不可饶啊，这样下去你的前途就毁了，前途，前途！前途你到底懂不懂？

老崔这一句话把慧仙问哭了，她抬脚踩住箱子，先是仰着脸哭，然后又闷着头哭，她一边抹眼泪一边朝老崔嚷嚷，前途，前途，前途个屁呀！柳部长死了，何爷爷调走了，赵春堂跟我翻脸了，我一个关系也没了，再也没有人培养我了，我还有什么前途！

理发师们最终拗不过慧仙，临时安排慧仙住在后面的小锅炉屋里，这也是螺蛳壳里做道场，好在天气冷，靠着锅炉还可以取暖。老崔招呼小陈把两张顾客坐的长椅拼起来，做了一张床，朋友毕竟是朋友，两个理发师努力把锅炉间改造成慧仙的临时宿舍，一边忙碌一边耳语，反正是临时的，让她凑合几天，我们也凑合几天，她毕竟是赵春堂的一张牌，赵春堂不会不管她的。

他们在锅炉边整理床铺，慧仙从店堂里进来了，抱着几件白大褂，要把白大褂挂在窗子上。老崔叫道，你把白大褂做窗帘，我们明天穿什么剃头？慧仙回头不满地瞪着老崔，说，你的工作服重要还是我的名誉重要？睡觉不挂窗帘怎么行？你们不知道这镇上情况很复杂？有人表面上假正经，暗地里不干正经事，喜欢偷看我的！

也不知道她在说谁，老崔他们没有心思多问。理发店接收慧仙，毕竟是权宜之计——这姑娘的离奇身世，油坊镇人人都听说过，她像一只神秘的包裹，不时地更换寄存处，现在不过是寄存到理发店来了，老崔他们认为一切都是临时的。过了好几天，只见慧仙出去，不见综合大楼来人，老崔才知道情况不妙。他差遣小陈去综合大楼打听情况，小陈去大楼里转了几个办公室，回来向老崔汇报说，打听不到什么消息，谁也没兴致谈慧仙的事嘛，那楼里，好像没人管她的事了。

大约是在四天以后，赵春堂来到了人民理发店。他一来，理发店里的人一下都站起来了，唯有慧仙坐在长椅上一动不动，只用眼角的余光瞄了瞄赵春堂。老崔不知道他此行是来理发，还是来挽救慧仙的，看赵春堂往转椅上一坐，赶紧拿着梳子剪子过去，赵书记是来理发，还是来找慧仙的？赵春堂摆摆手说，什么都不是，你先帮我把头发修一修。老崔莫名地感到心惊，小心翼翼修着赵春堂的头发，侧脸对慧仙使眼色，要慧仙趁机过来搭讪几句。慧仙一扭头，装作没看见，拿了把指甲刀沙沙地锉她的手指甲。老崔放下梳子又去拿剃刀，赵书记要不要刮刮胡子？赵春堂没表态，这次慧仙胆大包天，竟然在那边说起怪话来了，喊，赵书记又没胡子，刮什么胡子？老崔感觉到赵春堂的身体动了动，他慌了，差点去按住赵春堂，但赵春堂只是欠起身子朝店堂里的人看了看，群众能不能先暂时回避一下？老崔和慧仙留下，我们谈点工作，几分钟就好。

几个顾客不情愿，但最后都跟着理发师小陈出去了，他们头发剃得不三不四的，身上还围着罩布，站在门外探讨，那么三个人在一起，牛头不对马嘴的，他们会谈什么样的工作？也就过了几分钟，老崔来开门了，是给赵春堂开门，赵春堂带着一股凤凰牌润发油的香味走出理发店，表情有点轻松，又有点悲伤。顾客们目送赵春堂的背影离去，拥进了店堂，看见那慧仙涨红了脸高举着一把梳子和一把推剪，左手的梳子不停敲击右手的推剪，啪啪啪，啪啪啪。她嘴里一迭声地叫喊，谁要剃头，谁要我剃头？给点面子，我给你们来剃头！

他们听出慧仙的声音歇斯底里的，外面的人不知里面谈话的内容，也就不知道慧仙为什么一下如此冲动。老崔过来抢夺下慧仙手里的东西，把她推进锅炉间去，慧仙你冷静一点，注意影响！他大喊一声撞上门，把她反锁在里面了。店堂里的人都七嘴八舌地向老崔打听，你们开的什么会？慧仙到底出什么事了？老崔不愿意多嘴，只是一声声地嘟哝，这算什么任命？什么组织决定呀，理发店这堆事，也就是剪洗刮吹那一套，有什么好培养的？有什么好锻炼的？培养好了锻炼好了，能进中南海给中央领导剃头去?

老崔不肯把话说清楚。是慧仙自己在锅炉间里大喊大叫,老崔啊,小陈啊,从明天开始,我们三个人就是一条战壕里的战友啦!理发师小陈不相信自己的耳朵,瞪着老崔说,开玩笑?让她来我们店里了?她再怎么失宠,也不至于这么安排她吧!老崔说,你瞪着我干什么?这么大的事情,谁有心思开玩笑?赵春堂一亮底牌,我也不相信自己的耳朵呀,谁想得到这小铁梅风光一场,最后成了个女剃头的!

关于慧仙的消息总是跑得比马还快。第二天向阳船队的人都听说了,慧仙下放到人民理发店,做了个女剃头的!之前各家的船上都还在猜测慧仙的去向呢,猜什么地方的都有,县城地区甚至省城,猜什么职业的都有,广播站宣传队妇联团委甚至县委领导班子,船民们都往好地方猜,往高处猜,谁会猜到人民理发店去呢?慧仙,慧仙,向阳船队的骄傲,从此以后,她骄傲的身影将站在人民理发店的玻璃橱窗后面,继续接受大众的检阅;从此以后,她骄傲的双手将回报油坊镇人民,回报养育她的向阳船队。慧仙,慧仙,我秘密的向日葵,从此以后,她要为人民服务了,她要为大家刮胡剃须剪头发啦。

那一年,慧仙刚满十九岁。

理发

河上十三年，最后一年我的心留在了岸上。

我到人民理发店去，走到门边，看见理发店的两侧墙壁被打穿了，改造成两个玻璃橱窗。左边的一个摆放了三个塑料头模，都代表女人，分别披挂着波浪形的假发，三块小牌子，标示很清楚：长波浪，中波浪，短波浪。我搞不清楚，又不是金雀河的河水，又没有大风，为什么女人们都要把头发搞成各种波浪？我去看右边的橱窗，看见里面张贴了好多画报上撕下来的剧照，画质模糊，很多来历不明的城市女郎顶着各种新奇古怪的头发，在橱窗里争奇斗妍。有一张照片却是特别清晰熟悉的，那是慧仙自己，她举贤不避亲，把自己也陈列在里面了。照片上的慧仙侧着身子，明眸闪亮，注视着侧前方，她的头上顶着一堆古怪的发卷，像是顶着一堆油炸麻花。

我研究着她新奇的头发，没有觉得那发型好看，也没觉得丑陋，脑子里想起我在工作手册上抄下的格言：向日葵的脑袋偏离了太阳，花盘就低垂下来，没有未来了。我知道慧仙这朵向日葵已经偏离了太阳。她离开综合大楼，让我觉得亲近，可是这不代表我有了亲近她的机会——她做了女理发师，仍然有人对她众星捧月，镇上那个时尚小圈子的人有机会亲近她，理发店的老崔和小陈天天和她一起吃饭一起工作，好多垂涎女色的大胆之徒没有机会创造机会去亲近她，我既没有那样的无耻，也没有那样的胆量，如果不剃头，我怎么也不敢走进理发店去。

我的头发不长，我的头发长得很慢，这是我的一个大烦恼。我坐在人民理发店的斜对面，坐在一家弹棉花的作坊门口。我必须坐着，把旅行包放在脚边，这是代表我在歇脚，坐得光明磊落。作坊里的工人弹棉花弹得很卖力，嘣，嘣，嘣，钢丝弦弹击棉花的噪音有点像我的心跳。我不能在理发店门口徘徊，徘徊容易引起注意，我更不能趴在理发店的玻璃门上向里面张望，白痴才做那样的傻事。我必须坐在斜对面，我坐着，看见人们从玻璃门里进进出出的，无论是熟人还是陌生人，我对他们都有一种本能的妒意。治安小组的王小改来得很勤，看得出来，他对慧仙心怀鬼胎，可是小改就有这样的本事，明明心怀鬼胎，却能一本正经地走进去，谈笑风生地走出来。船队的船民中，数德盛女人最爱跑理发店。德盛女人爱美，德盛又宠她，别人都省钱，去街头摊子上剪头，她舍得花钱，要赶潮流，偏偏又与慧仙亲密，坐到理发店，既要和慧仙说话，又要做头发，还要东张西望观察镇上时髦女人的打扮，她一心三用，一时半会儿是不会走的。德盛女人一来，我就只好钻进棉花作坊去，去看工人弹棉花。德盛女人什么都好，就是爱管闲事不好，如果她问我怎么天天坐在这个地方歇脚，我怎么回答好呢？

我坐在那里，心里怀着秘密，身体有时候发热，有时候却又冷又僵。理发店是公共场所，为什么我不能像别人一样大大方方地进出理发店呢？其实我自己也说不清楚。为了慧仙，我坐在那里，比所有人想象的更温柔，也比所有人想象的更阴冷。我被父亲监督了十三年，只有在岸上，我才能彻底摆脱父亲雷达般严酷而灵敏的目光，这是我最自由的时光，我却利用这宝贵的时光来监督慧仙——不，也许不是监督，是守护——也许不是守护，是监视。无论是守护还是监视，那都不是我的权利，我只是莫名其妙地养成了这个习惯。

进出理发店的男人很多，谁心里有鬼，我都看得出来。我心里有鬼吗？也许有。也许我心里有鬼。每次上岸我都穿上两条内裤，防止不合时宜的勃起，害怕勃起，证明我心里有鬼，两条内裤就是罪证。我心里有鬼，这使我胆怯，也使我紧张不安。透过人民理发店的玻璃窗，有时候能侥幸看见慧仙的身影固定在转椅边，更多的时候，她白色的身影是在晃动的。我离慧仙很近，也很远，那距离恰好在诱惑我想象慧仙。这是我最害怕的事，也是我最享受的事。隔着几米远的距离我想象慧仙，想象她和店堂里每一个人的谈话，想象她一颦一笑的起因，想象她为什么对张三亲热对李四冷淡。她保持静止，我想象她的内心，她偶尔走动，我想象她的腿和臀部的曲线，她的推子剪子在别人头上反复耕作，我想象她的手指如何灵巧地运动。我不允许自己想象她的身体，可有时候我控制不了自己，我把想象范围局限在她的脖颈以上膝盖以下，一旦越过界线，我会强迫自己去看路边的垃圾箱，不知什么人在垃圾箱上写了两个字：空屁。我怀疑那是对我发出的警告，对于我来说那是一种灵验的秘方，我对着垃圾箱连续念叨三遍，空屁空屁空屁，我性腺内的温度就降下来了，那种令人难堪的冲动便神奇地消失了。

五月里春暖花开，油坊镇上街边墙脚的月季花鸡冠花晚饭花都开了，人民理发店店堂门口的向日葵也开花了。我从店堂门口走过去，那硕大的金黄色花朵竟然在我的腿上撞了一下，就是那么轻轻一撞，让我想起了多少往事，是一朵向日葵在撞我。不是暗示就是邀请，我怎么能无动于衷？勇气突然从天而降，我提着旅行包推开了那扇玻璃门，走进去了。

店堂里坐满了人。我进去的时候并没有谁注意我。几个男理发师都在忙，没人招呼我，慧仙背对着门，正在给一个女顾客洗头。她的脸倒映在镜子里，我的目光在镜子里与她不期而遇，她的眼睛一亮，只是一瞬间，又暗淡下去，身子侧过来一点，似乎要仔细看看我，又放弃了，慢慢地扭回去。她也许认出了我，也许错认了我。我不知道她是怎么回事。我注意到店堂里有一个报架，一份几天前的《人民日报》被翻阅得皱巴巴的，精疲力竭地从架子上垂下来，我立刻决定利用这份报纸做我的掩体。我坐在角落里，一直在调整我的脑袋与报纸的距离和落差，怎么调整也不稳妥。一定是我心虚的原因，我总觉得慧仙在镜子里看我，我越是想表现得坦荡，就越是坐立不安。其实我不知如何与慧仙相处，过去不懂，现在还是不懂。我甚至不知道怎样跟她打招呼——以前在船队的时候，我从来不叫她的名字，也不敢叫她向日葵，我叫她"喂"，我一叫"喂"，她就过来了，知道我有零食给她吃。现在她变了，我也变了，更不知道该怎么和她说话了。

我想来想去，还是决定听天由命——如果慧仙先跟我说话，算我走运；如果她不愿意搭理我，也没什么大不了的，说到底，我不是来跟她说话套近乎的，我是来监督她的。

女人饶舌，到理发店里来做头发的时尚女人更饶舌。她们对慧仙的手艺好奇，对她一落千丈的现状更好奇。慧仙的打扮乍看像个医生，穿白大褂，戴一副医用橡胶手套，她倒提起女治安队员腊梅花的一把头发，搓羊毛似的搓她的头发。腊梅花的脑袋埋在水盆上，满头肥皂沫子，嘴不肯闲着，东一句西一句地盘问慧仙，你不是要去省里学习的嘛？大名鼎鼎的小铁梅呀，怎么到理发店来干这行？慧仙应付这样的问题，显然已经很老练了，她说，还小铁梅呢，早就是老铁梅了，理发店怎么啦，低人一等？到哪儿不都是为人民服务嘛。腊梅花摆出一副见多识广的样子，鼻孔里哼了一声，你们这些吃文艺饭的，嘴里就是没一句真话。我可是了解你们这些人的，整天跳啊唱啊化妆啊卸妆啊，你们是种过一株稻子还是造过一颗螺帽？什么为人民服务？是人民为你们服务！慧仙说，你这话说别人去，跟我没关系，我早不吃文艺饭了。现在是我给你洗头吧？是你坐着我站着吧？你自己说，我们谁在为谁服务？腊梅花一时语塞，过了一会儿突然抬起头，眼睛里闪闪烁烁地瞥一眼慧仙，小铁梅你别唱高调了，你不会甘心为我们这些人服务的，我知道你为什么在理发店啦，一定是在锻炼你的技术，要派你去给高级领导剃头理发吧？慧仙说，你还真能瞎编呢，高级领导我也不是没见过，人家有炊事员，有警卫员，还有秘书，没听说有女理发师的。腊梅花的鼻孔里又哼哼了一下,说,别以为你见过世面,你还嫩着呢,我告诉你一句话,女人靠自己的劳动吃饭,只能喝稀饭,女人凭姿色吃饭,凭靠山吃饭,才能吃香的喝辣的!慧仙说,说得对呀,我没有姿色,也没有靠山,只能为你服务了。腊梅花嘴里啧啧地响了几下,思考着什么,突然说,也奇怪了,听说你有好多靠山的呀,镇上有赵春堂,县里有何书记,地区还有个柳部长,那么多靠山,怎么一下都不管你了呢?慧仙恼了,冷冷地说,你是来做头发还是来造谣呢,什么靠山靠水的?我连爹妈都没有,哪来的靠山?你们稀罕靠山,我不稀罕!腊梅花被抢白了一通,嘴巴安静了,脑子没停,过了一会儿她终于还是没管住自己的舌头,小铁梅呀,我知道你为什么在这里了,是"挂"基层吧?"挂"半年?一年两年?我劝你跟领导要个期限,听我这句话,再年轻的女孩子,也有人老珠黄的一天,老了丑了,就没有前途啦!这下慧仙不耐烦了,我看见她面露怒容双目含恨,两只手在腊梅花的头发上粗暴地揉了几下,随手从架子上抽了块毛巾,拍在腊梅花的头上,嘴里说,"挂"多久是多久,"挂"一辈子也不怕,要你操什么心?我从小就被"挂"惯了,不怕"挂"!

也不知道为什么,这时我的脑袋再也藏不住了,我收起报纸,忍不住朝腊梅花恶狠狠地瞪了一眼,茄子货,不说话会憋死你!我这么小声地嘀咕了一句,被骂的没听见,理发师小陈听见了我的声音,回头盯着我说,你骂谁茄子货呢,你要憋死谁?人家妇女拌嘴,你个大小伙子多什么嘴?

我一慌,连忙矢口否认道,我什么都没说,我在看报纸。

小陈说，你会凑热闹呢，这么多人在店堂里，你还挤进来看报纸？这儿是理发店，又不是公共阅报栏。

小陈说话嗓门大，他嗓门一大我更慌乱，一乱就前言不搭后语了，我不是来看报纸的。我说，谁不知道这儿是理发店？我是来剃头的。

你到底是来看报还是剃头？小陈说，我看你不是来看报纸的，也不是来剃头的，你鬼鬼祟祟的像个美蒋特务，你什么人，是从哪儿来的？

这么一来，理发店里的人都注意到我了。我看见慧仙的目光投过来，余怒未消，懒懒的，很散漫的，突然双眸一亮，她似乎认出了我，用一把梳子指着我说，是你呀，你是那个——那个什么亮嘛。

她对我莞尔一笑，惊喜的表情中夹杂着困惑。我看着她绞尽脑汁回忆我名字的样子，心里沮丧极了，怎么也没想到，她竟然记不起我的名字了，不管是库东亮，还是东亮哥哥，哪怕是我的绰号空屁，她至少应该说出来一个吧？她的兰花手指朝我翘了半天，终于放下来了，脸上流露出歉意来，看我这什么烂记性，我明明记得的，怎么说忘就忘了？什么亮？你是向阳船队七号船的？我记得的，你们家船舱里有一张沙发！你别那么怪里怪气地看着我嘛，不过是一时想不起你的名字来了。她一定是注意到了我失望的表情，内疚地笑着，转身环顾店堂里的人，他叫什么？你们谁快提醒我一下呀，说一个字就行，我肯定能记起来的。

店堂里有个穿花格子衬衫的青年，是码头上开吊机的小钱，他认识我,一直在那边怪笑,这时捏着嗓子说了一个字——空。

什么空,你少捣乱,哪儿有姓空的?慧仙说,他姓空,你姓满啊?

小钱说,你不是说只要一个字吗?我就知道他绰号,叫空屁嘛。

慧仙啊呀一声恍然大悟,不知是出于羞愧,还是出于敏感,我注意到她的脸颊上风云变幻,升起了两朵红晕,她卷起白围兜对着我肩膀打了一下,然后用白围兜蒙住脸痴痴地笑,看我这烂记性,你不是库东亮嘛,小时候我吃了你不少零食呢。说时迟那时快,我听见耳边刷的一声,一阵轻风袭来,带着光荣牌肥皂的清香,她已经把白围兜对准我抖开了,用一种命令般的口吻说,库东亮,来,我来给你剃头!

我本能地抱住了头,头发不长,今天不剃,我马上就回船上去了。

你怕我剃不好?我现在技术很好,不信你问他们。她的手朝店堂里潦草地一指,眼睛审视着我的头发,嘴里咿咿呀呀叫起来,你梳头用梳子还是用扫帚呀?这算什么头发,是个鸟窝嘛,留着它干什么,下蛋呀?来,剃了!

她挥动白围兜,啪啪地清扫着转椅上的碎发,坐上去,客气什么?快坐上去呀。我左右为难,看见她对准转椅踢了一脚,转椅自动转了一圈,转出了风,风把她的白色大褂吹开了,我看见她里面穿的是一条齐膝的蓝裙子,裙子也扬起来了,露出了她的两个膝盖。膝盖,膝盖,两个馒头般可爱的膝盖,两个新鲜水果

理发　251

一样诱人的膝盖。一瞬间时光倒流。我条件反射，赶紧低下了头。我低下了头，耳边依然响起一声严厉的警告，小心，给我小心。好像是我父亲的声音，也好像是我自己的声音。我低着头，眼睛不知该往哪里看。目光是危险的，目光最容易泄露天机，每当这种危险降临的时候，我就提醒自己，脖颈以上，膝盖以下。可是我不敢看她的脖颈以上，也不敢看她的膝盖以下，我只能往店堂的水泥地上看。这样，我看见了地上一堆堆黑色的长长短短的碎发，慧仙的脚正踩在一堆碎发上，就像踩着一座不洁的黑色小岛，她穿一双白色的半高跟皮鞋，肉色的卡普龙丝袜，一缕黑头发不知是男客还是女客的，正悄悄地伏在她的丝袜上。

你怎么啦？看你失魂落魄的，是刚偷过东西，还是刚杀过人？她狐疑地盯着我的脸，一边跟我打趣，几年不见了，你怎么还是怪里怪气的？不剃头，你跑理发店干什么？

我被她问得哑口无言。她不过是要给我剃个头而已，我为什么这么害怕呢？我到底在怕什么？我觉得自己心里有鬼，心里有鬼嘴里就支支吾吾起来，今天剃头来不及了，我爹身体不好，得回去给他做饭了。

她哦了一声，大概想起了我父亲和他著名的下半身故事，突然想笑，不好意思笑，赶紧捂住嘴，巧妙地打了个岔，我干爹我干妈怎么样？我让德盛婶婶捎了好几次口信了，让他们来理发，他们就是不肯来，是对我有意见吧？

她有时候无情有时候有义，全凭心血来潮，我知道这是问候孙喜明夫妇了，就替他们打圆场，他们对你哪来的什么意见？是嫌你们这儿理发贵,他们节约惯了,舍不得钱吧。

贵什么?人民的理发店,能贵到哪儿去?回去告诉他们,他们一家来,洗剪吹烫,我都给他们免费,我现在就是为人民服务的。

我嘴里应承着,到角落里去拿我的旅行包。店堂里的人都好奇地瞪着我,每个人的表情看上去不一样,但都若有所思。这里的人明显是有门第观念的,慧仙对我的热络引起了几个人的反感,他们觉得我不配,尤其是花格子衬衫小钱,他坐在椅子上,一只脚挑衅地伸出来踢我的旅行包,空屁,你的包里到底藏了什么鬼东西?每次上岸都带着个包,鬼鬼祟祟的,我要是治安小组,一定要好好查一查你的包。我打开了旅行包的拉链,针锋相对地瞪着他,你要不要查我的包?我让你查,看你敢不敢查?小钱朝我包里扫了一眼,没来得及说什么,旁边的理发师小陈粗鲁地推起我肩膀,走吧走吧,都别在这里耍威风,以后不剃头的禁止进来,我们这儿是理发店,不是公园。

那小陈对待我的态度最恶劣,看在他是慧仙同事的份上,我不便发作。我拿起旅行包走到门口,慧仙跟过来为她的朋友们开脱,她说,别怪他们反感你,我们这里的人,都很时髦的,你看看你这行头,土八路进村,一个大小伙子上岸,也不知道拾掇一下自己。她拍着我的旅行包,手在包上东捏一下西捏一下。这个动作我熟悉,长这么大了,她居然还改不掉这个习惯,喜欢捏别人的包。我的包里装满了坛坛罐罐,她摸得出来,不感兴趣,手缩回去伸进自己的白大褂口袋,摸出一颗泡泡糖,举高了,郑重其事地交给我，你替我带给小福，我上次在街上碰到他，他跟我要泡泡糖吹呢，我答应送他一颗，说话一定要算话。

我刚把泡泡糖扔进包里，又听见她问，樱桃呢，她怎么样了，要嫁人了吧？

樱桃是她的冤家，我的名字她记不住，冤家的名字她倒不忘记。我有点生气了，你还惦着她？我不知道她的事，她嫁不嫁人，不关我什么事。

随便问问的，你紧张什么呀？她俏皮地指了指我鼻子，我又不给你们说媒，我让你给她捎话呢。看起来她与樱桃的嫌隙还在，我等着她捎的话，她斟酌了一下说，回去替我转告樱桃，让她别在背后说我闲话了，我现在什么也不是，一个女剃头的，没什么值得她嫉妒了，还说我什么闲话？

我走出理发店时心情复杂，这次相遇，我不知道是幸运还是不幸。她对我的态度比想象中的热情，那热情坦坦荡荡的，让我感到三分温暖，却有七分不满。她为什么会忘了我的名字？她问这问那，为什么不问问我的情况？我站在街上，回头瞥见那只垃圾箱上的涂鸦，忽然感到一种深深的哀伤。空屁。我在她的眼里是空屁？空屁。我对她的思念是空屁？我思念慧仙思念了这么多年，记了这么多文字，吃了这么多苦，那一切都是空屁？

河上十三年，最后一年我频频上岸到油坊镇去。

我不知道着了什么魔，旅行包里明明装着父亲的信，必须尽早投进邮筒，可是经过邮局时我的腿迈向了人民理发店的方向。船上的柴米油盐都是我负责采购，可是路过菜市场的时候我总是安慰自己，不急不急，排队的人这么多，等会儿再来没关系。我急着到人民理发店去。我的魂丢在人民理发店了。也许是为了让慧仙记住我，也许是为了强迫自己遗忘慧仙，我怀着一半爱意一半仇恨，枯坐在理发店的店堂里，一坐就是半天。我强行闯入那个时尚的小沙龙，有时候我像一个哑巴沉默不语，只观察不说话，有时候我像一个盲人，坐在角落里闭着眼睛晒太阳，只倾听不抬眼。我的行为酷似侵略者的行为，起初是几个理发师想方设法驱逐我，我自岿然不动，后来连慧仙也讨厌我了，她讨厌我自己不好意思说，竟然绕个圈子让德盛女人来转告。

有一天德盛女人悄悄地把我喊到船尾，她站在八号船船头凝视着我，目光很古怪，你今天又去理发店了？我说，我又不是反革命，行动自由，我去理发店犯法吗？她冷笑一声说，不犯法，犯恶心，慧仙说你去监视她呢！然后德盛女人就劈头盖脸谴责起我来，东亮，你究竟在动什么糊涂心思？慧仙是你什么人？你是她什么人？大老远的，你凭什么跑去监视她？你再这样监视她，我告诉你爹去！

监视。 德盛女人一语道破天机。尽管嘴上不认账，我心里承认，她们没有冤枉我，我是开始监视慧仙了。河上十三年，最后一年我成了慧仙的监视者。

一天

1

不知道德盛女人是否向我父亲打过小报告，也不知道父亲从船民们嘴里听到了什么闲话，有一天我上岸前突然被父亲叫住了，他手里拿了一张纸说，东亮，我给你制定了上岸日程表，你好好看看，从今天起，你每次上岸都要按照日程表上的规定，不准延时，不准到岸上干不三不四的事情！

我接过纸一看，果然是一张上岸日程表的表格，内容大致如下：上岸时间总计两小时，购置船上生活用品限制在四十分钟之内，洗澡理发上厕所不得超过三十分钟，去邮局寄信去医院配药之类杂事二十分钟，剩余时间用于步行或机动。我拿着日程表心里就凉了，对父亲嚷道，我不是犯人，犯人放风才规定放风时间呢！父亲说，我再不严加管教，你离监牢也不远了。别以为我在船上什么都不知道，告诉你，你在油坊镇上放一个屁，我都听得见！

我心里有鬼，只好忍气吞声。上岸之前我先拾掇旅行包，然后我精心修饰了一番自己的仪表，父亲在旁边不满地瞪着我，头发抹那么多油干什么？皮鞋擦得那么亮有什么意义？外表不重要，心灵美才是美你懂不懂？他指着舱里的闹钟重申他的规定，我在船上看着闹钟呢，两个小时，你千万别忘了，超过一分钟，我也不会饶了你。我提上旅行包爬出后舱，走到舱门口，听见父亲的又一道命令，站住，还有一条规定我忘了说，从今天起，你每次上岸前都要向你奶奶宣誓！我迷惑地看着他，今天又不是九月二十七日，我上岸去买油买米，宣的什么誓？他拉拽住我的胳膊，抬起我的下巴，让我仰望着舱篷上悬挂的邓少香烈士遗照，你不会宣誓我教你，宣誓不一定背诵什么豪言壮语，看着你奶奶的照片，看一分钟！我就那么被父亲托着下巴，站了一分钟。一分钟过后我听见了父亲严肃而沉重的声音，记住，你可以欺骗我，不可以欺骗你奶奶，不该去的地方千万别去，不该干的事情千万别干。岸上现在风气不好，你干什么都要想一想，你是谁的后代，千万别给你奶奶的英魂抹黑！

这么多年了，我们家光荣的血统已经命若游丝，父亲却依旧守护着那圈血统的光辉。我对我的血统其实很迷惘，父亲为一张烈属证申诉了十三年，我的迷惘却无处申诉。我是库东亮，库东亮是库文轩的儿子，如果库文轩不是邓少香的儿子，那我就不是邓少香的孙子了，不是邓少香的孙子我就是一个空屁，如果我是一个空屁，我与邓少香烈士有什么关系呢，一个空屁怎么会抹黑邓少香烈士的英魂呢？

我上岸的时候看见王六指的女儿大凤和二凤在船舷上晒雪里蕻，大凤抱着一棵雪里蕻，眼睛火辣辣地盯着我，她说库东亮你打扮得那么讲究，去相亲呢？我不理大凤，大凤没怎样，她妹妹二凤为姐姐打抱不平了,她恶狠狠地说,大凤你怎么就那么贱,没事不能去跟河水说话?你跟他说什么屁话?谁不知道他上岸去干什么?到人民理发店去,癞蛤蟆吃天鹅肉去!也不知道二凤是不是故意吓唬我,她还特意朝我家的七号船瞟了一眼,嘴里说,也真是的,船队这么多嚼舌头的,他这么不学好,怎么就没有人告诉他爹去?我加快了脚步穿越大凤姐妹俩的视线,就像通过一个危险的雷区。穿过驳岸跑过油泵房,我听见油泵房里传来李菊花朗诵诗歌的声音,青春啊青春,你是一团火,为了共产主义,燃烧,燃烧!我急着赶路,看见李菊花自己也像一团火从油泵房里闪出来,差点和我撞个满怀。她撞了我一副又羞又气的样子,你这人,走路走这么快干什么,救火去呀?我对她说,你普通话这么差,朗诵了诗歌干什么?她不介意我对她的挖苦,摆弄着两根辫子说,库东亮,你替我去杂货店买两根牛皮筋好吗,我的牛皮筋快断了。我说我没有空,哪儿有时间去杂货店买牛皮筋。她鼻孔里发出轻蔑的笑声,库东亮你会没有空?你没空跑理发店一坐坐半天?我都不好意思说你呀,你难得上岸,时间宝贵,就不能去看看报纸打打篮球,做点健康向上的事?理发店里有马戏团啊?你天天去理发店,让人说闲话呢!

　　父亲的日程表让我惜时如金。那天我一路小跑,跑进人民理发店的时候不免有点喘。我一进去就听见店堂四周的声音,又来了,他又来了,跑得直喘气!我假装没听见,坐在老崔的转椅上说,剃个头!他们都不理我,有个妇女顶着满头卷发器斜眼看我,说,今天他聪明,剃个头,就有借口在这里泡蘑菇了。老崔拿着推子剪子过来，不知怎么我觉得他气势汹汹的，似乎是提着杀猪刀过来了。我剃头是被迫，他为我剃头不情愿，不时地扳正我的脑袋，说，你坐好，坐好，眼睛别乱看，这儿是理发店，不是电影院。我眼睛看着镜子，目光像向日葵一样朝向慧仙站立的方向，这样我的眼睛看上去就是斜眼。老崔从镜子里发现我的目光，手在我肩膀上粗暴地拍了一下，空屁，你看电影也该正眼看，老是斜着眼睛看什么呢？眼珠子都快掉出来啦。我发现镜子泄露我的秘密，就去拿了张报纸，准备用报纸掩盖我的眼睛。老崔不耐烦了，抢过报纸扔到椅子上，你又不是大干部，剃头看什么报纸？是我自己要剃头的，我只好自认倒霉。那老崔给女人理发一律温柔体贴，对我却粗暴无礼，他把我的头部当一块荒凉的黑土地了，剪子推子一起上，像耙犁一样犁我的头皮，像联合收割机一样收割我的头发，我还不能喊疼，一喊疼，他就停下，一脸不快地对慧仙说，慧仙你来，你招来的人都归你，你来给他理。

慧仙不愿意担待这个罪名，当场洗清了自己，怎么是我招来的？这儿不是谁家的地盘，是理发店呀，他是顾客我们是理发师，他有权利进来，我们没权利赶他走嘛。慧仙的立场听上去不偏不倚，但我琢磨不透她的心思，我发现了一个新的怪现象，当初她要替我剃头，我不敢，现在我盼望她过来，是她不敢了。她说，老崔呀你是服务标兵，不能对顾客耍态度，你手艺好，就替他理吧，他又不肯让我理的。

她已经学得巧舌如簧。我不知道她为什么不肯过来，是怕我还是厌恶我，是厌恶我的头发还是厌恶我的身体，是怕我的身体还是怕我的心？她对我一次冷淡过一次，我不怨她，幻想终归是幻想，我不迷恋幻想。我坐在转椅上，有时候脑子里会浮现出一些卑贱的念头，我情愿是理发店里的一张转椅，天天与慧仙朝夕相处；我情愿是慧仙手上的那把推剪，天天可以看见她，看见她的每一个顾客。我对自己的身份越来越清醒了，我什么也不是，我是一个监视者。慧仙的一举一动都将被我记录在案，店堂里这个小圈子更值得我观察研究，小圈子里到底都是什么人？他们来理发店到底是什么动机？为什么有人磨磨蹭蹭地专门等慧仙，是约定还是一厢情愿？他们不着边际谈天说地，是聊天还是调情？我都要监视。我的眼睛是为慧仙特制的照相机，我的耳朵是为慧仙设置的留声机。依我对这个小圈子的观察，起码有五个青年人一个中年人对慧仙有非分之想，但我不知道慧仙心仪的对象是谁，她似乎在等，肯定不是等我，我不知道她在等谁。

那天不巧，我的头发剪了一半，赵春美和医院药房的金阿姨结伴驾到，扭着腰肢走进了人民理发店。这两个女人徐娘半老风韵还在，都穿了双白色高跟鞋，提着个白包包，一人坐一张转椅，都要等老崔做头发。也许我在店堂里的形象显得突兀，赵春美一眼认出了我，眉眼间的妩媚立刻烟消云散，我听见她尖声叫起来，这个人来干什么？什么人都来，这儿还是人民理发店吗？

老崔咕哝道，你问我我问谁去？谁让这儿是人民理发店，他是人民，来理发嘛。

他是什么人民？他算人民就没有阶级敌人了。赵春美说，你们知道不知道啊？他喜欢写"反标"的，经常写我哥哥的"反标"！

冤家路窄。我一看见赵春美和金阿姨就抬不起头来了。这是我从小到大的秘密，一看见父亲敲过的女人，我就会脸红心慌，原因不宜陈述。我记得那几个女人的名单曾经对我进行了性的启蒙，如今她们的名字仍然像一个隐秘的春梦，肉欲而性感，带着悲剧的阴影。几年不见，赵春美越来越瘦，金阿姨越来越胖，她们松弛的面孔上堆满了脂粉，两个人都穿着收腰的列宁式女装，一件杏黄，一件墨绿，凸显出一个臃肿肥胖的腰肢，还有一个愤怒上翘的臀部。青春期的记忆让我感到窒息，耳边依稀响起父亲的喊叫，小心，小心！我悄悄做了一个小动作，双手紧紧地掖紧白色的兜布，把自己的身体全面隐藏起来了。

我听见了慧仙为我辩护的声音，赵春美你不要上纲上线嘛，反对毛主席反对共产党才算"反标"，他反对的是赵书记，赵书记也就是个科级干部嘛，写他的标语，不算"反标"的。

赵春美嘴里喊的一声，立刻把矛头对准了慧仙，你个小铁梅倒跳出来替他辩护了？你算他什么人，他是你什么人？我哥哥白疼你一场啊，你的立场跑哪里去了？

那金阿姨在旁边为赵春美帮腔，怪笑道，春美你是犯糊涂啰，他们本来就是一个立场，都是向阳船队的，都是船上人的立场嘛。

慧仙的脸上幡然变色，把手里的剪子往桌上一拍，走到里面的锅炉间去了，边走边说，好，我是船上人，你们是岸上人，惹不起你们还躲不起你们？今天我休息了，嫌烦！

我看着慧仙进了锅炉间，她一走，理发店明亮的店堂就暗淡了，萧瑟了，寒意逼人。她一走我感到四面楚歌，也急着要走，老崔却扔下我去侍弄赵春美的头发了。我对老崔喊，老崔，我这里剃到一半，你怎么能走？我还有急事呢！老崔说，在那儿等着，你能有什么急事？你不是我们理发店的一把活椅子吗，今天怎么就那么急？我说，我今天有急事，等不了，你把我的头剃好再走！老崔没来得及说什么，那赵春美从转椅上愤然地回过头，向我翻了个白眼，然后对着老崔大叫道，库文轩的狗崽子，你去理他干什么？他再敢这么嚣张，我就给大家透露个内幕消息！她这一说店堂里所有人的眼睛都瞪着她了，什么内幕消息？你说给我们听，轻声一点就行了。赵春美豪迈地一挥手，说就说，我还怕他听见？我告诉大家，库文轩他冒充烈属冒充了几十年，他不是邓少香的儿子，是河匪丘老大的儿子呀！他妈妈不是邓少香，是烂菜花。烂菜花是什么人，解放前在酒船上做妓女的呀！

店堂里一下变得死寂无声，然后突然像是炸开了锅，我听见"丘老大、烂菜花、妓女"这几个音节像一群苍蝇在店堂上空飞旋。我朝赵春美冲过去的时候，被一只手揪住了衣袖，是慧仙闻声出来了，她拼命地把我往椅子上推，一边厉声叫起来，赵春美你疯了？嘴里积点德吧，就算你跟他家有天大的冤仇，也不能这么编派人家的祖宗，小心天打雷劈！赵春美躲到一张转椅后，嘴巴毫不示弱，我编派他家祖宗？我没有那个闲空，也没有那个水平，告诉你们这是内部消息。我哥哥说了，姓库的要是再闹事再告状,内部消息就升级成参考消息;再告再闹,参考消息就是公开消息了!

我再次朝赵春美冲过去的时候,是老崔和小陈死死地架住了我,这会儿他们看上去有点同情我。老崔劝我冷静,冷静冷静,你别跟个妇道人家一般见识,男人跟女人打仗,男人都要吃点亏,你个男子汉去打一个女人算什么英雄呢?小陈说反正是内部消息,是真是假还难说,就我们这几个人听到了,我们保证谁也不外传。两个理发师把我架到了玻璃门边,我正要推开他们自己出去,听见那赵春美不依不饶地还在耍泼,老崔小陈你们拉他干什么?让他来让他来,我欢迎他来,正愁没法收拾他呢,他要是敢打我,正好把他绳之以法!我一气之下心里就盘算起来,如何可以杀杀赵春美的威风。也是一瞬间的选择,我想起母亲那个工作手册上最私密的内容,嘴里就高声嚷嚷起来,我也给大家透露个绝密情报,大家听好了,赵春美给库文轩吹过喇叭!吹喇叭你们懂吗?不懂问赵春美,她是吹喇叭专家!

赵春美一时愣在那里,老崔他们眨巴着眼睛瞪着我,那个金阿姨大概预感到了牵连的危险,抓过一把梳子朝我扔过来,下流,下流死了,你们快把这小流氓撵出去啊!

金阿姨反而引火烧身了,我在气头上,毫不留情地抖出了她的隐私,金丽丽你少装蒜,你也不干净,你主动替库文轩吹喇叭,一个月吹过五次,一九七〇年六月,吹了五次,你承认不承认?

店堂里炸开了锅,这回是两个女人要冲过来和我拼命。我站

一天 263

在门口没有躲,随着仇恨以一种酣畅淋漓的方式发泄出来,我浑身战栗,眼泪都快掉出来了。我就站在那里等,报复招惹报复,报复者等待报复者,这是公平交易。老崔和小陈他们都掩饰了不正经的笑意,去拉拽两个女人,嘴里忙不迭地安慰她们。我听见赵春美在尖叫,拿刀来,我要捅死库文轩的狗崽子!金阿姨凄楚地嚎哭起来,一边哭一边埋怨,是哪个糊涂领导把库文轩下放船队的?他们父子应该去充军,去大西北劳教,应该枪毙,永远别到油坊镇来!

慧仙拿着个草帽三步两步出来了,她把草帽塞到我手里,一边拼命把我往门外推,快走快走,库东亮你也不是好东西,这么下流的事,亏你说得出口!我一时说不出话来,指了指我的阴阳头。她拍拍草帽说,不给你草帽了吗,你怎么这么笨?戴着草帽走吧,快走,冤冤相报没尽头,这两个女人你惹不起的!

是该走了。我还记得父亲制定的日程表。时间越是珍贵,我越是掌握不好,半个小时浪费在理发店里,我只收获了一腔怒火,还有脑袋上剃了一半的阴阳头。我把慧仙的草帽戴在头上,那草帽传递了一份温情,也帮助我恢复了冷静。下一步我应该去粮油站买油买面,我朝粮油站方向走,走了没几步发现我的旅行包丢在了理发店里,没有油壶我拿什么买油,没有面袋我拿什么买面粉?我应该回去拿我的旅行包,可是我不敢回去,赵春美和金阿姨也许还在理发店里。

我走过了街角的工农浴室,站在门口犹豫,要不要趁这工夫进去洗个澡呢?一抬眼我看见文具店的老尹腋下夹着一包衣裤从浴室里面出来了,他说东亮你怎么戴个草帽来洗澡?你们船队好多人在里面洗呢,快进去找他们吧。他这么一说就打消了我的念头,从小养成的习惯改不了,我从来不跟船民一起洗澡。我看着老尹红光满面的面孔,突然想起他是油坊镇的消息灵通人士,赵春美披露的那件骇人的丑闻是真是假,至少应该向他了解一下。我就说老尹我不是来洗澡的,是来问你一件事的。老尹嘴里哎呀一声,似笑非笑地看着我,你有什么事尽管问,就怕你问的事情太难,我也答不上来。我原来想直接求证赵春美的说法,话到嘴边又没了勇气,我问他,老尹你知道丘老大是什么人吗?老尹说怎么不知道?不知道他我还研究什么地方志?丘老大是解放前金雀河河匪头子!我问他,那你知道烂菜花叫什么名字,她是干什么的?老尹说,烂菜花姓蓝,又叫蓝姑娘,她干什么的——这职业对你们年轻人还真不好说。我说,有什么不好说的?不就是妓女吗?老尹叫起来,你知道还故意问我,东亮你到底是什么意思?我终于憋不住了,一跺脚说,老尹你行行好,请你告诉我,我爹他到底是谁的儿子?老尹一惊,用古怪的目光注视了我一眼,突然搬过浴室门口的一张凳子,兀自整理着他换下的衣裤。整理好了衣裤,他突然对我说,别去管你爹的出身了,管好你自己就行,东亮我劝你一句话,千万要记住,历史是个谜,历史是个谜啊!

我和老尹在浴室门口分了手,他朝文具店走,我朝菜市场走。也怪老尹的话故弄玄虚,我一听到"历史"这个字眼儿,就忍不住朝棋亭方向的天空看,对于我来说,历史就在棋亭的上空

一天　265

飘扬，历史之谜也隐藏在棋亭的地下。我仰着头走了没多远，听见身后有自行车呼啸而来，没等我看清周围的动静，我头上的草帽就不见了。我的草帽被人掀到了地上，两个十六七岁的中学生骑着自行车朝我撞过来，一个手里高举着一把链条锁，另一个正看着我的阴阳头傻笑。我认出那个举链条锁的是金阿姨的儿子张计划，空屁你吃了豹子胆了，敢欺负我妈！张计划高喊一声，旋着那链条锁就朝我甩过来，我下意识地躲开了链条锁，冲过去捡那顶草帽，另一个中学生敏捷地把自行车骑过来，车轮子准确地碾住了草帽。我去推车轮子推不动，两个中学生跳下车来，我们三个人刚刚扭打在一起，听见街对面拥出一群人，一个中年男人的吼声率先响起来，李民张计划，你们吃了豹子胆了，旷课跑到大街上打架来了？两个中学生闻声推上自行车，飞一样跑了。我回头一看，街对面竟然就是油坊镇中学的新址，校门口站着一排衣冠楚楚的人，不是教师就是校工，那中年男人我认识，是顾校长，他也曾经是我的政治老师。我发现顾校长眯着眼睛打量我，怕他认出我来，迫不得已之下，我也像那两个中学生一样，飞一样地跑了。

总算是一场虚惊，可恨那个张计划临走还使坏，他把我的草帽拿走了。那是慧仙给我的草帽，我很心疼。我捂着脑袋走了一段路，发现路人都好奇地打量我手掌下的脑袋，没有办法，我只能到花布巷去买一顶新草帽。

花布巷一带阳光灿烂，有几个老汉在巷口的老虎灶外摆了张桌子，一人一个小竹凳，坐在一起喝茶闲聊。老汉们大多认识我，压低声音议论着，这就是那个库公子呀，小时候是太上皇，到哪儿都耀武扬威的，现在没办法，受人欺负啰，你们看，还给人剃了阴阳头！

我买了草帽走出花布巷，听见那些老汉正在争论儿子好还是女儿好的问题。那个脖子上长了大瘊子的老汉是五癞子的父亲，以前开铁匠铺的，他不停地咳嗽吐痰，吐一口用鞋底踩碾一下，他说女儿好啊，我养那么多儿子，抵不上一个女儿，每年过年，七个儿子送我七瓶酒，一个女儿就送了八瓶酒来。戴军帽的老汉我也认得，他是理发师小陈的父亲，原来在澡堂工作，擅长掏耳屎修鸡眼，我记得以前他经常带着一只木箱子上门为我父亲服务的，没想到他对养儿养女的看法还有点水平，什么儿子好女儿好的，只要他们自己有出息，儿子女儿都好；要是没出息，儿子女儿都不好，做绝育手术最好！我注视着那几个老汉其乐融融的样子，想起船舱里孤独的父亲，不由得百感交集。河上的父亲未老先衰，岸上的老汉看上去却返老还童了，岸上就是比水上好。岸上的老汉们很好，他们的儿子也很好。我忽然冒出一个古怪的念头，如果所有人的血缘都容许更改，那该多么有趣啊！如果我不是库文轩的儿子，如果那老铁匠是我父亲，如果那掏耳屎的老头是我父亲，我会成为五癞子和小陈那样的人吗？如果我是五癞子我是小陈，好不好呢？我站在那里思考了很久，被自己的心声吓了一跳，我竟然在羡慕五癞子那混账东西，我竟然向往着和理发师小陈调换身份，我的答案竟然是，很好！

我路过沈麻子的烧饼摊子,闻到香味,才觉得肚子饿了,我买了个烧饼。正啃着烧饼,听见身后有一个清脆的声音叫着我的名字,是德盛女人,她大惊小怪地瞪着我,东亮你还有心思在这儿啃烧饼呢,你在理发店到底惹了什么事?治安小组到处找你呢!我说,治安小组找我干什么,我在大街上走路,破坏了什么治安?德盛的女人神色严峻地看着我,你跟我犟嘴有什么用?理发店的人说赵春美让你逼得去上吊了,人家刚刚把她从梁上救下来呀,你招惹谁不好,怎么偏偏去惹她呢?

2

我再次走进人民理发店去,店堂里弥漫着饭菜和光荣牌肥皂混合的气味,理发师们用两张方凳拼凑成一张小桌子,正围着一起吃午饭,他们看见我回来都惊讶。我比他们更惊讶,因为我发现治安小组的王小改在理发店搭伙,他挤在理发师们的中间,正夹了一只荷包蛋往嘴里塞,而孙喜明一个人尴尬地坐在长椅上,看见我进去如遇大赦,站起来对王小改说,王小改,东亮来了,我可以走了吧?

王小改在饭桌上头也不抬,说,不可以,你要在场,等问题解决了再走。

我不知道他们葫芦里卖的什么药。我原本是要让理发师们把我的头剃完的,看店堂里空气不对,拿起角落里的旅行包就要走,王小改扔下饭盒跑过来,一把夺下旅行包,你往哪里走,惹了祸就想溜,哪儿有这么便宜的事?

我知道他是在说赵春美的事,我说,我跟她的矛盾怎么起来的,你了解清楚了吗?

王小改说,你倒会说话,你都把她逼上吊了,那还叫矛盾?

我说,是她先逼我的,她在这里说的什么话,大家都听见了,不信你问他们。

理发师们这时都放下了手里的饭盒,表情看上去很暧昧,老崔说,空屁你差点惹了人命,还要我们替你说话?我要说话就说公道话,这事开头错在赵春美,后面都是你的错,千错万错,大错小错,谁逼人上吊谁是大错!

很明显,老崔他们的立场最终站到了赵春美一边。我的目光忍不住去看慧仙,慧仙却到火炉边用火钳翻弄着烤架上的几片馒头,她也不回应我求援的眼神,拿了块烤馒头径直走到孙喜明面前,强行塞到孙喜明手里,干爹你不吃我的饭,吃块馒头,就算给我个面子。孙喜明看看手里的馒头,又看看我,慧仙,你别操心我了,你在镇上人头熟,关系广,还是帮东亮出出点子,趁早解决问题吧。慧仙沉默了一下,眼睛瞟我一眼,眼神有点虚无,她说,他那个怪脾气,谁捉摸得透,我出点子他不爱听呢。孙喜明对我使了个眼色,替我表态说,爱听,你有点子,他爱听。慧仙这时叹了口气,谢谢你们高看我一眼,我也不是诸葛亮,哪儿有什么好点子?我看就让王小改带着库东亮负荆请罪去吧,上门去道个歉,不管她赵春美过得去过不去,先道歉,什么叫解决问题?走一步看一步嘛。

王小改鼻孔里哼了哼,说得轻巧,口头道个歉就行了?这就算解决问题了?你们把赵春美当什么人了?

慧仙竖起了柳眉,目光炯炯地瞪着王小改,那要怎么办?把库东亮杀了,拿他的人头去向她道歉?他们库家也死一个人,就解决问题了?

王小改一时语塞,看上去他对慧仙充满崇拜之情,不敢开罪她,就又把目标对准我,推了推我的肩膀,你们看他罩头罩脑的,哪儿有个道歉的样子?不要到了人家门上再闹起来,我的面子往哪儿搁?带他去道歉,不是不可以,先让他保证,打不还手,骂不还口。

王小改这一番话把我气坏了,嘴里就嚷起来,王小改你放屁,我凭什么打不还手骂不还口?要我道歉可以,赵春美也要向我爹道歉!我说完这句话就意识到自己错了,店堂里的人都对我做出了鄙夷的鬼脸。王小改对慧仙说,你看看,我没说错吧?这人狗咬吕洞宾不识好人心的,你去帮他干什么?孙喜明急了,低声对我说,东亮你怎么犯糊涂呢?你这提的什么要求?你没有资格呀,男子汉大丈夫的,跟女人道个歉有什么?去就去。

孙喜明又替我表了态,他拉着我手往门边走,嘴里说道歉去道歉去,眼睛催促着王小改。王小改站在那儿不动,用眼神征求慧仙的意见。事情的发展有点神奇,慧仙似乎成了事件的主宰者,不知为什么,她扮演这角色,让我感到安心。我也看着慧仙,慧仙的表情看上去深不可测,嘴角上浮出一点笑意来。我怎么成了李奶奶了,这不是李玉和上刑场告别李奶奶吗?她开了个玩笑，一只手拿起了桌上的推剪，一下一下地试着推剪，忽然朝我钩了钩手指，来，库东亮，上刑场前先做头发，你把草帽摘下来，我来替你把头发剪好。

我迟疑着，看见慧仙已经把白罩布打开了，用手指提起来拍打转椅上的碎发，来，坐下来吧。她说，李奶奶给李玉和剃个头，你剃好再走。

我不知道她为什么要开这个玩笑。我骑虎难下，在小改他们嘲弄的目光中向转椅走过去，一种罕见的紧张感让我的脚步有点踉跄，我听见慧仙说，你把旅行包放下。我没放。我坐在方凳上，把旅行包安置在我的膝盖上，慧仙说，你那旅行包里装了金条呢，谅你也没有金条，怕谁偷？她的手伸过来一拎，把我的旅行包扔到一边去了。

她站在我身后，身体与我若即若离。一种陌生的丰富的香味包围了我，我无法描述那香味——一半来自慧仙的身体，是她脸上脂粉带出的茉莉花香，还有一股淡淡的香味来历不明，我怀疑那是她的体香，是向日葵花盘的清香。说出来没有人相信，慧仙的身上真的有一股向日葵花盘的香味。我感到有点窒息。我听见老崔在一边说怪话，还是慧仙对他好呀，他们两个有朴素的阶级感情。慧仙说，老崔你说什么怪话呢，我对谁都有朴素的阶级感情，别的感情都没有。我沉默着，我的身体却无法保持安静，随着慧仙的手势和身体的移动，有时候我紧张，有时候我躲避。慧仙说，库东亮注意你的脑袋，你脑袋怎么了，怎么那么僵硬？你端着肩膀干什么？把头低下去，低下去呀。我把头低下去，感觉

一天　271

到一只手按在我的脑袋上,轻柔地抓了一把,然后她的两根食指在我的双耳里缓缓地转动了一圈,两圈。我记得很清楚,就那么转了两圈,我旧病复发了,我忘了我的艰难处境,从头顶到脚底,我的身体完全被生理反应所俘获了,一股神秘的强烈的电流从我的头顶急速穿越身体,下坠,下坠,我勃起了,我又勃起了。勃起!可怕的勃起!我感到一阵窒息。危险,危险,危险!我听见自己的头脑嗡嗡作响,理发店的空气对我发出了越来越强烈的警告,快走,快走,快离开慧仙!

在慧仙毫无准备的情况下,我突然跳了起来,站到一边说,好了!

慧仙诧异地说,什么好了,还没好呢,后面没修,鬓角也没剃好。

我瞥了一眼镜子说,差不多就行了,反正我是去赵春美家道歉,又不是去相亲。

你这人,跟个怪物似的,琢磨不透你!慧仙上下打量着我,把手里的梳剪往旁边一扔,随便你吧,反正是你的脑袋,你想怎样就怎样。

大约是午后一点钟左右,我像一个被押的罪犯在街上走,王小改在我左边,孙喜明在我右手,他们挟持着我带我去绣球坊赵春美家。

赵春美家的门虚掩着,王小改先进去张望了一下,出来和孙喜明商量,人躺在床上呢,还要不要进去?孙喜明犹豫,我不想进去,人已经退到门洞外,被孙喜明拉住了,东亮来都来了,道个歉就走,不用她起床的。我被他们两个人推搡着往里屋走,一眼看见已故的小唐在墙上的黑镜框里,阴沉沉地注视着我,我想起很多往事,不知怎么倒吸了一口凉气。孙喜明见我脚步拖沓,猜到我有点害怕,对我耳语道,记住了,打不还手骂不还口,就几分钟,挺一挺就过去了。

赵春美的房间窗户对着天井,王小改站在窗户前敲窗,春美姐,我带空屁来跟你负荆请罪了,你要打要骂都可以,好好出出气。

房间里静了一下,突然咣的一声,什么东西砸到窗户上了。里面响起赵春美嘶哑的吼叫声,滚开,给我滚开!

王小改说,他是要滚开的,不能让他这么滚开呀,太便宜他了!他要道歉,道完歉才能滚开。

窗户后面响起了一阵窸窸窣窣的声音,赵春美好像起来了,窗户吱吱嘎嘎呻吟了一声,大开了,赵春美的脸出现在一团幽暗里,我看见一张浮肿的泪光激滟的脸,脑门上贴了一张膏药。她的目光停留在我的身上,看上去不是那么尖锐可怕,是一种冷静幽远的目光,带着一点点悲伤。道歉我不稀罕,我要库文轩的狗崽子下跪。她突然说,他要下跪,向我跪五分钟,再去向我家小唐的遗像下跪,替库文轩跪,跪五分钟!

我没有想到赵春美要我下跪,王小改和孙喜明一时也愣在窗前了。我转身就要往外面跑,孙喜明过来死死地抱住我,东亮你别走,她是气话,怎么解决问题我们再商量。我听见赵春美在窗户那边说,谁说是气话?他要么下跪,要么滚开,没什么可商量

一天 273

的。王小改觍着脸说，时间上能不能通融一下？五分钟加五分钟要十分钟，跪十分钟怕他不肯呢。赵春美拍着窗台尖叫起来，不肯就给我滚开，我让赵春堂来解决这个问题！孙喜明说，赵大姐呀你能不能变通一下，出来打他骂他，狠狠打，狠狠骂，一样出气的，下跪太难看，他跪不下去的。赵春美冷笑一声说，打他我怕脏了我的手，骂他我没那么多唾沫，我限你们一分钟时间，不下跪就都给我滚开。

王小改和孙喜明急眼了，王小改居然按住我肩膀往下压，嘴里警告我说，空屁你今天要是再不听话，别怪我手段辣，看我把你交给谁处理去！孙喜明急得在天井里团团转，东亮你就跪一下吧，跪一下也死不了人的。我们不看你下跪，我跟王组长到外面去，保证不看你行不行？

我一句话也说不出来，发疯般地左右摔打，挣脱了王小改和孙喜明的四条胳膊，朝着赵春美家的门外飞奔而去，一口气跑出了绣球坊，依稀听见身后王小改的喊叫，空屁你跑，跑吧，你跑得了和尚跑不了庙！

跑到人民街上，我感到一阵疲惫，突然想起父亲的日程表，看看手表，早就超过了父亲规定的时间，我上岸已经三个小时了，正经事什么都没做，倒是惹下了一堆大麻烦。我走过杂货店门口的台阶，看见一堆人围在台阶上排队买花生米，不知是谁大喊一声，空屁，空屁来了！一支队伍都扭过头来看我，对我指指点点的，他们一定知道我惹下的祸了。我觉得自己像一只过街的老鼠，赶紧避开大路走小路，我拐进了七步巷，抄小路往人民理发店去，去拿我的旅行包。七步巷那么僻静那么狭窄，我却劈面遇到了孙喜明的儿子小福，小福一见我就对我喊起来，我爹上哪儿去了？我妈让我来找他，找不着他啊！我不好跟小福解释，就搪塞他说，你爹在绣球坊，自己找去！小福说，什么绣球坊？我不认识，你带我去找！我推开小福说，我没空，上岸都快三个小时了，我什么事都没办。小福在后面对我嚷嚷，站住，空屁你快站住，我不认识绣球坊呀，你没良心，我爹都是为你的事忙，忙到现在还空着肚子，你还没空？你要是个人，就带我去绣球坊！我被缠得不耐烦了，回头对小福喊，没空就是没空，我不是人，我是空屁，你们谁也别把我当人！

3

我第三次走进人民理发店，险些没能活着出来。

起初我没有注意到金阿姨的弟弟三霸。我只注意慧仙，慧仙不在，老崔和小陈一个埋头看报，一个对我挤眼睛，我也没有留意老崔的眼色。店堂里似有一股肃杀之气，没有一个女顾客，只有几个陌生男人的身影散落在长椅上水池边，我急着要去买米买盐，没有留意任何异常现象，径直到角落里去拿旅行包，这才发现我的旅行包被人锁起来了，一把自行车锁从旅行包提手上穿过去，挂在一根水管上。

一回头我看见了三霸阴森狰狞的脸，三霸说，空屁，你好大的胆，你惹我姐姐就是惹我，你才多大，怎么活得不耐烦了？

我仓皇地奔向理发店的门，已经来不及了。那三个陌生的青年堵住了门，我冲了几次没冲出去，双臂被他们反剪到了身后，身体像一个麻袋一样，被他们扔到了地上，我的脸恰好贴在三霸的腿边，看见了他小腿上的那个著名的老虎刺青。三霸顺势对我的脸踢了一脚，他说，空屁，我亲手修理你，传出去丢人，你别怕我，我不动手，让我小兄弟给你好好上一课吧。

那三个青年来者不善，像三颗阴沉沉的炸弹包围着我，其中一个留八字胡膀大腰圆的，人称李庄老七，他在金雀河一带的知名度与命案有关，少年时代捅死过人，劳教几年出来，又捅死一个，又进去，不知怎么又放出来了。我知道他们是三霸叫来的人，可是我不知道他们要给我上什么课。三个人都比我年轻，也就十八九岁的样子，统一穿着白色的大喇叭裤，色彩相仿的花格子衬衫，腕上戴着时髦的液晶电子手表，李庄老七裤子皮带上悬着个皮套，皮套露出一点寒光，里面是一把锃亮的电工刀。一个青年问三霸，大哥，今天上什么课？三霸没说话。李庄老七骂他的同伴，蠢货，当然是解剖课，拆他的喇叭！我注意到李庄老七的神情轻松而调皮，说着话还朝我挤眉弄眼，我听懂了他们的暗语，心里一慌，嘴里就向老崔和小陈求援起来，老崔，小陈，你们帮帮我！小陈摊开手，一副爱莫能助的样子，老崔则向门外指了指，我循着他的手势往门外一看，看见还有一个穿白色喇叭裤的青年在外面晃荡，很明显是在望风。我懂了老崔的意思，三霸严密部署了这堂"课"，他们都爱莫能助了。

很奇怪，我在绝望之下想起了慧仙，忍不住喊了一声，慧仙！慧仙不在。她不知跑哪儿去了。我听不见她的回应。三霸嘴里嬉笑着，眼睛却凶恶地瞪着我，你喊慧仙干什么？慧仙是你什么人？你是慧仙什么人？这会儿谁也救不了你，上课铃响了。

一个青年模拟起上课铃声，丁零零，丁零零。李庄老七朝手心吐了口唾沫，掏出电工刀来，在我的裤裆里点了一下。我下意识地大叫起来，李庄老七狞笑道，你叫什么，不过是拆掉你喇叭，不疼的。听说你爹喜欢吹喇叭，吹剩了半截喇叭，我们来替你圆一个孝道，让你向你爹学习，让你向你爹致敬！我用双手护住下身，拼命挣扎着站起来，朝店门外跑，门外那个青年身手矫健，迅速把玻璃门拉上了。我的头正好撞在玻璃门上，我的腰被李庄老七箍住了，腿也被另外两个青年绊住了，我精疲力竭，觉得自己像一张纸一样被他们摊在地上，他们解我皮带时我听见了自己的叫声，爹，爹！我自己都不相信，那是我的呼救声，我不知道为什么会向我父亲呼救，也许他是我在这世界上唯一的亲人了。我这么一喊，三霸对着我冷笑起来，你个没出息的空屁，喊你爹干什么？要不是你爹喇叭惹的祸，我们也不会摘你的喇叭，吹喇叭吹喇叭，我来挽救你们父子俩，让你们一辈子吹不了喇叭。

我看见李庄老七的电工刀拖曳着一道白光，在我的下身附近巡回，翘呀，翘起来，快翘起来，你不翘我们不好做手术！他开始当着其他人的面，用刀子挑弄我的生殖器，挑弄得饶有兴致。我感到一阵尖锐的冰凉的刺痛。这个瞬间，所有的羞辱和恐惧都被我忽略了，我忘了我躺在理发店里，似乎是躺在我家驳船的后舱里，躺在一个熟悉的噩梦里，三霸他们的脸在我面前晃动，每一张脸都是模糊的，但我父亲的脸在他们的身后时隐时现，眼角的皱纹和下颚的瘊癣清晰可辨。他的眼睛里噙满了泪水，苍老的脸上却浮现出一丝欣慰的笑容，我依稀听见了父亲劝解的声音，东亮别犟，别犟，忍一下就过去了，让他们剪，剪了也好，剪了就解脱了，剪了我对你就放心了。

外面响起了一阵尖利的哨声，店堂里静了一下，我感觉到锁着我身体的所有的手和腿有所松动，从三霸的腿缝间我看见了玻璃门外的动静，我的救星来了，是王小改和五癞子，他们站在门外跟慧仙说着什么话，那个负责望风的青年已经转移到店堂内，对三霸说，肯定是那小铁梅去报信的，这小骚货，胆子还挺大！

治安小组和三霸他们在玻璃门边对峙，三霸说，王小改你们手里抓的什么东西，接力棒啊？别拿这棍子来吓我，空屁他把我姐姐气得犯了心脏病，你说我能不能饶他？我来私了，你给我个面子，等五分钟再进来。王小改说，三霸你也给我个面子，你要私了，千万别在这里，这里闹出事情来是我的责任，换个地方，谁管你的闲事谁是小狗。

两拨人堵着门谈判的时候，慧仙在外面喊老崔和小陈的名字，两个理发师都不敢答应，慧仙就要往理发店里闯，两个小青年上去截住了她，李庄老七嬉皮笑脸地说，小铁梅你小心啊，你袒护空屁，就得罪我们大哥了，你不让我们拆空屁的喇叭，我们就让你帮我们吹喇叭。一句下流话把慧仙惹急了，她啪地打了李庄老七一个耳光，你们别以为我落到这一步，就由你们欺负了！欺负我的人还没有生出来！我认得你们，现在让你们嚣张，明天我一个电话打给地区人武部,让王部长派人来,带枪来收拾你们!

他们对慧仙还算客气,慧仙终于从三霸他们的人墙里挤了进来,抓起一把扫帚走近我,在我身上打了一下,你自作自受啊,活该,还不爬起来?我挣扎了几下,身体散了架似的,怎么也爬不起来,慧仙的手伸过来,还是没法把我拽起来,一跺脚对着老崔小陈嚷起来,老崔小陈你们是不是人?都什么时候了,还在看热闹?快过来帮帮忙,把他送出去!

老崔和小陈把我送到了门边,趁着三霸他们队形混乱,我跑到理发店门外。李庄老七先追上来,朝我腰间踢了一脚,我躲闪不及,被他踢中了。另一个青年抓过理发店的剃须刀追出来,拿剃须刀做飞镖,朝我的脖子飞,刀子从我的耳边掠过去了。我跑到街上,听见三霸在我身后大声叫喊,空屁我让你跑,岸上你能跑,水上我看你往哪儿跑!我可记得你家的船,向阳船队七号船对不对?你回船上等着我!

4

我拼命地奔跑。

我惊魂未定,身体各个部位都疼痛难忍,但我一直坚持在跑。恍惚中我觉得自己这样奔跑了很多年了。我从不练习跑步,可是我从小到大一直在经历各种各样的险情,必须拼命奔跑,不跑不行。奔跑途中我瞥见一个穿酱红色毛衣的女人从杂货店的台阶上走下来，那个高挑匀称的身影在我的左前方忽隐忽现，从背后看酷似我母亲乔丽敏。我从街路的右侧跑到了左侧，仿佛一条垂死的鱼追逐最后一滴水，我尾随着那个女人，突然强烈地思念起我母亲来了，我拼命地逃跑，心里软弱到了极点，明明知道我是在尾随一个母亲的幻影，但我仍然紧追不舍。我跑过杂货店，撞见一支排队买白色田径鞋的队伍，队伍里混杂了几个青少年，他们好奇地看着我，目光都沉在我的下身部位。有个愣头青冲出队伍追逐我，嘴里喊，空屁，空屁，三霸给你上的什么课？三霸拆你的喇叭了？我哪儿顾得上跟他们纠缠，折返到街道的右侧继续奔跑，我必须跑，不跑不行。经过一排宣传橱窗的时候，我瞥见了橱窗里"只生一个好"的计划生育宣传画，画上那个怀抱婴孩的年轻妇女再次让我想起了母亲乔丽敏，那张鲜艳而失真的面孔似乎临摹了我母亲的青年时代，一样灿烂的微笑，一样空洞的幸福，临摹得惟妙惟肖。我跑到街道的右侧，街道左侧母亲的幻影就消失了，我回头一望，恍惚中看见我母亲的幻影在后面监视我，她躲在梧桐树的树荫下，用一只塑料拖鞋不停地拍打树干，不成器的儿子呀，看着我干什么？现在想起我来了？已经迟啦！

　　我从棉花仓库边的小路穿出去，下意识地折向码头方向，一抬眼看见母亲的影子又出现在小路上，她从仓库幽暗的门洞里闪出来，举着拖鞋对我说，你往哪儿跑？别去船上，三霸他们会追来的。我挥手驱赶那个幻影，听见母亲的声音说，你还要撵我呢？这世上只有我会救你了，东亮你快回家去，回家去！我仓皇地停下了脚步，很奇怪，我停下脚步，母亲的幻影也消失了，她尖利的敦促和警告声也消失了。回家。我想回家。可是我的家在哪儿呢？我身心交瘁，头脑却很清醒，我的家在向阳船队的驳船上，我在油坊镇上没有家了，上船十三年，我在岸上早就没有家了。这么熟悉的街道，这么熟悉的房屋，这么多的门洞和窗子，都是别人的家，没有我的家。我无处可去，在棉花仓库附近踯躅了一会儿，正要朝路边的水泥管子里钻，听见西北方向传来了学校放学的铃声，那铃声悠然回荡，让我回忆起了十三年前的放学之路，我恍恍惚惚地翻越了一大片堆放建筑垃圾的小山，我要回家去。这条通往工农街的捷径上缀满了我少年时期的足迹，时光在废墟中逆向流淌，我在满地报废的铁皮油桶和货箱中间穿梭包抄，有时候小心翼翼，有时候健步如飞，也就是三五分钟过后，一条熟悉的小街霍然在目，我看见了工农街九号，看见了我十三年前的家。

暮色掩映着油坊镇最幽静的心脏地区，工农街名不副实，街上的普通居民都已搬迁，只剩下了干部之家，街口停放的一辆吉普车、一辆上海牌小轿车显示了这地段的高贵，石子路刚刚铺上了沥青，所有人家门扉紧闭，掩映在梧桐树的浓荫里，显得门第森严。工农街九号的房顶院墙几经翻修，清除了鸟窝，斩掉了瓦檐草，崭新的红瓦和雪白的院墙在暮色中闪着洁净而温暖的光芒。

是我小时候的家。房子几经易主，新主人是综合大楼的纪主任，据说是副团级干部，去年刚刚转业，他有一个欣欣向荣令人羡慕的大家庭，两个儿子在部队，一个是海军，一个是空军。我站在两扇绿漆大门前,看见一大片茂盛的丝瓜藤叶从院子里爬到了门楣上,门上钉了好几块小牌子,五好家庭、光荣军属、优秀党员之家。我注意到纪主任家的信箱,还是我们家用过的旧铁皮信箱,刷了一遍奶黄色的油漆。我瞪着那信箱上隐隐泛出的"库"字,心里一阵酸楚,说不出是温情还是哀伤。抬头一看,院子里的枣树还在,一片枣树叶子落在我头上,我甩了甩头,树叶掉到了我的肩上,我摘下那片树叶,心里想房屋比人还健忘,看起来只剩下这片枣树叶记得我了。好多年没来工农街,悠闲的时候不来,心情好的时候不来,偏偏这个时候来了,我觉得自己像一条丧家犬,在狗窝的废墟上流连。有个男孩滚着铁箍从我身边经过,瞪着一双圆溜溜的眼睛盯着我,你是来送礼的?纪主任家人都上班去了,晚上才有人。我说,我不送礼,我是房管所的,来看看这房子。

十三年后,这个家对我只剩下凭吊的意义了。我沿着院墙走,看见墙根处我当年垒的兔子窝还在,纪家的人现在把它改做了垃圾箱。我走到东面的窗子前,窗子紧闭着,新加了一排铁栅栏,窗后挂了一条花窗帘,里面黑漆漆的看不清楚。那窗子后面曾经是我的小房间。我的铁床就放在窗下。我在窗边徘徊,注意到窗玻璃上贴着一对蝴蝶窗花,我换了几个角度,试图看清楚房间现在的布局,突然我被自己的举动吓了一跳,那一定是纪主任女儿的闺房呀,看不得。看不得!姑娘家的窗下,过去是我的禁地,现在仍然是,我一猫腰,从纪主任家的窗下走开了。

小街的另一侧有一棵大梧桐树,我打量着大树的树干和浓荫，灵机一动，对我来说那是我藏身的好地方，不仅安全，也便于登高观望我从前的家。我爬上了树，视线豁然开朗，院子里老枣树还在成长，整个院子被枣树的树冠覆盖了一半，另一半到处架着晾杆和绳子，纪主任家不知从哪儿弄来这么多的鸡鸭鱼肉，一时吃不掉，鸡和鸭，猪头和鱼，都分门别类地腌过，晾在院子里。那不是我家的院子了。凭我的记忆，枣树下应该有个花坛，花坛里有一丛月季花。我母亲栽了很多年月季。别人的月季都开花，母亲栽的不开花，花事为我们一家的命运埋下了伏笔，我们搬出工农街的那年春天，月季花正好开了几朵，是第一次开花，粉红色的花骨朵小小的、瘦瘦的，我现在还记得半夜里起来撒尿，看见月光下母亲坐在花坛边，对着那丛月季花总结自己的人生。她对我说，这是我的命呀，都是你爹作的孽，月季花总算开了，我却要滚蛋了，看不见花了！

　　我在梧桐树上看见了母亲最后的幻影。我进不了工农街九号，母亲的幻影却顺利地进去了。我看见母亲穿着酱红色的毛衣站在枣树下，她的目光越过院墙，恨铁不成钢地怒视着我，不准爬树，快下来，回家，回家！我的头脑很清醒，幻影的指令是听不得的，这个家近在咫尺，可惜不是我的家了。我坐在树上，感到腰部渐渐地疼痛起来，我知道李庄老七那一脚很厉害，也许会给我留下祸害，我坐在树上揉着我的腰，忽然百感交集，这是第一次，我在反思自己的人生。父亲和母亲，我为什么选择父亲呢？如果当初我不从母亲身边逃走，我的前途会不会好一点？父亲和母亲，谁的教育对我好一点，谁更有资格把我培养成人？如

一天　283

果跟着母亲，我会失去驳船，失去河流，但至少在岸上有一个家。河上岸上，哪一种生活对我好一点？我思考不出什么结果，然后我听见了自己心里绝望的回答，都是空虚，是空虚，哪一种生活都不好！河上岸上都一样，我还不如在这棵树上住一辈子呢。

我爬在树上，对着梧桐树的枝杈和树叶发呆，街上的一条黄狗首先注意到了我，黄狗悄悄跑到树下，猛地对我吠叫起来。我吓了一跳，以为是李庄老七他们追来了，我向更高的树杈上攀登，凭高一望，工农街上静悄悄的，有一户人家的门打开，探出来一个花白的脑袋，四下张望一番，又缩回去了。狗吠引来了那个滚铁箍的男孩，男孩来到树下，大惊小怪地朝我叫道，你那么大的人还爬树？你爬在树上干什么？我说，不干什么，我累了，在树上睡觉呢。男孩说，骗人，鸟才在树上睡觉呢，你是人，怎么在树上睡觉？我说，我是人鸟，我的家在树上，人鸟累了都睡树上啊。男孩狐疑地观察着我，突然又叫道，骗人，哪来什么人鸟？你不是说你是房管所的吗，房管所修房子，不修树，你爬在树上干什么，是不是要偷东西？你一定是小偷吧！这下我有点急了，我说，爬在树上就是小偷？你个小杂种也狗眼看人低？我告诉你，我在这儿住的时候，你还没从你妈肚子里钻出来呢。

男孩收起他的铁箍，风风火火往东边一个门洞跑，我怕他要去叫大人，赶紧从高处往下转移。我看了看手表，按照父亲的规定，我的上岸时间已经超过六个小时了，不管三霸和李庄老七他们是不是已经守在船上，躲在树上总不是长远之计，我心急如焚，毅然跳下了树。跳下树我才意识到自己两手空空，我的旅行包没了，我的旅行包忘在理发店里，上岸大半天，我都干了些什么呀？倒霉事接二连三，面粉没有买，菜油没有买，粮油站却要关门了。

我左顾右盼地赶到了人民理发店门口，为了预防埋伏，我四下观察了很久，没有什么异常，只是在附近的垃圾堆里，出现了一大堆闪亮的玻璃碎片，我能够分辨出哪些是镜子的残骸，哪些是橘子水瓶的残骸，但我不知道我逃走后理发店里发生了什么样的冲突。人民理发店提前打烊了，门口的波纹灯停止了转动，花坛里那两朵向日葵似乎受了惊吓，蔫蔫地躲在肥大的叶片里，不再亮相。理发店门窗紧闭，人已散去，玻璃门上新贴的一张告示引起了我的好奇，我过去一看告示，马上屏住了呼吸，告示上的每个字都像一颗子弹射入了我的胸膛。

即日起禁止向阳船队库东亮进入本店。
人民理发店全体职工

他们禁止我进入理发店了。他们没有禁止三霸和李庄老七进入理发店，禁止的是我！我有什么错，他们凭什么禁止我进入公共场所？我的肺气炸了。我用手去撞那扇玻璃门，里面没人，撞门声惊动了对面弹棉花的浙江人，夫妇俩都一头棉絮地出来了，男的手里提着我的旅行包，女的拿着一捆白花花的新棉被。男的嘴里啧啧地替我庆幸，对我说，你跑得很及时哦，三霸其实叫来了四个人呢，幸亏大阁王去买香烟了，否则你今天就吃大苦头了。大阁王你听说过吗，他比李庄老七厉害多了，最爱砍人胳膊，在凤凰镇一口气砍过四条人胳膊，我亲眼看见的！女的推开丈夫，急着把旅行包和棉被交给我，这棉被是慧仙送给你爹的，说是还她小时候欠下的人情。她强行把那条新棉被塞到我的怀里，拿上东西快点走吧，你看见对面那布告了吧？慧仙让我转告你呢，说是集体意见，你以后理发去别处理，他们不欢迎你进人民理发店了。

　　我猜得出慧仙的心思，这是要跟我划清界限了，这个结果是在情理之中，却在我的意料之外。我抱着那条棉被，抱了一下，又塞回到那女人手里，我说，一床棉被我不稀罕，她要还人情，让她还到别人家去！我拿过旅行包，心里突然生起一种不祥的预感，马上伸手去夹层里摸，没有摸到我的工作手册，这应了船民们常说的一句话，怕丢什么丢什么，包里的坛坛罐罐一样不少，偏偏那本工作手册没有了。我几乎惊叫起来，工作手册呢？谁拿了我的工作手册？我惊恐的样子把那对夫妇吓着了。男的一脸狐疑蹲下来，帮着我一起在包里翻查，女的不乐意了，撅着嘴牢骚满腹地往作坊里走，嘴里大声说，这船上人就是难缠，你好心替他保管个包包，他赖你拿他东西呢，我们再穷也穷不到那份上，谁要拿你一个本子？我以前开小店卖过本子的，一个本子只卖五分钱呀！

惩罚

超时那么久,父亲的惩罚在所难免。

不仅是超时的后果,一定是谁听说了我在人民理发店的丑事,或者是看见了玻璃门上的告示,反正有人管不住自己的嘴,告诉了我父亲,我人还没回到船上,父亲就知道我在岸上闯了大祸,他一反常态地钻出了船舱,左手拿着擀面杖,右手拿着一圈绳子,像一尊别出心裁的复仇者的雕像。

别人看他站到船头上公开亮相,都去跟他搭讪,老库你怎么气成那副样子,你拿绳子擀面杖干什么?他说,不干什么,我在等东亮,你们看见他了吗?大家都说没看见。父亲说,没看见就算了,其实我知道他在哪里。别人又问,你拿个擀面杖到底要干什么,要打东亮?他勉强扔掉了擀面杖,不是不是,我等着他的面粉擀面呢,等了一天,没等来他的面粉!德盛女人听说他没饭吃,端了一碗饭菜过来,安慰他,老库你别性急,东亮马上就回来给你做饭了,你先吃点垫个肚子。他拒绝了德盛女人的好意,又对她说了一半真话,我气都气饱了,吃不下饭,我不是为了饭,他胆大包天了,一去不回呀,他一定在岸上戳穿天了。德盛女人说,东亮那么大的人了,岸上一定有什么事耽误他了,说不定会对象去呢,早点回晚点回,他都要回来,有什么大不了的,再怎样你也不至于拿绳子捆人吧？我父亲说，德盛家的你不知道啊，听说他去岸上干下流事了，国有国法家有家法，他思想品德有问题，动不了国法动家法，不捆不行！

我提着旅行包走到驳岸上，一眼看见了父亲手里的那圈绳子。船队的人有的幸灾乐祸地看我，有的好心地朝我摆手，让我不要上船。父亲的愤怒在我的想象之中，我不吃惊。我做了他最不可容忍的事情，我和赵春美金阿姨莫名其妙地搅和在一起，我准备承受相应的惩罚，也许是五个耳光，也许是下跪五个小时，也许是写一篇五千字的检讨书，这取决于我的悔改态度。我万万没想到他翻出了那根绳子站在船头，居然要捆我！我二十六岁了，王六指的几个女儿都看着我，春生的妹妹也看着我，码头上的李菊花也许正在油泵房里悄悄地注意着我，我怎么能让他捆？我的腰痛得厉害，我刚刚逃脱了三霸的追剿，累得像一条狗，我的父亲，我的亲生父亲，他竟然要捆我！我在岸上已经没法混了，如果被他当众绑起来，我在船上也没法混了，我还怎么活下去，怎么追求幸福的明天？

我决定留在驳岸上，等父亲消了气放下那根绳子。小福不计前嫌，跑过来帮我的忙了，我让他把旅行包放到船上去，转念一想，万一父亲今天不准我上船，万一我要在驳岸上过夜，万一我被父亲赶下船来，我要快刀斩乱麻，痛痛快快在岸上开始新的生活，坐火车坐汽车，旅途离不开旅行包，这个旅行包暂时要留下。我把瓶瓶罐罐从包里一样样拿出来交给小福，小福聪明地将这些东西分了类，先把酱油瓶子醋瓶子抱上船去，放在我父亲的脚下。父亲很礼貌地对小福说,谢谢你小福,你是个好孩子。我看他对小福和颜悦色,以为他气消了呢,没想到小福刚一转身,父亲就把酱油瓶子扔到岸上来了,他说库东亮你个孬种,你没有腿了,还是没有胆了?让人家一个孩子做你的搬运工?

酱油瓶子在我脚下碎裂,一瓶酱油都溅到了我裤管上。我擦拭着裤子,火气也冒到了头顶,你也有腿,你也有胆,不是要绑我吗?你到岸上来,来呀,上岸来绑我。

我说完就后悔了,这种激将法损人不利己。父亲的脸色气得发绿了,他说,好,你真的以为我不敢上岸?我两条腿好好的,怎么就不敢上岸?我就上岸,上岸来绑你。

多年不上岸,父亲不会走跳板了。他勇敢地走到跳板前,一只脚试探了一下跳板的韧性,另一只脚小心地跟进,却不敢往前跨了。父亲以一种怪异的立正姿态,颤颤巍巍站在板头上,我不由得喊了一声,小心!他竭力保持着身体的平衡,上气不接下气,用手指着我说,小心什么?别来这一套,我知道你的阴谋,我掉到河里淹死了,你就自由了!可惜我没那么容易死,我只要有一口气,就要管着你,我跟你同归于尽!

德盛跳到七号船上去了,过去把我父亲拉下了跳板,老库你别冲动,千万别上去了,你这是晕板,硬撑着走,会掉到水里去的。

我父亲抓住德盛说,怎么会晕板呢?我以前走惯的,扛着一麻袋大米都能走的。

德盛说,这不奇怪,老库你多少年不上岸了?你这样下去,别说晕板,就是不晕板上了岸,你还会晕岸呢。

德盛左右摇晃着身体,手抱脑袋,模拟着晕岸的样子,晕岸跟晕船一个道理,从来不坐船的人容易晕船,从来不上岸的船民就容易晕岸,你老是躲在舱里,躲出毛病来了,你把船当了地面,把地面当了船,所以就晕岸啦。

德盛这一席话把我父亲说得有点走神,他惶恐地巡视着河岸,眼睛一眨一眨的,似乎在思考德盛的理论,然后他的目光猛然一跳,跳到我身上,愤怒重归他的脸上,你还不上来?等我晕板还是等我晕岸呢?他用手指绞着绳子,对我高喊道,你好大的胆子,惹了这么大的祸,还在负隅顽抗?

我说你要捆我,我就负隅顽抗,你把绳子交给德盛,我就上来。

交给德盛干什么?他不是专政机关,也不是你爹,我是你爹,什么叫绳之以法你忘了?今天你犯下了滔天大罪,我要对你绳之以法。

我们父子俩隔岸对峙着,德盛女人也上了七号船,劝我父亲把手里的绳子交给她,说东亮那么大的人了,自己都到了做爹的年龄了,船上岸上这么多人看热闹呢,他力气比你大,怎么能让你绑?你就算绑住他,那是他孝顺,顺了你,自己就没脸面了,传出去他以后怎么做人?德顺女人说的话既得体也在理,周围看热闹的船民听了直点头,只有我父亲摇头,他说,德盛家的,我不是要他孝顺,是要他进步,你们不知道,让他进步比登天还难呀,我教育他他不进步,我放松教育他就退步,我最近对他松了一点,他就到岸上违法乱纪去呀,他是贱骨头,他不要宽大,我就对他专政。

德盛女人撇嘴说,什么进步退步,船上用不了这些的。不就是过日子嘛,日子太平就好。我去跟他说说,让他上船认个错,以后不要惹你生气了?

父亲说,他认错没用的,他天天认错天天不改,他就是屡教不改的典型呀。

德盛女人第一个注意到我反常的面色和痛苦的表情,她指着驳岸说,你看看东亮,那脸色煞白煞白的,他好歹算个孝子,把你气成这样,自己也不好受呢。老库你快放下绳子吧,要不你拿着绳子进舱里,家法国法随便你用?东亮他是要个脸面,没人看见不丢脸,你先让他上了船再说吧。

德盛配合着他女人,在一边试探地抽了一下我父亲的绳子,父亲警惕地把绳子攥紧了,嘴里说,什么孝子?你们不知道的,他是个孽子!绳子没松手,父亲脸上的愤怒出现了松动的迹象,德盛发现了,又用力抽一下,这次,他成功地把绳子抽出来了。

父亲的脸上出现了疲惫而厌倦的神情,好,看在大家的面子上,我不捆他了,他今天也不要上船了,到岸上去,让他腐化堕落去,寻衅闹事去,违法乱纪去,我不用家法,自然有人用国法,他这样下去,迟早要尝到无产阶级专政的滋味。

我以为父亲让步了,刚走到跳板上,一根擀面杖迎面飞过来,谁让你上船的?要上船先跪下!跪下!父亲对我喊道,你不肯跪?不肯跪就滚回岸上去!我身体一闪,闪过了擀面杖,腰上的伤痛却因此加剧了。我的腰痛越是厉害，委屈就越是强烈，委屈越是强烈，愤怒越是无法遏制，我突然用手指着父亲，向他发出了最后的通牒，你今天到底让不让我上船？告诉你，今天不让我上船，我就永远不上这条船了。

你敢用手指我鼻子？你敢威胁我？我还怕你的威胁？父亲挥舞着手对我吼起来，你滚，滚到岸上去，从今往后，我没有你这个儿子！

一股热血冲上我的头顶，恶向胆边生，刹那间无数恶毒的语言从我的嘴里倾泻出来，犹如汹涌的洪水向我父亲奔涌而去，谁稀罕做你的儿子，谁稀罕你这个爹？库文轩你脱下裤子给大家看看，谁稀罕你这个爹？别人的爹都有一根鸡巴，为什么你只剩半截鸡巴？半截鸡巴，还有什么脸教育我？半截鸡巴你还有什么脸绑我？库文轩我告诉你，我落到今天这个地步，都怪你的鸡巴！

我这么一嚷，听见船队十一条船上訇地一响，船民们嘴里同时发出了惊叹声，东亮造反了，造反了！我看见父亲面色惨白，身体在船上摇晃，他注视我的目光像最后一根绳子，仓促地抛过来，没有套住我，自己散开了，断了。他的眼神与其说是惊恐，不如说是绝望，一口痰呛到了他的喉咙。他吐痰，吐不出来，引发了一阵剧烈的咳嗽。

德盛夫妇还在船上，他们过去搀扶住我父亲，扶着他往舱篷里走，德盛边走边瞪着我，说，东亮你今天是鬼魔附身了？你爹是你的阶级敌人，你往他死里打？别人贬损他的脏话，我们都说不出口，今天都让你说光了！德盛女人一边拍打我父亲的肩膀，一边对他说,千万别介意,最近有人在镇上大白天撞见鬼,白天见鬼会丢魂,东亮一定是在镇上丢了魂啦。

我沿着驳岸朝码头奔跑,双腿发软,肩膀莫名地颤抖,我知道这是我生命中最累的一天,偏偏又是必须奔跑的一天,我必须跑,不跑不行了。

孙喜明夫妇俩在驳岸上堵住了我,他们注视我的表情不一样——男人看上去很焦急,女人的眼神躲躲闪闪,掩藏不住她的内疚,从那眼神里我一下就猜到她是告密者。孙喜明一把抓住我的胳膊说,东亮你往哪里走?你敢走?你到底要去哪里?

我一时没有目标,挣脱着他的胳膊往前走,别管我去哪里,地球那么大,我就不信没有我去的地方。

孙喜明紧追不舍地撵着我走,一把抓住了我的旅行包喊道,地球是很大,可地球不归你,归党归社会主义的!

孙喜明女人在后面拍手跺脚,东亮你到底要往哪里走啊?大家都说你这不好那不好,我说他们都瞎了眼睛,东亮干活好,又是个大孝子呀,马上船队要评选光荣船了,我们都说要评你们七号船,你这一走,还怎么给你戴光荣花呢?

我对她本来就没好气呢,回头对她喊,我不稀罕光荣花,送给你戴去,你告密有功!孙喜明的手在我的旅行包上狠狠地拍了一下,东亮,你别撒不出尿来怪夜壶!小福他妈是好心办坏事,怕你爹担心才给他透了点底!你爹不是赵春美,他怎么打你骂你你也得认,不准跑,你跑了让他怎么办?我又对着孙喜明叫喊起来,再不跑我还算个人吗?我受够他的罪了,他不缺胳膊不缺腿，以后让他自己管自己。孙喜明说，好，好，你算个人，你管不管你爹是你们家私事，我管不了，运输生产我要管，你一走驳船怎么办？明天舱里要装油料了，船上的事你爹什么也不懂，你不能影响生产呀。我说我什么也不管了，从今天开始，我跟向阳船队一刀两断，我要到岸上去旅行，去北京、去上海，还要去广州、去哈尔滨！

我跑了一阵，好不容易摆脱了孙喜明夫妇的纠缠，船队几个男孩子腿快，不知怎么追到我前面来了。小福问我，五癞子说你的鸡巴今天差点让人剪了，差点就跟你爹一样了，是不是真的？春耕鬼头鬼脑地盯着我的裤裆，说，你是畏罪潜逃吧，王小改说你一天到理发店去三次，说你去对慧仙耍流氓，你敲过她了？怎么敲的呀？我被他们说恼了，又无心跟这帮孩子计较，就用力踹了春耕一脚，闷着头向前跑。我把春耕踹痛了，他抱着膝盖在后面嗷嗷大叫，一边叫一边骂我，库东亮你这个花痴，癞蛤蟆敲天鹅，剪你鸡巴是活该！

路过码头油泵房，一个纸团从里面飞出来，落在我脚下。我下意识地停住脚步，看见李菊花一身蓝色工装，倚在门口看我，她看我的神情不同以往，眼神严峻，嘴角上浮现出一丝讥嘲的冷笑。我说，李菊花我怎么得罪你了，你对我到底有什么意见？她说，你没得罪我，我就是在想呢，知人知面不知心，看你的外表仪表堂堂，怎么心里这么肮脏呢？我愕然地瞪着她，李菊花你把话说清楚，我心里怎么肮脏了？她掸掸身上工装的袖子，说，我没那个兴致说，你自己做的事，还用我说？她看我一脸茫然的样子,鄙夷地说,装傻呢?还要我提醒你,你在理发店对小铁梅干什么了?那种事,王小改说得出口,我说不出口!我突然明白了,一个可怕的谣言以讹传讹,正像细菌一样在码头四周扩散。我一时愣怔在油泵房门口,气得手脚冰凉,耳朵里隐隐听见李菊花的嘟囔声,随你堕落去,反正不关我的事,你也不是我什么人,你堕落到监狱去也不关我的事。

我没必要向李菊花申诉我的冤屈,径直朝治安小组办公室奔去,我满腔怒火去找王小改算账,跑到窗边一看,王小改不在办公室,杂乱的屋子里只有陈秃子和五癞子在下棋。两个人头顶头,嘴里都骂骂咧咧的,我注意到他们头顶上挂着一块黑板,我的名字赫然在目:

今日治安状况通报
向阳船队船民库东亮在人民理发店调戏妇女。

那一行歪歪扭扭的粉笔字看得我眼冒金星,我一时失控,忘了门在哪里,撞开窗子就要往里面跳,屋子里的两个人闻声回过头,竟然都发出一声怪叫,五癞子敏捷地抓起了桌上的治安棍,先朝我扑过来,好呀,你个空屁,你今天把油坊镇搅得六缸水浑,我们这个月的工资要扣光了,正愁没空收拾你,你倒自己送上门来了!

我搬起一张小凳子朝五癞子砸过去,五癞子闪了一下,陈秃子冲上来了,我看见陈秃子怀里的东西就傻眼了,他不知从哪个角落里悄悄抱出来一杆步枪！步枪上了刺刀，刀尖闪着寒光，陈秃子抱着那杆步枪，眨巴着眼睛，威风凛凛地向我一步一步逼来，空屁，今天我让你看看治安小组的厉害！

也不知道是出于理智还是胆怯，看见那步枪我就跳下了窗台，鸡蛋不撞石头，我拼命地跑，不跑不行，今天到底是个什么样的日子啊，陈秃子竟然向我亮出了一杆步枪！我一口气跑到棉花仓库那里，回头一看，陈秃子站在办公室门外，举起枪对我瞄准，嘴里模拟着子弹出膛的声音，砰，砰，砰！我知道他没有子弹，但那刺刀狭长而刺眼的光令我胆寒，我不敢再去惹他们了。在棉花仓库的门口，我做了一次短暂而重要的调整，拿起看门人遗忘在小凳子上的搪瓷杯，喝了一口茶水，还捡起他的破毛巾擦了一把脸，然后我抬眼看了看东边棋亭的方向，棋亭上空飘浮着几片苍老的晚霞，我一看见晚霞映照的棋亭，立刻想起了"历史"这个深沉的字眼儿，棋亭啊棋亭，它是邓少香烈士生命的终点，却将成为我生命的起点，我要到棋亭去，我要出发了！

众所周知，棋亭附近是一个类似黑市的陆路交通枢纽，从公路上来的油罐车卸下油料后，司机会在棋亭边滞留一会儿，顺便拉上几个搭顺风车的客人，交五毛钱，你就可以坐上汽车去很远的地方了。

多日不见，棋亭的外观让我吃了一惊，我发现古老的六角棋亭只剩下三个角，青龙飞檐不见了，亭柱被彩条塑料布包围起来，六根石柱子从塑料布里勉强地探出头，提醒过往的人们，这里曾经是油坊镇最庄严的地方。岸上发生了这么大一件事，我却不知道。这是谁干的？一定是赵春堂啊，他到底要干什么？我的注意力被毁坏的棋亭转移了，匆匆跑过去，看见两个很邋遢的工人蹲在地上，就着一缸茶水吃馒头，脚边扔了一堆大锤子小榔头和千斤顶之类的工具。

我指着那工人说你们好大的胆子，怎么敢拆棋亭，谁让你们来拆的？一个工人嘴里嚼着馒头，坦然地回答，我们没这胆子，赵春堂派我们来的！另一个工人说，赵春堂也没这个胆子，是上面同意他拆的。我问他们上面是谁，是哪一级领导？他们说是哪一级要问赵春堂去。我问他们拆了棋亭要干什么，一个工人说，这地盘金贵嘛，好像是要扩建停车场，现在油坊镇这么多车，油罐车、农用车，还有军用车辆，停车没地方啦。我一气之下就大声质问起他来，你们猪脑子啊，是停车重要还是纪念革命烈士重要？那工人被我问得一愣，推托说，你别问我，问领导去！他们再也不肯理睬我，我换了和缓的口气问他们一个关键问题，拆了棋亭，纪念碑怎么办？你们准备把纪念碑竖到哪里去？这问题问了好几遍，两个工人都不愿意回答，我给他们一人敬了一支香烟，一个工人才开了金口，就这么一块石碑嘛，地下还有个衣冠冢，移址很容易，说是移到县城的革命历史博物馆去。

另一个工人看我情绪冲动，有点好奇我的来头，目光忽上忽下，研究着我身上的旅行包和衣服皮鞋，终究搞不清我的身份，小心地问我，这位同志，你是什么人？我差点脱口而出，邓少香烈士的孙子！话到嘴边人忽然清醒过来，想起这个光荣的身份已经烟消云散，三十年河东三十年河西，现在我还不知道是谁的孙子呢！我只好对着棋亭叹了口气，非要是什么人吗？我什么人也不是，是群众，随便问问！

闹了半天你是群众？那工人顿时舒了口气，轻蔑地瞟了我一眼，那你对我们发什么火？你是群众我们也是群众，你有什么火气向领导发去。

事关烈士纪念碑，都是各级领导的决定，我确实没有资格指手画脚。我走到棋亭边撩开塑料布朝里面看，一股酒气袭来，原来拆亭子的人马来了不少。还有两个工人躺在里面，四仰八叉地睡觉，一张旧报纸上陈列着他们的残羹剩饭，几只大白鹅在饭盒和酒瓶间漫步。鹅来得蹊跷，引起了我的注意——大白鹅在哪里，傻子扁金就在哪里。我再朝亭子里侧细细一看，果然发现了傻子扁金的身影，他怀里抱着一只小鹅，正坐在角落里吃工人的剩饭呢。

我不知道傻子扁金为什么要到棋亭来。看见傻子我就会想起他的屁股，想起他的屁股我就会联想我父亲的屁股。鱼形胎记。屁股上的一条鱼。我父亲在血缘上与一个傻子竞争，已经竞争了好几年了，这场奇怪的竞争让我感到屈辱。我不愿意和傻子扁金在一起。几乎是一种条件反射，我害怕人们比较的目光，岸上船上的很多糊涂人，他们一看见我和傻子碰到一起，就兴致勃勃地议论我们各自的长相血缘，库家父子，傻子扁金，到底谁是邓少香的后代？船上的人大多倾向我们父子；岸上的人却采取不欺负弱者的态度，坚持说傻子屁股上的鱼形胎记最像一条鱼；还有人慷慨激昂地表示过，他们情愿烈士的后代是个傻子，也不愿意库文轩这样的腐化堕落分子来给烈士的英魂抹黑。

我站在棋亭外揣摩傻子扁金的来意，不远处的茶摊边有几个镇上人在观察我，他们竟然为我和傻子扁金的相遇雀跃起来，看啊，傻子在这儿，库东亮也在这儿呢！他们七嘴八舌地争论着什么，不知怎么话题集中在我的屁股上了，几个人的眼睛都怀着探求的欲望，火辣辣地盯着我的屁股。陈秃子的堂哥陈四眼看上去有文化有教养，还戴个眼镜，可他竟然上来拉扯我，提出了一个非分的要求，空屁你来得正巧，你爹天天窝在船上，他的屁股我们没机会看，你把屁股亮出来跟傻子比一比，你们谁是邓少香的子孙，让我们群众先来评个公道！陈四眼是找死，要动嘴要动手他都不是我对手，但我没有心情和这帮人纠缠，陈四眼你滚开，让你老婆来，我前面后面都给她看，你没得看！我嘴上回敬着陈四眼，脚步却对他退避三舍，匆匆地跑向了停车场。

棋亭上空的晚霞中回旋着一股不祥的寒流，我感到浑身不适，从码头到棋亭，到处都是我的是非之地，我要走，越快越好。我注意到停车场上停着几辆油罐车，有一辆车已经发动了，司机发现我要搭车的样子，从驾驶室里朝我招手，你去哪里？快点，快点上车。我朝油罐车跑去，脚都踩到驾驶室的台阶上了，听见司机在里面说，我的车去幸福，你顺不顺路？顺路先交五毛钱！我不知道司机说的幸福在哪里，是乡下还是集镇？管它在哪里呢，幸福，这地名听上去多好，我去，我就去幸福。

司机打开驾驶室的门，一只手朝我摊开，五毛钱，先交钱后上车。我刚要掏钱，听见耳边掠过一阵奇异的人声，不远处的路

惩罚　299

口一片嘈杂,有人在轮番叫喊我的名字,库东亮,站住,你不准走!库东亮,你不准走!那不是幻觉,一群孩子呼喊着我的名字,从码头方向拥过来了,是向阳船队的一群孩子,他们像胡蜂一样朝我嗡嗡地包围上来,有人抱住了我的腿,有人夺下我的旅行包,小福像个老妇女一样跺着脚,对我叫嚷道,库东亮,你还在这里游手好闲,你爹出事了,他喝了农药,送到医院抢救去啦!

噩耗来得无情,却又自然而然,我打了个冷战,跳下卡车就往医院方向跑。我摆动双臂,以为自己跑得很快,可我的腰痛发作了,腿是软的,胸口喘不过气来,怎么跑也跑不快。小福在我的左前方,边跑边训斥我,还不快跑,你爹在医院里抢救,你还慢吞吞地跑,你是人还是畜牲?春耕在我的右面,他也学着小福的样子骂我,都是你惹的祸,好汉做事好汉当,你算什么好汉,现在害怕了?把自己亲爹气得喝农药,自己做了缩头乌龟,你跑得比乌龟还慢!春耕的妹妹四丫头跑在最后督阵,她竟然拿了一根树枝来打我屁股,就像打一头消极怠工的老牛屁股,还不快跑?你要赶紧去立功赎罪!她一边喘气一边控诉我,库东亮你罪大恶极,自己的亲爹再不好也是亲爹,每个人只有一个亲爹一个亲妈,死了就没有了——你把自己的亲爹扔下就跑,没良心——要不是我妈喝过农药,要不是我爹鼻子灵,你爹死在舱里都没人知道呀!

我听见四丫头的话,再也忍不住了,一边跑一边呜呜地哭起来。孩子们从来没见过我哭,我一哭,他们都停下来慌张地看我的脸。我捂住脸不让他们看我的眼泪,我捂住脸在街上踉跄着跑,孩子们以为是他们把我骂哭了、撵哭了,有点心软,不再骂我撵我了。四丫头说,别哭别哭了,我们不骂你就是了,这次犯了错误,以后记得要改正啊。春耕皱着眉头说,空屁你丢人呢,妇女都知道坐下来哭,你边跑边咧着个大嘴哭,还不如妇女!街上有过路人好奇地看着我们这支奔跑的队伍,喂,你们跑什么?船队死了人啦?四丫头尖声说,我们船队从来不死人,你们镇上才经常死人!小福推搡开那些好管闲事的路人,我们跑步呢,关你们什么事?闪开,都闪开,你们没见过长跑比赛啊?

德盛女人和孙喜明女人站在油坊镇医院的门口迎候我们,两个女人交流了欣慰的眼神。一个说,还好,东亮没走成。一个说,我家小福真能干,真的把东亮带来了。看见那两个女人,我有了主心骨,人反而崩溃了,我爹没事吧?我这么喊了一声,身体一软就瘫倒在她们身边了。我站不起来,感觉到两个女人在拉拽我的手,一人拉一条胳膊,我把胳膊交给了她们,但我的身体以及灵魂都恐惧地赖在地上,不肯起来。哪来的农药?谁给他的农药?我们家没有农药的。我浑身瑟瑟发抖,嘴里机械地重复着几句话。德盛女人说,现在追究不了这件事,先要追你爹的一条命,你站起来,快站起来呀。孙喜明女人用手指点着我脑袋,嘴里不停地数落我,现在知道害怕了?刚才跟你说道理,你怎么就不肯听?岸上的人你不信,我们的话你也不信,哪儿有你这样造反的?你差点反掉你爹一条命呀。

他们径直把我带进了急诊室。一别数年,我不记得这急诊室的格局和设施了,却清楚地记得房子里特殊的气味,脚臭味血腥味还有碘酒气味和饭菜香味混杂在一起,闻到这股气味,我就犯恶心。河上十三年,这间急诊室竟然成了父亲与油坊镇土地的唯一联系。上一次来,是为了缝合父亲的阴茎;这一次,是为了救父亲的生命——每一次我都罪责难逃。我也是谋害父亲的凶手。我是凶手。凶手再怎么跑也没用,我跑不掉了。我站在门口,感到一阵强烈的反胃,我怕自己会吐出来,就蹲在一只痰盂前,迟迟不敢站起来。孙喜明女人说,东亮你怎么回事,你爹在角落里躺着呢,你怎么蹲在这儿?我揉着自己的腹部说,等一下,等一下。德盛女人看看我的脸色,又看看孙喜明女人,那就等一下吧,这一天东亮过的什么日子啊?他一定是想吐,不是饿出来的,就是吓出来的。

我蹲在痰盂边,目光努力地抬起来搜寻父亲。我看见急诊室几张正规的病床上都躺着人,父亲躺在角落里的一张长椅上,被氧气瓶输液架和人群包围着。两个女护士围着他跳来跳去,一个男医生正在给他洗胃,忙乱中有个声音在喊,按住,按住,按住腿,按住肚子!撬开,撬开,把他的嘴撬开,把他的舌头撬开!父亲像一头衰弱而倔强的老牛,拒绝屠宰加工。他不合作的态度引起了女护士的不满,她不便向病人发作,厉声呵斥着旁边的几个船民,你们怎么这么笨?这么多男人这么大的力气,弄不住一个老头,看他又喷了我一身!船民们在长椅边仓皇地穿梭,终于各就各位:王六指按住了父亲挣扎的身体,孙喜明和德盛守在长椅两侧,一个人手里端着痰盂,一个人举着一只输液瓶。然后孙喜明突然发现了我，眼睛一瞪，来不及骂人，最终给我下了一道命令，你还愣在那里干什么？赶紧过来帮帮王六指，按住他的肚子，你不知道你爹有多犟，他不想抢救，不肯洗胃！

我什么也顾不上了，冲过去按住了父亲的腹部。父亲的眼睛瞪着我，瞪得比铜铃还大，他想说什么，无奈嘴里塞满了管子，一句话也说不出来，他想用手来推我，偏偏他的双手都被王六指死死地扣在椅子上了，动弹不得。我知道父亲的痛苦，父亲不知道我的痛苦，我的痛苦不比他轻，头疼欲裂，胃里翻江倒海，呕吐已经憋不住了。我知道我不能吐，应该让父亲先吐。我拼命按住他的肚子，爹，快吐，快吐啊，吐出来就好了。父亲还在犟，嘴巴一吐一吸，试图把嘴里的橡皮管子吐出去，我用手掌牢牢地保护住那些橡皮管子，爹，快吐，不是吐管子，快把农药吐出来，吐出来就好了。

父亲憋了一口气，愤怒的眼神突然变得轻松了，一股腥臭发黑的污水从他嘴里飞出来，溅到了我的脸上，我没有躲闪。很奇怪，父亲一吐，我再也憋不住了，我也吐。吐。吐。父亲吐到了我脸上，我吐到了他的身上。

孤船

父亲出院的时候，向阳船队已经离岸走了。

我背着父亲走到码头上，远远看见七号船孤零零地停在驳岸边，一条被遗弃的驳船，似乎停靠在世界的尽头。河上十三年，七号船第一次脱离了向阳船队，成为一条孤船。我突然觉得驳船变得那么陌生，河岸变得那么陌生，甚至金雀河水也变得陌生了——平时河水流得那么匆忙，隔得很远就可以听到水流的声音，河面上到处可见彩色或银灰色的油污，上游冲下来的枯枝败叶，还有淹死的小动物腐烂的尸体，那天下午的金雀河上没有任何漂浮物，洁净得令人生疑，宽阔的河面像一匹暗蓝色的旧绸缎在我眼前铺展，静止不动，看上去很美，可是，美得荒凉。

医院三日，父亲的身体已经很臭了，我一路背着他，先后闻见他嘴里的气味、头发上的汗臭味，还有来自他衣裤的酸馊味，所有气味集合起来，竟然是一股强烈的鱼腥味。我很困惑，父亲为什么这么腥？我背着他回家，就像背着一条巨大的空瘪的腌鱼回家。

父亲早已经清醒，但一路上他拒绝跟我说话，沉默是他最后的威严，他保持沉默便保持了惩罚我的姿态。除了偶尔晃动的两只脚，我看不见背上的父亲，看不见他的眼睛，可是我知道他的眼神已经没有了仇恨，那眼神空洞、虚无，带着一点痛苦，类似鱼的眼神。出院时医生建议我和父亲多说话，说很多轻生的老人存活之后，会并发老年痴呆症。我想和他多说话，却不知道怎样开头，更不知道怎样结束，与父亲交谈，仍然是考验我的难题。父亲干枯的身体紧贴着我的后背，我们父子的心，却已经远隔千里。我看不见父亲的嘴巴，看见的是他嘴里吹出来的一个个泡泡。不知是医生的医疗事故，还是我父亲的生理原因，经过了几次全面的肠胃清洗之后，他的嘴里开始间歇性地吐泡，起初他吐出的泡泡是褐色的、浅棕色的，吐到后来那些泡泡的品质改变了，它们变得晶莹透明，看上去惹人喜爱。我背着父亲走到码头上，阳光从河面上折射过来，秋风吹拂父亲的脸，吹下他嘴边最后一个泡泡，那泡泡先落在我的肩上，然后慢慢地滚落在我的身前，我惊喜地发现那个泡泡变色了，它先是呈现金色，继而闪烁出彩虹般的七彩之光。

装卸区站着三个抽烟的码头工人。那个刘师傅对我喊，空屁，你们家出了什么事？别的船都走光了，你家的船怎么还在岸边？他们很快发现我背上驮着个老头，库文轩出来了！刘师傅这么叫了一声，三个人一下子鸦雀无声，很快我听见了他们小声的商议，去看一眼，去看一眼。我知道工人们对我父亲很好奇，但他们的态度我接受不了，我父亲又不是什么稀有动物，为什么要说看一眼呢？我拼命朝刘师傅摇头，三个人不管不顾，径直冲到我们面前，过来研究我父亲的脸和身体。我用脑袋撞开了他们，三个人不得已退到了一台起重机下，纷纷发表观感，一个小伙子嗤地一笑,说,果然是个怪人,他的嘴里还会吹泡泡呢,跟一条鱼似的!刘师傅的声音听上去充满同情心,感叹道,也就十几年没见,他怎么老成这样了?这个人的人生,好坎坷啊!第三个码头工人自作聪明,见到了我父亲马上质问刘师傅,你说他就是邓少香的儿子?亏你相信这套鬼话,这老头子明摆着是冒牌货嘛,你们算一算邓少香牺牲的时间,那箩筐里的婴儿现在也顶多四五十岁吧,看看老头那张脸,他起码七十岁了,怎么可能是邓少香的儿子!

父亲在我背上动了一下,一股腥味扑入我鼻孔,他的嘴巴又张开了。我以为这次他要为自己的年龄辩护,结果他把别人的错误归到了我的头上。你安的什么心?这么宽敞的路,你非要往人前走,快绕过去往船上走啊!父亲在我的大腿上蹬了一脚,手在我的脖子上掐了一把,他说,不情愿背你别背啊,要背你就好好背,你背不了几步路了,把我放到船上你就可以走了,我再也懒得管你,我把自由还给你。

一只野猫正蹲在我家的船头俯瞰着河水的动静,那野猫长年在码头一带流浪,也许认识我,发现主人回来便自觉地撤离驳船,从我脚边一溜烟地逃走了。我背着父亲小心地走过跳板,看见野猫在船头给我们留下了纪念品,一堆猫屎,外加一条柳条鱼精致的骨骸。前舱的舱板不知被什么人拉开了一半,偌大的前舱是空的,一半沐浴着阳光,一半沉在暗影里,无油可运,空置的船舱嗡嗡地收集着河水的回声。我对河水的声音是如此敏感,走过舷板的时候,我听见前舱忠实地复制着河水的声音,下来,下来。很明显，河水之声被放大了，父亲也听见了什么，他的脑袋在我的肩膀上无力地抬起来，前舱里是什么声音，他们在输油吗？我说，我们的船不输油了，爹，前舱是空的，什么也没有。

我把父亲背进后舱，安置在他的沙发上，他颓然地躺下去，嘴里发出了一声满足的轻叹。我说，爹，我们到家了，到家就好了。父亲说，是我的家，不是你的家，你把我送到家，我要谢谢你，你不是要到岸上去到处流窜吗？现在可以去了，去流窜吧！我说我走不了，你身上脏了，还要给你烧水洗澡呢。他犹豫了一下，说，那就再谢谢你，再谢一次，我是该洗个澡，洗好澡你就可以走了。

那天下午的金雀河躁动不安，我起身拿了吊桶去河里吊水，吊桶投进河中，收集起一片河水的秘语，河水在吊桶里说，下来，下来。我在灶上支锅烧水，河水煮开了仍旧不依不饶，河水的秘语在铁锅里沸腾，下来，下来，下来。我坐在船头守着火灶，心里充满了莫名的恐惧，我不知道河水的秘语是赠送给谁的，是给我还是给我的父亲？

向阳船队的船民都清楚，我父亲洗澡麻烦多，需要一级戒备。我把大木盆搬进舱里，小心地把舷窗都关上了，这是防止窥视的常规手段。我父亲也许是金雀河两岸最特殊的男人，别的男人光着身子跳大神也没人稀罕，我父亲的裸体，始终是人们争相偷窥的对象。他的裸体不同凡响，正面背面都极具观赏价值。倘若你有幸窥见他的正面裸体，便可看见传说中的半截鸡巴，那是我父亲的羞耻。倘若你有机会看见他的背面裸体，也就看见了他

孤船　307

屁股上的鱼形胎记，那是父亲的荣耀。这几乎是一场漫长的防御战，父亲悉心保护他的光荣，也全力地掩藏他的羞耻。即使是我，也没有机会正眼面对父亲的裸体，每当父亲在后舱洗澡，我的任务是掩护和阻击，我沿着舷板巡逻，负责驱赶那些前来窥望的孩子。那天下午本来是父亲最好的沐浴时机，驳岸上没有人，岸边只剩下我们一条船，不需要我出舱巡逻了。我关上窗，发现父亲的目光还是很胆怯，他左顾右盼地说，外面谁在吵，我耳朵里嗡嗡的，是什么人在岸上？我说，船队早走了，岸上没有人，没人来偷看你，你放心洗吧。他警惕地瞪着舱门和舷窗，说，小心为好，我觉得外面有人，不安全，你把舱门也关上吧。

关上舱门，舱里一下变得很闷热。我把热水灌进大木盆里，替父亲脱下了酸臭的衣服。脱到裤衩了，他说，裤衩不脱，到盆里自己脱。我把他扶进盆里，看他歪斜着身子慢慢地往水里坐，那样子似乎有点半身不遂。你不要看我，有什么好看的？他皱着眉头对我说，把毛巾给我，背过身去，背过身去你就可以走了。

我顺从地背过身去，可是我不能走。我看着舱壁上邓少香烈士的遗像，刹那间我产生了一个奇异的幻觉，似乎看见邓少香烈士沉睡的灵魂苏醒过来，从墙上偏过头打量着木盆里的那个裸体，目光幽远，充满忧伤。库文轩，你真是我的儿子吗？库文轩，你到底是谁的儿子？我身后响起了断断续续的泼水声，听起来有气无力，我不敢回头，爹，你洗得动吗？洗澡很累的，要不要我来帮你洗？他说，我还有一口气呢，前面我能自己洗，后面你帮我洗。我正要转身，听见父亲喊，别过来，现在别过来，再等一会儿。我只好等，等了一会儿，父亲终于允许我转身了，他说我的后背一定脏死了，天天都很痒，我不是故意要拖住你，你帮我洗了后背就可以走了，抹上肥皂冲洗干净，你就可以走了。

我蹲到木盆边，一眼看见父亲臀部上那个鱼形胎记，鱼的头部和身体已经褪色，几乎辨认不出了，只剩下一个鱼尾巴，还顽强地留在松弛苍白的皮肤上。我大惊失色，忍不住叫起来，爹，你的胎记怎么回事，怎么都褪了？就剩下一个鱼尾巴啦！

父亲在木盆里打了个寒噤，什么鱼尾巴，你胡说什么？他的脖子艰难地向左下方转动，转不过来，你吓唬我呢？我的胎记跟别人不一样，我的胎记不会褪的。

真的褪了，爹。原来是一条鱼，现在只剩下个鱼尾巴了。

父亲的脑袋转向右下方，还是转不过去。他急眼了，身体扭来扭去，一只手在我身上狂乱地拍打着，你是故意在骗我？我不信你的鬼话，你让我看，让我自己看。

爹，你糊涂了，胎记长在屁股上，你自己看不见的，是褪了，我不骗你，这么大的事情，我怎么敢骗你？

父亲坐在木盆里一动不动，他湿漉漉的身体不停战栗，枯槁的脸上老泪纵横，眼睛里燃烧起一股猜忌的怒火。我知道了，是医生给我洗掉的。怪不得最近那儿很疼很痒，好呀，好一个阴谋，借着救死扶伤的名义害人，他们销毁我的胎记，就是在销毁证据，他们要割断我和你奶奶的联系呀！

爹，你别赖到医生头上，我天天在医院看着他们呢，医生给你洗了三次胃肠，没见他们洗你的胎记。

孤船

你幼稚！幼稚！你看得见他们洗我的胃，看不见他们迫害我的阴谋。岸上都是赵春堂的人，医院里都是赵春堂的人，他们早就串通好了。你们为什么要送我去洗胃？你们也没安好心，为什么送我去岸上？送我上他们的手术台，不如直接把我推到太平间去啊！

父亲的脸已经完全扭曲了，随着情绪的波动，他嘴里频频孕育出大大小小的泡泡，一串串泡泡疯狂地向我飘来，带着浓重的鱼腥味。我又惹了大祸。我后悔莫及。为什么我就管不住自己的嘴巴呢？刚渡过一劫，还没得到父亲的宽恕，我又惹祸了。我手足无措，努力寻找着莫须有的理由安慰他，爹，那鱼尾巴好歹还在呢，就算鱼尾巴也没有了，你还是邓少香的儿子！真的假不了，假的真不了，搞阴谋的人，搬起石头砸自己的脚——我昨天在医院听说，地区工作组又要下来了，要给你翻案来啦。

翻案？你听谁说的？他的眼睛一亮，亮了又暗淡下去，又来诓骗我？你不用撒这个谎了，现在我想通了，不用他们为我翻案，只要给我颁发一张烈属证，我把烈属证留给你，就可以去见马克思了。父亲坐在木盆里，突然像个孩子一样呜咽起来，想想我这辈子，我不甘心，我能甘心吗？他攥紧我的手，一边呜咽一边问我，我坚持了十三年了，等了十三年，我等到了什么好消息？我等到的都是坏消息啊，谣言、诽谤，还有阴谋！父亲突然抹抹眼泪，指着我鼻子说，还有你，也要怪你不争气，我只有你这么一个儿子，我辛辛苦苦教育你，教育了十三年，可我得到了什么回报？天天都听到你堕落的消息啊！

爹，我以后会为你争气的，你要坚持，坚持下去，迟早会等到好消息。

我不是铁人，恐怕再也坚持不住啦。父亲慢慢止住了哭泣，也许是体力透支的原因，他的脑袋突然后仰，撞在我的肩膀上，他的声音变得疲惫而沙哑，东亮，你告诉我，你一定要说实话，我活着还有什么意义？你是不是盼着我死？我是不是该去死了？

我什么也说不出来，情不自禁地抱紧了父亲干瘦的身体，父亲下意识地挣扎，他越挣扎我把他抱得更紧。我的眼泪夺眶而出。绝望的父亲被我抱在怀里，我觉得他像我的儿子。这个身体已经接近一条风干的腌鱼，鱼脊般的脊柱又脆又薄，背部长满了来由不明的银色的斑片，就像一片片鱼鳞。光荣牌肥皂的气味已经掩不住父亲身上奇特的腥味，我抱着父亲的身体，忽然觉得父亲的来历疑云重重，历史是个谜，他也是一个谜。父亲，我的父亲，你到底从哪儿来，你会到哪里去？我感到茫然，目光投向邓少香烈士的遗照，女烈士躲开了我热忱的目光，她在墙上飞快地转过脸去，只给我留下一个模糊的背影。我颓然低下头，这一低头的瞬间，我看见了父亲背上的那个金色光斑，那光斑来得如此神奇，它有头有尾，微微摆动，看起来是一条活灵活现的金色鲤鱼！起初我不知道那光斑来自何处，四下一看，终于发现它来自紧闭的舷窗，窗子已经被风推开了一条缝。在一厘米的窗缝间，我看见了历史的金色光束，金色的历史降落在河面上，半个世纪之前的金雀河水向我奔涌而来，苍苍茫茫，我看见邓少香烈士遗留的竹编箩筐随波逐流，一个婴孩和一条鱼乘着箩筐随波逐流，我看见浩荡的河水淹没了婴孩,一条鱼跳出了箩筐。鱼。一条鱼。是一条鱼。我为自己的发现感到恐惧,那是历史的谜底吗?我父亲如果不是那个箩筐里的婴孩,是那条鱼吗?

外面很吵啊。父亲在我的怀里闭了一会儿眼睛,突然又睁开,东亮你还没走?外面为什么这么吵?不是人的声音啊,是河水在说话?今天河水怎么说起话来了呢?

我惊讶于父亲灵敏的耳朵,他的身体如此羸弱,竟然听见了河水的秘语。我试探地问,爹,你听见什么了?河水在说什么?

他屏息听着,茫然地说,是河水在对我说话,下来,下来。

我感到震惊,原来以为只有我听得懂河水的秘语,现在我父亲也听见了,这不是什么好兆头。我看着父亲沉默不语,我不知道那天下午的金雀河出了什么事。河水一旦泄露所有的秘密,驳船为什么还要停在河水之中呢?我感到铁壳驳船在摇晃,我父亲的生命在摇晃,我的水上之家也在摇晃。下来,下来。父亲的听觉很敏锐,河水的秘语越来越清晰。我没有办法跳下河去捂着河水的嘴巴,河水呀河水,你为什么这样性急,你是在呼唤我父亲,还是在呼唤一条鱼回到你的怀抱?

我抱着父亲走投无路,无意间瞥见铁床下扔着一团绳子,我盯着绳子,心里突然萌生了一个大胆的主意。我的心跳加剧,匆匆地把父亲从木盆里抱起来,放到我的铁床上。父亲在我怀里叫起来,错了,我不上你的床,把我放到沙发上去,放到沙发上你就可以走了。我不敢说话,默默地替父亲换上干净的衣服,趁着给他换袜子,我自然地蹲了下来,从行军床下悄悄抽出了一截绳头，开始在父亲的脚上缠绕第一圈绳子。起初他并没有察觉，是我的手不争气，一直不停地颤抖，引起了他的注意，父亲突然尖叫起来，双脚拼命地蹬踏，你干什么？你在用绳子捆我？儿子捆老子啊，你疯了，你这是要报复我吗？

爹，不是报复，我要救你。我一着急，不分青红皂白地加大了捆绑的速度，爹，你忍着点，一会儿就捆好了，今天河上很危险，我不准你下去，不准下去，有我在，我绝不能让你下去！

父亲没什么力气，挣扎了一会儿就放弃了。捆吧，你捆吧，我养你这么大，教育你这么多年，最后就落了这么个下场。他的眼睛里渗出一点泪光，一个晶莹的泡泡从他嘴里不自觉地吹出来，掉在木盆里不见了，父亲含泪凝视着我，他说，迟了，河水都在催我下去了，不管你做孝子还是做孽子，现在都迟了，我捆你没用，你捆我也没用，现在什么都迟了。

父亲的绝望令我害怕，也让我伤心，我觉得一股热血朝我的头顶涌，不迟，不迟，爹，你等着！我一边向父亲发誓，一边开始把他的手绑在铁床架上，爹，你别犟，别犟啊，你等着，我马上上岸去，今天非要让赵春堂那狗杂种上船来，给你道歉，给你送烈属证来！

我父亲叫起来，不准做蠢事，也不全是他的错，强迫的道歉不算道歉，逼来的烈属证不是烈属证，我不要。你不准去岸上，不准去，你要去，把我扔到河里再去！

我决心已定，被束缚的父亲阻止不了我的计划了。我抱着大木盆出去，泼掉了盆里的污水。为了不让父亲的皮肉受苦，我还

孤船　　313

检查了所有的绳结,不能太紧,也不能太松。我准备了两个馒头一杯水,放在父亲的脑袋旁,爹,我出去不知多久回来,你饿了自己吃馒头,渴了就喝口水。我手里还提着一只夜壶,准备放在他的屁股下,转念一想,父亲的手脚都捆着,怎么小便呢?我去解父亲的裤子,父亲的身体蜷缩起来,他怒吼着朝我脸上啐了一口。我知道我触犯了他的禁忌,只好与他商量,爹,不脱不行呀,要是你想小便怎么办呢?你爱干净,总不愿意尿在裤子上吧?父亲停止了无谓的抗争,他的眼睛里淌出两行浑浊的泪水,大约僵持了两分钟以后,父亲背过脸去,我听见他说,脱吧,你不要看,答应我,你不要看。

我答应了父亲,但是脱下他短裤的一瞬间,我无法克制地朝那里看了一眼,父亲的阴茎把我吓着了——它像一只废弃的蚕茧,小心翼翼地躲藏在毛丛里。它的形状超出了我的想象,比我想象得更丑陋更卑琐,散发着一种凄苦的气息。我下意识地蒙住了眼睛。我蒙着眼睛往舱门口走,走上木梯我才放下双手。我不知道我哭了,当我松开手,觉得手上湿漉漉的,我看见我的两只手,手掌心和指缝间都是泪水。

纪念碑

我上岸去了。

上岸的时候金雀河尽头的晚霞已经暗淡下去，缤纷斑斓的云朵越来越少，一眨眼就变成了虚无的灰色云团。晚上七点钟，平时这应该是我从岸上回船的时辰，但这个黄昏不一般，我有计划，我上岸去了。

码头上的照明设施已经提前亮了，有一片探照灯的灯光守护着油泵房，雪白的光束穿过码头上的货堆和空地，蔓延到驳岸上，我看见我家的船被照亮了一半，还有一半则消沉地浸在水里，看上去满腹心事。我一下船，那只流浪的野猫不知从哪儿窜出来，又跑到了我家的船头上去了。我没去驱赶它，野猫上去也好，父亲一个人在舱里，无人托付，只好让野猫暂时守护他了。

晚风吹过来，被汗水湿透的棉毛衫贴着我的身体，我感到有点冷。码头的水泥地面不久前铺过沥青，软软的有点黏脚，有点温暖，我发现了沥青的温柔和怜悯，才意识到自己忘了穿鞋子。从驳岸到装卸区一路平安，四周空无一人。白天积存的所有货物都已卸空，码头看上去空旷得出奇，也安静得出奇。油泵房里隆隆的机器停止了运转，李菊花和她的同事都下班了，装卸作业区的工人也走光了，一台龙门吊和几台轻型塔吊都安静地匍匐在夜色中，抬眼仰望着高大巍峨的圆形储油塔，储油塔塔顶亮着一排蓝色的小彩灯，看上去像蓝色缎带拴着一个巨人的脖子。

我不相信安静，太安静了就有鬼。我走过治安小组办公室，果然，那里面还亮着昏黄的灯光，窗子里有人在朗诵什么诗歌或者散文。突然朗诵停止，传来几个人放肆快乐的笑声，陈秃子和五癞子笑得响亮，那个女治安员腊梅花笑得喘不过气来，一边笑一边求饶似的喊道，别念了别念了，要笑死人了，我的肠子快要笑断啦。

我悄悄站到窗边，警觉地听着里面的动静，他们笑了一会儿，小改又开始朗诵了，这次我清晰地听见了一个熟悉的句子。**啊，水葫芦爱着向日葵，海枯石烂不变心！**

我头脑里嗡地响了一声，一下就用手捂住了耳朵，没有人比我更熟悉那个抒情的句子，**啊，水葫芦爱着向日葵，海枯石烂不变心！**工作手册，五十四页或者五十五页，写于慧仙在地区金雀剧团的日子。我不知道这是怎么回事，我的工作手册为什么会落到王小改的手里？他们为什么要朗诵我的日记？我正要往治安办公室里闯，听见腊梅花说，小改你怎么不念了，再念点有意思的让我们听听啊。王小改说，我就抢到了这几页，老崔拿了几页，小陈也撕了几页，其他的，都让人家慧仙拿走了，我们也不好跟她争，她是向日葵嘛！腊梅花嘴里喷喷地响着说，其实这空屁也很可怜的，他不是痴汉等老婆吗？

腊梅花那一句话让我愣在门口，半天缓不过神来，我为自己的日记而羞愧。我很后悔，可是事到如今，后悔有什么用呢？我每次上岸都把工作手册藏在旅行包夹层里，是为了提防父亲翻看我的日记，结果我防住了父亲，日记却落到了这些人的手里！我站在治安办公室门口犹豫了半天，终究没有勇气冲进去，只听见自己嘴里的嘟囔声，秋后算账，秋后算账。其实我不知道要找谁秋后算账，是小改、老崔、小陈，还是慧仙？或者是要找三霸和李庄老七报仇？我抬头看了看黄昏的天空，回头看看河岸，七号船孤零零地停泊在一片暮色中。我很快清醒了，父亲现在比我重要，父亲的一条命比我的工作手册更重要，今天夜里我谁也不找，我要去找赵春堂。

我直奔综合大楼，到了大楼前才意识到我的计划是一厢情愿，我来晚了，干部们都已经下班。除了传达室和零星的几个窗子亮了灯，四层楼的大部分窗口都是黑的。我搜寻着赵春堂的专车，那辆曾经风光一时的吉普车看来已经被闲置，委屈地栖息在角落里。原先停吉普车的地方，现在停了一辆苏联产的伏尔加轿车，黑色的、崭新的，看上去很气派。

司机小贾拖了一根水管，认真地冲洗着伏尔加轿车，冲得遍地污水。我绕过了一摊摊水渍，去向小贾打探赵春堂的行踪，你在等赵春堂下班吗？赵春堂在不在楼上？司机小贾斜着眼睛看我，你算老几，打听这干什么？我说，不干什么，我有要紧的事情向他反映。小贾还是对我横眉冷对的，手里继续冲水，嘴里傲慢地说，你有什么事情先向我反映，看看值不值得向书记反映，你能有什么要紧事情？又是为个烈属证来闹事吧？

在油坊镇上办事要先敬烟，我给小贾递了一根香烟，他勉强接过去，看了看香烟上的徽标说，飞马牌的？不抽。我只抽大前门。他把香烟扔到驾驶座上，鼻孔里哼了一声，都什么时代了，只有你们船上人还把飞马牌当个好烟。看他的脸色稍微和缓了一点，我对小贾说，我不是找赵春堂闹事的，是让他去救一个人，你告诉我他在哪里，我下次送你一条大前门香烟，不送就是畜牲！小贾皱起了眉头，一条大前门香烟算个屁啊，好意思说！你鬼鬼祟祟的找赵书记到底干什么，他又不是医生，救什么人？我被小贾逼急了，干脆对他和盘托出，我不是求他救人，是求他救命，我爹要寻短见，今天赵春堂一定要到我家船上走一趟！小贾冷冷地一笑，你爹刚出医院，怎么又要寻短见了？你们家的事我可是清楚的，你爹寻死觅活，都是让你气的，只有你救得了他，赵书记去也没用，救不了他！

  我放弃了小贾，到综合大楼的传达室打听赵春堂的下落，幸亏传达室里的女人是新来的，不认识我，看我火急火燎的样子，她倒是向我透露了一个有用的信息，赵书记今天很忙的，来了三批检查团，夜里还要陪客人吃饭呢！我特意绕到大楼的侧面，朝食堂的窗子一望，小餐厅里黑灯瞎火的很冷清，只有两个陌生的干部模样的人对坐在窗边，不知在吃饭还是在说话。我跑到窗边向那两个干部打听，你们是不是检查团，赵春堂今天陪你们吃饭了吗？一个女干部打量了我一眼，脸上露出暧昧的笑容，我们是计划生育检查团，赵书记不陪我们吃饭，陪别人吃饭去了。我又问，赵书记陪谁吃饭去了，在哪儿吃饭？另一个男干部掩饰不住酸溜溜的心情说，陪谁吃饭我们不清楚，光是听说他们去吃螃蟹，客人有级别，餐馆也有级别，哪儿有级别高的餐厅，你就去哪儿找嘛。

我突然记起来春风旅社的阁楼最近改造成了一个豪华大包间，那个曾经隔离我父亲的阁楼，听说成了赵春堂宴请贵宾的秘密场所。我朝春风旅社的方向匆匆地走去。路上遇见一个瘦高挑的竹竿似的少年，戴个眼镜，耸着肩膀，书包夹在腋下，他从学校的方向过来，与我擦肩而过。我知道那是理发师老崔的孙子，油坊镇中学的尖子生，老崔在理发店多次吹嘘这个孙子学习如何拔尖，如何有前途。有前途的人一般不和没前途的说话，我没准备和他交谈，这男孩从我身边傲慢地过去了，突然折返回来，追着我边走边问，你是库东亮吧，我问你一个历史问题，毛主席他老人家什么时候到过油坊镇的？我敏感地意识到这突兀的问题与工作手册有关，便装作没听见，加快了脚步。没想到这个讨厌的高中生居然不依不饶地追上来了，他喘着气对我说，你跑什么？我向你请教问题呢，毛主席不接见油坊镇的人民群众，怎么偏偏去接见一朵向日葵呢？伟大领袖接见一种农作物，怎么可能？库东亮，你为什么随便编造历史啊？

很明显，我的日记快变成大众读物了，老崔的孙子一定看到了我的日记，也许是三十页，也许还有三十一页或三十二页，这个书呆子少年怎么会懂得我的秘密呢？我没有兴趣跟他探讨历史，更没有义务透露我青春期的秘密，我瞪着眼睛对他大吼一声，历史是个谜！你个狗屁孩子懂什么历史，给我滚！

撵走了那少年，我有点心虚，走在黄昏的油坊镇上，仿佛看见自己的隐私像一盏盏路灯，慷慨地照耀着这个小镇，照亮了小镇人寂寞的生活。我怀疑好多人家窗子里传来的笑声与我有关，与那本工作手册有关。我沿着街道的阴影线朝春风旅社走，一路小心地避开所有行人，一个沉重的谜团始终压着我的心，我的工作手册还剩下多少页了，剩下的日记还在慧仙的手上吗？

在春风旅社的门口，我停下了脚步。旅社门口还挂着欢庆五一的灯笼，周围冷冷清清，没有车马的痕迹。我抬头朝旅社的窗子张望，三层楼的水泥楼房，包括顶楼那个神秘的隔离室，每个窗子都拉上了紫红色的窗帘，我无法判断工作组检查组是否在此入驻。我吸紧鼻子，闻不到炒菜的香味，屏息倾听，听不见杯盘觥筹的声音。我的心沉了下去，走到旅社大门边去推门，门反锁着，从门玻璃上可以看到有个人趴在服务台后面打瞌睡。我敲玻璃，敲了几下，服务台后的脑袋没有抬起来，一个懒洋洋的女人的声音传出来，谁？住宿要证明，先去派出所开证明。我在门外说，我不住宿，我来找人。里面的女人说，找谁？找人也要登记，你是什么人？你找什么人？我没有透露自己的名字，说，你们这里有个豪华包间吗，赵春堂在不在里面陪客人吃饭？女人睡眼惺忪地站起来，努力朝外面张望，声音听上去充满戒备，你到底是谁？你听谁说我们这儿有豪华包间的？我想了想，耍了个小聪明，是赵书记啊，赵书记让我上这儿来找他。那女人还是不肯开门，眯着眼睛朝门玻璃张望，我不认识你，你不是什么干部嘛。她的脑袋很快地沉到服务台后面去，恶声恶气地说，找书记去综合大楼，我们这里没有书记，只有旅客。

我扑了个空，这也怪不得别人，怪我捕风捉影，我至少应该去赵春堂家里看看的。我转身朝红旗街走。走到红旗街上，看见满街的残垣断壁竖立在夜色里，状如怪物，这才想起来赵春堂的家拆迁了，他早就搬了家，我不知道他家搬到哪儿去了。我泄了气，一屁股坐到了一只破板凳上，我觉得自己疲惫到了极点，人累过了头，伤患就作怪，我的腰部疼得厉害，坐在板凳上怎么也站不起来了。

红旗街街口还耸立着一座孤零零的石头房子，是李麻子的豆腐作坊。作坊里亮起了灯，门里门外堆着一袋袋黄豆，这么晚了，李麻子夫妇还在灯下忙碌，呼啦呼啦地推着石磨磨豆子。父亲很喜欢吃他家磨的豆腐，李麻子的豆腐不要券，我想机会难得，应该带几块豆腐回去给他补补身体。于是我坐在板凳上朝豆腐作坊喊了起来，两块豆腐，两块豆腐！李麻子的女人在里面应一声，手上托了两块豆腐出来，看门外没人，怪叫起来，遇到鬼了，是谁喊买豆腐的？我朝她招招手，这儿，这儿买豆腐。她看我坐在一片废墟上，先是吓了一跳，看清楚我的脸，嘴里又叫起来，黑灯瞎火的你坐在那里买豆腐？你是存心吓唬人呢！我试着站起来，突然想起这豆腐买不得，我拿了两块豆腐满世界去找赵春堂，算怎么回事呢？我就朝李麻子的女人摆摆手说，算了，不买豆腐了，我喊着玩呢。她恼了，嘴里咿咿呀呀地叫起来，你拿我们寻开心呢，这红旗街上现在拆得鬼气森森的，你坐在黑处买豆腐，买了又不要，我真要把你当鬼魂了！我站起身来到亮处，对她含含糊糊表达了歉意，大嫂呀，我是来找人的，你知道赵春堂家搬到哪里去了吗？

这一问提醒了她什么，她没有回答我的问题，托着两块豆腐，眼睛闪闪烁烁地直视着我，嘴里又是哎呀一声，我认识你的，你不是那库文轩的儿子吗？我知道你找赵春堂干什么，要烈属证吧？你找赵春堂没用，找谁都要不到烈属证了，邓少香烈士的儿子找到啦，不是你爹，不是傻子扁金，五福镇的蒋老师才是真命天子，人家本来就是中学校长，现在已经提拔成教育局局长啦。李麻子的女人说到一半，注意到我脸上的表情起了变化，她夸张的声音突然变得胆怯了，唉呀呀，你这小伙子怎么这么瞪着我呢？要吃人呢？吃我？又不是我让你们家当不成烈属的，我是听综合大楼的王阿姨说的，王阿姨是听人家工作组的同志说的。

李麻子扎了个围裙气势汹汹地出来了，他看也没看我一眼，一出来就劈头盖脸地把女人训了一顿，你这个长舌妇在这儿卖豆腐，还是在卖情报？你就是做间谍卖情报，也要问问什么价钱，也要问问卖给谁吧？什么狗记性，你忘了他爹以前派人来割我们的资本主义尾巴？一共就三袋子黄豆，都没收了，连石磨都充公了，你忘了那天你怎么鬼哭狼嚎的，现在好了伤疤就忘了疼啦？他要问什么，先还我们三袋黄豆来！

我没想到李麻子对我父亲这么记仇，更不知道父亲在岸上树敌无数，其中还包括磨豆腐的李麻子夫妇。红旗街也不宜久留，我顶着李麻子夫妇敌对的目光向前走，咬着牙跑出了他们的视线。来到了人民街上，我终于松了一口气。天色已经黑下来了，路灯亮了，油坊镇的街道在灯光下半掩半露，干净的主街看起来更干净了，肮脏的小巷则更显肮脏了。空气里残留着路边人家晚餐的气味，有的是猪肉诱人的香味，有的是炒腌菜辛辣刺激的味道，我饥肠辘辘心急如焚，却不知道该去哪里。李麻子女人透露的那个消息，虽然无从考证真伪，但这消息一定传开了，邓少香烈士的后代有了新人选！我知道父亲漫长的等待将在崩溃中结束，他不会相信，他不相信，他不相信也没用了。

刹那间的绝望让我改变了上岸的路线，我丧失了寻找赵春堂的勇气。我到棋亭去，起初并没有什么非分之想，那里人多嘴杂，小道消息满天飞，我想去找人证实五福镇蒋老师的消息。走到棋亭那里，我意外地发现四周人影寥寥，摆茶摊的方寡妇撤了摊，平时聚在茶摊前的人也就不见了。停车场上倒是停着几辆油罐车和卡车，几个外地司机铺了张塑料布在地上，聚在一起打扑克，有个满脸络腮胡子的司机坐在驾驶室里，看见我便朝我挥手，搭便车的？快上来，我马上开车了，五毛钱送你到幸福！

五毛钱去幸福。到幸福去。那么好的地方，那么便宜，可惜我去不了了。

我在棋亭旁边徘徊，看见路灯下自己的影子忽长忽短，游移不定。我突然开始怀疑我上岸的意义了，空屁，空屁，我对父亲的誓言是空屁。我上岸干什么来了？我什么也做不了，我什么用也没有，我什么也不是，我是空屁，空屁。我对着棋亭自怨自艾，看见夜色中的棋亭还是岌岌可危的破败样子，一阵风吹来，围挡着棋亭的塑料布被风吹开了，吹开一角，亭子里钻出一片奇异的三角形的幽光，刺痛了我的眼睛，我记得自己就是被那片幽

纪念碑　323

光所吸引，鬼使神差地钻进去了。

棋亭里面乱七八糟地堆放着工人们留下的工具，锤子、铁镐，还有一个小型的千斤顶。没有工人，傻子扁金也不在，我看见他的两只鹅——一只鹅调皮地站在一把锤子上，另一只鹅不可原谅地蹲在烈士碑上，拉了一摊恶心的鹅屎。

是邓少香烈士的纪念碑在向我散发那道幽光，给了我人生中最大的一个灵感。我看见那块石碑平躺在地上，石碑四周都捆上了粗麻绳，看起来搬运工作已经准备就绪，也许是明天，也许是后天，石碑要搬走了，邓少香烈士的英魂要迁徙了，她是迁往河上游的凤凰，还是迁到四十里路以外的五福镇？刹那间我脑子里灵光一闪，热血沸腾，一个辉煌而疯狂的念头诞生了，我不能空手而归，我要留下纪念碑，我要搬走纪念碑，我要把纪念碑带回家，我要把邓少香烈士的英魂还给我父亲！

事不宜迟说干就干，我一脚踢飞傻子扁金的大白鹅，擦干净烈士碑上的鹅屎。在搬运开始前，我没有忘记向石碑恭敬地鞠上一躬。搬运重物对于一个船民来说是寻常的工作，我用双手扣紧石碑上的绳子，努力地提拉，沉重的石碑温顺地站立起来，站成了一个适宜的角度，配合着我的手臂和腰腹的力量，慢慢地在地上滑动。我感觉到石碑的重量起码超过两百斤，以我的经验，一个人的人力拖不动它，但是石碑给了我一个巨大的惊喜，它在配合我，它在表达对我的善意和怜悯，那么沉重的碑体，在水泥地上滑动得如此流畅，移动干脆，绝不迟疑。我喜出望外，很快就把石碑拉出了棋亭，神不知鬼不觉，只有傻子的两只鹅目睹了这个奇迹，它们追赶着我，发出了惊惶的叫声。鹅叫声引起了对面停车场上司机们的注意，他们以为我是小偷，有个司机站起来咧着嘴笑，挥着扑克牌对我喊，我就知道你有三只手，在那儿踩点踩半天了，就为偷块石料呀？要石头干什么，回家盖新房娶新娘？

算我侥幸过了一关，那帮司机是外地人，不管油坊镇的闲事，只是他们的讥笑声把我惊出了一身冷汗。这是油坊镇，到处都有群众雪亮的眼睛，我的冒险随时可能半途而废，一定要快，要快，快。我对自己不停地吆喝着，快，快，快呀。我催促着石碑，快点，走快点！我的催促似乎冒犯了石碑，它渐渐地向我显现它的尊严和重量，我拖着石碑走，就像拖着一座山走，手臂越拖越麻木。拖到棉花仓库那边的小路上，我觉得两只胳膊快断了，胸口喘不过气来了。我被迫停下来，本来是想歇口气，回头一望，第一批追踪者已经赶上来了，是两只大白鹅和三只鸭子，它们一路摇摆着嘎嘎地叫着，沿途拉响警报，然后我看见了第二个追踪者的身影，是鹅鸭的主人傻子扁金，他的手里挥舞着一根鸭哨，库东亮，站住！空屁，你给我站住！他愤怒的叫喊惊雷般地响彻夜空，空屁你好大的胆，你手里拖着什么东西？快站住，你还敢跑，你往哪里跑？

傻子扁金的鸭哨一响，更多的鹅鸭闻风而动，从码头的四面八方向主人跑来，一转眼，我陷入了傻子扁金和鹅群鸭群的包围之中。人和鹅鸭都在嚷嚷，我听不懂鹅鸭对我的抗议，只听见傻子激愤的喊叫声，好你个库东亮，我还以为有人要偷锤子、偷铁

纪念碑　325

镐呢，没想到锤子铁镐没人偷，是石碑让你偷了，你胆大包天，敢偷邓少香烈士的英魂！

我说傻子你别胡说，我不是偷英魂，我是把纪念碑拖到我爹那儿去，给他看一看，我爹病得很严重，看见这块碑，他的病就会好了。

你才是傻子！纪念碑又不是灵丹仙药，怎么给你爹治病？傻子扁金一手叉腰，一手指着我鼻子，空屁你知道你这是什么行为？是现行反革命，要枪毙的！

我说傻子你是个傻子，跟你傻子说不清楚，枪毙我是我死，不关你的事，你给我滚开。我踢走挡道的一只鹅两只鸭，兀自拉着石碑朝驳岸那里走，感觉傻子扁金在拽我的衣角，你往哪里走？棋亭里的每样东西，都归我保管，我怎么能让你走？

我不仅低估了傻子的智商，也低估了他的身手，他突然纵身一跃，跳到了石碑上，我的胳膊差点被那股突然增加的重量折断，手一下就松开了绳扣。看我丢下石碑，傻子扁金要上来控制绳子，我和他的手一起伸向石碑上的绳子，两双手纠缠在一起，两颗脑袋也撞在一起了，嘭的一声，我觉得眼前直冒金星。我克制不住心头的怒火，一把揪着傻子的破衬衫，把他往路边推，傻子，好狗不挡道，你要是一条好狗，就别挡我的道，你要挡我的道，我拧掉你的狗头！这次我是低估了傻子的勇气和胆量，他竟然真的把脑袋往我怀里钻，说，你来拧，我让你拧，你要拧不下来，你就是一条狗！

怎么想得到呢，我竟然和傻子扁金扭打在一起，打得难解难分！这是一场严峻的战役，起初我一心要抢占制高点，大多数时候我占领着石碑，结果证明这战术藐视了敌人，我如果无法制服傻子扁金，就根本挪动不了纪念碑。后来我干脆丢下石碑，一心对付傻子扁金，我从后面扑到他身上，擒住他的身体和双臂，死死地压着他。他毕竟年岁大了，一时动弹不得，不停地蹬着腿，嘴里一边喊疼一边尖叫起来，来人，来抓库东亮，来抓反革命！

尖叫声引来了棉花仓库的守夜人老邱，老邱端着个饭盒跑过来，看清是我和傻子扁金，连拉架的兴趣也没有，失望地端起饭盒，往嘴里扒了一口饭，说，是你们两个人闹呢，抓什么反革命？一个傻子，一个空屁，做反革命你们谁也不够级别，我不管！

傻子焦急地叫道，他偷烈士纪念碑就是反革命，现行反革命，你快去报告派出所！

老邱没搭理傻子扁金，他端着饭盒过来察看着石碑，又疑惑地看看我，空屁你拉这纪念碑上船干什么？给你爹做纪念去？其实就是块石头嘛，拖来拖去也不嫌累赘，我看你爹脑子里都是糨糊，是烈属怎么样，不是烈属怎么样？过日子才要紧，健康才要紧嘛。

老邱的话我听不进去，傻子扁金也听不进去，他抬起头对着老邱嚷嚷，老邱你不去报告派出所，还站在这里说烈士的闲话，你是包庇犯，你是教唆犯，包庇犯教唆犯也要判刑的，三到五年有期徒刑！

老邱气得朝傻子屁股上踹了一脚，你个臭傻子，我教你数数，教你几十年都学不会，数六只鹅，你还要扳手指头，三年徒刑五年徒刑的，你倒比法官都清楚！老邱气不过，对准傻子扁金的屁股又补上了一脚，这一脚把傻子扁金踢傻了，他惨叫了一声，一只手急躁地拍打着地面，人呢？人都死到哪儿去了，革命群众都到哪里去了？他的声音带着哭腔了，我趁势拎起他的衣领，发现他的身体是软绵绵的，我以为傻子扁金放弃了，刚要放开他，棉花仓库屋后有两个人影一闪，傻子扁金见到了救星，又高声叫喊起来，来人啊，快来抓反革命，立了功要发奖状的！

那是一对青年男女，躲在仓库后面不知道在干什么。傻子一喊，男的过来了，女的一闪就不见了。那男青年二十多岁样子，浓眉大眼，精心修饰过的分头，中山装口袋里一口气插了三支钢笔，那模样似曾相识，我叫不出他的名字，他对我和傻子却都熟悉，看看地上的石碑，看看我们两个人，忽然一笑，是你们两个人啊，你们争这石碑干什么？一个争邓少香的儿子，一个争邓少香的孙子？你们不用争了，谁也不是！我一边喘着粗气，一边向他核实李麻子女人的说法，你知道五福镇的蒋校长是怎么回事？他立刻明白过来，挥挥手说，都是谣传，五福镇的蒋校长也是冒牌货！我的最新研究成果马上要上内部资料了，我告诉你们，不得外传，邓少香虽然已婚，但她和丈夫感情不和，根本没生育，那箩筐里的婴孩不是她儿子，是向别人借来的，借来做掩护的！

女青年的身影在岔路上又闪了一闪，年轻干部身在曹营心在汉，仓促地透露了这个消息后就跑了。他一走，我才记起来那是综合大楼新分配来的大学生，专门研究革命历史的。他的惊人之语使我和傻子扁金一时都愣住了,半天回过神来,我对着那背影说,放屁!傻子扁金也目送着那个背影,咬牙切齿地喊,你造谣,你敢污蔑烈士无后啊?

我和傻子难得有一致的立场,可惜这未能让我们化敌为友,两个人都坚守石碑,一个蹲一个跪,双方虎视眈眈。很快,我们开始重新争夺石碑上的绳扣。我说,傻子你还跟我抢?你听清楚没有?邓少香没儿子,我爹不是,你也不是,别做那个白日梦了,你没资格拦我,再拦我就对你不客气了!傻子说,我不管那么多,我誓死保卫烈士碑,抛头颅洒热血!你来对我不客气呀,快点,我看你能不能打死我?你打死我就把碑拖走,打不死我你就跟我去派出所自首。我说,傻子你别逼我,我不稀罕打你,打一个傻子,打死你也不光荣。傻子竟然先踹了我一脚,踹了就跑,眼睛宁死不屈地瞪着我,嘴里喊,打呀,来打我,我不怕抛头颅洒热血,你把我打死了,你枪毙,我是烈士,我光荣!

我抬头看了一眼驳岸的方向,看得见夜色中闪亮的河水,看不见我家驳船的灯火,想起父亲还被缚在铁床上,想起他望穿双眼等我回船,我却两手空空,被一个傻子困在岸上,心中不由得怒火万丈。我的拳头举在空中,晚风吹拂我的拳头,拳头像火把,晚风像火种,我的拳头被风点燃了,像一个火把熊熊地燃烧。打,打他,打死他,他是傻子,打他是白打。晚风吹来一个神秘而阴险的声音,那声音摧毁了我的理智,我明明知道打人不打脸,别人打人都挑隐蔽的地方下手,我却决定先打他的脸。我抓住扁金的衬衣领子,把他的脸托举起来,他的脸是扁平的,唯有鼻子突出，我就先打鼻子，为了准确，我用拳头在扁金的鼻子上量了一下，我瞄得很准，啪的一声，他的鼻子在我的拳头下爆炸了，有糊状的液体带着血溅出来，我偏转脸躲开傻子的鼻血，傻子，你鼻子出血了，还让不让路？傻子不顾我的威胁，他一定没有感到痛，大义凛然地嚷嚷，不让！鼻子出血算什么？抛头颅洒热血我也不怕！打呀，打呀，你把我打成烈士，你自己枪毙，一命抵一命，我不吃亏！

我不敢看傻子扁金鼻子里流出的那道血线，我觉得他快把我逼哭了。风吹我的拳头，我又听见了风中阴险的低语，打就打，打呀，反正他是孤儿，没爹没娘没朋友，打死他也没人管。我觉得那低语声蹊跷而邪恶，那声音在不停地逼迫我，快把我逼哭了。我的拳头在扁金的脸上游走，发现那张脸像一个孩子，肮脏、瘦小、无辜，带着孤儿们天然的凄苦表情，凄苦中流露出不知所云的纯洁。我的拳头在他凸起的颧骨处停了下来，算了，算了。我说，傻子你也是可怜虫，打你我下不了手，打死你都没人替你收尸。傻子扁金不领我的情，他恶狠狠地嚷了一声，你算我不算，你不打我我就打你，我跟你秋后算账，秋后算账！

秋后算账——这一声威胁就像一根火柴，点着了我心头积聚十三年的无名大火，新仇旧恨一齐涌上心头，我的拳头似乎被一股神圣的力量举高了，秋后算账，秋后算账！我怒吼着，拳头暴雨般地打向傻子扁金的脸，秋后算账就秋后算账！你们岸上的人，都欠我爹的债，都欠我的债，老账新债都让你个傻子来偿还，这就叫秋后算账！

我听见了扁金凄厉的惨叫声，我的眼睛，你打到我眼睛了！因为惊恐到了极点，他说话有点口齿不清，别打眼睛，不准打眼睛！要么你打死我，要么打别的地方，你打瞎我眼睛，让我以后怎么放鹅？你打瞎我的眼睛，我的鹅怎么办我的鸭子怎么办？我注意到扁金捂住眼睛的双手，指缝里有血流出来，我如梦初醒，松开手，看见扁金的脑袋痛苦地垂下去，他终于给我让了一条路，人从石碑上滚到地上，捂着眼睛哭泣起来。

微弱的路灯光下，有人拿着棍子朝我们这边奔跑而来。谁在打架？码头上不准打架！治安小组终于来人了，远远看见一颗发亮的脑袋，我知道来的是陈秃子。陈秃子按照执法惯例，挥起治安棍，不由分说各打五十大板，他朝我肩上打了一棍，朝傻子胳膊上也打了一棍。这一棍下去，傻子捂住胳膊张大嘴巴，像个委屈的孩子嚎啕大哭起来，你打我？你怎么打我？你们治安小组也敌我不分啊？

看见傻子满脸是血，陈秃子大吃一惊。空屁，是你把他打成这样的？你他妈的出息大了，别人欺负你，你就欺负个傻子？他蹲下来察看着傻子扁金的伤势，一眼看见了鼻梁骨的伤势，不好，打到鼻梁骨了，空屁你闯祸了，你把他鼻梁骨打断了！

我说他活该，打断鼻梁骨，我赔他鼻梁骨。

傻子扁金松开手让陈秃子察看他的眼睛，你看看我的眼珠子还在不在，我的眼睛看不见了，他把我的眼睛打瞎了。陈秃子用治安棍抬起傻子的下巴，检查他的眼睛，嘴里又惊声大叫，空屁你闯大祸了，你比法西斯还毒辣呢，怎么打他眼睛，你把他眼睛打瞎了怎么办？

我说他活该，打瞎他眼睛，我赔他眼睛。

赔，赔，你还嘴硬，你他妈的有几只眼睛可以赔他？陈秃子掏出一块肮脏的手绢盖在傻子的眼睛上，一边用治安棍捅我，空屁你中了什么邪了？惹了这么大的祸，你还愣在那里干什么？还不赶紧把他送到医院去？万一出了人命，你担待不起！

我说我不去，是他要一命抵一命的，反正我和他命都不值钱，他死了，我偿他的命。说到这儿我满眼的泪水终于掉出了眼眶，我的身体也坚持不住了，慢慢地跪倒在石碑边。我的脸正好贴着石碑，一种尖锐的凉意袭来，脸颊上冰凉冰凉的，似乎有一股清水潸然流过，我不知道那是我自己的泪水，还是邓少香烈士的泪水。我哭了，烈士之魂在审判我，烈士在向我显灵。我先是对傻子扁金感到深深的愧疚，为了惩罚自己丧尽天良，我挥起手在自己脸上打了一巴掌，一巴掌解脱不了我的罪恶感，带来的是更多的自怜更多的哀伤。为了惩罚自己的哀伤和自怜，我又狠狠打了自己一记耳光，这个耳光异常响亮，我的脸颊一下失去了知觉，于是我捂住自己的脸呜呜地哭起来了。

我对着石碑尽情哭泣，陈秃子的治安棍在旁边不停地捅我，他说，你还有脸哭呢，负责打人就要负责送人去医院，快把他送到医院去挂急诊呀，哭有个屁用？你打的人，还要我负责送医院吗？我坐在那里捂着脸哭，语无伦次地回答他，明天，明天再去。陈秃子叫起来，这还能等明天？你也不看看他的伤势，明天他的眼睛就保不住了。我任凭陈秃子捅我拉我，跪在地上再也不愿起来。泪眼蒙眬中我看见陈秃子拽着傻子扁金往医院方向走，一群鸭子也跟着他们去了，两只大白鹅却留了下来，它们留下来为主人复仇——一只进攻我的左脚，一只进攻我的右脚，左右夹攻我的双脚。

夜色浓烈了，空气里弥漫着一股古怪的腥味，不是鱼腥，不是水草腐烂的气味，也不是码头上废铜烂铁特有的铁腥味，更不是河对岸枫杨树乡村飘来的化肥气味。那股奇怪的腥味转移了我的注意力，我止住了哭泣，嗅紧鼻子追寻腥味的源头，首先发现我的右手有血，右手指缝里留下了一道干涸的血痕，就像一片桑树叶那么大，我的衣袖上也有血，像一片红色的柳叶粘住了衣袖，还有裤子膝盖处，也有零乱的血迹。我的身上到处是傻子扁金的血，怪不得那么腥呢！我回忆起很多年前父亲留在后舱里的血迹，觉得傻子扁金的血比父亲的血腥多了。我注意了一下纪念碑，碑上也沾了傻子扁金的血，傻子的脸部停留过的地方，都凝结了一摊圆润的血污，血污在夜色中闪烁着微微的红光。我感到深深的惶恐，赶紧捡了半张旧报纸，擦了好几遍，勉强把石碑擦干净了。

他们走了，我也哭过了，身心经过一番调整，终于复归冷静。我看见那块烈士纪念碑安详地躺在地上，躺在月光下。我看一眼石碑，石碑也看我一眼。我不想放弃它，却不知道它是否会遗弃我，我试着抓住纪念碑上的绳扣，向前拉了一步，石碑迟疑了一下，还是移动了，恍惚间我觉得石碑昂起头，朝七号船张望了一眼，然后它便开始移动了。一个奇迹。是一个奇迹。我忽然

纪念碑　333

相信这石碑有一双看不见的腿，有一颗深不可测的爱心，不是我偷，不是我抢，是石碑要去船上探望我父亲。这一定是个奇迹。我朝四周看看，码头上很静，一切犹如梦境，油泵房的探照灯恰好照亮驳岸的一角，我看见我家的驳船还静静地靠在岸边，河水与岸、船和父亲，都整齐地沉在一个幸福的梦境里。我积聚了最后的力量，拖着纪念碑朝驳岸走，听见石碑在水泥地上沙沙地滑动，走，走，走啊。一直走到驳船边，我回头一看，看见一个明亮清静的码头，静得离奇，月光和探照灯轮流巡视，独独放过了我。月光不追我，灯光不追我，也没有人来追我，只有那只野猫在黑暗中匍匐，目光炯炯地注视着我。

我来不及思考这一夜为什么苦尽甘来，为什么我如此幸运，因为我突然发愁了，这么大这么沉的石碑，该怎么把它拖上船奉献给父亲呢？一块跳板是不够的，借不到别人的跳板，怎么办，再搭一把竹梯行不行？我脑子里紧张地考虑着搬运的技巧，嘴里已经好大喜功地叫起来，爹，我回来了，回来了，你来看啊，我把什么东西给你带回来了？

下去

河上十三年，回顾我和父亲共同度过的时光，我最大的遗憾是我捆绑过父亲。我至今记得那夜把他从绳索里解放出来时，他说，轻一点，轻一点，你弄疼我了。他注视我的眼睛布满血丝，眼神疲惫，却充满罕见的慈父的恩典，他宽恕了我。我领着父亲穿过舷板去看驳岸上的纪念碑，他拉着我的衣角，颤颤巍巍地跟着我，像我驯顺的儿子。我知道父亲有点害怕，但是看见邓少香的纪念碑，他的灵魂似乎被一片神灵之光照耀了，疑虑和恐惧烟消云散，我看见他对着石碑微笑，他说，好，这样也好，干脆把你奶奶带回家吧。

我没有办法把石碑运上船，只好借用驳岸上的吊机，趁着四周无人，我卸下吊机房的一块玻璃钻了进去。之前我从来不知道如何操控吊机房里的仪表板，但那天夜里我如有神助，顺利完成一次装卸作业，并没有费太多的周折。吊臂抓起石碑在夜空中做了一次惊险的亮相，然后就平稳移动，从半空中慢慢地降落到船头，父亲站在船头向着石碑张开了他的怀抱。小心点，小心点，我听见了他兴奋的声音，不知道他是在嘱咐我，还是在嘱咐石碑小心。

这块沉重的纪念碑，是我送给父亲的唯一一件礼物。按照父亲的意愿，他是要把石碑放进后舱，竖在他的沙发边上，坐北朝南。可是后舱门太狭窄了，无法实现他的这个愿望，父亲拖着衰弱的身子，在下面亲自指挥我，石碑还是下不去，半个碑身卡在舱门上，父亲不得已放弃了他的主张。他爬出舱门，坐在舱篷里，一遍遍地抚摸着石碑，那你就在上面吧，在上面也好，舱里太闷了。他说，上面空气好，风景也好，妈妈你看看河上的风景吧。

夜已经很深，金雀河上洒着一片皎洁的月光。我把船上的所有油灯都点亮了，一共四盏灯挂在舱篷里，温暖的灯光照耀着父亲和他的烈士碑。父亲起初面对石碑正面的悼词，看了很久，他要看碑后的那幅浮雕，我用力将石碑转过去，让浮雕对着父亲，很快我听见了父亲那一声恐怖的惊叫，没有了，我没有了！

我被吓了一跳，一时反应不过来，听见父亲又叫了一声，我没有了，又没有了！父亲的手绝望地停留在浮雕的箩筐上方，不停地颤抖，我顺着他的手看过去，一下明白过来，是箩筐上方那婴儿的脑袋不见了。

这箩筐怎么空了？小脑袋呢，我的脑袋怎么没有了？

爹，你一定是眼花了，石头上雕刻的东西，怎么会没有了呢？我慌忙摘了一盏油灯，凑上去检查，结果让我大吃一惊。在油灯的灯光下，浮雕上箩筐的竹纹还清晰可见，那探出箩筐的婴孩小脑袋，果然看不见了。

这是怎么回事，他们把我消灭了？父亲说，我的胎记没有了，我的脑袋也没有了。

我仔细搜寻浮雕上斧凿的痕迹，什么也没有发现，似乎不是人为的破坏。凭借着手指的触觉，我侥幸摸到箩筐上方微微隆起的一块圆形，应该是婴孩的小脑袋所在的位置，我仔细地触摸那个位置，感到手指上冰凉冰凉的，爹，你来摸，那颗小脑袋，圆鼓鼓的，用手摸，还是摸得出来呀。

父亲已经绝望地转过脸去，看着夜色中的河水。我抓过他的手，强行把他的手指按在浮雕上面，爹，你自己来摸呀，还摸得出来，你还在上面呢。父亲闭起眼睛，任凭我摆弄他的手指，过了一会儿，他开始转动手指，轻轻揉搓那个模糊的小脑袋。只剩这么一点点了？是那颗小脑袋吗？不是。这不是我。我已经不在上面了。父亲的脸上掠过一片恐惧的阴影，我离开岸上才十三年，就算用毛笔写用颜料画，十三年也不一定褪光，这是石碑呀，好好的一个小脑袋藏在箩筐里，怎么就看不见了呢？

父亲的手从石碑上无力地滑落，最后垂在他的膝盖上，还在颤抖。我注意到那只手在油灯光下散发出一道湿润而苍白的光芒。父亲累了，闭上了眼睛，我想让他休息，试探着去扶他，爹，可能天黑看不清呢，明天再看，这么晚了，你该下舱睡觉了。他把脸贴在碑上，没有动弹。我又去拉他，爹，别把脸贴着石碑，寒气太重，你会受凉的。父亲从石碑上抬起脸来，灰白色的脸上已经老泪纵横。我听见了，听见你奶奶的声音了。父亲说，我再也不怪赵春堂了，我都听见了，是你奶奶嫌弃我，改造十三年，没有用，我没有得到你奶奶的原谅，是你奶奶不要我了。

我抱住了父亲枯槁的身体，那身体像一段顽强的朽木顶风冒雨，站立十三年，终于在一阵暴风中倒伏下来。我想安慰他，可是我自己的眼泪也在眼眶里打转，喉头哽咽，说不出一句话来。看着石碑上"邓少香烈士永垂不朽"那一行字，我突然有点害怕，我辛辛苦苦运上船的纪念碑，到底是给父亲带来了福音，还是灾难？

金雀河黑暗的尽头已经渐渐泛出一道荧光，我看着那道河上最早的曙色，看看岸上沉睡中的油坊镇，匆匆地朝船头奔去，我知道天一亮会有人来，天一亮纪念碑就不属于我们父子了，我准备连夜起锚，带着碑离开油坊镇。我在船尾起锚的时候还有力气，一切正常，可是当我跑到船头的缆桩边，一圈一圈解着缆绳，我的手突然软了，我的眼睛怎么也睁不开了，一阵沉重的睡意袭来，我趴在缆桩上，竟然睡过去了。

不知过了多久，父亲过来摇醒了我，我迷迷糊糊地站起来收船缆，一边收缆一边说，爹，我们去河上，河上是我们的地盘。

父亲说，不，不去河上了，河上漂了十三年没有用，我们跑到天边也没有用，哪儿也不去了，我们就在这儿。东亮，你去睡，我守着碑。

我拗不过父亲，更敌不过那阵极度的疲惫和睡意，被父亲推下了后舱。河上十三年，这一夜我第一次沐浴了父亲难得的慈爱，他替我铺好了床，一条旧毯子平平整整地盖在行军床上，掀开一个角。我恍然觉得那是父亲封闭多年的怀抱，在最后一刻向我豁然打开，那怀抱坚硬毛糙、线条平整，呈现出一个尖锐而规则的三角形。我躺进了父亲三角形的怀抱，先感到一阵奇异的刺痛，然后温暖荡漾开来，父亲的恩情把我包裹起来了。我想把父亲也喊下舱睡觉，但是这一天来我太累太困了，几乎是在一瞬间，我就沉入了梦乡。

黎明时分我在梦里，在梦里看见了河流与船。我清晰地听见船后泼剌剌的水声，半明半暗的河面上泛起一片轻盈的水泡，铁锚嗒嗒地敲击船壁，嗒，嗒，嗒，一，二，三，河面爆裂之处，一个旧时代的女人从水下钻出来，她的短发上滴落着晶莹的水珠，面孔沾着模糊的水光，眼神里的悲伤清晰可见，她轻启红唇吐出河水的秘语，下来，下来，快下来吧。即使在梦里，我对她仍然充满敬畏。我屏息倾听，听见她说，下来，下来，快下来吧。女烈士的手紧紧地抓着铁锚摇晃，驳船也随之摇晃起来，下来，快下来，下来了你们就得救了。她离我那么近，我甚至看清了她手背上凝结的一片青苔，我崇敬地注视她的脸，看她甩动齐耳短发，脸上的水珠像珍珠一样泻落在河里，露出一张焦灼的慈母的面孔。

我惊醒了，睁眼一看舱里已经灌满淡蓝的曙色。天快亮了，我爬起来朝舱门上方张望，父亲还在船篷里守着纪念碑，挂在篷梁上的四盏油灯，已经熄灭了两盏。父亲身上浓烈的鱼腥味扑鼻而来，他的头倚靠在石碑上，额头停留着一片来历不明的阴影，膝盖上放着一个用三夹板自制的象棋棋盘，棋盘上还留着几颗棋子，其他的都散落在地板上了。

我去捡起散落的棋子，听见父亲在身后说，东亮，我没睡，我一直在听河水说话,你听见河水说话了吗?

河水夜里不说话,爹,你耳朵不好了,那是铁锚打船的声音。

不,不是铁锚打船,河水夜里也说话,它说了一整夜,我听了一整夜。

我把父亲架起来,强迫他到舱里去睡觉,父亲一遍遍地甩开我的手。没时间睡了,他们快来了。他对我指点着码头上开始流动的人影,嘴角上浮出一丝古怪的微笑,天亮了,他们快来了,纪念碑保卫战要打响了。

父亲的言语如此轻松,让我有点意外,也有点害怕。我不知道这个不眠之夜,他是在回忆过去,还是在盘算未来。天确实亮了,油坊镇码头开始苏醒,高音喇叭訇然一响,一支歌颂劳动者的大合唱奔涌而出,歌声慷慨激昂,咱们工人有力量,每天每日工作忙!从煤山到油泵房,沉睡一夜的机器苏醒过来,隆隆轰鸣,装卸区的起重机吱吱嘎嘎地呻吟起来,翻斗车里的货物倾倒在空地上——水泥包落下来声音很闷;黄沙落地像一片雨声;煤矸石倾泻下来,像一群女人尖利细碎的吵嘴声;大青石落下来,发出天崩地裂的吼叫,像一道道晴空霹雳。我看见码头上的圆形储油塔在晨光中肩披霞光,远看酷似一座蓝色的钢铁舞台,舞台上鸟声啁啾,不知道什么原因,从金雀河对岸的枫杨树乡村飞来了无数麻雀,它们大胆地聚集在塔顶,发出了鸟类神秘而尖利的大合唱,对抗着高音喇叭里的音乐。

码头醒了,岸上来人了。

先来了四个人。是治安小组的王小改、五癞子和陈秃子，他们还带来了油坊镇派出所的肖所长，四个人肃杀地出现在驳岸上。我又看见了陈秃子怀里的那杆步枪，刺刀已经上膛，闪着一条狭长的寒光。我飞奔出去抽掉了搭在驳岸上的跳板，五癞子第一个反应过来，他拼命朝驳船跑过来，一只脚试图踩住跳板的板头，踩了个空，嘴里便骂起来，空屁你是疯了还是傻了，你偷什么我都信，怎么偷起烈士纪念碑来了？你他妈的怎么不到北京去，怎么不到天安门广场去，去偷人民英雄纪念碑？

我顾不上说话，提着斧子跑到缆桩边，一斧头劈断了缆索，三十六计走为上，船必须离开码头。我对着船篷里的父亲匆匆喊了一句，爹，我们走，到河上去！我从舷板的铁扣里拉出了多年不用的撑竿，这是迫不得已，没有拖轮只能用人力，我只能撑着船走了。驳船离开岸有四五米远，驳岸上的四个人看着船干瞪眼，七嘴八舌地争论着上船的方法。五癞子带头脱了鞋子，卷起裤腿沿着台阶走到水里，准备涉水追船，他站在水里嫌水冷，嘴里嘶嘶地叫，水怎么这么冷？好像还有漩涡呢。王小改在岸上说，你瞎说，金雀河里哪儿来的漩涡？你勇敢点，往前走呀，河边的水都很浅。五癞子不肯往前走了，他说，浅个屁，这儿水很冷很深，还像气泵一样吸我的腿呢，王小改你勇敢你下来，你他妈的快下来追呀。

王小改自己不肯下水，他指挥不动五癞子就去指挥陈秃子，陈秃子你装什么蒜，你他妈的拿杆枪做鱼竿的？开枪，快开枪呀！听王小改这么一喊我有点害怕，蹲下了身子，但是蹲了半天什么也没有发生,我听到陈秃子在岸上抱怨,开什么枪?哪来的子弹?你就领了一杆枪,又没领到子弹。

王小改开始在岸上对我高声地威胁,空屁你就逃吧,逃到河上有个屁用,金雀河不是你家的河,你撑个破竹竿能把船撑哪儿去?你撑一天还在油坊镇辖区,你逃一个月,逃出金雀河也没用,一个电话紧急联防,你还是要落在我们手上。你逃吧,你逃得到太平洋上去?逃得到大西洋上去?你能逃到美帝国主义那儿去?你逃到美国也没用,我们发射一个导弹就把你们炸成碎片!

派出所的肖所长比他们冷静,也有政策水平,他拿本杂志卷起来做了个简易的喇叭,站在岸上对河上喊话,七号船的老库和小库,你们注意了,侵占革命历史文物是犯法的,你们不要犯法,回头是岸,回头是岸。

我们没法回头了,回头是他们的岸,不是我们父子的岸。保卫纪念碑的战役打响了,我心急如焚。河上十三年,都是那艘大火轮牵引着驳船在河上来来往往,我几乎不会撑船。我拼命地用撑竿头抵住肩部,竿尖抵住河底,把身体弯成一张弓,别人都是这样撑船的,我也这么撑,可是铁壳驳船不听我的话,我让船往前走,船却犟头犟脑横在河中央,似乎要跟我赌气,我听见父亲在船篷里喊,到右边去,快到右边去!我拖着撑竿跑到了右边舷板,不幸的父亲也不懂行船,纯属瞎指挥,我跑到右舷上撑船,这次船动得快了,竟然向驳岸一侧自投罗网去了,父亲又在船篷里叫起来,回到左边去,去左边。我在船的两侧舷板上跑来跑去,狼狈不堪,听见小改五癞子他们在驳岸上的狂笑声,小改对我高喊着，空屁你别白费工夫了，水上纠察队马上到了。汽艇一到，我们骏马追乌龟，看你们这破船能跑到哪儿去！

我心急如焚，在舷板上跟铁壳驳船较上劲了，我没空去照看舱篷里的父亲和纪念碑，舱篷里的动静，我一点也不知道。远远的河上传来了水上纠察队汽艇的马达声，驳岸那边先是响起了欢呼声，突然欢呼声沉寂下去，注意舱篷，注意库文轩！王小改他们开始追着驳船跑，嘴里互相提醒着什么。我回头一看，岸上已经一片骚动，派出所又来了好几个警察，码头上的装卸工人也跑来看热闹了，他们所有人的身体都歪斜着，脑袋歪斜着，朝船上的舱篷里翘首张望。那个肖所长已经站到了一只油桶上，高高举起杂志做的喇叭，他的喊话声变得很急促很严峻，库文轩同志，请你冷静请你冷静，你做事要考虑后果要考虑后果啊！然后他突然对我骂起脏话来了，空屁你他妈个白痴，你还撑你还撑，快去船篷，快去拦住你爹呀！

我丢下撑竿跑到船篷里的时候，正好看见父亲驮碑投河的最后一幕，我不相信自己的眼睛，我不相信他有这么大的力气，我不相信纪念碑保卫战以这种方式结束了。我的父亲，我的父亲库文轩，他用绳子将自己的身体和纪念碑捆绑在一起了，他驮着纪念碑在船板上爬！他的身体被石碑压住了，我看不见他的头部和身体，只看见他的两只脚，左脚蹬一下，右脚蹬一下，人和碑一起向船边爬，父亲的左脚是赤脚，右脚上还穿着一只海绵拖鞋。我扑过去，只抓住了父亲的一只海绵拖鞋；我扑过去，只听见了父亲对我的最后一声叮嘱，东亮，我下去了，你好好守着船，等着船队回来!

  这是一个奇迹。我父亲生命的最后一刻和纪念碑捆在一起,成为一个巨人。我拉不住他。一个巨人投奔河流,我拉不住他。然后我的眼前突然一片虚无,金雀河河面上响起爆炸似的一声巨响,水花四溅,岸上一片惊呼,我父亲不见了,纪念碑不见了,巨人也不见了。我没有留住父亲,只留住了父亲的一只海绵拖鞋。

鱼或尾声

连续几天,我都在金雀河里寻找父亲。

河底也是一片茫茫世界,乱石在思念河上游遥远的山坡,破碗残瓷在思念旧日主人的厨房,废铜烂铁在思念旧时的农具和机器,断橹和缆绳在思念河面上的船只,一条发呆的鱼在思念另一条游走的鱼,一片发暗的水域在思念另一片阳光灿烂的水面。只有我在河底来来往往,我在思念父亲,我在寻找我的父亲。

世上有几只驮碑远行的乌龟,都被供奉在庙堂里,那是民间的传说。世上也许只有一个驮碑投河的人,那不是传说,是我的父亲库文轩,庙堂不要他,金雀河的河底收留了他。

第三天我找到了那块石碑,依稀看见石碑下有个人影,我憋不了那么长一口气,再潜下去,石碑下的人影子已经不见了,我把手探到碑下,感觉到一个冰凉的宽阔的缝隙,里面似有生命,我的手背被轻柔地啄了一下,一条鱼从碑下游出来,我看不清那是一条鲤鱼还是草鱼,它的游姿轻盈而欢快,嗖地一下,就从我眼前游走了。我去追那条鱼,很快就失去了方向。我不是一条鱼,怎么追得上一条鱼呢?就这样,我眼睁睁地看着它游走了,我觉得那是我父亲,那一定就是父亲,父亲消失在河水深处。

父亲下去了,我还在船上。很奇怪,父亲下去之后我再也听

鱼或尾声　345

不见河水的秘语。父亲下去了，河水缄默不语，既不向我致哀，也没有向我祝贺。我不知道这是怎么回事。第三天我湿漉漉地坐在船头，看见船头上阳光灿烂，阳光照耀着船头上的水迹，噼啪有声，一会儿大摊的水迹便凝结成几颗水滴了。我对着那几颗水滴说，空屁。那余下的水滴很快也消失了。空屁。我对着船板上的阳光说，空屁，空屁。阳光比水固执，它没有消失，更加热情地照着我的脸和身体，照着我的驳船，我被阳光照得浑身暖洋洋的，眼睛开始朝岸上张望，我突然意识到我的悲伤就像那片水迹，已经被阳光晒干了，我不知道这是怎么回事，父亲才去世三天，我就又想到岸上去了。

我到码头西侧的船运办公室去，去看船讯公告，黑板上的公告说向阳船队从五福镇起航，三天后到岸。我站在船运办公室门口对着告示牌发呆，心里想着怎么度过这三天的时间，突然听见有人喊我的名字，空屁，空屁，你跟我来一趟。陈秃子捧着个水杯从船运办公室里面出来，拉着我胳膊就往治安办公室那边走。我问他为什么拉我，他说，你慌什么？我受人之托，给你一件东西。我被陈秃子一直拽到了治安办公室门口，站在门口，看着陈秃子开门进去又开柜子，一串钥匙叮当叮当地响。我以为是我母亲乔丽敏来过了，我以为是我母亲的包裹。等了一会儿，陈秃子拿着一个包裹出来了，我接过包裹在手上掂了一下，觉得包裹里的东西有点奇怪，不像母亲的包裹，不知为什么，我不敢拆。陈秃子说，你怕什么？又不是炸弹，谁给你的，你打开就知道了。

我小心地打开包裹外面的蓝花布，一眼看见了那盏铁皮红灯。

我没有想到,是慧仙的红灯,慧仙把她的红灯送给了我。

她为什么要给我这件东西?我问陈秃子。

是交换么,她的红灯换你的日记,她的宝贝换你的宝贝,公平了吧?陈秃子观察着我的表情,我的表情让他感到意外,他叫起来,你别不知足,你那日记就一堆乌七八糟的字,不值钱的;人家的红灯是李铁梅的红灯,革命传家宝呀,空屁,你赚啦!

她为什么要把红灯换给我?我问陈秃子。

哪来这么多为什么?陈秃子不耐烦地嚷嚷起来,你是十万个为什么呀?这么好的宝贝,你不要给我,慧仙要走了,嫁人去,嫁给县文化馆的小朱!

我提起那盏红灯,想起往事,鼻子一酸,差点落泪。我怕当着陈秃子的面丢脸,提着红灯就跑。我跑得有点慌张,就像带着一件价值连城的赃物,就像带着一件失而复得的信物,带着安慰,也带着伤痛。我提着红灯朝船上奔跑时,看见灯罩里飘出来一张泡泡糖的糖纸。我捡起糖纸,看见那红白两色的糖纸上有一个年轻姑娘的头像,烫了夸张的波浪形卷发,正咧着嘴笑呢,那是代表泡泡糖带来幸福生活的意思吧?嚼泡泡糖为什么会带来幸福呢?莫名其妙,我不知道这是怎么回事。

第三天下午阳光灿烂,我在船头一遍遍地擦拭慧仙的红灯,擦到红灯的铁皮泛亮了,红色的塑料罩片在阳光下反射出一道绚丽的红光,我终于满意了。我把红灯挂在船篷里,听见船头那里响起了奇怪的声音,探头出去一望,我突然发现搭在驳岸上的跳板没有了,进舱就那么一会儿工夫,跳板怎么会没有了呢?猛然间我听到岸上响起鹅和鸭子嘎嘎咕咕的吵嚷声,然后一个人晴空霹雳般的怒吼在我耳边响起来,秋后算账,秋后算账!我一抬头,看见傻子扁金正站在驳岸上,他穿着一件蓝白条的病号服,一只眼睛蒙着块眼罩子,另一只眼睛里射出一道复仇者的寒光,他的额头有淤伤,他的鼻子最古怪,鼻梁被雪白的纱布贴出了一个"丰"字。

是傻子扁金出院了,找我秋后算账来了。他的手脚活动自如,一只脚牢牢地踩着我家的跳板,他的两只手,正抓住一块流动告示牌,满地搜寻着告示牌的支点。

起初我看不清那块告示牌的内容,等到傻子扁金放弃了地面的支点,干脆对着我高高举起牌子,我才看清楚,那告示牌上不是船运消息,不知道是谁替傻子扁金写了一幅告示,告示的措辞是模仿人民理发店的,其内容却比人民理发店严厉了一百倍。

六号公告

即日起禁止向阳船队船民库东亮上岸活动!!!

图书在版编目（CIP）数据

河岸/苏童著.-上海：上海文艺出版社.2020（2024.7重印）
（苏童作品系列：新版）
ISBN 978-7-5321-7452-2
Ⅰ.①河… Ⅱ.①苏… Ⅲ.①长篇小说－中国－当代 Ⅳ.①I247.5
中国版本图书馆CIP数据核字(2020)第027378号

发 行 人：毕 胜
责任编辑：李 霞
装帧设计：谢 翔

书　　名：河　岸
作　　者：苏　童
出　　版：上海世纪出版集团　上海文艺出版社
地　　址：上海绍兴路7号　200020
发　　行：上海文艺出版社发行中心发行
　　　　　上海市绍兴路50号　200020　www.ewen.co
印　　刷：崇明裕安印刷厂
开　　本：890×1240　1/32
印　　张：11
插　　页：2
字　　数：227,000
印　　次：2020年4月第1版　2024年7月第4次印刷
Ｉ Ｓ Ｂ Ｎ：978-7-5321-7452-2/I・5925
定　　价：45.00元
告 读 者：如发现本书有质量问题请与印刷厂质量科联系　T:021-59404766